CW01648459

Capodopere ale literaturii de pretutindeni
într-o colecţie a celor mai îndrăgite bestselleruri.

Foto copertă: Paul Nadar (1856-1939), *Portret de femeie* (circa 1885)

www.polirom.ro

Editura POLIROM
Iași, B-dul Carol I nr. 4; P.O. BOX 266, 700506
București, Splaiul Unirii nr. 6, bl. B3A,
sc. 1, et. 1, sector 4, 040031, O.P. 53

Descrierea CIP a Bibliotecii Naționale a României:

ANTONESCU, SIMONA

Fotograful Curții Regale / Simona Antonescu. – Iași: Polirom, 2016

ISBN print: 978-973-46-6118-3
ISBN ePub: 978-973-46-5630-1
ISBN PDF: 978-973-46-5631-8

821.135.1-31

Printed in ROMANIA

SIMONA
ANTONESCU

Fotograful Curţii Regale

POLIROM
2016

SIMONA ANTONESCU s-a născut la Galați în anul 1969 și a copilărit în Țintea (județul Prahova). După absolvirea Liceului „Constantin Dobrogeanu-Gherea" (actualul Colegiu Național „Nichita Stănescu") din Ploiești, a urmat cursurile Facultății de Chimie din cadrul Institutului Politehnic din București.

Fotograful Curții Regale, primul său roman, a câștigat Concursul de Debut al Editurii Cartea Românească, ediția 2014, și a devenit în scurt timp bestseller. I-a urmat, în 2016, la aceeași editură, un alt roman, *Darul lui Serafim*.

Fiului meu Rareș:
Eu ți-am dat rădăcini, tu înalță aripi.

1. Fotograful Curții Regale

Pregătirea cafelei de dimineață nu putea fi lăsată pe mâna bucătăresei – o moldoveancă plinuță, trecută de vârsta a doua, care râdea cu poftă din orice, sprijinindu-și linguroaiele din lemn de burta care se cutremura toată în asemenea momente. Cafeaua ar fi împrumutat din aroma de pământ a bucătăresei, aromă sănătoasă de altfel, dar nepotrivită cu cea a licorii celei simandicoase.

Nu putea fi lăsată nici pe mâna fetei în casă, un copil de sași dintr-un târg din răsăritul țării, primit de doamna și stăpâna casei în serviciul dumneaei mai mult de dragul rubedeniei de nație decât din nevoia unei fete în casă. Doamna Mayer – săsoaică și dânsa – își închipuia cum firea ușuratică și nestatornicia de vrăbiuță obraznică a acestei slujnicuțe ar contamina prețioasa cafea, și numai gândul acesta o făcea să strâmbe din nasul cu tăietură dreaptă.

Nu găsea nicio vină nici bucătăresei și nici fetei în casă că sunt așa cum sunt. Credea cu convingere că fiecare este lăsat de Bunul Dumnezeu pe pământ conform unui plan căruia nu avem noi a-i căuta pricină. Dacă Dumnezeu o plăcea pe bucătăreasa din casa ei așa, plinuță și cu râsul bărbătesc, dacă așa avea nevoie de ea pe lume, atunci doamnei Mayer îi era suficient.

Nu păcătuia punând la îndoială voia Domnului, dar pregătea singură, cu mâna ei, cafeaua de dimineață. Pentru domnul Mayer o cană mare, cu adevărat de stăpân, pentru ea însăși o ceșcuță mai mică din porțelan de Bavaria cu buza aurită discret. Ba chiar și cele două slujnice își aveau porția lor. Doamna Mayer le lăsa de poftă, pe zațul din ibric, câteva înghițituri, cât să își cunoască locul și să nu-și ia nasul la purtare, dar să știe că sunt apreciate și munca lor este prețuită.

Încă neînvățate cu adevărat la licoarea Orientului, sau poate doar nepotrivindu-se cu gustul doamnei – care pregătea o cafea pentru cunoscători, amăruie și cremoasă – bucătăreasa de la Moldova și fata din Ardeal sorbeau în fiecare dimineață cafeaua ca pe un medicament scump. Se apropiau amândouă ușor intimidate, umăr lângă umăr, ștergându-și mâinile de poale, cu gesturi inconștiente, ca și cum ar fi vrut să se asigure că sunt suficient de curate ca să se facă demne de așa o onoare. Rămâneau pentru o clipă la distanța la care aroma care pusese deja stăpânire pe întreaga casă le învăluia într-un abur cald, ademenitor.

Rosalba, fata în casă, se înroșea toată, rușinată de gândurile dulci pe care i le stârnea aroma caldă. În mod normal, ea nu ar fi trebuit să cunoască astfel de rușinări, fiind încă prea tânără și oricum sub strașnica ascultare a doamnei. Numai că fetele în casă abia sosite în București erau amarnic vânate de feciorii de negustori, de studenții cei petrecăreți, de băieții care serveau în prăvăliile evreiești aflate de-a dreapta și de-a stânga atelierului domnului

Mayer sau chiar de actorii de la teatrul cel mare de peste drum.

Neștiutoare și dorind atâta doar: să calce pentru o singură dată cuvântul doamnei, Rosalba a învățat într-o seară mai mult decât își dorise de la un actoraș de vârsta ei, iar acum, speriată, lecuită pentru foarte multă vreme de evadări în libertatea capitalei, se surprindea gândind la actoraș și rușinându-se, din pricina unei nevinovate de cafele.

Amândouă ca una singură, cele două slujnice ridicau ceștile cu cafea în același timp și beau așa, aflate în picioare în fața plitei din bucătărie, cafeaua domnească. Se strâmbau puțin din cauza amărelii, mai căutau pentru o clipă gustul pe cerul gurii cu limba, căzute pe gânduri de parcă ar fi încercat să-și amintească ceva uitat, apoi răspundeau repede privirilor doamnei:

— Foarte bună, sărutăm mâna, să vă vadă Ăl de Sus pomana.

— Poate că e prea amară pentru voi, dar cafeaua așa se bea, le spunea doamna Mayer.

Apoi își depărta puțin mâinile de corp, ferindu-și-le de atingerea lucrurilor din bucătărie, pentru că tot acest ritual zilnic de pregătire a cafelei epuiza dorința ei de a-și petrece timpul cu treburile gospodărești. Odată ritualul încheiat, bucătăria își pierdea pe loc farmecul pentru doamna Mayer, redevenind locul în care nu-i stătea bine unei cucoane de rangul ei.

— Rosalba, pregătește-te și vino, dădea ea ultima poruncă fetei în casă.

Rangul doamnei Mayer era de curând recăpătat. Bunicul său – căruia nu-și amintea să i se fi uitat în ochi vreodată, dintr-un respect amestecat cu teamă care era întreținut cu sfințenie în casele vechi săsești din Mediaș și Biertam – fusese protopop al Bisericii Lutherane. Fetele familiei fuseseră crescute cu mare atenție de bunică, mamă și guvernante. Mai ales nu li s-a permis acestor vlăstare ale protopopului săsesc de Mediaș amestecul cu copiii de negustori ori de meșteșugari, măcar că erau de același sânge, după nație.

Fetele au crescut în admirația artelor și în respectul celor sfinte. Sufletele lor înălțate de studiul exclusiv al picturii, al muzicii și al literaturii erau comoara cea mai de preț a familiei Dieter. Planurile pe care bunica și mama fetelor le făceau pentru măritișul lor erau mărețe. Toate aceste planuri au fost însă spulberate odată cu alipirea Transilvaniei la Imperiul Austro-Ungar. Maghiarii, în războiul lor împotriva a tot ceea ce nu era unguresc, au limitat imediat libertățile sașilor. Cei mai curajoși, sau poate cei care aveau cel mai puțin de pierdut, au luat drumul pribegiei. Mulți s-au regăsit după scurtă vreme în Regat, în târgul Bucureștilor, unde meșteșugurile lor erau la mare căutare.

Protopopul de Mediaș însă nu putea pleca, așa cum nu poate pleca un bun căpitan de pe vasul lui care se scufundă. După ce a petrecut o noapte întreagă în rugăciune, la ivirea zorilor hotărârea lui era luată: Biserica Lutherană își va găsi rostul în luptele mici de zi cu zi pentru ca săsimea să dăinuiască în Districtul Sibiului. Mai avea însă nevoie de încă o noapte pentru a se lămuri ce este mai bine de făcut cu fetele. Lupta tăcută, dar îndârjită, pe care se hotărâse să o înceapă nu era un mediu potrivit pentru ele.

Astfel stând lucrurile, protopopul a fost plăcut surprins când Dumnezeu i-a trimis în casă la pețit pe tânărul Franz Mayer, student strălucit la Academia Regală Bavareză de Arte Frumoase. A arvunit repede pe cea mai mare dintre fete, pe Anna. Băiatul picta mai mult decât bine, iar în visele încrezătoare ale protopopului el reușea într-un an, doi, să câștige respectul și protecția vreunui membru al Curții Regale de la București, ferind pe Anna de deznădejdile unui trai sub asupritori.

Pentru că toată lumea în jurul ei era fericită și toți se purtau cu ea ca și cum ar fi făcut un lucru de mare mândrie, Anna s-a bucurat și ea. Pe dânsul, tânărul domn Mayer, l-a putut privi în voie de după vița sălbatică ce urca încolăcit pe cerdacul larg al casei părintești. De-a casei, vița a ascuns privirile curioase ale fetei. Franz era cel dintâi bărbat la care Annei îi era îngăduit să se uite pe de-a dreptul. Și s-ar mai fi uitat încă multă vreme, dacă cele mici nu ar fi pufnit în râs pe lângă stâlpii cerdacului, atrăgând atenția pețitorului și a tuturor celor din curte, unde se bea aldămașul. În foșnet de frunzulițe mărunte de viță sălbatică, Anna și-a dus obrajii roșii tocmai în ultima încăpere a casei, ascunzându-i în brațele bunicii.

— Să fie într-un ceas bun, Doamne ajută! a ridicat pentru a doua oară paharul madam Dunăreanu, pețitoarea care însoțea, după buna-cuviință, pe tânărul Franz în acest demers.

— Doamne ajută, au răspuns într-un glas toți cei prezenți, fiecare cu altă rugăminte în gând.

Protopopul ruga pe Domnul ca tânărul Franz să-și găsească repede rostul în Regat, doamna Dieter cea tânără se ruga să-i aducă des fata pe acasă, domnul Dieter cel tânăr voia nepoți mulți și repede, îngrijorat de situația din Principat și nădăjduind că o populație cât mai numeroasă, formată din familii cât mai cuprinzătoare, ar putea speria cu ceva imperiul cotropitor.

Ochii lui Franz străluceau de fericire. Acceptarea cererii lui de către însuși protopopul îl ridica în propriii lui ochi mai mult decât vreun fapt de vitejie. Pornise îndrăznețul pețit cu inima îndoită: social, familiile lor erau umăr la umăr în protipendada din Mediaș și Biertam, însă averile îi despărțeau cu multe trepte. În plus, Franz știa că este prea tânăr pentru Anna. Cuminte ar fi fost să mai aștepte, dar avea de gând să-și ducă arta la Curtea Regală de la București, și plecarea din Districtul Sibiului, lăsând în urmă pe Anna la vârsta măritișului, îl îngrijora. Cu siguranță nu ar mai fi găsit-o acasă la părinți după un an.

Își luase deci inima în dinți, pe priceputa madam Dunăreanu alături, și se prezentase în curțile pline de fete ale familiei Dieter. Nu știa că dorința lui împlinește un plan al protopopului. Zavistia din țară nu stârnea în inima lui de artist prea mare îngrijorare.

În vreme ce madam Dunăreanu, împreună cu tânărul domn Dieter și protopopul, începură o discuție ocolită despre zestrea Annei, Franz căuta cu priviri cutezătoare către vița care ascundea cerdacul. Ar fi dorit să vadă mai mult decât pete frânte de culoare din rochia Annei. Ar fi dorit să-i vadă ochii. Ultima oară când i se putuse uita deschis în adâncul lor fusese în urmă cu mai bine de patru ani, pe vremea când încă nu le ținea nimeni socoteala, pentru că nu erau încă la vârsta la care privitul ochi în ochi să fie un pericol și să ceară supraveghere.

Franz nu era îndrăgostit. Ccl mai aproape de acest sentiment fusese în cei dintâi ani de studiu, când o balerină din trupa Teatrului de Revistă Bavarez îi oferise cele mai albe și mai fierbinți nopți din viața lui. Pictase în anii aceia dumnezeiește. Se făcuse cunoscut în întreaga Academie Regală, și pentru asta Franz avea cinstea de a purta recunoștință micii balerine. Sufletul său înaripat însă avea urechi care ascultau și de glasul rațiunii: căsătoria cu o balerină de revistă l-ar fi aruncat într-o viață în care Franz nu se regăsea. Către sfârșitul anilor de studiu, a început să doarmă tot mai bine nopțile, până când aproape-dragostea lui nu a mai venit.

Pe Anna o cunoștea de mică. Fetele protopopului nu veneau la joaca de pe dealurile Mediașului, dar doamna Dieter invita acasă cu diferite ocazii copii aleși cu grijă, pentru ca fetele să se deprindă cu societatea, iar guvernantele să poată exemplifica lecțiile teoretice despre un comportament elegant prin studiu de caz.

Când anii de studiu se apropiau de sfârșit și Franz începuse să-și facă planuri de viață, Anna cea mereu serioasă îi apărea tot mai des în minte. Știa cum fusese crescută, parcă anume pentru el, de către doamnele Dieter, cea tânără și cea bătrână, cu încuviințarea temutului protopop și sub oblăduirea fiului său, domnul Dieter. Putea socoti și singur, fără intervenția unei pețitoare, zestrea care îi fusese pregătită de ani de zile. Cu ochii minții se putea lesne vedea alături de Anna vreme îndelungată, ba chiar auzea glasuri de copii undeva, în încăperi mai îndepărtate, în acest vis al lui cu ochii deschiși. Franz se obișnuise de multă vreme să ia aminte la glasul rațiunii.

— Anna trebuie să plece de aici, rosti protopopul la masa cu pețitori, cu glas hotărât de om obișnuit să poruncească și să fie ascultat.

— Nu va fi chiar așa de rău, încercă să-și dea cu părerea madam Dunăreanu, mai mult ca să nu-și piardă poziția până atunci centrală în discuție.

— Dumneata nu cred că ai urmărit ultimele legi trimise de la Viena. Femeile arareori se pricep la politică, puse el punct participării doamnei Dunăreanu la stabilirea celor dintâi condiții ale căsătoriei.

Apoi se întoarse către Franz:

— În plus, Biserica nu poate asista tăcută la toate aceste încercări de maghiarizare. Biserica va lupta, iar asta nu va fi bine pentru copilele noastre. Vor fi persecuții, deja sunt legi date tocmai pentru acoperirea lor. Împreună cu cel cu care se va căsători, Anna va pleca de aici, mai spuse protopopul.

— Anna va pleca de aici cu mine, spuse Franz. Voi folosi zestrea aceleia care-mi va fi soție pentru a-mi închega un atelier în centrul Bucureștiului. Cererea de portrete este mai mare decât ceea ce pot oferi, în acest moment, artiștii care lucrează deja acolo. Vorbesc în cunoștință de cauză, am petrecut ultima vacanță de vară printre fotografii de pe Calea Victoriei și de pe Știrbey Vodă, din Piața Teatrului.

Ultimele cuvinte ale tânărului pețitor opriră paharele la jumătatea drumului dintre masă și gură pentru toți membrii familiei Dieter. Ce fotografie? Priviră la Franz ca și cum abia acum îl vedeau cu adevărat. Ce fotografie? Cum apăruse în discuție cuvântul acesta care desemna o activitate frivolă, nou apărută și absolut fără nicio legătură cu cele ce se petreceau în curtea protopopului în dimineața aceea?

Madam Dunăreanu fusese și dumneaei luată prin surprindere. Nu avea cunoștință de planurile acestea ale tânărului pictor, speranța Academiei Regale Bavareze de Arte Frumoase. Cu înțelepciune, adunarea fu declarată încheiată pentru acea zi de către doamna Dieter, care era pricepută în dezamorsarea conflictelor:

— Noi vă mulțumim pentru vizită și suntem onorați de propunere, spuse dumneaei. Până la următoarea întâlnire, rămânem legați așa cum am stabilit astăzi, și vom vedea ce va mai fi. Acum o să vă rog să mă iertați, dar îndatoririle mele de mamă se împart cu încă două copile, cărora le-a sosit ceasul pentru odihna de prânz. Guvernantele nu reușesc niciodată să le potolească pe cele mici, zâmbi doamna Dieter, dar scopul ascuns al zâmbetului său era altul, și anume să arate pețitorilor că rămâne cu fața luminată de pe urma vizitei lor.

— Mulțumim cu plecăciune pentru toate cele spuse, se ridică madam Dunăreanu de la masa din curte, înțelegând toate cele nerostite de gazda sa. Mai ales mulțumim pentru răgazul dat. Cu toții avem a ne lămuri asupra celor ce se petrec în mințile tinere. Dacă nu veți crede că este o îndrăzneală prea mare, am să vă rog să stabilim pentru săptămâna viitoare o vizită.

— Sigur, sigur. Vă poftim cu mare drag la masă, zâmbi din nou gazda, și lucrurile rămaseră aranjate.

— Rosalba, pregătește-te și vino, dădu doamna Mayer ultima poruncă fetei în casă.

Apoi trecu din bucătărie în salon, în foșnetul plăcut al jupoanelor de mătase de sub rochia de tafta. Urma să ia cea dintâi cafea a zilei, împreună cu soțul său.

Franz Mayer avusese dintotdeauna o latură pragmatică, pe potriva vremurilor noi pe care le trăiau. Nimeni nu mai admira astăzi pictura adevărată. Marii ei protectori nu mai trăiau. Astăzi, toți admirau noul tren care circula pe sub pământ, în Londra, și trăsura fără cai a domnului Ford. Pragmatismul acesta al lui – sământă sădită de nemții inventatori din neamul său sau numai purtată de vântul marilor schimbări europene – o luase prin surprindere pe tânăra doamna Mayer, la începuturile căsătoriei lor. Era ca un pojar care cuprindea pe toți cei din jur, mai puțin pe ea.

— Bună dimineața, îi spuse ea, înaintând cu pași mărunți în fața Rosalbei, care purta pe urmele ei tava cu cafea.

— Bună dimineața, răspunse Franz, zâmbind amuzat de încăpățânarea ei de a păstra în ochii servitorilor aparențe dintr-un veac apus.

Purtaseră adesea discuția despre acest salut protocolar. Franz dorea să renunțe la el, din moment ce se trezeau în fiecare dimineață în același pat și se primeneau împreună pentru ziua care începea. Își spuneau „bună dimineața" la ivitul zorilor, ochi în ochi pe pernele aduse din Mediaș în urmă cu atâția ani. Anna nu găsea cuviincios să facă nicio aluzie la viața lor intimă în fața Rosalbei. Absența unui salut în salon, dimineața, lăsa loc interpretării că cei doi soți s-au mai văzut deja pe ziua aceea, s-au salutat deja. Și, pentru că nu se cădea, continua să-și salute în fiecare dimineață soțul, ignorând zâmbetele lui.

— Ce frumos miroase, spuse Franz, evident ca o cerere de iertăciune pentru zâmbetul scăpat fără voie.

— Cafea făcută la ibric, răspunse Anna, zgândărind discuții mai vechi dintre ei doi.

Pe policioarele bucătăriei din strada Știrbey Vodă, Anna avea un prototip al mașinii de cafea prezentate la Salonul de la Paris.

În luna lor de miere, Franz o dusese la Paris, spre încântarea familiei protopopului din Mediaș. Uitase însă să le pomenească tuturor, inclusiv Annei, că în acea perioadă are loc Expoziția Universală de Produse pentru Agricultură, Inginerie și Arte Frumoase – un titlu pompos dat unui salon care aduna inventatori de toate neamurile și din toate clasele sociale, împreună cu invențiile lor nefolositoare.

Anna nu vedea cu ochi buni alăturarea unui om ca Franz – cu rădăcini printre mândrii Cavaleri Teutoni de pe văile Rinului – și meșteșugarii de curând ridicați și școliți prin mila vreunui mare proprietar de pământuri din Districtul Sibiului ori al Sebeșului. Dar – tânără mireasă pe vremea aceea – s-a mulțumit doar să ia aminte plină de curiozitate la toate cele ce se puteau vedea la Salonul de la Paris, păstrându-și părerile pentru viitoare discuții cu mama și bunica sa.

Înflăcărat, Franz s-a reîntors la Salon zi de zi atât timp cât au petrecut în Paris. Dintre toate invențiile care îl entuziasmau, mașina de cafea i s-a părut lui Franz cea mai potrivită pentru stârnirea recunoștinței tinerei lui soții. A complotat zile în șir cu inventatorul francez al mașinăriei pe care pusese ochii, obținând într-un târziu promisiunea că va primi una. Coletul a sosit cu poștalionul la trei luni după această neobișnuită lună de miere. Strălucind tot de încântare, Franz a petrecut toate diminețile acelei săptămâni în bucătăria Annei, exemplificând, pentru ochii măriți de mirare ai bucătăresei și ai fetei în casă și pentru cei neîncrezători și puțin îndărătnici ai soției sale, principiul de funcționare.

În fiecare dimineață, rezultatul pe care îl obținea era același: Anna nu se atingea de cafeaua trecută prin aburii schimbării.

Franz a cedat în fața evidenței: valul înnoirilor nu o va lua cu el pe soția sa niciodată. A părăsit câmpul de luptă al bucătăriei, iar Anna și-a reluat ritualul ei zilnic: făcea cafeaua cu mâna ei, la ibric, repetând cu atenție gesturi care o legau de străbunicele ei, oferindu-i siguranță. Atâta vreme cât reușea să împrăștie în casă, dimineață de dimineață, aroma caldă a cafelei cremoase ieșite din mâinile ei, Anna se simțea aparținătoare a unui grup special, puternic și biruitor peste toate ale vieții: grupul soțiilor de nobili mai mari sau mai mici de pe Valea Rinului.

Renunțarea la acest ritual ar fi însemnat pentru ea ieșirea de bunăvoie din această familie protectoare, singura la care putuse face apel de când Franz o dezrădăcinase din Mediașul liniștitor și o adusese în lumea pestriță a Bucureștiului, populată de negustori evrei ori greci fără rădăcini știute, de artiști muritori de foame și cu obiceiuri scandaloase și mai ales de fotografii sași cu care Franz întreținea legături strânse.

Din când în când, ridica ochii spre polița de sus a bucătăriei și întârzia o clipă cu privirea asupra mașinii de cafea. Trupul ei de metal strălucitor și robinetele cu rozete aurite i se păreau urâte. După ce o privea, simțea nevoia să-și treacă mai îndelung ca de obicei degetele peste marginea aurită a ceșcuței ei din porțelan de Bavaria, într-o încercare de a-și curăța astfel spiritul de atingerea vremurilor noi, pervertite. Cumva, mașina de cafea din metal semăna cu anii lor de început în București, ani care lăsaseră amintiri dureroase Annei.

Nepricepută în treburi de doamnă căsătorită, angajase la început – ca ajutor în casă – pe prima solicitantă. Nimerise timp de vreo doi ani de zile tot felul de fete leneșe și nepricepute, oltence sau moldovence aruncate de sărăcia de acasă în mijlocul târgului cosmopolit. Casa, și așa aflată în multe alte nevoi, arăta veșnic neîngrijită, aruncând-o pe Anna într-o disperare deznădăjduită.

Asta până când paharul frustrărilor ei s-a umplut, și a renunțat la eleganța tăcerii, umplând într-una din zile pe fata de atunci de reproșurile adunate în timp. Surprinzător, a avut efect imediat. Fata s-a dovedit a fi tare cunoscătoare în ale casei, de pe urma acestei experiențe. Încurajată de rezultat, Anna a folosit aceeași metodă nou descoperită a tonului autoritar și a impunerii propriei voințe fără prea multă eleganță, și a angajat pe actuala bucătăreasă, în urma unor întâlniri în care refuzase rece și scurt alte șapte candidate. A dat afară pe olteanca de curând dată pe brazdă și a adus de acasă pe

Rosalba, care pe jumătate slujea, pe jumătate era crescută în casa din strada Știrbey Vodă.

Cu ajutorul tonului impunător și al frunții încruntate în momente bine alese, casa Mayer s-a transformat repede într-un loc curat și primitor, așa cum îl visase Anna atunci când mama sa îi așeza vălul de mireasă pe ochi.

— Foarte bună, doamna mea, spuse Franz, așezând ceașca goală pe măsuța de cafea dintre cele două fotolii.

În drum spre ieșire se opri pentru o clipă în fața oglinzii mari, venețiene din vestibul. În urmă cu numai opt ani, singura oglindă din casă era aceea adusă cu mare grijă în bagaje de doamna Mayer, pe atunci tânără mireasă. Mica ei oglinjoară de toaletă de mărimea unei palme călătorise între Mediaș și București înfășurată în ștergare curate, și își slujise amândoi stăpânii la începuturile căsătoriei lor. Anna își aranja dimineața buclele castanii, înainte de a coborî în bucătărie pentru cafea, iar Franz își potrivea lavaliera înainte de a ieși din casă către atelierul de fotografie.

Franz își studie atent ținuta. Era mulțumit de felul în care evoluaseră lucrurile de atunci și până acum. Avea succes. Pe strada Știrbey Vodă, vis-à-vis de Marele Teatru Național, între atâtea alte ateliere fotografice, al lui era de departe vizitat de cele mai alese celebrități ale vremii. Își permitea chiar luxul de a-și selecta, cumva, clientela. O făcea discret, fără să provoace niciunui client stânjeneli, și fără să ridice prețul fotografiilor peste cel al colegilor de breaslă. Dar în vitrina lui se aflau portretele unor generali cunoscuți sau al doamnelor din înalta societate ale căror saloane primeau toată floarea vieții artistice a Bucureștiului. Puțini fotografi se puteau lăuda cu astfel de clienți, și simpla lor vedere făcea pe doritori să-și cerceteze cuminte rangul înainte de a deschide ușa atelierului.

Coborî în stradă și zgomotele vesele ale dimineții îl înconjurară imediat. Pe caldarâmul proaspăt măturat și pe alocuri stropit cu apă din găleți de băieții de pe la prăvăliile din jur, copitele cailor băteau sacadat. Din când în când, claxonul caraghios al vreunui automobil făcea toate privirile să se întoarcă. Curajoșii care le conduceau ignorau privirile amuzate ale domnilor mai vârstnici și se hrăneau cu cele admiratoare ale tinerilor. La ora aceea matinală, doamnele cu umbrelușele lor dantelate încă nu-și făcuseră apariția la Capul Podului Mogoșoaiei, punctul de unde începeau plimbările. În special privirile lor le așteptau cutezătorii conducători ai controversatelor automobile.

Două tramvaie cu cai, liniile Gară – Calea Moșilor și Gară – Lutherană, se intersectau în colțul Teatrului. Clopotele lor erau mult mai binecunoscute bucureștenilor.

Casele familiei Mayer se aflau chiar deasupra atelierului de fotografie. Franz ar fi putut lesne coborî prin interior. Prefera însă drumul ocolit prin stradă, care îi oferea bucuriile unor observații pe care mai apoi le folosea în fotografiile de peste zi.

Spre exemplu astăzi, în fața băcăniei de delicatese a lui Chiron grecul, oprise ca de obicei joia căruța care aducea tocmai din Periș brânză grasă de oaie. Strada toată era plină de trăsuri care mai de care mai elegante, cu cai mândri și harnașamente din împletituri de mătase, numai căruța din fața prăvăliei grecului avea înhămat un biet căluț, muncit și obosit. Marginile copitelor lui erau încă pline de glodul adunat de pe drumul din Periș până în Piața Teatrului. Imaginea ar fi trebuit să fie ștearsă, umilă. In schimb, calul și căruța erau centrul momentului.

Știind bine cât de efemere sunt astfel de clipe, Franz se opri în mijlocul străzii, cu ochii la căruță. Trebuia să înțeleagă ce anume o scotea astfel în evidență. Nu era doar simpla deosebire de pretențioasele trăsuri din jur. E drept că era singurul cal alb din piață, în acel moment. Dar părea să mai fie ceva.

— Săru'mâna, domnu' Franz, bună dimineața! *Guten morgen! Guten tag!*

Glasul ascuțit, cu scăpări guturale pe alocuri – glas în schimbare – al băiatului său de la atelier, îl scoase din concentrare. Preț de o clipă, Franz îl privi buimac.

— Bună dimineața, *guten morgen!* continua vesel nevoie-mare băiatul. *Guten tag!*

— Mai taci, mă! îi răspunse Chiron grecul, numărând ultimii bani în mâna țăranului cu căruța trasă în fața băcăniei sale. Taci, că te-a auzit, tu nu vezi că e chiar în fața ta?

Franz schiță gestul de a-și ridica pălăria în semn de salut către grec, cu un zâmbet amuzat pentru modul în care îl scăpase de insistențele propriului său ucenic. În scârțâit de roți de lemn, țăranul întoarse căruța și porni înapoi, către casă, purtând cu el, de data aceasta, misterul imaginii care îl oprise in loc pe maestrul fotograf. Data viitoare, se gândi Franz.

— Bună dimineața, Zamfir, răspunse el într-un târziu băiatului. Ai măturat?

— Tot am măturat, se precipită din nou Zamfir, în dorința lui de a face pe plac lui Franz. Tot!

Caldarâmul din fața atelierului arăta, într-adevăr, curat ca dușumeaua bucătăriei în care doamna Mayer îi pregătise delicioasa cafea în dimineața aceasta.

— Pe cine avem programat astăzi primul? întrebă Franz, intrând în atelier, cu Zamfir pe urmele lui.

— Trebuie să vină doamna Ghenadie cu copiii la orele nouă, și domnul general Stancu, la nouă și jumătate.

Franz își verifică aparatul așezat pe trepied și luminile din atelier.

— Crezi tu, Zamfire, că vom reuși noi să facem fotografiile celor mici ai doamnei Ghenadie în numai o jumătate de oră? Poate ar fi fost mai bine să fi programat pe domnul general la orele zece. Îmi amintesc că data trecută ne-a luat o întreagă oră numai să-i adunăm de pe lângă aparate și să-i așezăm pe scăunelele pentru fotografie. După care cel mai mic dintre ei a început să plângă. Cred că în dimineața aceasta te voi numi guvernantă, ce spui ce titlu de onoare ți-am găsit?

Zamfir se foi, frecându-și mâinile, în căutarea unui răspuns nimerit.

— Deh, domnule Mayer, începu el nesigur. O să mă ocup...

— Să te ocupi de domnul general dacă sosește înainte să termin eu cu năzdrăvanii aceia. Pregătește cafeaua și dulceața ce ți-a dat doamna pentru clienții mai de seamă. Și să mă anunți de îndată ce intră în atelier.

Zamfir porni după treburile pe care le primise. Afară, în fața vitrinei, se zărea zăbovind o doamnă cu pălărie cu voaletă închisă la culoare, așa cum poartă dumnealor atunci când nu vor să fie recunoscute. Fotografiile din vitrină, toate așezate acolo pentru reclamă, aveau obișnuitul passe-partout cu numele și titlul de mare onoare al fotografului:

FRANZ MAYER
Fotograf al Curții Regale
Fotograf al MSR Doamnei

Mai bucuroasă de primirea titlului fusese copilăroasa sa soție, căreia îi făceau deosebită plăcere măririle trecătoare, cu valoare îndoielnică, dar cu mare trecere în fața soțiilor negustorilor evrei și greci cu care împărțeau strada, vis-à-vis de Teatrul Mare. Pentru Anna, traversarea anilor din urmă cu evenimentele lor amare, nebănuite decât de bunicul Dieter, fusese o piatră de încercare. Bătrânul protopop avusese dreptate întru-totul atunci când prevestise persecuții în Principat.

Pentru început, de dragul viselor de fată ale celei dintâi nepoate a domniei sale, protopopul de Mediaș se învoise să înceapă între copii o logodnă pe potriva rangului lor. Madam Dunăreanu își luase obiceiul a sosi în zilele sfinte de duminică, pe la ceasurile cafelei de după-amiază, la porțile protopopului. Aducea cu dânsa pe tânărul Franz, care de curând se legase a da lecții de desen celor trei copile Dieter. Pretextul stârnea amuzamentul lui Franz, dar madam Dunăreanu susținea cu tărie că așa se cade, și că altminteri rușinează fata. Așa că Franz își potrivea sub braț șevaletul folosit ultima oară în anii de studenție, la Academia Bavareză de Arte Frumoase, și intra surâzător pe poarta cea mare a casei dintre dealuri.

Fetele mai mici îl așteptau înveșmântate în pelerine ușoare pe deasupra rochiilor lor scurte care lăsau vederii pantalonașii cu dantele albe.

— Am pelerină de pictor, îi ieșise în întâmpinare în cea dintâi zi cea mai mică, Filipa.

— Ai venit ca să ne înveți? i se așezase dinainte mijlocia, Greta.

În spatele lor, încurcând de tot răspunsurile lui Franz care altfel ar fi curs nestingherite, Anna rămăsese locului, încercând să-și ascundă propria pelerină în pumnii duși la spate. Doamna Dieter nu reușise nicicum să o convingă să poarte pelerina pentru pictură. Lecțiile de desen îi păreau și ei un motiv copilăresc pentru mascarea întâlnirilor dintre ea și Franz. Stăruise pe lângă doamna Dieter și pe lângă bunică-sa să se facă așa fel ca numai cele mici să ia lecții, iar ea, ca domnișoară confirmată ce se afla, să asiste numai, și să susțină o conversație potrivită pe perioada orelor.

— Ce ai adus aici? scoase Filipa cea mică pe Franz din încurcătură, vârându-și nasul cârn în tașca lui vânătorească din piele, purtată pe un umăr.

— Sunt pensule și vopseluri pentru voi, îi răspunse Franz.

— Asta este a mea! puse Filipa stăpânire pe una dintre pensule, care îi atrăsese atenția din motive necunoscute.

— Și mie ce-mi rămâne? se arătă neîmpăcată Greta.

Franz schimbă o privire cu Anna, și între ei se așeză imediat, fără greutate, o complicitate de adulți prinși în lumea alintată a fetițelor obișnuite să li se facă pe plac.

— Tu poți să duci șevaletul, spuse Anna cu un zâmbet, privind pe sub gene dese la Franz.

— Eu duc șevaletul! se mândri de îndată fetița către soră-sa mai mică.

Își stabiliră locul pentru lecție sub nucul din spatele grădinii, departe de auzul curios al doamnelor așezate la cafea, dar încă sub privirile lor de străjeri.

— Să ierți cuvintele mele, domnule Franz, rosti Anna atunci când se aflară suficient de departe de cei din curtea mare, dar mie nu-mi trebuie lecții de desen. Vei avea atâta bunăvoință încât să oferi doar celor mici subiecte de studiu. Nu vreau să fiu lipsită de politețe, dar mama, dimpreună cu madam Dunăreanu, consideră în mod greșit că am nevoie de pretexte amăgitoare ca să-mi aflu viitorul care mi-a fost hotărât de tata și de bunicul.

Franz o privi pentru întâia oară serios de la intrarea în curțile familiei protopopului Dieter.

— D*omnule* Franz? întrebă el, căutându-i cu încăpățânare ochii ascunși sub pleoapele coborâte. Mi-ai spus *domnule*? Pe poteca aceasta pe care am urcat acum obișnuiai să-mi pui piedică ori de câte ori cutezam să te întrec la alergare, peste dealuri, îi aminti el Annei. Am și astăzi un semn la genunchi.

— Timpul schimbă oamenii, domnule Franz, râse cu sinceritate Anna, pentru că o amuzaseră cuvintele pe care le auzise. Am astăzi în față un om pe care nu-l mai cunosc. Nici eu nu mai sunt cea de la doisprezece ani, care punea piedică băieților în cursele peste dealuri. Să-mi dai voie așadar, rogu-te, să te aflu încetul cu încetul. Și pe domnia ta te poftesc să mă cercetezi cu luare aminte, fără a crede că mă cunoști, încheie ea cu un zâmbet șăgalnic.

De la acele conversații de la capătul potecii, de sub nucul Dieterilor, își păstraseră mai apoi, peste ani, obiceiul de a se chema unul pe celălalt cu „domnul meu“ și „doamna mea“, în amintirea clipelor dragi.

Potrivit rangului unei nepoate a protopopului, logodna ar fi trebuit să dureze un an. Cu înțelepciune, tinerilor trebuia să li se acorde un răgaz suficient ca să-și afle unul altuia măsura, să se înflăcăreze, apoi să se necăjească și să treacă printr-o supărare, ca să afle în sfârșit drumul înapoi unul către celălalt. Mai presus de toate acestea, tânăra mireasă nu trebuia să se arate grăbită pentru a se nunti.

Franz veni de două-trei ori pe săptămână la lecțiile poruncite de doamna Dieter pentru fete. În complicitate cu Anna, el se ocupa însă numai de cele mici. Sub mâna lui, degetele copilelor desenară în vara aceea poteca șerpuită printre tufele de agrișe care ducea din curțile mari până sus, sub nuc, apoi poarta de la drum și turla semeață a Bisericii Lutherane.

Sub poruncile încă și mai neabătute ale Gretei și Filipei, își mutară apoi șevaletul pe malul eleșteului și desenară rațele care se bălăceau, stropind în toate părțile și stârnind chiote de bucurie copilelor. Pentru că mâinile lor mici încă nu deprinseseră suficient de bine tainele desenului ca să poată lua ca model un cârd de rațe aflat într-o neîntreruptă mișcare, Franz se văzu nevoit să facă de unul singur două desene pe care, la sfârșitul zilei, Greta și Filipa își puseră numele în colț.

— Pe ăsta l-am făcut eu, spuse mica Filipa, iscălind unul dintre desene cu multă hotărâre.

— Seamănă domniei tale, șopti Franz Annei, privind copila.

— Nu înțeleg ce dorești a spune, îl sfredeli Anna cu o privire bănuitoare.

— Atunci, pe ăsta l-am făcut eu, spuse și Greta, iscălind la rândul ei celălalt desen.

Franz le făcuse un cântecel cu care o necăjea îndeosebi pe logodnica sa: *Anna, Greta și Filipa/ Sunt trei fete atâtica.*

Lucrurile se precipitară însă spre sfârșitul toamnei. Nemirul rece începuse a sufla, scăpat din strânsorile trecătorilor din munți, iar aerul mirosea a ger. Undeva, departe, ningea, iar nucul încă acoperit cu frunze galbene simțea asta și se înfiora tot. Curând, Franz și fetele nu-și mai putură instala șevaletele afară, din cauza vântului care le răsfoia planșele și le lua pensulele.

Vizitele se mutară în sufrageria familiei Dieter și cele dintâi focuri fură aprinse, seara, pentru potolirea durerilor de oase ale bătrânei doamne Dieter. Cu toate că sufrageria era încăpătoare și fu repede împărțită pe vârste – bătrânii pe lângă foc, iar cei tineri sub ferestrele de la răsărit – totuși cuvintele care scăpau dintr-o tabără în cealaltă erau tot atâtea scântei care aprindeau iute încăperea.

— În două săptămâni putem face nunta, spusese într-una din seri bătrânul protopop, făcând pe Franz, dar mai cu seamă pe Anna să înceteze orice altă activitate și să devină atenți la discuția pornită în celălalt colț al odăii. Până să se dumirească cineva, vor fi demult plecați spre București. Copilele le vor lua cu ei și le vor da la Pensionul Domnesc din târg. Așa să-mi ajute Bunul Dumnezeu dacă vreuna dintre fetele mele va învăța vreodată carte în limba conților unguri!

Și spunând acestea, pumnul altminteri blând al protopopului lovi cu putere colțul scrinului, făcând să salte cele două vaze din porțelan de Bavaria și să tremure oglinda aflată deasupra. Doamna Dieter căută cu privirea la fiica sa cea mai mare și înțelese din ochii ei că schimbarea de planuri nu îi este pe plac. Cărei fete i-ar fi, de altfel, pe plac scurtarea logodnei și grăbirea unei nunți lipsite de toate deliciile pregătirilor îndelungi?

— Taică? șopti Anna întrebător, cu ochii la domnul Dieter. Bunicule? își mută ea apoi ochii asupra protopopului.

— Anna, puse Franz o mână liniștitoare pe brațul ei. Copilele sunt speriate, du-le în încăperile lor, o rugă el, strângându-i ușor cotul pentru ca toate cuvintele pe care ar fi vrut să i le spună, dacă ar mai fi fost timp, să treacă singure prin strânsoarea lui în inima Annei.

Nu mai era însă timp pentru cuvinte ori lămuriri. Cele mai negre prevestiri ale bătrânului protopop se adevereau cu iuțeală. Legile care veneau de la Viena în ultima vreme coborau nori negri pe fruntea bătrânului Dieter. Mai întâi fu transformată școala de pe lângă Mitropolia Mediașului. Clădirea gimnaziului de băieți împreună cu clasa pentru domnișoare ieșiră de sub protecția bisericii în curtea căreia se aflau. Prin decret împărătesc, școala trecea sub aripa statului, urmând să primească sponsorizări și să fie modernizată.

— Nimic rău în asta, tuna protopopul prin casă în vreme ce nemirul rece bătea pe la uși, prevestind iarnă grea. Nimic rău în asta dacă nu ar schimba limba de predare, din germană în maghiară!

— Cum să fie posibil? ducea mâna la gură doamna Dieter cea bătrână, ca să oprească la ieșire mirările ei ce ar fi putut supăra încă și mai tare pe soțul domniei sale. Cum să fie posibil, de vreme ce toți copiii sunt sași? Eu mă socot că ar fi bine să mai așteptăm o bucată de vreme. Să nu punem răul în față câtă vreme încă nu s-au adeverit necazurile. Poate că totuși sunt măsuri bune și numai sunt vorbite de rău, pe la colțuri, de invidioși. Așa ceva cred că nu poate fi adevărat: într-un gimnaziu plin cu copii sași să se predea în altă limbă.

— S-a făptuit deja, spuse cu umerii plecați protopopul. Au fost încheiate numărători măsluite. Familiilor de sași și de români li s-au promis taxe scăzute dacă se trec în catastif cu nume maghiar. Ștefan Lupu, morarul din vechiul Scaun Șeica, cel care duce trei băieți la gimnaziul de pe lângă mitropolie, este acum Istvan Farcaș și nu mai plătește cinci forinți pe an împărăției, ci numai douăzeci de creițari. Până să ajungă bietul om la înțelegerea aceasta, l-au ținut cu răposata mumă-sa, Dumnezeu să o ierte, neîngropată șapte zile, pentru că nu voia să dea nume maghiar moartei, în acte. După care i-au numărat toți trei băieții, la școală, ca fiind maghiari. De trei ori au refăcut recensământul, până când a ieșit cum au vrut ei. Pe hârtiile cu care au plecat, în sfârșit mulțumiți, erau trecuți două sute de băieți maghiari, o sută români și cincizeci sași. Uită-te în recensământul de acum doi ani, flutura protopopul o mână neputincioasă și furioasă prin fața ochilor bietei doamne Dieter. Cum crezi că ar fi cu putință ca acum doi ani să fie două sute cincizeci de băieți sași, iar azi abia cincizeci? Adică, ce s-a făcut cu ei, că erau în anii mici, te-ai fi gândit că vor crește și-i vei afla azi în ultimul an!

Anna duse copilele care deja auziseră mai mult decât ar fi dorit mama lor în încăperile din spate și le dădu pe mâinile guvernantelor. Lăsă fiecăreia porunci, guvernantelor să le schimbe în cămășuțele pentru noapte și să le aducă lapte cald cu miere, iar fetițelor, să nu se împotrivească defel. Stabili că se va întoarce într-o jumătate de ceas ca să afle dacă poruncile i-au fost respectate, apoi se întoarse în odaia mare.

Într-un jilț, în mijlocul discuțiilor aprinse, madam Dunăreanu, care însoțea cu încăpățânare pe Franz la fiecare vizită a sa, moțăia netulburată. Anna știa că logodna ei cu Franz era singurul eveniment din anul acela, altminteri madam Dunăreanu nu și-ar fi văzut capul de treburi și nu le-ar mai fi călcat pragul după ce primul aldămaș fusese băut în vară, la umbra pomilor plini de fructe ai familiei Dieter.

În vara aceea însă nu se mai legaseră alte înțelegeri, și madam Dunăreanu își trecea vremea cu singura ei realizare de pețitoare din acel an. În serile liniștite, sforăitul ei ușor stârnea chicoteli necuviincioase fetițelor.

— Schimbăm înțelegerea, dragul meu Franz, spuse bătrânul protopop. Iar tu, ca tânăr învățat care te afli, mă vei înțelege și mă vei ajuta să scot și pe cele mici din țara aceasta în care legile spun că nu-ți poți așeza muma moartă în pământ decât dacă îi schimbi numele ce i l-a dat nașă-sa în fața Lui Dumnezeu, rostea cu apăsare bătrânul Dieter, în vreme ce Anna intra în încăperea luminată numai de focul din șemineu. Adu sfeșnice și fă lumină, Annă, mai spuse el.

Nunta se grăbi după spusa protopopului de Mediaș. Anna prinse a lăcrima și Franz, speriat și neștiind ce este de făcut, cum nu știu dumnealor bărbații în asemenea împrejurări, veni mai rar. Lecțiile de desen ale copilelor, care de curând trecuseră la naturi moarte cu poame felurite aduse de prin cămări, se întrerupseră brusc. Discuțiile continuară în odaia mare a familiei mai șoptit, ferite de urechile crude ale fetelor casei.

Domnul Dieter cel tânăr aducea veștile de la Sibiu și le întorcea pe toate fețele dimpreună cu tătâne-său, protopopul. Legea Arhivelor – care cerea ca oricine avea trebuință de semnări de acte ori felurite legiferări să folosească nume maghiare – era aplicată în vechiul Principat cu mână de fier.

O pricină de judecată între doi români, cu toate taxele achitate la zi, a fost luată de la capăt pentru că numele localității se schimbase. Procesul a căpătat un alt număr de caz și taxele ar fi trebuit achitate din nou. Asta numai dacă împricinații nu ar fi fost de acord să iscălească hârtiile de maghiarizare a numelor lor, ceea ce i-ar fi scutit pe loc de orice altă taxă, iar judecata ar fi continuat nestingherită. Taxa de maghiarizare a numelor era de o coroană pentru fiecare doritor. Taxele pentru pricina de judecată fuseseră, până în momentul întreruperii, trei sute de coroane.

— S-au făcut amândoi maghiari de o coroană, ca să nu piardă tot ce se făcuse vreme de doi ani, isprăvi domnul Dieter cel tânăr de povestit.

După astfel de istorii, se lăsau tăceri lungi în sufrageria protopopului de Mediaș.

Într-una din seri, după o absență prea îndelungată pentru inima Annei, care începuse a se obișnui să se sfătuiască și să i se destăinuie logodnicului său, își făcu apariția Franz. Cu ochii sclipind de mândrie, scoase din buzunarul jiletcii două pașapoarte și le așeză pe masă, în fața protopopului.

— Pentru Anna și pentru mine, spuse el. Fetițele sunt trecute în pașaportul Annei. Ca soră mai mare, are dreptul să le susțină ca să-și continue studiile în București.

Madam Dunăreanu se opri din cusut și ridică ochii speriați către bărbați. Alături de bătrâna doamnă Dieter și de mama Annei, ajuta la pregătirea veșmintelor de nuntă ale miresei. Femeile casei hotărâseră că Anna se va găti mireasă în vechiul strai săsesc, și nu în vreo rochie din cele noi, aduse de la Paris. Coseau, așadar, înfloriturile bogat colorate ale panglicilor bortenului și paftalei de la piept. Cuvintele lui Franz și mai cu seamă vederea pașapoartelor le opri din lucru.

— Și numele? îndrăzni bătrânul protopop întrebarea care ardea inimile tuturor.

— Neschimbate, zâmbi Franz, mândru de fapta lui. Cei care doresc să emigreze nu sunt nevoiți să-și schimbe numele. De trei zile bat drumurile pe la Kunard, cei care se ocupă cu emigrările. Sunt o societate nou-înființată. Te consiliază, îți obțin ei pașaportul, te ajută. Atâta doar că nu trebuie să fii ungur. Ungurii nu au voie să plece. Așa fel că numele au rămas neatinse.

— Cu pașapoartele acestea veți putea să vă și întoarceți? Ai promis că-mi vei aduce pe Anna an de an, să o văd. Acum sunt și cele mici la mijloc, dădu doamna Dieter glas temerilor sale.

Una dintre tăcerile lungi, apăsătoare, se așeză din nou în mijlocul lor, ca o stăpână nedorită.

Scăpate din mâinile guvernantelor, Filipa și Greta dădură năvală în încăpere. Obrajii lor aprinși dădeau de gol faptul că alergaseră cu necuviință până aici.

— Greta! Tu ești mai mare! încruntă doamna Dieter sprânceana la ea.

Copila se apropie de colțul în care mama și bunica sa lucrau la straiele de mireasă ale Annei. Luă cu gesturi respectuoase toca înaltă din catifea neagră, bortenul care urma să fie gătit la spate cu panglici colorate, și și-l așeză încet pe cap.

— Uite, mamă, acum eu sunt mireasa! spuse Greta, rotindu-se de câteva ori prin încăpere, așa fel ca cei de față să o poată admira. O să fiu o mireasă frumoasă?

— O să fii o mireasă foarte frumoasă, îi promise Anna, râzând, apoi o adună în brațele ei și înapoie bortenul bunicii sale.

— Eu o să mă mărit într-o rochie cu crinolină, anunță mica Filipa, trecându-și la rândul ei peste cap panglica paftalei celei mari a straiului Annei. O să am patru jupe una peste alta, iar deasupra lor, ultima foaie o să fie toată numai din brocart lucrat cu fir de mătase. Rochia o să fie albă-albă, iar pe cap am să port o diademă cu nestemate.

— Dacă am să mai fiu cumva în viață atunci când te vei mărita, domnișoară, dădu glas bătrâna doamnă Dieter, atunci să știi că vei purta cămeșă încrețită la gât pe mărgele, borten negru cu panglici lungi pe spate și paftaua prințeselor Prusiei pe piept. Dacă straiele acestea au fost bune pentru atâtea mii de mirese înaintea domniei tale, atunci socot că vor fi bune și pentru domnia ta. Rochiile cele de la Paris mai întâi să reziste câte sute de ani au rezistat cămeșile săsești, și apoi mai vorbim.

Imaginea prevestită de bunica sa o puse pe gânduri pe Filipa, care rămase cu privirea pierdută pe ferestrele întunecate. Un argat cărunt intră cu brațul plin de lemne. Îngenunchie cu greutate lângă șemineu, își așeză povara în lădița din față și începu apoi să răscolească jarul cu vătraiul. Pe urmele lui se strecurase înăuntru un fuior de aer rece de afară, care făcu pe madam Dunăreanu să-și strângă sub jilț picioarele înfrigurate și lovite de durerile gutei.

Când se făcură cele dintâi strigări în târg și pe la porțile caselor de peste dealuri, ningea. Era zi întâi a lui brumar, iar fulgii mărunți și ușori nu erau lucru de mirare prin părțile locului, la acea dată. Franz tocmise câțiva dintre feciorii satelor dimprejur să facă strigările nunții, după lege. Grupul lor călare, cu toții înveșmântați în cojocele de culoarea untului bătut, mândru cusute pe la margini cu negru, cu dârlogii cailor împodobiți cu clopoței și panglici colorate, scotea oamenii pe la porți.

— Domnișorul Franz, pictor renumit cu școli înalte, se nuntește cu floarea florilor, nestemata munților Făgărașului și Cindrelului, cu domnișoara Anna a măritului nostru protopop de Mediaș! strigau rând pe rând chemătorii, luându-și unul altuia cuvintele și purtându-le din deal în deal, peste ținuturile dintre păduri ale miezului Transilvaniei.

Feciorii descălecau pe la porți și cinsteau oamenii cu băutură din ploștile purtate la cingători. Oamenii întrebau, curioși, cum și unde. Feciorii răspundeau cu glasuri puternice, mândrii de poruncile lor, apoi încălecau și porneau mai departe, în glas de clopoței scuturați cu putere.

În toată această vreme, Anna era împodobită și despodobită de câteva ori pe zi de mamă-sa, bună-sa și madam Dunăreanu, așa fel ca ele să se poată lămuri ce mai trebuie încă la straie, ca să fie fără cusur. Panglicile prinse de bordenul de pe cap îi ajungeau, la spate, până jos, la tivul rochiei. Paftaua veche i se așeza pe piept ca un soare mare, bătut în pietre – pavăză inimii sale tinere împotriva încercărilor la care mama și bunica o trimiteau acum.

Astfel înveșmântată în straiul ei cel nou, Anna căpăta o aură coborâtă din altă lume, încât chiar și bătrânele casei o priveau cu un respect cuvenit numai ființelor aflate sub paveze înalte.

Ca orice mireasă în săptămâna nunții ei, Anna aduna în ea puteri pe care femeile le simțeau și cărora li se închinau.

Numai jandarmii maghiari umbriră de vreo două ori momentul, făcându-și apariția în mijlocul pregătirilor, cu flintele în mâini de păreau că vin la război. Plutonierul din fruntea lor își strunea calul în fața porții, scruta curțile cu luare aminte, arunca două-trei vorbe peste umăr apoi plecau.

— Fără români cu tricolor! puneau ei în vedere domnului Dieter cel tânăr, singurul care ieșea de fiecare dată să-i întâmpine.

Poveștile despre nunți ale românilor stricate în mijlocul lor de către jandarmi, din cauza brâielor vechi, tricolore, cu care erau încinse fetele și feciorii, umblau singure pe drumurile Mediașului. Jandarmii descindeau duminicile pe la bisericile din sate și despleteau cozile în care fetele își prinseseră panglici tricolore. Slujbele erau mai apoi ținute peste suspinele copilelor. Confiscau tot: cocardele lumânărilor duse la biserică, panglicile puse cailor la dârlogi, cheutori cusute în roșu, galben și albastru, brâie purtate ani de-a rândul de bătrâni.

Familia protopopului Dieter avea mulți prieteni români. La nuntă erau așteptați cu toții. Din acest motiv, plutonierul Fekete dădea târcoale caselor dintre dealuri, în vreme ce feciorii făceau strigările de nuntă peste sate.

În ziua de ajun a nunții, fetele și feciorii din Șeica românească împodobeau cu crengi de brad pietrele de hotar aflate la ieșirea din sat către Mediaș, în calea nuntașilor care a doua zi urmau să pornească alai spre petrecere. Zăpezile dintâi nu se așezaseră. Tot ce ninsese în zilele din urmă intrase în pământ.

Pe hotarul dintre cele două vechi moșii, a Moșnei și a Mediașului, bradul cel mai înalt din vechiul Scaun Șeica șuiera peste toate pădurile din jur. Avea mai mult de treizeci de stânjeni și mai bine de trei sute de ani. Împrejurul lui, locul era pustiu ca împrejurul unui scaun de domnie. Singur străjuia între cele două așezări.

Într-o margine a ogrăzii morii din Șeica, Ștefan Lupu – de curând schimbat în Istvan – ascuțea lama unei securi cu coadă scurtă. Nu lua parte la veselia satului. Feciorii ce-i treceau prin fața porții își domoleau veselia, așa fel că pentru câteva clipe se auzea numai sunetul ascuțit al tocilei trase pe lama de fier. Ștefan-Istvan răspundea privirilor încurajatoare ale feciorilor cu căutături furișate pe sub sprâncenele groase și cu un capăt de surâs abia mijit de sub mustață.

Își ascuți securea toată ziua. Către seară, mulțumit, porni a fluiera încetișor, fără vorbe: *„Sus, sus, sus, la munte sus,/ Sus, sus, sus, române, sus!/ Acolo și Iancu-i dus“.*

Se înnopta devreme în luna lui Brumar, iar geana de lumină din spatele munților de la apus dispăru înainte de vremea cinei. Ștefan, morarul din Scaunul Șeica, își căută de lucru până târziu pe lângă casă. Sparse lemne și le rândui frumos sub obloacele ferestrelor, în ocnițe anume săpate în ziduri pentru ele. Cercetă grajdurile cu caii țesălați din vreme și deja adormiți la ceasul acela. Trase de zăvoarele portițelor de la curțile orătăniilor, ca să se încredințeze că sunt bine ferecate.

Animalele îl simțiră și dădură încetișor de veste. Caii fornăiră pe nările care slobozeau aburi calzi în răcoarea serii, iar cârdurile de găini și rațe adunate unele într-altele se înfoiară în pene.

În crucea nopții, Ștefan își înveli băieții pe întuneric și ieși în curte. Deschise fără zgomot portița cea mică de la drum și se strecură afară. La brâu purta securea ascuțită toată ziua, iar pieptul îi era umflat sub surtuc de un pachet cât un copil. Porni cu pas apăsat, hotărât, spre hotarul satului. Din loc în loc, câte un câine al vreunei curți, deșteptat de mirosurile care-l luau prin surprindere, dădea glas. Apoi îl recunoștea pe cel care trecea pe drum și se liniștea, adormind la loc.

Ajunse la bradul cel înalt dintre moșiile Mediașului și Moșnei chiar după cel dintâi cântat al cocoșilor, la miezul nopții. Își mai potrivi încă o dată pachetul de la piept, de sub surtuc, și securea de la brâu, scuipă în palmele pline de bătături și, cu o săritură, se prinse de cea dintâi creangă a bradului bătrân.

Urcase adesea trunchiul acestui brad. Nu avea trebuință de lumină ca să afle proptelele cele mai potrivite urcușului. Palmele lui și crengile pline de rășină vorbeau un grai numai al lor, în care omul nu avea a se amesteca.

Pe măsură ce urca, aerul bătea din ce în ce mai rece în obrazul morarului. Bradul îl primea din brațe în brațe ca pe un stăpân întors din pribegii. Către vârf, acolo unde crengile erau mai tinere, mai subțiri și mai dese, Ștefan-Istvan începu a-și face loc printre ele cu mâinile. În părul negru îi rămâneau ace. Se opri și cercetă grosimea trunchiului, ca să înțeleagă la ce înălțime a ajuns. Scutură cu putere trunchiul rămas deasupra.

În jur, o liniște din altă lume și ape adânci, întunecate, cât putea cuprinde cu ochii. Noaptea era fără stele.

— Aici, frate, murmură Ștefan.

Își desfăcu surtucul și scoase de la piept pachetul cât un copil. Căută pe dibuite cele trei nojițe potrivite de morăriță în locurile măsurate, pe pânza albastră. Petrecu fiecare nojiță în parte de trei ori pe după trunchiul bradului și le legă strâns. Apoi trase o dată aer în piept, adânc, și slobozi pachetul întreg de sub braț.

În aerul curat al nopții, dintre crengile scurte din vârful bradului, sub cerul ca păcura care înlesnise toate acestea, tricolorul românesc se desfășură cu o bătaie de aripă peste dealul golaș de dedesubt și peste pădurile întunecate dimprejur.

Marginile lui băteau când roșu, când galben în obrazul morarului din Scaunul Șeica. Ochii lui căutară a mulțumire adâncă spre cer. Mustața îi tremură într-un surâs ascuns, iar pieptul i se umflă de o bucurie care, în sfârșit, alungă preț de o clipă amarul numelui schimbat din Lupu în Farcaș.

— No, așe, murmură Ștefan, și începu a coborî.

Se lăsă încet pe crengile de sub drapelul întins de vânt deasupra capului său, se propti bine cu genunchii în trunchi, scoase securea de la brâu și prinse a lovi scurt, de lângă rădăcina ei de pe trunchi, creanga de deasupra creștetului său. Tânără, creanga cedă repede.

Ștefan mai coborî o jumătate de stânjen și din nou reteză creanga de deasupra capului său. În liniștea nopții, loviturile lui înfundate păreau toaca dinaintea unei slujbe secrete.

Cobora și tăia mai apoi creanga de deasupra. Rășina chihlimbarie pe care bătrânul brad o lăcrimase de-a lungul vieții se prindea de surtucul bărbatului. Degetele lui aflau din când în când coaja unor răni mai vechi pe trunchiul copacului. Le pipăia și le mângâia. Apoi lovea scurt cu securea. Părtaș, bătrânul brad se lăsa repede sub loviturile lui, fără a slobozi ecouri prelungi peste pădurile din jur. Deasupra, copacul rămânea curat și sec, un catarg pentru tricolor.

Când sfârși, ridică ochii la cer și-și căută acolo isprava. Steagul fluturând abia se ghicea în noaptea fără stele. Cocoșii slobozíră cel de-al doilea cântat. Încă două ceasuri până la răsărit.

— Dovedește-i tu, frate! rosti cu năduf Ștefan către copacul plecat sub securea dreptății.

Își șterse fruntea de sudoare, își mai sprijini încă o dată spinarea ostenită de bradul golaș cu tricolor în vârful înalt de treizeci de stânjeni și porni către casă.

Vestea tricolorului românesc care flutură peste două dealuri, din vârful unui catarg de treizeci de stânjeni, se întinse ca focul. Când cea dintâi rază de soare scăpată din spatele Munților Cindrelului bătu în pânză, aprinzându-i culorile, plutonierul Fekete și ceata lui de jandarmi erau deja de un ceas sub bradul pleșuv. Neputincioși, loveau cu pintenii pântecele sărmanilor cai, strunindu-i din căpestre și făcându-i să-și necheze necazul. Îi ridicau pe picioarele dinapoi și-i jucau pe loc, încercând să-și slobozească undeva furia.

Nuntașii din Șeica ieșiră din sat pe la prânzișor. În curtea Bisericii Lutherane din Mediaș, niciunul nu purta brâul din bătrâni, tricolor. Îl purta pentru ei toți cel mai vechi și mai înalt brad din ținut.

Nunta s-a desfășurat fără alte evenimente, vegheată însă strâns de pe margini de două cete de jandarmi chemate în ajutor de plutonierul Fekete, tocmai de la Blaj.

În pragul caselor din Mediaș ale familiei Dieter, starostele nunții îi îngenunchie pe Anna și Franz pentru iertăciunile ce trebuiau luate de la părinți. Doamna Dieter lăcrima. Domnul Dieter păstra fruntea încruntată, anume ca să nu se dedea la aceleași lacrimi rușinoase ca ale soției sale. Bătrânul protopop era singura față senină: era mulțumit că lucrurile ies după voia lui, și salvarea fetelor este aproape.

Starostele vorbi adunării, în versuri potrivite, despre porunca cea din vechime dată de Dumnezeu lui Adam și Evei, despre cele dintâi greșeli și despre vremea iertăciunilor lor. Din loc în loc, își oprea strigările cântate și întreba:

— Iertați, părinți?

— Iertați să fie, răspundeau părinții, simțindu-i cum se îndepărtează de ei tot mai mult, cu fiecare iertare îngăduită. Să le fie casa plină de copii!

Jocul a început tot la porunca starostelui. Tinerii încinseră iute aerul cu polci săsești amestecate cu hore românești, cărora feciorii le țineau ritmul, lovindu-și gleznele cu palmele. Fetele îi lăsau o vreme singuri, ca să-i poată admira, iar ei să arate cu mândrie ce știu, apoi intrau între ei cu chiote prelungi de stăpâne ale locului.

În curțile din spate era forfotă mare. Două slujnice nu mai pridideau să isprăvească cuferele cu care copilele familiei urmau să plece a doua zi dimineață. Pe măsură ce ferecau încă o ladă și o dădeau pe mâinile argaților, ea era urcată pe spatele trăsurii și prinsă în legături. Vizitiul îngrijea de cal, împărțind porunci scurte pentru încărcarea cu chibzuință a trăsurii, așa fel ca ea să se afle în dreaptă cumpănă la drum.

— Cuferelul cel mic să-l dați de partea cealaltă. Trecătorile sunt uneori tare strâmte și trăsura nu trebuie, Doamne păzește, să se răstoarne.

La revărsatul zorilor, mirii lăsară nuntașii să-și încheie jocul, iar ei intrară la odăi, ca să se pregătească de drum. Lepădară straiele de nuntă și le îmbrăcară pe cele mai ușoare și mai călduroase, cu care aveau să traverseze munții. Casa era toată luminată ca în dimineața de Crăciun. Cu ochii cârpiți de somn încă, fetițele se lăsau îmbrăcate de guvernante.

Pesemne că doamna Dieter își plânsese până acum toate lacrimile, ori poate că inima ei se întărise simțind că este nevoie de dânsa pentru organizarea plecării. Pe chipul ce părea domnului Dieter încă frumos se mai vedea acum doar hotărâre. Bătrâna doamnă Dieter, în schimb, se închisese în odaie și-și acoperise capul cu șalul cernit în care lăcrima la vremuri de restriște.

— Gata, anunță ca o sentință domnul Dieter prin odăi, când trăsură fu încărcată, iar caii, adăpați și hrăniți, băteau din copite, nerăbdători, la scările casei.

Vizitiul trăsese în față și își lua ultimele porunci de la bătrânul protopop.

— Să mâni binișor, Dumitrache, spunea el. Nu aveți a vă grăbi. Este timp destul. Am trimis vorbă înaintea voastră la Sibiu ca să vă aștepte poștalionul.

În lacrimile bătrânei aflate la fereastră și în sfaturile întretăiate unele între celelalte, pe care ai casei le repezeau spre cei din trăsură, vizitiul puse capăt momentului cu cea dintâi pocnitură a biciului.

— Haida, dieee!

Drumul până la Sibiu îl făcură în liniște. Aflați față în față, Franz și Anna aveau fiecare pe câte un umăr capul adormit al unei copile. În ceasurile care se scurseră până în oraș, Greta și Filipa mică își isprăviră somnul întrerupt de guvernante. Anna privea munții din depărtare, pe sub coșul trăsurii și pe deasupra umărului vizitiului. Franz privea la Anna și gândea la socotelile cu care bătuse la poarta familiei Dieter, în urmă cu mai puțin de un an.

Îi admirase atunci lumina din ochii sinceri și o asemuise dragostei lui vremelnice din München, micuței balerine care își luase obiceiul de a sosi serile la ușa lui, aprinzându-i mai apoi nopțile. Își spusese atunci că Anna este cea mai potrivită alegere pentru el și că, din multe puncte de vedere, se vor putea face fericiți unul pe celălalt, măcar că dragostea lui rămăsese într-o mansardă din München.

Astăzi îi păreau copilărești toate acele socoteli. Anna cea adevărată i se arătase, întreagă, mai cu seamă atunci când timpul prinsese a năvăli peste ei toți. Nu-i mai găsea astăzi pereche nici în mica balerină de pe vremea anilor săi de studenție, nici în alte chipuri ori trupuri care-l ispitiseră pentru o clipă. Lumea se împărțea astăzi pentru Franz în Anna și toți ceilalți.

Erau ceasurile prânzișorului când ajunseră în Sibiu. Fetițele se treziră vesele și înfometate. Primiră din mâinile Annei merele pregătite de acasă pentru astfel de momente de răgaz și dădură roată trăsurii și poștalionului trase una lângă cealaltă, pentru strămutarea cuferelor. Ziua era însorită, măcar că friguroasă. Socotind că încă nici nu au intrat în bucata cea mai grea a drumului așternut dinaintea lor, Franz o opri pe Anna să așeze fetițele la masa Hanului Poștei.

— Vom prânzi cum se cuvine la amiază, când trag nădejde să fim deja la Făgăraș, spuse el.

De la Sibiu urmară crestele munților până la Varmeghia Făgărașului, drum fără suișuri ori coborâșuri, șerpuit numai. Lipsite de griji sub umerii Annei și ai lui Franz, copilele cele mici cântau cât le țineau gurile pe deasupra munților dintre țări. De o parte - Principatele Unite, nădejdea și speranța lor, de cealaltă parte - Ardealul de curând supus Imperiului.

Poștalionul schimbă din nou caii în stația din Făgăraș.

În vreme ce Franz umbla în jurul cuferelor, Anna porunci supă și un gulaș cu găluște pentru fetițe, cât să le țină de foame, dar să nu le cadă greu la drum. Porniră din nou de îndată ce copilele isprăviră de mâncat. Urcară spre vămile Imperiului, către plaiurile drepte ca-n palmă ale Tablei Buții, cu gând să coboare în Măneciul Plasei Teleajenului, urmând vechiul Drum Mare de pe Plai, pe care Măria Sa Vodă Mihai îl făcuse odinioară într-o zi și o noapte, în sens invers, unind pentru o clipă toate Țările Române într-un vis spulberat mai apoi de dușmani.

Soarele scăpătase în spatele munților când ajunseră la trecătoarea Vămii Buzăului. Poștalionul fu oprit și Franz coborî între grăniceri, ca să arate hârtiile. O vreme, Anna nu le auzi decât vorbele înfundate. Vizitiul aștepta pe capră lămurirea lucrurilor. Filipa mică își odihnea capul pe umărul ei, dormind somn adânc. Pe canapeluța din față, Franz așezase tâmpla Gretei pe stâlpișorul învelit în catifea al poștalionului.

Vârful unei baionete despărți perdelușele încărcate de praful drumului în două și ochii cercetători ai unui grănicer sticliră în întuneric. Anna se deșteptă brusc din amorțirea care o cuprinsese pe drum. Trupul ei se încordă fără a aștepta încuviințarea voinței. Spatele i se îndreptă ușor și aruncă o privire protectoare fetițelor, apoi își fixă ochii într-ai grănicerului, ca și cum i-ar fi poruncit liniște pentru somnul lor.

Poștalionul se cutremură dintr-o parte în cealaltă, ca pe valuri, și Anna înțelese că unul dintre cufere fusese coborât din legături, pentru cercetări.

— Ce-i? dădu glas somnoros Greta.

— Șșșt, dormi. Nimic nu este, o liniști Anna.

Vămuirea nu dură mult. Pesemne că poștalionul cu prunci adormiți muiase inimile slujitorilor crăiești. Cufărul fu prins la locul lui, pe spatele poștalionului, și Franz urcă.

Înnoptară la una dintre gospodăriile cu odăi de oaspeți ale Vămii Buzăului. Stăpânul curților învăță pe vizitiu să tragă trăsura în șopronul acoperit, anume rostuit cu uși grele ferecate cu lacăte, pentru ca lăzile și cuferele să se afle în siguranță. Duseră caii la grajduri. Treburile se împliniră prin curțile gazdei în lipsa femeii locului, pe care Anna o bănui pentru o clipă în spatele perdelelor despărțite de un deget curios. Era însă prea obosită pentru a-și limpezi vreo părere despre acestea toate. Amână pentru a doua zi dimineață și se ocupă de fetițele care trebuiau înveșmântate în cămășuțele pentru noapte.

Cea dintâi noapte a vieții lor împreună și-o petrecură surghiuniți fiecare către una dintre marginile unui pat mare și înalt, la mijlocul căruia stăpâneau Greta și Filipa, cu bonetele strâmbe pe cap și cu brațele desfăcute cruce peste perne.

Primii zori îi aflară tot pe drum. Se deșteptară de cu noapte și părăsiră curțile gospodarului cu han la marginea Vămii Buzăului în liniște, cât să nu tulbure somnul de dimineață celor ai locurilor. Omul închise pe urmele lor porțile cele mari și chemă sub ascultare câinele care urma poștalionul pe dinăuntrul curților, de-a lungul gardului, dând glas.

— Suntem în țară, spuse Franz copilelor deșteptate din moțăială de o hurducătură mai amarnică.

Greta și Filipa mică îngrămădiră două capete curioase din spatele perdelușelor, în căutarea tărâmului plin de taine și promisiuni în care intraseră. Marginile pălărioarelor căptușite cu postav gros, călduros, pentru vremea rece de afară, nu încăpeau în același timp în cadrul micii ferestruici, și fetițele scuturau din când în când din capete, cu gesturi de căluți neînvățați. De la o vreme își retraseră înăuntru capetele și îndreptară către Franz priviri nedumerite:

— La ce să ne uităm? Nu este nimic acolo, afară, spuse Greta.

Așteptările lor la un tărâm care să-și merite, cumva, nădejdile puse în el, fură înșelate de dealurile înalte din jur, aidoma celor lăsate în urmă. Numai oamenii păreau a fi mai mulți și mai gălăgioși pe măsură ce poștalionul cobora către Vălenii de Munte, repezindu-se apoi în linie dreaptă spre Ploiești.

Cele dintâi nopți petrecute în atelierul vechi, de pe colțul străzii Sărindarului, închiseseră pentru Anna ușa dintre copilărie și maturitate. Traversaseră munții către Regat în poștalionul încărcat cu cufere și lăzi de zestre, și intraseră în București după două zile de drum ostenitor, mai cu seamă pentru fetițe. Greta și Filipa fură instalate de Franz la fostul Pension Domnesc devenit astăzi Școala Centrală de Fete. Domnișoara Directoare se arătase de la început încântată de educația surorilor Dieter.

În casa veche, necunoscută, mirosind umed a igrasie și scârțâind din fiecare a doua scândură a dușumelei, Anna nu despachetă în cea dintâi seară. Cuferele rămaseră în mijlocul încăperilor, adunate unele într-altele ca pentru a-și da curaj. Anna cerceta rând pe rând restul încăperilor, întorcându-se lângă grămada de bagaje ori de câte ori cele descoperite prin adâncurile casei o aruncau în deznădejdi de copil părăsit în loc străin. Cuferele miroseau a dealuri proaspăt ninse, a ger fluierând pe la uși și a ștrudele rumenite până ce primele foi se răsucesc pe la capete. Grămada de cufere din mijlocul încăperii însemna *acasă*.

Noaptea, câteva pisici alergaseră pe acoperiș, străduindu-se cu disperare să se agațe de țigle cu ghearele scoase. Le auzea atunci când alunecau, și sunetul uscat al ghearelor lor dimpreună cu miorlăiturile furioase o ținură trează până dimineața.

La lumina celei dintâi zile descoperi restul vecinătății în care avea să-și petreacă următorii ani. O biserică părăsită, cu ferestrele sparte din care ieșeau în zbor păsări, înconjurată de un maidan năpădit de buruieni uscate, străjuia partea dinspre răsărit a noului său cămin. Anna află iute poveștile nenumărate ale bisericii din Sărindar. Toate precupețele se arătau bucuroase să-i spună ce știau, isprăvindu-și de fiecare dată poveștile cu sfaturi pricepute:

— Căutați de plecați de acolo, domniță dragă. Sunteți tineri și acela nu este un loc pentru oameni ca domniile voastre.

Anna află astfel că biserica a fost prima ridicată în vechiul târg al Bucureștilor de către banul Craiovei, boierul Mihalcea Cocorăscu, primind numele de Biserica Coconilor. Târziu peste ani, atunci când biserica rostuită de vechiul ban devenise o ruină, Vodă Matei Basarab s-a hotărât să o refacă, încheind cu ea șirul celor patruzeci de biserici pe care se legase cu jurământ în fața Lui Dumnezeu să le ridice ori să le repare, la începuturile domniei sale. Biserica veche a boierului Cocorăscu a căpătat ziduri noi, temeinice, a fost dăruită de vodă cu podoabe și odoare și a fost numită Biserica Sărindar, cu cuvântul grecesc care arată cifra patruzeci, fiind a patruzecea dreasă.

Abia de aici înainte le făcea plăcere precupețelor să-i povestească Annei istoria bisericii părăsite.

Între icoanele bisericii se număra una aparte, făcătoare de mari minuni și vindecătoare. Vestea acestei icoane a Maicii Domnului s-a răspândit cu iuțeală, atrăgând an de an la Biserica Sărindar valuri nesfârșite de credincioși aflați în felurite suferințe. Mănăstirea din jurul bisericii devenea adesea neîncăpătoare pentru toți cei sosiți să-și afle scăparea. Uneori, cei sosiți rămâneau săptămâni la rând în găzduirea mănăstirii. Un călugăr cu darul negoțului a pornit cele necesare ca să adauge, pe lângă mănăstire, un han. O vreme, hanul acesta a adăpostit numai suferinzii sosiți la icoana Maicii Domnului.

— Dar necuratul nu doarme niciodată, domniță dragă, șoptea sinistru o bătrână care vindea ouă, vârând sub ochii deja înspăimântați ai Annei un deget noduros cu o unghie murdară. Ucigă-l toaca a găsit rost să-și vâre coada a spurcată în treburi luminate, și în câtiva ani hanul de pe lângă mănăstire era plin de coconi și jupânițe jucăușe, departe de a avea vreun beteșug, ci numai dorind a-și trece tinerețile în ispitele cele dulci.

Anna își amintea de bătrâna cu degete noduroase ori de câte ori ieșea pe portița casei sale de la marginea Bucureștiului, în drum spre piață. De fiecare dată, drumul o ducea mai întâi prin fața bisericii din care ieșeau păsări în zbor. Pe maidanul din spate, oamenii aruncau noaptea leșuri de animale care mai apoi atrăgeau stoluri de ciori, ziua. Vechi cruci de hotar din piatră, cu inscripțiile mâncate de ploi, zăceau sprijinite de temeliile bisericii ori culcate de tot la pământ. Zidurile trăseseră ani la rând umezeala din pământ și se înnegriseră, arătând acum lumii desene nefirești pe trupurile lor.

— Locul este cu blestem, domnița mea, îi șoptise altă dată o chivuță Annei. Ca să scoată pe coconi și pe jupânițe afară din hanul mănăstirii, fiindcă nicicum nu se dădeau plecați de acolo, au făcut în câteva chilii un spital de nebuni, Doamne iartă-mă! Toți îndrăciții au fost aduși, chipurile ca să se vindece de la icoana cea făcătoare de minuni. Zi și noapte se ridicau strigăte neomenești dintre zidurile mănăstirii, că oamenii din vecinătate au fost nevoiți să-și trimită câinii de acasă, așa mare larmă se isca. Socoteala a fost bună bag seamă, pentru că jupânițele cele jucăușe au dispărut ca prin farmec. Au rămas bieții nebuni, chinuiți de necuratul și chinuind toată mahalaua. Apoi a trimis Buna Măicuță a Domnului un cutremur pe lume, biserica s-a scuturat din temelii, zidurile s-au crăpat și cărămizi au prins a cădea din tâmpla bisericii. Nu i-a mai răbdat pământul nici pe unii, nici pe alții. Icoana s-a prăpădit ori a fost furată. Nimeni nu mai cutează astăzi a lua vreo hotărâre cu biserica Sărindarului. A rămas așa, a nimănui. Loc cu blestem, domniță, încheiase chivuța, închinându-se cu gesturi largi, pline de spaimă.

Încredințarea că situația reprezintă totuși un provizorat dădea Annei putere să treacă cu vederea mirosurile putrede care se ridicau din toate părțile. Nopțile petrecute în vecinătatea bisericii, fost han plin de blestemății, fost spital de nebuni, ruină părăsită de oameni și de Dumnezeu acum, umpleau visele Annei de sudori reci și îi stârneau rugăciuni fierbinți la miezul nopților fără lună.

Maidanele din spatele bisericii părăsite, cu ogive sparte și ziduri înnegrite de apele supte din pământ, adunau păsări negre, înspăimântătoare, care se roteau în dansuri macabre pe deasupra leșurilor de câini și de pisici lepădate de stăpâni necunoscuți. Țipetele lor victorioase o făceau pe Anna să ferece ferestrele și să tragă peste ele draperiile încărcate de praf vechi.

Și praful era purtător de mirosuri de demult și de putreziciuni aici, în renumitul târg unde tânărul ei soț încă spera să-și afle soarta. Pe dealurile curate ale Mediașului, praful ridicat din pământuri primăvara era curat și mirosea a reavăn. Mirosea amar a pelin și uneori iute a mătasea-broaștei înverzită primăvara prin bălțile lăsate în urmă de zăpezile topite dintr-o dată. Anna își amintea cu drag de mirosurile acelea, măcar că la vremea lor nu le descoperise adevărata față. Inima ei însă le așeza astăzi alături de acestea noi, ale mărginimii Bucureștiului și mai cu seamă ale apropierii de locul întinat al fostei biserici, și tânjea după bucuriile copilăriei ei.

La atelierul de fotografie, lucrurile mergeau bine. Franz era căutat, și vestea fotografiilor lui limpezi, în care privirile rămâneau vii, se întindea în tot târgul cu iuțeală. Nu dură mai mult de un an până când izbuti să strângă suma necesară pentru un nou atelier, în centrul Bucureștiului, în Piața Teatrului, alături de Cofetăria Fialkowsky.

Ziua cea mare a mutării definitive fu stabilită într-o duminică, la insistențele fetițelor, care ținuseră neapărat să ia parte la eveniment. Vreme de două zile, slujnica împachetă și rândui din nou în cufere straie, așternuturi, velințe și ștergare. Lăzile fură iarăși ferecate și strânse unele într-altele în vestibulul de la intrare. Cele dintâi trăsuri tocmite de Franz anume pentru cufere fură pornite cu o zi înaintea stăpânilor, dimpreună cu slujnica.

Pe strada Știrbey Vodă, în Piața Teatrului, noii vecini ai tânărului fotograf sosit din părțile Ardealului ieșiseră în fața prăvăliilor și așteptau, pe sub copertinele colorate, să-l cunoască. Un grec cât un munte, care ținea o prăvălie de măsline și delicatese, îl oprise în drum pe băiatul de prăvălie al domniei sale și îl muștruluia încruntat:

— Cât îți trebuie, Niculăiță, tu, copile, ca să faci un drum până alături, cu un coș de bunătăți? Ori vrei să-ți apuc acuș urechile?

Băiatul ținea capul plecat și nu îndrăznea să spună ce anume voia. Grecul trimisese la bucătăria noilor megieși un coș de răchită încărcat cu brânzeturi fine, măsline, lămâi și smochine, în semn de bun venit. La numai câțiva pași, un evreu mărunțel, înveșmântat într-o redingotă nouă la două rânduri de bumbi, cu kipa așezată pe creștetul capului, schimba priviri cu domnișoarele aflate la ferestrele catului întâi al prăvăliei sale de stofe fine și bijuterii. Fiicele domniei sale aflaseră, pesemne, că noul vecin este fotograf, iar acum îi cercetau sosirea, prea rușinate ca să se arate, dar dornice de fotografii. De cealaltă parte a noului atelier, o prăvălie de cafea armenească împrăștia de-a lungul întregii străzi arome felurite, care-ți puteau lua sufletul cu ele. În curțile din spate se prăjea cafea, iar boabele erau mai apoi aduse, calde încă, în prăvălia din față, ca să fie măcinate sub ochii clienților.

— Bună ziua, îi salută Franz pe grecul cu măsline, pe armeanul cu cafea și pe evreul cu stofe scumpe dimpreună, ridicând către ei jobenul.

— Bună ziua, îi răspunseră noii vecini, întrerupându-se preț de o clipă din activitățile ce se prefăceau a le avea prin fața prăvăliilor. Bine ați venit!

Se cunoscuseră în urmă cu două săptămâni, odată cu încheierea târgului și cumpărarea caselor în care gândea să mute atelierul. La fel ca și acum, negustorii megieși locului ieșiseră și atunci prin fața prăvăliilor cu felurite scopuri, care mai de care mai îndepărtate de cel adevărat.

Franz își amintea astăzi cu sentimente amestecate anii aceia de început, primul său atelier și mutarea într-o locuință mai pe potriva rangului lor de acasă, din Mediașul lăsat în urmă. Intrarea pe strada Știrbey Vodă însemnase intrarea între fotografii de frunte ai Bucureștiului. De-a stânga și de-a dreapta, alături de negustori greci, evrei ori armeni, se aflau câțiva fotografi. Atelierele lor, cunoscute deja în târg, nu-l speriaseră. Faima ce căpătase deja de la sosirea sa îi dădea aripi și-l făcea încrezător în steaua lui. Cererea era atât de mare, iar afacerile mergeau atât de bine, încât nimeni nu avea a se teme de nimic.

În așteptarea doamnei Ghenadie – care aducea copiii pentru câte o fotografie an de an – și a domnului general Stancu – care dorea o fotografie cu noua decorație a domniei sale – Franz mângâie cu un gând fotografia cu care atrăsese atenția tinerei principese a țării, căpătând titlul de Fotograf al Curții Domnești. Își petrecuse în ziua aceea ore întregi pândind intrarea Armatei Române în București, în urma Marelui Război de Neatârnare.

Principele Carol însuși condusese atunci trupele, în defilarea lor pe sub Arcul de Triumf ridicat în mare grabă de Primăria orașului, anume pentru acest moment.

2. Arcul de Triumf

Copilul întinse mâna deasupra capului și strecură două degete murdare în buzunarul redingotei domnului din fața lui. Mulțimea ce se îmbulzea din toate părțile îl ajuta să treacă neobservat. În lipsa ghionturilor pe care le tot primea de la vecinii din stânga și din dreapta, domnul atacat ar fi simțit lesne că buzunarul său este cercetat. În căutarea unui loc cât mai bun însă, toată lumea renunțase la buna-cuviință. Puteai vedea doamne elegante sau domni respectabili făcându-și loc către cele dintâi rânduri de-a dreptul cu coatele.

Micul pungaș avea obrazul luminat numai pe jumătate. Pesemne își aruncase doi pumni de apă pe față în dimineața aceea, dar când să treacă în urma lor cu mâinile, să frece temeinic până la rădăcina urechilor, zelul îl părăsise, iar rezultatul era acum un obraz curat pe părțile mai bucălate, mărginit de umbrele murdăriei zilelor trecute, așezate unele peste altele în straturi. Pielea lui alb-sclipitoare îl arăta a fi pui de român. Din experiență știa că nu trebuie să ridice ochii către ținta atacului său, pentru că privirile insistente le făcuseră pe vechile lui victime să întoarcă la rândul lor capul către el în cele mai nepotrivite momente. Fixa deci cu ochii buzunarul și propria-i mână.

Prin ochiul aparatului său de fotografiat așezat pe trepied chiar în mijlocul pieței, Franz îl vedea. Cercetă pentru o clipă pe domnul atacat, încercând să afle dacă furtul ar fi însemnat o mare pagubă pentru el. Scena întreagă, mișcările dibace ale micului pârdalnic și privirile lui reținute cu iscusință îl încântau pe fotograf.

Ar fi vrut să poată privi mai departe, dar pentru aceasta conștiința lui avea nevoie să știe că domnul nu va păți vreun prea mare necaz. Jobenul înalt din satin mat, negru ca păcura cu ape albastre întunecate atunci când soarele cădea chiar pe el, redingota nouă, croită parcă anume pentru marele eveniment și aflată la cea dintâi purtare, plastronul alb sclipitor ce se zărea la gât și ghetrele din postav de aceeași culoare încheiate în bumbi negri liniștiră conștiința lui Franz.

Pungășia pe cale să se înfăptuiască nu era o nenorocire pentru victima sa.

Când portmoneul ieșise deja de două degete din buzunar, în obiectivul fotografului intră brusc un personaj nou, împins din spate de valul mișcător al mulțimii. Un polițist care pesemne că pândise în tot acest timp de la numai un pas distanță, dar rămăsese ascuns ochilor lui Franz pentru că ieșea din cadrul prins de aparatul de fotografiat, puse o mână pe umărul scund al copilului. Mâna lui căzu mai degrabă pe umărul mic, pentru că gestul fusese forțat de îmbulzeală. Probabil că polițistul își propusese să lase mai întâi copilul să-și termine pungășia și abia atunci să-l prindă, dar lucrurile se precipitaseră.

Din spate începeau să se audă voci vălurind vestea către primele rânduri:

— Vin! Vin!

Franz își îndreptă spatele și aruncă iute o privire pe deasupra aparatului, către Arcul de Triumf. Măsură din nou distanța din ochi, potrivi obiectivul și cercetă locul soarelui pe cer, pentru ca lumina să cadă din direcția aleasă de el. Totul era pregătit. Pe sub Arcul de Triumf era așteptată Armata Română, victorioasă în războiul cel mare dintre ruși și turci, care adusese după el atât de muncita independență a țării. Majestatea Sa Regală Carol I al României urma să apară dintr-un moment în altul, conducând înapoi acasă armata victorioasă.

Alarma s-a dovedit a fi falsă. Ca la un semn, mulțimea se liniști și vocile coborâră. Franz plecă din nou ochiul și-și reluă studiul pieței prin aparatul său de fotografiat potrivit pe trepied. Scena care îl delectase cu numai un minut mai devreme avansase în lipsa lui. Copilul nu era de găsit nicăieri. Pe locul unde stătuse el, polițistul se așezase cu picioarele desfăcute larg și cu mâinile la spate, într-o poziție autoritară. Își lăsase chipiul înalt și bombat pe spate, ca și cum s-ar fi pregătit de acțiune.

Franz cercetă chipul domnului în redingotă, încercând să citească acolo deznodământul de la care lipsise. Părea senin și complet neștiutor de pericolul care îl pândise. Întoarse aparatul către polițist. Pe fața acestuia se putea citi mândrie, privirea lui mătura întreaga asistență ca și cum totul i-ar fi aparținut. Fotograful trase concluzia că pârdălnicia fusese oprită la timp, dar micul pungaș scăpase din mâinile legii, pierzându-și probabil urma printre rândurile din spate ale mulțimii, acolo unde polițistul nu-l putea urma.

La porțile orașului, chiar în Capul Podului Mogoșoaiei, primăria ridicase la repezeală Arcul de Triumf ce urma să primească așa cum se cuvine – cu fală și recunoștință – Armata Română. Domnul Primar poruncise construcția din lemn acoperit cu ipsos pentru basoreliefuri și inscripții. Vocile care se ridicaseră îndată împotrivă, din cauză că un schelet din lemn îmbrăcat în ipsos nu era menit să reziste vremurilor, așa cum se cerea unui adevărat Arc de Triumf, fuseseră potolite de domnul Primar prin promisiunea că Arcul va fi mai apoi reconstruit aidoma acestuia care le era de trebuință imediat, și va fi ridicat din piatră care să dăinuie.

Construcția a durat două săptămâni.

La sfârșitul lor, dacă porneai din Sărindar de-a lungul Podului Mogoșoaiei înapoi către piață, construcția se arăta vederii de departe, arcuindu-se pe deasupra clădirilor pe două niveluri. Îngerul cel mare așezat chiar în mijlocul Arcului, purtând pe brațe cununa victoriei, cu aripile coborâte pe spate în semn de pace, părea desenat direct pe cer celor ce priveau de la mijlocul Podului Mogoșoaiei sau chiar din cealaltă parte, din mijlocul Podului Târgului din Afară, căruia unii începeau astăzi a-i zice Calea Moșilor. De-a dreapta și de-a stânga îngerului cel mare al biruinței, arhitecții așezaseră încă doi îngeri la picioarele lui, care se descopereau vederii numai după ce ieșeai la Capul Podului.

Ziua de început de octombrie nu era tocmai însorită, cerul, când senin, când acoperit, îngrijorându-l pe Franz. Bătea un pui de vânt ce păstra steagurile înălțate de o parte și de alta a Arcului de Triumf într-o fremătare continuă. Franz putuse număra câte douăsprezece steaguri de fiecare parte, pornind în două șiruri de la Arc și până la intrarea pe Podul bătut în bârne de lemn al Mogoșoaiei.

Fostei Ulițe Mari, unită acum cu Drumul Brașovului, i se spunea „pod“ tocmai din cauza acestui pavaj din bârne de lemn care făcea ca sunetul roților de trăsură să semene a cântec vechi ieșit din lăuta starostelui Barbu cel din bătrâni. Franz își amintea din anii trecuți cum ploile de toamnă, ce începeau în preajma zilei Annei – chiar ziua de astăzi, 8 octombrie – se prelingeau pe fețele rotunde ale pavajului și se adunau dedesubt, băltind acolo împreună cu zăpezile topite de peste iarnă și cu noile ploi din primăvară, umflând lemnul an de an și punând pe jar pe primarii Bucureștilor, care nu puteau potoli larma stârnită de domnii ziariști în jurul acestui subiect decât înlocuind vechile bârne mereu cu altele noi.

Poate de aceea noul primar Cariagdi adusese de curând această propunere – care iscase și ea valuri de păreri felurite – și anume de a pava cu piatră Podul Mogoșoaiei și alte multe căi bucureștene. Birjarii orașului și toți proprietarii de trăsuri, până la unul, săriseră îndată împotriva acestei idei. Este dăunător copitelor cailor să bată numai drumuri de piatră, spuneau ei.

Se ridica însă împotriva lor și de partea primăriei cu idei avântate o nouă tabără, formată din tinerii cei nemintoși care cunoșteau deja pe de rost toate mărcile de automobile ieșite din fabricile nemțești și americane. Această tabără ce părea crescută până atunci undeva pe sub lumea vizibilă a Bucureștiului se arăta din zi în zi mai numeroasă, îngrijorând vechea gardă prin puterea pe care se părea că o au vocile lor. Într-un an – doi trăsurile vor fi numai o amintire în oraș, spuneau ei, fiind înlocuite de automobilele rapide ale căror roți de cauciuc nu au nicio problemă să bată drumuri de piatră.

Ziua Annei! rămase la suprafață un gând al lui Franz.

An de an, în mijlocul toamnei, la 8 octombrie, casa Mayer se umplea de invitați, Rosa căpăta un ajutor temporar, iar bucătăreasa casei alerga înnebunită în toate părțile, izgonind din bucătărie pe orice nepoftit, fără a mai purta de grijă vorbelor alese. Franz însuși fusese luat la rost într-unul din anii trecuți, precum că „mai căutați-vă, conașule, de lucru prin odăile domniei voastre, și mă lăsați durerilor să-mi văd liniștită de pregăteli, că și cu domnia voastră printre cratițe și fără, tot una mi-e! Ba încă mă mai și împiedic căutând să vă feresc de fierturile cu care trec în brațe de colo colo! Să-mi fie cu iertăciune, coniță mare, continuase bucătăreasa lor către doamna casei, adunați-l din calea mea că m-oi pricepe și singură să o scot la capăt".

Așa că Franz își luase obiceiul de a se ține departe de cuhnii la vreme de petrecere.

Se potrivise însă anul acesta ca ziua cu pricina să fie mare pentru țară. Principele României se întorcea de la porțile cucerite rând pe rând ale Plevnei, călare în fruntea Armatei Române, așa cum călare în fruntea lor purtase întregul război. Aducea cu el țeava celui dintâi tun otoman capturat în asediile Griviței și ale tuturor celorlalte redute ale Plevnei, ca să facă din oțelul ei câștigat cu spada coroana lui și a viitorilor regi ai României.

Lui Franz îi revenise onoarea de a realiza fotografia oficială a evenimentului. Potrivirea cu ziua doamnei sale îl scăpase de neplăcerile obișnuite ale primelor ceasuri ale zilei, când nu-și afla rostul în casa răscolită de febra pregătirilor la care el se vede treaba că nu avea cu ce să ajute.

Plecase deci bucuros, atât de onoarea ce-i făcuse Majestatea Sa Principesa Elisabeta de a-i comanda fotografia, cât și de eliberarea de sentimentul sâcâitor de inutilitate pe care îl avea acasă, la o astfel de zi.

Brusc, soarele scăpă întreg de sub nori, punând zâmbete surprinse pe chipurile celor prezenți. Câțiva domni din față ridicară bastoanele și-și atinseră cu capetele lor borurile subțiri ale jobenelor. Două domnișoare însoțite numai de slujnicuțele lor deschiseră ca la un semn umbrelușele dantelate, ascunzând sub marginile lor sfârșitul unui surâs al cărui început însă apucase să fie prins de cel căruia îi fusese adresat.

Copiii își reveniră imediat din toropeala ce-i cuprinsese din cauza așteptării și ieșiră din rând, scăpând la vedere, în mijlocul pieței, la loc descoperit.

Pe urmele lor, doicile își făcură curaj și trecură de lanțul polițiștilor și al sergenților de stradă, apucară copiii de mâini și îi aduseră înapoi sub ascultare. Profitară însă cu toatele de moment ca să arunce priviri scrutătoare în depărtare, pe sub Arcul de Triumf, de-a lungul vechiului Drum al Brașovului.

Mulțimea din primele rânduri era cu ochii la ele, așteptând un semn. Doicile își coborâră palmele făcute streașină la ochi și plecară, chipurile cu treburi, privirile în pământ. Nu se vedea nimic.

Pătrunjelul și țelina din ulcelele de lut oltenesc aveau încă frunzele verzi la ferestrele bucătăriei din casa Mayer. Bucătăreasa cea bătrână avea obiceiul de a păstra peste an rădăcini de verdeață în pământ, în astfel de ulcele, iar ciorbele dumneaei erau întotdeauna drese cu frunze proaspete, verzi, tocate pe loc și presărate în oale după ce le lua de pe foc. Bucătăria avea, iarna, aspect de grădină.

Dis-de-dimineață, Dochița se ridicase din așternuturi mai devreme ca de obicei, pentru că ziua cu însemnătate îi alunga somnul ușor din zori. An de an pățea la fel. Slujba la doamna Anna Mayer îi adusese de la bun început numai bucurii, și dorea să-și arate recunoștința prin zelul cu care isprăvea pregătirile sărbătorii măcar cu o jumătate de ceas mai devreme decât ora ce i-o stabilea stăpâna.

De grijă și de emoții, somnul îi sărea la cel de-al doilea cântat al cocoșilor din mahalaua Totoescului, din Batiștei ori din Sfânta Vineri, al căror glas răzbătea în liniștea nopții până în Piața Teatrului, în buricul târgului. Câinii curților de pe maidanele mărginașe ale Bucureștiului le răspundeau, pornind dintr-un capăt și isprăvind tocmai în celălalt, întocmai ca un tren cu mersul ciudat de leneș, pe care îl auzi din ce în ce mai aproape apoi din ce în ce mai îndepărtat.

La 8 octombrie nu se făceau focurile în casa lui Franz Mayer. Stăpâna, născută la mijloc de toamnă, iubea temperaturile mai potolite ale acestui anotimp și nu îngăduia nimănui din casă să se dedea la toropeli vremelnice. Cel dintâi buștean era pus pe foc în luna lui Brumărel, încă și atunci numai după ce luna își dovedea adevărata ei față. Dochița ieși cam înfrigurată dintre așternuturile călduroase, trase repede în picioare colțunii cei împletiți de ea din lână netoarsă, își strânse umerii în velința de pe pat și porni către bucătării.

Părul ei complet cărunt era adunat peste noapte într-o sârmă moale de cositor, strâns la ceafă pentru că bucătăreasa obișnuia să doarmă pe o parte. Sfaturile Rosei aflate la rândul ei de la doamna casei, cum că femeile trebuie să doarmă pe spate ca să-și ferească obrazul de riduri, venise prea târziu pentru ea. Avea binișor peste șaizeci de ani și optzeci de riduri ce nu s-ar mai fi întins acum la loc, indiferent pe ce parte ar fi dormit Dochița.

Trupul ei mare, care adunase de-a lungul vremii bucurii și necazuri cât pentru trei ca ea și de aceea se împlinise până într-atât, cum îi plăcea ei să spună, se strecură cu dibăcie printre lavițele, scaunele țărănești fără rezemătoare ori jilțurile din jurul mesei din bucătăria întunecată. Ocoli cu meșteșug lăvicioara de făină pe care știa că o lăsase de cu seară în drum, în mijlocul încăperii. Se socotise că e prea obosită ca să mai tragă de lada grea, plină, și apoi peste numai câteva ceasuri să o scoată înapoi ca să se apuce de copt pâine și plăcinte.

Aprinse două lămpi și le așeză de o parte și de cealaltă a plitei mari, sub ferestrele cu pătrunjel verde. Ridică ochiurile plitei, îndesă soba cu lemne și aprinse focul. Lemnele începură a trosni și bucătăria păru pe loc că prinde viață. Dochița își frecă palmele deasupra plitei încă reci, ca și cum focul ar fi dogorit deja. „Îndată, acuș", își spuse ea. Aduse de la dulapuri covățica în care frământa pâinea și o așeză pe marginea dinspre sobă a mesei.

Se întoarse apoi mulțumită în odăile din spate să se spele, să se primenească și să o deștepte pe Rosalba, care se întrecea cu găteala în fiecare dimineață, de o cuprindea rușinea pe ea, femeie bătrână, măcar că obrazul fetei era în joc.

— Haide, scoală, Doamne iartă-mă, că trece ziua cucoanei pe lângă tine, începu Dochița a vorbi mai întâi șoptit în odaia îngustă cu două paturi, al ei și al Rosalbei. Scoală, Rosă, tu copilă!

Rosalba scoase de sub învelitori două brațe albe ce luminară încăperea. Se întinse în pat cât era de lungă. De partea cealaltă a învelitorilor apărură picioarele goale. Gleznele groase trădau originea bine legată de pământ a fetei, pe care graiul nou deprins din vârful țuguiat al buzelor dimpreună cu mersul legănat exersat în fața oglinzilor din casă ori a vitrinelor de pe Lipscani se străduiau să o ascundă.

— Mmmce-i? mormăi Rosa, încercând să nu dea drumul de tot visului, cu nădejdea că orice va fi fost urma să dispară.

— Ce să fie, fata maichii, ziua a mare. Haida de te scoboară jos din pat, că am a-ți da treburi.

Dochița știa că nu trebuie să plece de lângă Rosalba până ce nu o vedea cu ochii ei în picioare. Altminteri s-ar fi întors pe partea cealaltă, cum mai făcuse și în alte dăți, iar cucoana îi găsise vină tot ei pentru că își pusese nădejdea în mintea puțină a fetei. Drept era că așa cum dormea cu obrazul afundat în perini, uitând de tot de sfatul cucoanei despre riduri, cu părul încurcat și împrăștiat tot peste ochi, cu brațele frumoase aruncate deasupra capului într-un alint de pisică domnească, fata stârnea Dochiței milă pentru tinerețea ei. Atâta doar că alt ajutor nu avea, și singură nu se putea apuca de treburi.

Se așeză greoi, sprijinindu-se de genunchi, alături de trupul ei cald și îi culese doi zulufi de pe frunte. De n-ar fi așa de fudulă, ar fi un copil tare bun, își spuse Dochița. Palmele ei bătrâne, muncite o viață întreagă, erau reci. Zâmbi în sinea ei și puse o palmă pe brațul cald al fetei, apăsat, ca să-i pătrundă înfrigurarea până în gândurile toropite de somn. O simți tresărind sub atingerea de gheață.

— Văleleu, Măiculița lui Dumnezeu, ia mâna de pe mine! sări Rosa, trezită brusc, și își trase repede amândouă mâinile sub velință. Sfinte Doamne, ce mâini reci ai, nană Dochițo!

— Te-ai trezit? întrebă fără rost bucătăreasa, pentru că nu era nicio îndoială că Rosa era de tot trează acum.

— Apăi m-ai trezit dumneata, nană, dar eu văd că afară e noaptea, așa că o să te rog să mă lași.

— *O să mă rogi să te las*? o îngână bucătăreasa. Fata maichii, nu te lepăda de vorba cu care ai venit de acasă ca și cum te-ai rușina de ea, că dacă și ea s-ar rușina de tine și te-ar da de la inima ei, nu știu ce te-ai mai face pe lume. Haida, scoală și spală-te, că trebuie să frământăm pâinea și nu se cade să frământ cu fată nespălată în casă.

Și Dochița se ridică de pe patul slujnicuței, agățând ca din greșeală velința în mers și trăgând-o jos de pe fată. Continuând să bombăne, Rosa se ridică și porni către odaia strâmtă și lipsită de ferestre în care se afla lavoarul cel vechi al doamnei Mayer, pe care îl rânduise pentru ele amândouă.

Se spălară pe rând, Dochița cu bucata ei de săpun de casă, fiert chiar de ea afară în curticica din dos, în ceaun, astă-vară când stăpânii erau duși la băi, ca să nu le miroasă urât, iar Rosalba cu o coajă de săpun franțuzesc de care se lepădase doamna pentru că era prea mic și îl înlocuise cu unul nou. Se îmbrăcară și se pieptănară, Dochița acoperindu-și tot părul cărunt cu boneta albă, bufantă, de care era atât de mândră, iar Rosa sprijinindu-și între colacii de păr împletiți la urechi căpețelul ei de bonetică englezească.

Bucătăria era deja scăldată în lumina palidă, lăptoasă, a ceasului dintâi al soarelui. Aerul se mai dezmorțise și căldura sobei le făcea pe cele două servitoare ale casei Mayer să simtă că viața este frumoasă. Curând avea să coboare la ele și doamna, pentru cafeaua pe care o făcea dimineață de dimineață cu mâna ei. Dochița trimise pe Rosa afară la cișmea, cu cele două căldări de alamă făcute într-una din țigăniile Bucureștilor, să aducă apă.

— Fetele mari trebuie să vină cu plin în casă, înainte de răsăritul soarelui, dacă vor să aibă noroc la măritiș, începuse bucătăreasa poveștile ei zilnice de deasupra cratițelor, cele cu care vrăjea mâncărurile de ieșeau mai bune decât ale oricărei alte bucătărese de pe stradă. La măicuța mea acasă eram patru fete, și când ne înălțaserăm noi așa mai măricele, de ne alunecau mințile la flăcăi și ne voiam la casele noastre toate, ne întreceam în zorii zilei care mai de care să apucăm cobilițele pe umeri și să mergem cu ele la fântână după apa cea dintâi.

— În căldarea asta mai este apă de ieri, ce fac cu ea? întrebă Rosalba, care o asculta numai cu o ureche, auzind pe alocuri doar muzica vorbelor bătrânei fără a prinde cu adevărat și înțelesul lor.

— Ia ulcica a mare de pe dulapul de la cămară și strânge-o acolo. Apa, măicuță, nu se aruncă. Arunci apa, îți arunci norocul. Încaltea măcar de a-i pune-o la vreo floare. Uite aci, pune-o la pătrunjelul ăsta, dă și la țelină, și spunând acestea Dochița se feri într-o parte din fața sobei lăsând vederii Rosei ulcelele cu verdețuri de la ferestre.

Rosalba însă era deja la cămară, ridicată pe vârfurile picioarelor și bâjbâind cu mâinile pe deasupra dulapului după ulcica cea mare.

— Fată, hăi! strigă Dochița la ea. Ce tot cotrobăi pe acolo de nu vii cu apa aia la pătrunjel?

— Apăi, nană, nu m-ai trimis după ulcica a mare? apăru Rosa în pragul îngust al cămării, cu mâinile în șolduri, derutată.

— Doamne, fată, că mult ești împleticită la treabă. Dă fuguța cu apa de ieri la verdețurile astea și aleargă în curticică la cișmea de adu apă proaspătă! Haida!

Dochița bătu de două ori din palme pe urmele ei, ca să-i dea ritmul.

În vremea aceasta, în odăile de sus ale caselor, deasupra atelierului fotografic și al bucătăriei, Anna Mayer trecea în revistă pentru a mia oară invitațiile trimise și mersul pregătirilor. An de an se strângeau în jurul mesei sale colegi de breaslă ai soțului său, amici negustori cu prăvăliile aflate pe aceeași stradă cu ei și câteva fețe mai înalte, cu adevărat boierești, cu care se țineau rude îndepărtate și care onorau pragul casei și stăteau chezășie că toți ceilalți vor sosi exact așa cum i-a invitat Anna.

Biletele de invitație le scria întotdeauna cu mâna ei, văzând în aceasta semn de apreciere și cinste acordată oaspeților.

Stimată doamnă Agopian,

Vă rog să-mi faceți onoarea și plăcerea de a lua parte împreună cu soțul la sărbătorirea zilei mele de naștere.
Masa festivă va avea loc vineri 8 octombrie orele 14:00, în casele din Piața Teatrului, strada Știrbey Vodă. Ținută elegantă.
Cu aleasă stimă, Anna Mayer

Lista cuprindea câțiva obișnuiți ai casei, așa cum era familia negustorului armean de cafea Agopian, familia negustorului grec de măsline Chiron ori familia librarului și – mai nou – editorului Ioanid. Nelipsiți erau cei doi buni prieteni ai soțului său, Franz Duschek și Gustav Waber, amândoi fotografi iscusiți. Ce-i drept, orașul nu ducea lipsă de artiști adevărați într-ale fotografiei. Se aflau deja la cea de-a treia generație de artiști ce țineau cap de afiș al marilor expoziții pariziene numele țării.

Din nefericire, pentru că acești prieteni ai lui Franz nu erau căsătoriți, masa Annei nu era echilibrată, producând mari necazuri doamnei. O mai îmbuna doamna Ioanid, aducând cu domnia sa pe domnișoara casei. În adâncul sufletului, însă, Anna rămânea la fel de nemulțumită, pentru că firea independentă a domnișoarei Ioanid punea mesei un plus de tensiune în loc să domolească lucrurile pe făgașele blânde ale ieșirii în societate a tinerilor pentru potrivirea unor viitoare familii.

Spre totala disperare a amfitrioanei, anul acesta soțul său aducea la masă un nou amic, o speranță a fotografiei artistice – cum găsise el de cuviință să-l numească pe acest bucureștean de pripas, născut pe malul bătut de vânturi al Dunării, la Galați, purtat pe la Paris și acum întors în țară și stabilit în București. Domnul Ioan Spirescu era ceea ce bucătăreasa ei ar fi numit „brânză bună în burduf de câine". Anna îl lua adesea drept exemplu în sprijinul ideii că lipsa unor rădăcini nu poate fi înlocuită doar de o educație aleasă.

Domnul Spirescu nu-i fusese pe plac încă de la prima vizită, când Annei i se păruse că privirile pe care i le aruncă pe deasupra ceștii de cafea nu sunt potrivite cu statutul lui de vizitator, de amic al soțului său, de oaspete în casa ei ori pur și simplu de om cu educație.

O vreme se amăgi cu gândul că i se păruse. Apoi începu să afle tot mai des, în timpul vizitelor la croitoria „Două Surori" de pe Lipscani, despre isprăvile nedemne ale acestui așa-numit domn. Se vorbea cu voce scăzută despre motivul real al slujbei pe care o obținuse la atelierul bătrânului domn Szollosy, motiv care ar fi fost legat de tânăra și neastâmpărata doamnă Szollosy. Domnul Szollosy, împovărat de ani și de neajunsurile vârstei, lăsase cu acte frâiele atelierului soției sale, care dovedea înclinații administrative. Cel dintâi lucru pe care doamna Szollosy l-a făcut a fost să-l înlocuiască pe dirigintele atelierului, domnul Gustav Waber, cu nou sositul domn Spirescu.

Cucoanele Bucureștiului erau bine informate din surse sigure, probate și în alte dăți, că veneticul domn Spirescu făcuse mai mult decât ochi dulci patroanei sale. Lucrurile continuau să se petreacă sub ochii bietului domn Szollosy. Franz, prins la mijloc între prietenia mai veche pentru Gustav și mai nouă pentru amicul Spirescu, încerca acum o reconciliere între ei doi, bazată pe faptul că toate aceste vorbe nu își au izvorul în lucruri adevărate, ci numai în invidiile confraților mai slabi profesional, ce nu vedeau cu ochi buni succesul domnilor Spirescu și Waber.

— Domnia ta ești, cu toate acestea, cel dintâi deasupra lor. Ai clienți mai înalți, recunoașteri mai multe și afacerea mai prosperă, îi spusese Anna atunci când stabileau lista de invitați. Cu siguranță ești invidiat și totuși nu ți-au ieșit vorbe. Nu cred că simpla invidie a născut toate acestea.

Franz însă se mulțumise să zâmbească, fără să șteargă de pe listă numele domnului Spirescu. Din locul de unde privea el nu se vedeau decât talentul de necontestat al tânărului său prieten și, poate, un pic, renumiții ochi alunecoși ai doamnei Szollosy. E drept că Gustav, eliberat din slujba de diriginte al atelierului Szollosy în favoarea tânărului gălățean, avea o înverșunare ciudat de pătimașă față de domnul Spirescu. Era însă sigur că toate acestea au o explicație simplă, ce va ieși la iveală dacă el le va oferi celor doi prilejul să se lămurească.

Așezată în zorii zilei la măsuța de toaletă din dormitorul cel mare, Anna Mayer căută în teancul de copii ale bilețelelor trimise pe cel al domnului Spirescu.

Domnule,

Sunteți așteptat vineri, 8 octombrie, la masa festivă ce va avea loc în casele noastre din Piața Teatrului. Ținută elegantă.
Anna Mayer

Era singura invitație trimisă cu alt text, și Anna spera ca domnul Spirescu să înțeleagă tot ce era de înțeles de către un gentleman din cuvintele reținute: anume că purtarea lui nu a trecut neobservată și nu va fi acceptată.

De jos, dinspre cuhnii, răzbăteau până la ea zgomotele obișnuite ale dimineții: ochiul de fontă al sobei era ridicat și potrivit mai bine cu cleștele, cratițele pline erau așezate pe foc, Dochița repezea pe Rosa după câte o treabă. Curând avea să sosească și fata în casă a doamnei Agopian, cerută ca în fiecare an cu împrumut pentru ajutorul Rosei. O singură grijă nu dădea pace doamnei Mayer, și anume ca însemnătatea deosebită ce o căpătase ziua de astăzi să nu-l întârzie pe Franz și – Doamne ferește! – să fie nevoită să primească oaspeții de una singură în lipsa lui.

În oraș era mare fierbere. Războiul luase sfârșit, și nu oricum ci cu victoria armatelor conduse de Majestatea Sa Principele Carol. Atât de dorita și de discutata eliberare de sub stăpânirea otomană se împlinise, în sfârșit.

Principele țării depășise toate speranțele puse în el, bătând la propriu în pasul calului cele dintâi linii ale frontului, înflăcărând cu prezența sa sufletele țăranilor care se văzuseră peste noapte soldați și dând viață cuvintelor de îmbărbătare care altminteri ar fi rămas simple vorbe. Pentru acestea toate, mintea romantică a Annei îl vedea pe Principele Carol I ca pe un prinț din basme, ce doboară cu spada în mână dușmanul și eliberează pe cei năpăstuiți. De aceea, oferta pe care o primise Franz de a realiza fotografia oficială a intrării Armatei Române în oraș, sub conducerea Majestății Sale, o emoționă și îi umplu inima de mândrie.

Franz plecase în dimineața aceea devreme. Se putea bănui că piața va fi plină de lume venită să-și întâmpine Principele biruitor, iar Franz avea nevoie de spațiu pentru a găsi unghiul cel mai potrivit pentru singurul cadru pe care îl putea face. Anna nu-l mai văzuse niciodată atât de fericit. Vorbea mult și repede, îi explica gesticulând că deja știe unde trebuie să-și așeze trepiedul astfel încât fotografia să surprindă chipurile bucureștenilor în chiar momentul trecerii Majestății Sale pe sub Arcul de Triumf ridicat în cinstea armatei biruitoare.

În ultimele două zile supraveghease îndeaproape lucrările din piață. Avea în minte planul fiecărui colț. Știa unde vor sta oficialitățile, unde va fi permis mulțimii și unde vor fi întinse cordoanele de polițiști. Luase chiar câteva cadre „în orb", cum le numise el, ale pieței goale, și își petrecuse ultimele două seri studiindu-le cu atenție la lumina tuturor lămpilor din casă aprinse și adunate în jurul lui.

Doamna Mayer cobori la bucătării.

După orele petrecute împreună, umăr la umăr, mulțimea începuse a se suda într-o singură simțire, comportându-se ca un unic mare organism, respirând la unison, cu toate inimile pe aceeași bătaie. Franz decupa cu obiectivul aparatului său de fotografiat câte o felie rotundă din marea de chipuri. Uneori, cineva îi simțea privirea prin ochiul de sticlă și i se uita țintă drept în aparat.

Încadrase Arcul de Triumf chiar în centrul viitoarei fotografii. Era amiază, și soarele rămăsese ascuns după nori de mai bine de un ceas, ceea ce făcea pe Franz să fie sigur că acolo va rămâne pentru tot restul zilei. Calculase deci timpul de expunere fără teama că va fi nevoit să-l mai modifice.

În fața Arcului, între el și aparatul de fotografiat, mulțimea devenea personajul principal al întregii fotografii. Era evident că armata va mărșălui undeva către stânga cadrului său. Acolo va fi și locul Majestății Sale în fotografie. Gândise compoziția aceasta îndelung. Dacă totul ieșea așa cum își dorea el, atunci ceea ce va fotografia în final va fi poporul român în ceasurile dintâi ale independenței sale.

Deodată, chiar pe sub Arc țâșniră către el doi comisionari pe care îi cunoștea bine, pentru că se slujise adesea de serviciile lor. Băieții, nu mai mari de zece-unsprezece ani, trecură pe lângă el în fuga mare, stârnind în jurul lui și al trepiedului praful drumului. Speriat, Franz se aplecă și își privi cadrul. Colbul ridicat de băieți formase un norișor chiar în centrul lui. Pe urmele comisionarilor apărură apoi câțiva polițiști cu fețe concentrate, pătrunși de importanța misiunii lor, și începură a împinge ușor mulțimea către spate.

Franz urmărea cu disperare cum se așază la loc praful pieței, mult prea încet pentru răbdarea lui atât de încercată astăzi. Ar fi fost culmea ghinionului ca fotografia să fie stricată de doi pici care aleargă prin praf! Pentru o clipă îi trecu prin minte că avea dreptate domnul primar Cariagdi, orașul trebuia pavat cu piatră. Evaluă din priviri deschiderea largă a pieței și încercă să și-o imagineze acoperită cu dale albăstrii de macadam. Fanfara își organiză frânturile de cântece repetate până în acel moment într-un marș triumfal care acoperi orice alt sunet al pieței.

— Vin! se auzi chiar lângă umărul său un glas apăsat de bărbat, și imediat unul dintre consilierii primăriei făcu doi pași în față și apăru în obiectivul aparatului de fotografiat.

— Copiii în față, făcu el semn unui polițist din lanțul care păstra hotarele mulțimii. Copiii în față, să vadă.

Franz aprecie rapid întreaga situatie. Apariția consilierului atât de aproape ar fi putut avea avantajele ei. Un personaj uman în cadrul apropiat ar fi putut da adâncime întregii compoziții. Hotărî pe loc că nu va interveni.

Sunetul fanfarei se înălța din ce în ce mai maiestuos. Pe sub Arcul de Triumf începeau să se zărească steagurile de luptă și cele creștine purtate pe sus de alaiul victorios. În spate, de cealaltă parte a Arcului, către ieșirea din oraș, mulțimea izbucnise în urale entuziaste, fremătând nerăbdătoare. Câțiva aruncau priviri când la el, când la drumul de pe care erau așteptați eroii zilei, ca și cum ar fi vrut să se asigure la rândul lor că fotograful este atent și are vizibilitate bună.

În uniforma sa de general de corp de armată, cu chipiul de paradă cel cu firet auriu, drept în șa și cu mâna sprijinită de sabia cu gardă de bronz terminată cu cap de acvilă, Carol I al României intră în piață pe sub Arcul de Triumf.

Mulțimea izbucni. O pală de vânt mai puternică dezechilibră jobenul domnului consilier care nu apucase să-și facă loc înapoi în spatele lui Franz, și era încă vizibil prin obiectivul aparatului. Domnul ridică mâna și-și prinse jobenul exact la timp, dar îl păstră în mână, pentru că vântul se întețise.

La un pas în urma Majestății Sale Principele Carol soseau călare, umăr lângă umăr, patru generali: domnul general Cerchez, domnul general Alexandru Cernat, domnul general Argeșanu și domnul general Nicolae Haralambie, urmați îndeaproape de Divizia 4 Cavalerie. Preț de o clipă, Principele Carol opri calul și cuprinse întreaga piață cu o privire. Steagul creștin al Sfântului Gheorghe, cel care a răpus balaurul, și drapelele Gărzilor Civice și cele ale cavaleriei, toate purtând cifrul Principelui Carol brodat într-un colț, încadrat într-o coroană de lauri, fluturau în ritmul unduitor al uralelor mulțimii.

Franz apăsă declanșatorul și fotografia se imprimă pe peliculă.

Pe sub Arcul de Triumf trecu în zbor o pasăre, ca și cum ar fi făcut parte din corpurile de armată pe care le întorcea acum acasă domnitorul, ca și cum l-ar fi urmat și ea pe câmpul de luptă, ruptă din versurile de curând născute în București. Toată țara, râul, ramul și cu păsările fuseseră la război împreună cu Carol.

Franz se îndreptă și privi întreaga piață pe deasupra aparatului de fotografiat care își terminase treaba. Era mulțumit. Știa cu siguranță că fotografia va fi așa cum plănuise el. I se mai întâmplase și altă dată să aibă această certitudine despre fotografii pe care nu le developase încă, și învățase în timp să aibă încredere în sentimentul acesta de mulțumire și ușurare care îl încerca uneori.

Doamna țării va fi mândră de el. Privi pe urmele soldaților care continuau să curgă într-un alai neîntrerupt către Podul Mogoșoaiei. Eliberat de sarcina pentru care măsurase până acum fiecare colțișor al pieței, observa detalii cărora nu le dăduse atenție până atunci: chipurile obosite ale soldaților și uniformele lor trecute prin încercări grele, pașii uneori scăpați din ritmul mândru de defilare, câte un picior care se târa neputincios și câte un zâmbet care se străduia să ascundă neputința piciorului rănit.

Din loc în loc, în mijlocul coloanei pe patru rânduri, doi camarazi își sprijineau unul altuia durerile ajunse la capătul puterilor.

Pe măsură ce rândurile armatei ieșeau de sub Arcul de Triumf, străbăteau piața și intrau pe Podul Mogoșoaiei, uralele entuziaste ale mulțimii își pierdeau din intensitate. Cei care aclamau și cei care erau aclamați schimbau priviri între ei.

Adevărul din ochii soldaților era altul decât acela pentru care mulțimea venise pregătită astăzi. Pentru ei, victoria însemnase un ochi pierdut, o rană adâncă și încă chinuitor infectată, un os frânt, zile și nopți fără somn, foame și frică, durere, camarazi morți alături de umărul lor, suferință.

Ochii soldaților vorbeau despre toate acestea și despre multe altele asemenea, atunci când întâlneau ochii bucureștenilor. Uralele nu se mai auzeau decât în spate, izbucnite din piepturile celor care își găsiseră loc de-o parte și de alta a Căii Brașovului. Aici, în interiorul orașului, mulțimea era tăcută.

Cele dintâi clădiri de pe Podul Mogoșoaiei îngustau distanța dintre cele două tabere, apropiind mulțimea de rândurile soldaților. De pe margini, mâini îngrijite ieșind din manșete albe se ridicau și strângeau a încurajare palmele aspre, tăiate de bătături proaspete așezate peste cele vechi, ale soldaților. Doamnele Bucureștiului, sosite dis-de-dimineață să întâmpine eroii glorioși, își coborau acum în caldarâm privirile grele de noile înțelegeri ale situației și atingeau postavul aspru și plin de noroi uscat al uniformelor rupte, ca și cum ar fi cerut iertare pentru așteptările lor din dimineața aceea.

Ochii soldaților tăceau peste ceea ce cunoscuseră. „A fost greu, domnule. A fost greu, coniță“, păreau a spune celor care le scormoneau privirile cu întrebări la fel de tăcute.

Franz își strânse trepiedul, îl ridică pe umăr și porni către casă.

Ceasurile erau înaintate. Invitații pentru sărbătorirea zilei doamnei sale trebuiau să sosească la două ceasuri după-amiază, iar trăsuri pe Podul Mogoșoaiei nu circulau astăzi, din cauza defilării. Se gândea să încerce să răzbată cumva, pe jos, până către bulevardul Lascăr Catargiu, iar de aici să încerce a găsi o trăsură către casă ocolit, de-a lungul bulevardului până dincolo de tarabele grânăreselor, apoi din Piața Mare, de la ceasornic, să o taie spre malul Dâmboviței și să se întoarcă pe străduțele înguste din spatele clădirilor Universității.

Avea să întârzie, știa asta, și deja purta în gând o discuție cu Anna.

Vântul care toată ziua prevestise ploaie ridică în aer frunzele veștede adunate pe lângă bordurile din piatră ale celor trei cișmele acoperite de la ieșirea din piață. În anii dintâi ai lui Franz în oraș, pe locul acestor trei cișmele erau trei puțuri cu lanț, la care se adunau sacagiii în zorii zilei. O florăreasă care își așezase coșurile cu dalii și crizanteme între cișmele se ridică, speriată de furtuna de frunze moarte, și încercă să-și apere averea colorată cu brațele desfăcute ca niște aripi pe deasupra florilor.

Anna mai dădu o dată ocol mesei gătite din salonul cel mare. Candelabrul de deasupra mesei ardea cu toate lumânările lui, ca la zi de sărbătoare, cu toate că era miezul zilei. Farfuriile ei cele mai dragi, din porțelan de Bavaria, cu marginile dantelate și cu florile albastre pictate manual, erau rânduite cu meșteșug pe masă. Pusese pe Rosalba și pe ajutorul ei să scoată tacâmurile de argint, pe care le folosea numai de două ori în an, și cumpărase anume pentru această ocazie șervete noi de bumbac mărginite cu dantelă cusută din igliță. Cristalurile de pe masă sclipeau. Jilțurile cu tapiserie de mătase erau așezate în linie perfectă împrejurul mesei.

Numai Franz îi dădea motive de îngrijorare, pentru că întârzia.

Într-un sfert de ceas urmau să apară primii oaspeți, iar Anna se temea că avea să intre pe ușă dimpreună cu ei. Mâniei dintâi îi lua acum locul un necaz amestecat cu rușine care s-ar fi putut termina în lacrimi de neputință curând. Nu înțelegea cum este cu putință să promiți că vei fi într-un loc la o oră anumită, iar mai apoi să nu îndeplinești această promisiune. Franz ar fi trebuit să ajungă acasă la unu și jumătate, cum le fusese vorba încă de aseară. Oaspeții soseau la două.

Trecu în salonaș și cercetă din nou ceasornicul de pe perete. Rămăseseră numai zece minute până la ora două. Ca să păstreze pomezile de frumusețe acolo unde le pusese la amiază, adică pe obraz la locul lor, Anna se strădui să-și mute gândurile la lucruri pe care le putea stăpâni și care ar fi trebuit să-i abată lacrimile.

Cercetă măsuțele din salonaș, și ele pregătite să-și primească oaspeții, încărcate cu sticle de vișinapuri pentru doamne și de rachiu pentru domni, cu carafe aburite de apă proaspătă, acum scoasă de la ghețărie, și cu coșulețe încărcate de pometuri rare, smochine și curmale. Primirea oaspeților era rânduit să fie făcută aici, în salonaș. Abia atunci când toți cei așteptați s-ar fi adunat, urmau să treacă în salonul cel mare, la masă.

Coborî la bucătării, dar se opri de data acesta în prag, fără să pună pasul în mijlocul mirodeniilor de tot felul care umpluseră între timp încăperile de jos. Nu voia ca rochia să adune între faldurile ei aromele puternice ale supei cu găluște, ale musacalei turcești cu vinete sau ale saramurii de crap fierte în apă adusă anume de la sărăria dinspre Slănicul Prahovei, unde o lăsase Dumnezeu să izvorască din pământ printr-o gură spuzită cu sare.

De sus, din capul scărilor, cuprinse cu privirea cuhnia toată. Zacuștile proaspăt pregătite de Dochița erau lăsate să se răcorească și să li se amestece gusturile legumelor și ale ciupercilor.

Anna avusese mult de furcă până când deprinsese găluștele casei Mayer să rămână mici, delicate, nu de mărimea pumnului Dochiței. Găluștele poate că s-ar fi dat pe brazdă mai degrabă, dar Dochița nu se lăsa scoasă dintr-ale ei cele aduse de acasă, nici în ruptul capului.

— Are să râdă lumea a bună de noi, cuconița mea, se împotrivea ea Annei în zilele de învățătură din anii trecuți. Cum, Doamne iartă-mă, să fac gălușca atâtica? Ar intra trei în lingură dacă m-aș potrivi domniei tale.

— Dochiță, fă bine și fă-mi pe plac, că nu mai isprăvim până mâine dimineață dacă tot vorbim într-una, îi răspundea Anna, pe jumătate amuzată de împotrivirea bucătăresei, pe jumătate răpusă de tăria cu care bătrâna își apăra rețetele.

Găluștele casei erau acum demult micuțe și delicate ca o iznoavă adusă de prin străinătățuri. În cuptorul cu focul potrivit slab de tot, numai cât să păstreze bucatele calde pentru ceasul sosirii oaspeților, sarmalele învățate și ele după găluște să fie mărunțele bolboroseau în zeama de varză, împrăștiind miresme în toată bucătăria. Primele platouri erau frumos aliniate pe masa cea mare din mijloc, iar cele două fete în casă așteptau numai un semn al Dochiței ca să le ducă sus, în salon.

— Ai dat drumul la tașchele cu pegmez? întrebă Anna.

— Văleleu, cuconiță dragă, nu vă scoborâți în bucătărie cu hainele ale bune, că prind miros taman acuș, când trebuie să apară mosafirii! se sperie de ea Dochița, care își așezase picioarele obosite pe taburet și își pierduse privirea pe ochiul cel mic de geam la care creștea pătrunjel verde, iarna.

Ca să preîntâmpine nenorocirea despre care vorbea, iar hainele Annei să nu apuce să prindă miros, se ridică greoi de pe scaun și veni cu câtă grabă putea către stăpâna sa.

— Pegmezul l-am adus de la cămări, ca să se dezlege ușor, dar nu dau drumul la tașche până nu vă văd că ați mâncat supa cu găluște.

— De care pegmez pui?

— Apăi cum mi-ați poruncit: de prune în tașchele dintr-un vas și de caise acrișoare în celelalte, ca să fie pe toate gusturile. Și tașchele le tăvălesc prin pesmet amestecat cu zahăr mărunt tocmai când să le trimit pe fetele astea cu vasele la masă, ca să nu tragă zahărul umezeală și să arate tașchele frumos. Liniștiți-vă, cuconița mea, și mergeți sus, că aici treaba e bună, așa cum ați poruncit-o.

Cinci minute până la ceasurile două. Cu cele două fete pe urmele ei, Anna urcă înapoi în salonul mare și le dădu alte rânduieli la aranjarea tacâmurilor fiecărui oaspete în parte. Le mai schimbase de două ori până acum. Fetele, Rosa și ajutorul adus din casa Agopian, urmară poruncile doamnei Mayer cu iuțeală. Mai mult ca să dea un rost mâinilor ei ce doreau să se frământe și nu se cădea, mai ales în fața slujnicelor, Anna drese una dintre draperiile de la ferestre. Cerul se vedea plumburiu în spatele perdelelor.

— Măcar de-ar ploua odată, vorbi Anna norilor ce puneau atâta tensiune în aer.

Strada forfotea. Defilarea armatei victorioase la intrarea în București scosese afară din case toată populația orașului. Anna se gândi că strada arăta pentru prima oară ca Podul Mogoșoaiei, plin în zilele de sărbătoare deopotrivă de oameni, trăsuri și automobile care își revendicau dreptul de a o ocupa în întregime. Cele două tramvaie cu cai, unul care lega Calea Moșilor de Gară și celălalt care mergea către strada Lutherană, se opriseră nedumerite în aglomerația ce le tăiase drumul. Clopotele sunau în zadar pentru a cere eliberarea căii de trecere.

Departe, către Terasa Oteteleșanu, zări în marea de oameni trăsura editorului Ioanid, care era invitat astăzi cu soția și cu fiica. Vizitiul se ridicase în picioare și se străduia să facă loc cailor prin mulțime. Un claxon cu glas caraghios îi sperie, și caii se smuciră din hățurile vizitiului, tropăind apăsat pe picioarele din față. Trăsura mai avea numai câțiva pași până la intrarea din față a casei Mayer, dar părea imposibil să-i poată străbate.

Din partea cealaltă, dinspre Biserica Enei, într-o cabrioletă cochetă trasă de un singur cal, domnul Spirescu se îndrepta la rândul său către strada Știrbey Vodă. Ca și trăsura soților Ioanid, cabrioleta domnului Spirescu fusese oprită de mulțimea ce se întorcea de la Arcul de Triumf. De la ferestră, Anna îi vedea pe toți.

În vestibulul de la intrare auzi glasul lui Franz.

— Vesta! Lavaliera! Redingota! împărțea el porunci scurte și zorite către Rosalba.

— Bună ziua, domnule Mayer, puse Anna un pic de maliție în tonul ei. Am auzit ușa de la intrare și am crezut că sunt oaspeții, pentru că sunt deja ceasurile două. Pe domnia voastră vă credeam demult în casă, ocupat cu îmbrăcatul și restul pregătirilor.

Franz zâmbi ca un copil prins la borcanul cu zaharicale. Se știa certat pentru întârziere, și aprecia vorbele dosite în spatele acestora rostite pe față, pentru urechile slujnicei căreia tocmai îi punea pe umăr trepiedul aparatului de fotografiat.

— Doamna mea, la mulți și frumoși ani! Să-mi trăiești și să mi te țină Dumnezeu la fel de sănătoasă și în putere ca acum, spuse el, ridicând de la picioare două coșuri cu dalii și crizanteme pe care le aducea cu el tocmai de la cele trei cișmele acoperite, de la marginea orașului.

Ocupă mâinile Annei cu coșurile pline de flori, o prinse de umeri și o sărută pe amândoi obrajii, continuând să vorbească, mai mult ca să nu lase soției sale timp să-și ducă reproșurile până la capăt:

— De astăzi înainte susțin proiectul Primăriei de a bate macadam în tot Bucureștiul. Numai printr-o minune am salvat fotografia Majestății Sale sub Arcul de Triumf să nu iasă înecată în praful pieței ridicat de doi puști care alergau înaintea alaiului, ca să-i anunțe sosirea. Foarte bine face domnul Primar! Și Podul să-l bată cu macadam, să ieșim și noi în primăvară fără să ne mai temem de noroaie. Dar ce spun eu Podul? Primăria a hotărât numele de Calea Victoriei pentru Podul Mogoșoaiei, așa că de astăzi înainte, în această casă așa i se va spune.

— Multe văd că se vor schimba în această casă de astăzi înainte, spuse Anna, făcându-și de lucru cu lavaliera lui Franz.

— Dă-i pace, Anna, își scoase Franz lavaliera din mâinile ei. Nu este vreme, oaspeții sunt pe urmele mele. Am văzut trăsura Ioanizilor chiar alături, în față la Oteteleșanu, prinsă în aglomerație. Iar Ionică Spirescu venea și el. Lipsit de răbdare cum îl știu, este în stare să sară din cabrioletă și să străbată restul drumului pe jos. Câte ceasuri? întrebă el apoi pe Rosalba.

— Două și zece minute, cuconașule.

Franz îmbrăcă redingota când se auzea clopoțelul de la intrare. Porniră amândoi umăr lângă umăr – Franz cu ochii luminoși de entuziasm pentru că ajunsese, oarecum, la timp, Anna cu inima plină pentru cele două coșuri de flori – să-și primească musafirii.

În fața intrării principale trăseseră două trăsuri – a soților Ioanid și a domnului Duschek – și cabrioleta domnului Spirescu. Soții Agopian veniseră pe jos, pentru că locuiau la câteva clădiri distanță. Agitația străzii cuprinsese și pe oaspeții întâmplați împreună în fața casei Annei, și discuțiile începuseră deja. Rosalba deschise ușile larg.

— Principele Carol a adus cu el o țeavă de tun de pe front, tocmai împărtășea Ionică Spirescu vestea cea mai proaspătă pe care o avea. Vom face din ea cea dintâi coroană a Regelui nostru, ca să se știe că este o coroană câștigată de drept, a unei țări câștigate de drept.

— Vă rog să poftiți, zâmbi Anna în pragul ușii larg deschise. Bine ați venit!

— Bine v-am găsit și mulți ani fericiți, stimată doamnă, se precipită domnul Spirescu să fie primul ce urează ani mulți sărbătoritei, pentru că se știa în dizgrație încă de la prima vizită făcută în casa Mayer.

— Numai bine, Anna, înaintă spre ea domnișoara Ioanid, avântată ca de obicei, scăpând cu pricepere de mâna mamei sale ce pornise să o oprească a lua fața părintelui său.

S-ar fi cuvenit să-și lase tatăl să dea tonul urărilor, dar iuțeala gesturilor și vorbelor fetei lua întotdeauna prin surprindere pe doamna Ioanid. Domnișoara îmbrățișă pe Anna și răspunse domnului Spirescu în același timp:

— Vă știam republican, domnule Spirescu. Dar ce mă pricep eu? Poate că am înțeles greșit de la bun început.

— Avem numai bunătăți la masă, întoarse repede vorba doamna Mayer, pentru că se obișnuise să apară în fața fetei domnului Ioanid pregătită pentru astfel de situații. Dochița mea vă răsfață ori de câte ori vă prinde, așa e juruită. Poftiți în salonaș la un vișinap ori un rachiu.

Doamna casei porni înaintea oaspeților, pentru a-i conduce.

Rosa închise ușa și culese de pe podeaua vestibulului două frunze uscate aduse de vânt peste prag. Afară, picuri grei începură a lovi ferestrele, borurile jobenelor și coșurile ridicate ale trăsurilor. Străzile rămaseră curând pustii.

Ploua, în sfârșit.

3. Chiron grecul
(Balta Vrăjitoarelor)

Mirosea a ploaie.

Sunetul mărunt ce pătrundea în casă prin ferestrele deschise imprima vieții dinăuntru un ritm molcom. Picăturile aflate într-o cădere nesfârșită în ochiurile de apă din drum linișteau inimile oamenilor și le rânduiau într-o pace ordonată. Crengile încă despuiate ale copacilor erau mărgelate de picături de apă atât de nemișcate, încât pe Chiron grecul, negustorul de măsline din Piața Teatrului, îl cuprindea mirarea. Nu înțelegea cum este cu putință să audă ploaia, dar să nu o vadă.

Mirosul jilav îi trezea amintiri pe care nu le dorea, dar care îl însoțiseră dintotdeauna în viață. Bucată din sufletul lui se desprindea lumii acesteia dinafară și trăia iar și iar, an după an, zilele de la Balta Vrăjitoarelor din Codrii Vlăsiei, pe moșia Afumaților cea trecută din mână în mână de atâția domnitori fanarioți, și pe acelea petrecute pe mare, în lungul drum dintre Constantinopole și Constanța.

Întreaga familie gătită de sărbătoare îl aștepta să isprăvească pregătirile și să pornească spre atelierul domnului Franz, vecinul fotograf. Aveau oră stabilită dinainte și notată cu grijă pe un bilețel de Zamfir, ucenicul domnului Franz. Cele ce se aflau scrise pe bilețel se găseau și în registrul din atelierul fotografic, astfel încât ploaia de afară nu putea acum opri numeroasa familie Karafilidis să pornească la drum.

În vestibulul îngust de la intrare, mărginit de salon numai prin trei trepte, Maria Karafilidis își ținea cei trei copii sub ascultare cu priviri grăitoare. Bătrâna doamnă Elefteria, soacra domniei sale, aștepta într-un jilț anume adus în vestibul pentru dânsa. Copiii se înghionteau și râdeau pe înfundate, privind la maica lor mare care moțăia în jilțul său. Chiron își trase mănușile, își potrivi pe cap jobenul cel bun și făcu semn tinerei sale soții să dosească mai bine lanțul ceasului de buzunar pe care i-l dăruise în urmă cu un an, și care se ivea acum din faldurile rochiei domniei sale.

Diferența mare de vârstă îl aducea adesea pe Chiron în situația de a împlini dorințe din cele mai năstrușnice soției sale.

De-o pildă ceasul acesta de buzunar, care lui îi părea cu totul bărbătesc, dar care fermecase la vremea lui pe soția sa, ajunsese în casa lor oarecum fără buna-știre a lui Chiron. Maria Karafilidis i-l ceruse numai o dată, iar Chiron avusese atâta înțelepciune încât să se opună. Femeile au podoabele lor, nu se cuvine să râvnească la cele ale domnilor. Maria nu insistase.

Zilele se scurgeau și ea nu mai aducea vorba despre ceasul râvnit. Tăcea însă mai mult ca de obicei, și își pleca privirile moi atunci când Chiron isprăvea treburile și se arăta prin odăile casei, fapt care pe el îl făcea să se simtă împovărat de vină. Se îndărătniciră amândoi în această stare de lucruri vreme de o săptămână. Apoi, în cea de-a șaptea zi de la cea dintâi rostire a dorinței ei, Maria Karafilidis primi ceasul cu lanț.

— Nu cred că se cade ca o femeie de vârsta dumitale, cu trei copii și cu o casă de ținut, ce trebuie să fie exemplu de stăpânire cel puțin fiicei ei, să aibă asemenea slăbiciuni, îi spusese încruntat Chiron, punându-i dinainte cutiuța în care ticăia ceasul. Mă aștept de la domnia ta cel puțin să păstrezi jucăreaua ferită de ochii lumii, ca să nu ne punem într-o lumină nepotrivită printre vecini.

Maria îl ascultase și nu purtase ceasul.

Gândise însă că îi este îngăduit ca măcar în fotografie să se înfățișeze cu neobișnuita podoabă. Potrivise deci ceasul între faldurile rochiei și aștepta acum, cu ochii pe copii, ca soțul său să poruncească plecarea. Chiron coborî cele trei trepte drept, în jiletca încheiată până sub lavalieră, și își făcu loc prin mijlocul familiei spre ușa de la intrare. În trecere pe lângă soția sa apucă un ochi al lănțugului ceasului și trase scurt de el, ca și cum ar fi spus „încă îl văd. Ascunde-l, să nu-l mai văd". Sprijini apoi pe bătrâna sa mamă de subsuori, o ridică din jilțul în care moțăia și îi strecură brațul uscat pe sub brațul lui.

— Mergem, spuse, și păși cel dintâi pragul.

Când apăsă clanța mică de alamă cu înflorituri la capăt, Chiron grecul știa că va plăti mai multe fotografii decât se înțelesese cu Franz. Maria părea să se afle într-una din acele zile în care cobora pleoapele peste ochii ca măslina și făcea cum voia ea. Își luase soție română sub porunca mamei sale, care se străduise toată viața ei să îndulcească acceptarea acestui unic fiu cu care mai rămăsese de către orașul în care sosiseră în urmă cu aproape patruzeci de ani.

Drumul dintre prăvălia de delicatese a grecului și atelierul fotografic mergea tot pe sub copertinele din pânză groasă de sac. De-a lungul străzii Știrbey Vodă, fiecare negustor cu stare își ridicase copertină deasupra intrării în prăvălie, astfel încât ploaia nu pătrundea acum până la ei.

Copiii mai mari, Demetra care la zece ani o luase pe dinaintea fraților ei în inima tatălui și Ianis care își petrecea viața imitând fiecare gest și vorbă a surorii mai mari, mergeau cu pas săltat în fața părinților lor. Cel mai mic, Haralambie, încă neridicat pe picioare, era ținut în brațe de mama lui. Trupul copilului ascundea ochiul de lanț al ceasului ce altminteri s-ar fi putut încă vedea dintr-o dantelă, și Maria avea toată fața luminată de un surâs ascuns.

În semn de respect, Chiron deschisese deasupra umerilor mamei sale singura umbrelă pe care o luaseră de acasă, și aceea fără un folos vădit pentru că ploaia era oprită de copertine. Copiii umblau cu mâinile drepte ridicate sub marginile lor, oprind căderea picăturilor scurse din pânză în pumnii lor dornici de joacă. Erau două păsări cu câte o singură aripă, două vrăbii gureșe ce spărgeau ritmul sacadat al ploii cu râsetele lor. Chiron se obișnuise greu să vadă în ploile acestor pământuri altceva decât pericol.

Apele aduseseră pentru el numai nenorociri, încă de pe vremea când era copil.

Tatăl său, bătrânul Chiron Karafilidis, își îmbarcase în urmă cu aproape patruzeci de ani întreaga familie într-o goeletă ce făcea parte din flota de veliere ce urma să aducă în Valahia un alt domn fanariot. Șirul lor fusese deja lung. După obiceiul înstăpânit deja în atâția ani de domnii fanariote, câte un dragoman tălmaci pe la curtea otomană se îndatora zarafilor și cumpăra dregătoria de acum cunoscută ca mănoasă a uneia dintre Țările Române.

Pornea apoi să-și ia domnia în stăpânire, cu toți creditorii pe urmele lui.

Alaiul cu care se schimbau domniile la București era adesea format din zarafii noului domn, rude, prieteni și feluriți profitori ce nădăjduiau să tragă iute foloase de pe urma țării necunoscute spre care porneau. Fiecare nou domn își începea domnia prin a pune alte și alte biruri întru adunarea sumelor cu care se îndatorase.

Rând pe rând, pe măsură ce-și vedeau banii înapoi, zarafii se întorceau în Fanar. Rămâneau rudele și prietenii fanariotului, care trebuiau unși cu moșii, pământuri, păduri, sclavi țigani și câte altele. Dreptatea umbla în cele două țări cu capul spart și cu picioarele desculțe. Pravilele vechi erau uitate. Orice nouă rânduială scoasă de vreun domn fanariot osândea la un nou bir.

În anul în care Chiron cel bătrân se hotărâse să își încerce norocul, Curtea Otomană era din nou răvășită de zvonuri despre o schimbare de domn în țările răsăritene. De pe malul drept al Bosforului, din Fanarul atât de dornic de îmbogățiri iuți, vreo doi-trei nobili fanarioți se întreceau în fața sultanului să-și arate destoinicia de a lua domnia scoasă la mezat. Întrecerea se ducea numai între sumele pe care rivalii reușeau să le adune și să le ofere sultanului, și nu între meritele ori destoiniciile candidaților.

Chiron rămase câteva seri la vorbă în agora Fanarului, până când înțelese care anume dintre cei doi-trei avea mai mulți sorți de izbândă. Se înfățișă apoi viitorului domn și își oferi prețul întregii negustorii, cu toată marfa din pivnițe, în schimbul înlesnirilor obișnuite ale suitei fanariotului.

Chiron cel bătrân visase o viață mai bună pentru numeroasa lui familie. Negoțul cu măsline pe malurile Bosforului, în mijlocul livezilor, nu îi aducea un venit îndestulător. Toată lumea avea aici măsline. Cine să i le cumpere pe ale lui? Vânduse tot și împrumutase cu bani pe noul domn, pregătindu-se mai apoi să-l urmeze la București pentru a-și recupera sumele, ba încă și dobânda promisă. Nu era zaraf și în taină îi disprețuia pe zarafi, considerându-i un fel de negustori necinstiți, pentru că se știa că vorba lor niciodată nu fusese de încredere.

Nu dădea crezare vorbelor ce se întorceau pe urmele foștilor domni fanarioți ai Țărilor Române. Erau cu siguranță răutăcioase și defăimătoare. Câteodată, cel ce vorbea despre nedreptăți și biruri apăsătoare hotărâte pentru meleagurile străine, despre judecăți lipsite de cumpănă sau jafuri, era om vrednic de toată crezarea. Chiron era atunci înclinat să se ferească de alăturarea cu astfel de oameni, fie ei chiar și nobili. Nu era un învățat, dar vechea Eladă îi curgea prin vene și simțea nelămurit că locul lui nu era acolo.

În toată acestă frământare ieși biruitoare într-una din zile hotărârea de a pleca, și Chiron vându.

Elefteria Karafilidis se împotrivise întregului plan, de la bun început. Mai întâi nu voise să audă de strămutarea într-o țară străină. Recuperarea banilor pe care Chiron îi împrumuta dragomanului fanariot nu îi părea sigură. Se vedea pe pământ necunoscut, cu trei copii în jurul ei și cu promisiunile deșarte ale unuia dintre numeroșii domnitori ce plecaseră spre dregătorii plătite. Și mai abitir însă se împotrivise călătoriei pe mare.

— Drumu-i lung și copiii au nevoi multe, spusese ea. Sunt încă mici și nevolnici. Se pot lesne îmbolnăvi. Pe mare nu se pot afla doftori la nevoie, așa cum se află pe uscat. Să mergem cu poștalioane, încaltea să știu de bine că ajungem tocmai peste vară, dar cu copiii sănătoși.

— Mergem cu flota domnitorului, hotărâse Chiron cel bătrân, și lucrurile se făcură după vorba lui.

Elefteria plecase din Fanarul cu străduțe întortocheate al Constantinopolului cel cu cerul siniliu cu trei copii, iar în Constanța mai avea numai unul.

Cel dintâi se prăpădi mijlociul, Haralambie, răpus de o aprindere la plămâni care îl suflă din brațele maicii sale în numai trei zile. Urmă apoi primul ei născut, Ianis, care făcu frigurile copilăriei și se stinse, arzând ca focul și delirând. Elefteria nu lăcrimă, iar Chiron se temu că soția sa va rămâne cu mințile rătăcite. Blestemă ziua în care îi intrase în cap ideea că-și va putea tripla averea cu repeziciune pe pământuri străine și nu mai privi în ochii Elefteriei până când picioarele lui nu atinseră din nou pământul.

La Constanța în port, velierele fanariotului cel nou și goeleta pe care se îmbarcase întreaga familie Karafilidis rămaseră în carantină mai mult decât era firesc. Când se lămuriră lucrurile cu cei doi morți de la bordul goeletei și administrația portului înțelese că a fost vorba doar despre boli ale copilăriei, ce nu ar fi pus în pericol pe nimeni pe uscat, primiră învoire să debarce.

Ajunsă pe mal, Elefteria puse mânuța singurului băiat rămas în viață – numit după tatăl său Chiron – în palma lată și plină de bătături a soțului său, se depărtă, se așeză la pământ și prinse a-și jeli copiii. Tot ceea ce se petrecuse pe apă îi păruse a fi vremelnic, suspendat într-o cută a timpului care face ca lucrurile întâmplate aici să nu fie permanente, așa fel că ea putuse amâna durerea, așteptând ca nenorocirea să fie confirmată și aici, pe pământ. Numai dacă într-adevăr băieții ar fi lipsit de lângă ea și aici, la mal, numai atunci toate vor fi avut un sfârșit.

Cu cel mai mic și mai nevolnic dintre cei trei băieți de mână, Chiron a așteptat la o oarecare distanță ostoirea durerii dintâi a Elefteriei. Nu cunoștea atingerea mâinii fiului său, și nici copilul nu se simțea în largul lui. Dar se împăcară amândoi cu situația, legănați de speranța că Elefteria își va veni în fire și lucrurile vor intra pe făgașul lor.

În port, întregul alai era așteptat de trăsuri și poștalioane ce urmau să-i ducă mai departe, până în târgul Bucureștilor. Descărcarea tuturor cuferelor din calele velierelor și încărcarea lor în trăsuri dură câteva ceasuri. Elefteria plânse neîncetat și nu lăsă pe nimeni să se apropie de dânsa. Târziu, către seară, copilul lăsat de mâna tătânelui său prinse a scânci încet de foame, și Chiron îi plăti două turte de la o dugheană din port, pe care băiatul le mâncă printre lacrimi.

Porniră mai departe în trăsura cea de pe urmă. Se înnopta, și Chiron nu se simțea în siguranță dacă nu vedea în fața lor celelalte trăsuri, așa că porunci vizitiului să dea bice cailor. Așezată între boccele și lavițe, având în fața sa pe soțul său, Chiron, și pe celălalt Chiron, cel mic, fiul cel mai de pe urmă, Elefteria rosti cu glasul răgușit de lacrimile slobozite până atunci:

— Te voi respecta și-ți voi crește acest copil ce ne-a mai rămas, dar vorbă din gura mea nu vei mai auzi.

Asta a fost tot.

Elefteria își păstrase cu sfințenie legământul tăcerii ce și-l luase singură asupra sa, din supărare. Niciodată, nimeni nu mai auzise un cuvânt din gura sa. Chiron umblase o vreme cu fruntea înnegurată de necazul abătut asupra întregii lui familii. Încercase să ghicească poftele soției sale și să le împlinească, pentru ca ea să înțeleagă din aceasta că suferă la fel și că îi pare rău că nu i-a ascultat sfatul dintâi, anume să poarte copiii pe uscat și nu pe mare.

Apoi, cu trecerea vremii, suferința lui se mai alinase și răbdarea pentru soția necuvântătoare se împuțina. O ceartă cu vorba. Se necăji mai apoi la rândul lui și o ocoli zile în șir. Se întoarse din nou către ea și îi arătă prețuire și înțelegere. Nimic nu o scotea însă pe Elefteria din legământul ei. Cu anii, Chiron se mulțumi cu ceea ce avea: o soție vrednică, respectuoasă, mamă dreaptă fiului său și ajutor de nădejde al lui la nevoie, dar care nu-i adresa niciodată vreun cuvânt.

Domnitorul își ținuse cuvântul și le dăduse tuturor creditorilor săi, printre care se număra și Chiron, pământuri, case și le înlesnise negustorii după cum le fusese voia și după cum ceruse fiecare. Chiron era mulțumit. Cu felul în care își pusese pe picioare negustoria cu măsline, îmbogățită mai apoi cu felurite alte delicatese pe care le aducea pe mare, le descărca în port la Constanța și le purta cu carele până în oraș, nici nu ar mai fi fost un necaz așa de mare dacă nu și-ar fi văzut împrumutul înapoi. Încerca să fie un vecin bun pentru cei în rândul cărora intrase și să se hotărnicească limpede față de cei din neam ce dijmuiau samavolnic țara aceasta ce-i primise și-i hrănea.

O vreme, Vodă se îndeletnicise cu împărțirea dreptății în pricinile care îi erau aduse dinainte. Orgolios și dorind a se arăta deosebit de alaiurile trecute, ce nu făcuseră decât să stoarcă țara de bani, domnia sa ascultă șirurile de împricinați și alese de partea cui este dreptatea. Îndeletnicirea aceasta însă îl plictisi repede, și Vodă hotărî curând că și-a împlinit cu prisosință datoria față de un neam ce nu era al lui. Se întoarse la socotirea banilor ce trebuiau ritmic trimiși către Stambul și la propria dumisale înavuțire.

Dorința de a se arăta cu deosebire diferit de toți cei dinaintea sa îl făcu să înhame la trăsură o pereche de cerbi învățați, cărora le poleise mândrele coarne în aur.

Târgul sărac al Bucureștilor, apăsat de birurile fanarioților al căror șir nu se mai termina de atâta amar de vreme, privea la trăsura ce alerga pe Ulița Mare, trasă de cerbi cu coarnele de aur. Oamenii se închinau cu gesturi moi, deznădăjduite, unui Dumnezeu ce părea să-i fi uitat. Peșcheșurile, cămătăriile nedrepte ori tâlhăriile erau împlinite fățiș, la lumina zilei. Pe tot cuprinsul țării și în București cu deosebire, oamenii mocneau împotriva oricărui domn fanariot ce călcase vreodată aceste locuri.

Chiron se rușina de toate acestea. Elada frumoasă și dreaptă care trăia în inima lui părea cu totul străină acestor roiuri cotropitoare. Ar fi dorit să povestească vecinilor între care își ducea traiul despre grecii cei adevărați, înțelepți și iubitori de Dumnezeu. Dar vorbele sale erau puține și anevoie de găsit. În lipsa lor, Chiron își privea megieșii în ochi și spunea:

— Eu sunt negustor cinstit.

Trăgea nădejde ca lumea trăitoare în inima lui să se arate, prin vorbele acestea, vecinilor săi.

Bătrâna Elefteria își opri pașii nesiguri cu hotărâre.

Trupul ei împuținat înțepeni de indignare și degetele uscate, noduroase, strânseră până la durere brațul fiului său, Chiron. Fără un cuvânt, arătă către cei doi copii care săriseră până atunci în fața lor pe sub copertinele prăvăliilor. Îndepărtați suficient cât să se simtă probabil în siguranță, Demetra și Ianis poposiseră la o margine de streașină de pe care șiroia ploaia și lăsau picăturile să le pătrundă pe sub mâneci, veselindu-se când apa îi gâdila în drumul ei către cot.

Chiron se afla întotdeauna în încurcătură atunci când trebuia să decidă ce este de făcut în privința năzdrăvăniilor copiilor. Cercetă chipul bătrânei lui mame, încercând să găsească acolo vreun semn ce să-l călăuzească spre buna deznodare a situației de față. Simțindu-l șovăitor sub strânsoarea sa de fier, bătrâna legată pe vecie cu tăcerea bătu o dată scurt din picior, făcând apa unei băltoace să sară pe poalele ei și ale nurorii sale.

Maria aruncă o privire ofensată către Chiron și se strecură pe lângă ei amândoi, înaintând cu pași apăsați spre cei doi copii. Din grabă, brațul pe care purta pe mezin ieși pentru o clipă de sub copertina de pânză, și micul Haralambie se pomeni în plină ploaie. Picăturile mărunte și repezi îi căzură pe nas, pe ochi și pe obrajii bucălați. Copilul prinse a chicoti cu încântare. Ridică fața către cer, deschise gura și scoase limba afară.

Ideea se întinse ca pojarul către frații săi mai mari și, înainte ca Maria, cu toată iuțeala tinereții ei, să apuce să ia vreo măsură, cu toții culegeau picăturile de ploaie în gurile deschise.

— Dumitriță! chemă ea copila de zece ani pe numele ce i-l tălmăcea din Demetra. Dumneata ești domnișoară și s-ar cuveni să ai ceva mai multă rușine!

Copila plecă ochii și intră numaidecât înapoi sub copertinele prăvăliilor. Fratele său fu adus sub ascultare de mâna maicii sale, care-l prinsese de o ureche și părea hotărâtă să nu-i mai dea drumul. Ianis mergea pe lângă poala maicii sale ridicat pe vârfurile picioarelor, ca să vină în întâmpinarea gestului ei de a-i trage urechea cu durere în sus.

Bătrâna Elefteria ajunse în sfârșit la locul faptei, cu pasul ei greoi, atârnată de brațul lui Chiron. Strecură mâna uscată pe sub umărul Mariei și lovi cu un gest scurt degetele care încă țineau urechea copilului, eliberând-o astfel din strânsoare.

Chiron își botezase cei doi băieți după numele fraților săi pierduți în apele Mării Negre, astfel încât bătrâna Elefteria îi vedea pe pruncii săi în fața ochilor, atunci când nepoții ridicau casa în picioare cu chiotele jocului lor. Maria îi părea atunci o străină ce se amesteca fără drept între ea și băieți. Dar mințile bătrânei se ridicau repede din patul amintirilor, și Elefteria se regăsea atunci bunică și nu mamă, iar casa își afla repede liniștea.

— Iacătă că am ajuns, spuse Chiron în fața atelierului fotografic, și își lăsă pentru o clipă mâna liberă pe umărul soției sale, ca și cum ar fi vrut să-i arate că îi ține partea, dar situația este încurcată și va trebui să se mulțumească cu atâta gest. Ia poftiți.

Cea dintâi păși înăuntru Elefteria. Crinolina ei bogată, croită după modelele cuviincioase de acum cincizeci de ani, abia încăpu pe catul îngust al ușii, apoi se înfoie din nou toată după ce scăpă de strânsoarea trecerii. Taftaua neagră dădu foșnet îndelung, stârnind mândria bătrânei și aducând din spate pe Zamfir.

— Kera Elefteria, ia poftiți, ia poftiți! se înclină el adânc, chemând pe Elefteria cu numele care știa că-i face plăcere. De îndată chem pe domnul Franz.

Tare s-a mai bucura să vă vadă, mai spuse Zamfir, și dispăru după draperia care ascundea ușa dinspre odăile personale ale fotografului.

Din vorba aceasta a ucenicului, Chiron – negustorul de măsline – pricepu că vecinul și amicul său nu s-ar fi așteptat ca ei să mai onoreze întâlnirea stabilită, pe o asemenea vremuială. Franz apăru de îndată, cu Zamfir pe urmele sale. Băiatul purta în mâini o chisea plină cu cofeturi de la Capșa, învelite în foiță, pe care o plimbă pe rând pe sub ochii fiecărui copil în parte, așteptând cu răbdare ca ei să le cerceteze și să se oprească asupra vreuneia preferate.

— Ce ploaie, domnule Chiron, spuse cu un zâmbet Franz. Vine primăvara, se ostoiesc zăpezile. Ieri am ieșit cu niște treburi până în Podul Mogoșoaiei și, ce să crezi? Ca-n fiecare an la vremea aceasta, scândura drumului răbunește de umezeală. Trebuie făcut ceva cu drumul acela, domnule Chiron.

— Să-l bată în piatră Primăria, domnule, răspunse grecul. Să-l paveze, că mi s-au făcut copiii mari de când tot aud promisiunea aceasta.

— Cum facem poza, domnule Chiron? dădu drumul Franz afacerii, odată ce vremea și treburile Primăriei fură stabilite la locurile lor în conversație.

— La aceasta Maria mea hotărăște, spuse Chiron, cu un zâmbet scăpat de sub băierile stăpânirii și pierdut de drag către soția sa. Este un cadou ce-i fac de ziua dumneaei, deci se cade să aleagă singură.

Primind puterea, Maria își înălță capul ca o floare căreia îi torni apă la rădăcină. Zâmbi măgulită și puse o privire drept în ochii lui Franz, dar o coborî apoi repede sub privirile severe ale lui Chiron.

— Mă socoteam să facem două fotografii, dacă va fi și pe placul domniei tale, Chiron, rosti ea făcându-și de lucru ochilor după copii. Poate nu ar fi rău să avem una numai cu copiii, și separat să facem o fotografie cu maica-soacră. Mă gândesc să nu o necăjească cei mici și să iasă maica în fotografie cu privirile înnegurate.

Elefteria aruncă o privire neîncrezătoare nurorii sale.

Uneori, mai cu deosebire atunci când ea se știa apărată de prezența vreunui străin de casa lor, ce nu ar fi priceput întru-totul aluziile și înțelesurile tăinuite ale unei vorbe aruncate cu nevinovăție, Maria vorbea cu tâlc. Aștepta momente ca acestea ca să iasă de sub oblocul greu al legii hotărâte în casa lui Chiron cu mult înainte de sosirea ei: bătrâna Elefteria a suferit îndeajuns de-a lungul vieții, drept pentru care la anii aceștia întreaga casă trebuie să o ferească de supărări.

Ca să adoarmă bănuielile maicii sale soacre, Maria se apropie cu pas moale și îndreptă cu grijă pe umerii bătrânei șalul negru de cașmir cu ciucuri lucioși de mătase. Șalul era în familia lor de pe vremea când Chiron era numai un copil. Cu toate acestea, firul nu-i îmbătrânise și fața nu-i prinsese luciul vremii. O țigancă din moșia Afumaților avea unul la fel.

Povestea celor două șaluri negre se depănase demult, în cele dintâi zile ale intrării familiei bătrânului Chiron, părintele celui de acum, în târgul Bucureștilor, cu toată averea strânsă în două cufere așezate în spatele unei trăsuri, cu soția plânsă și jurată să nu-i mai rostească niciodată vreun cuvânt și cu cel de pe urmă băiat adunat tot, de frig și spaimă, sub umărul său.

În zilele acelea de început, biata Elefteria se cufundase în pomenile creștinești ce le împlini pentru cei doi copii pierduți pe mare. Ca să și-i mai poată ține o vreme alături, ea se aruncă cu hotărâre în aflarea unui preot dispus să țină o slujbă de îngropăciune veșmintelor celor doi băieți, apoi merse o vreme și aprinse lumânări deasupra mormintelor goale. Ținu cu sfințenie toate capetele, de patruzeci de zile, de trei luni, de șase luni, și-l sili pe Chiron cel bătrân și pe copilul rămas în viață să ia parte la toate acestea cu seriozitate.

Cele dintâi ploi se rupseră în București la numai câteva luni de la sosirea lor, și Elefteria fu străbătută de un fior când văzu apă. Pentru nimic în lume nu se lăsă convinsă să-și părăsească odaia câtă vreme durară ploile. În fiecare dimineață se primenea, își aducea alături copilul scăpat din urgia călătoriei pe mare și rămânea ziua întreagă cu privirea pierdută pe fereastră, pândind ploaia ca pe un dușman care oricând ar fi putut face un gest neașteptat ca să-i rupă de lângă ca pe micul Chiron.

În cea dintâi dimineață însorită, îmbrăcă băiatul, își așeză peste părul împletit strâns o pălăriuță mică, cuprinse odaia cu o privire ca și cum ar fi vrut să-și întipărească în minte totul așa cum era acum, înainte de marele pas ce se pregătea să facă, și plecă.

Merse în târg la Taica Lazăr, unde pe tarabe șubrede așezate chiar în mijlocul drumului cusătorese bătrâne cu vederea slabă dregeau cum se pricepeau mai bine vechiturile aduse de prin mahalale de țigănci. Mărfurile tocite de atâta purtat erau aduse în spinare de chivuțele guralive și deșertate sub tarabele cusătoreselor. Taica Lazăr plătea câțiva bănuți pe sacul cu zdrențe.

— Am o vorbă cu tine, rosti Elefteria primele sale vorbe pe pământ străin unei țigănci bătrâne pe care o cercetase mai întâi câteva zile la rând. Moartea și-a făcut cuib în casa mea și-mi ia copiii. Anul trecut aveam trei, iar astăzi am rămas numai cu acesta pe care-l vezi de mâna mea. Învață-mă ce pot să fac ca să mi-l apăr de rele.

Țiganca sfredeli pe Elefteria cu o privire venită de pe altă lume.

— Nu ești de ale noastre, cuconiță, spuse ea cu voce de bărbat ce cutremură pe tânăra grecoaică de pe malurile Bosforului.

— Ce legătură are? o înfruntă ea, îndemnată de hotărârea ce luase de a-și pune copilul sub o protecție mai înaltă decât a ei.

— Ce are pruncul? mai întrebă țiganca.

Elefteria căută o vreme prin minte un răspuns. Micul Chiron creștea fără a da semne de vreo slăbiciune, în afara spaimei ce avea de apă. O brumă de înțelepciune născu între gândurile ei o întrebare: „ce caut atunci aici, dacă copilul nu are beteșuguri? De ce mă tem pentru viața lui?". Teama însă se dovedi mai puternică, și Elefteria spuse țigăncii:

— Știu cu siguranță că mi-l pândește moartea! O mamă știe lucrurile acestea! Dacă mă poți ajuta, spune ce este de făcut, iar dacă nu, atunci trimite-mă la cine se pricepe.

Țiganca nu mai cercetă motivul pentru care Dumnezeu hotărâse să-i trimită în ziua aceea pe grecoaică plocon. Trimise femeia să cumpere din prăvăliile domnilor două șaluri de cașmir negre ca tăciunele, apoi să vină cu ele și cu copilul la marginea moșiei Afumaților, afară din București, dincolo de Moara Domnească, pe drumul Brăilei, în poala vechilor Codrii ai Vlăsiei, din care abia dacă mai rămăseseră câteva petice de pădure.

— Ai să întâlnești pe cale o Sfântă Mănăstire. Noi am fost odată ai mănăstirii, dar ne-am eliberat și ne-am ridicat bordeie tot pe lângă zidul ei, ca să găsim repede drumul îndărăt la necaz și la nevoie, că nevoi sunt multe iar măicuțele au milă de noi. Mâine de dimineață să mă aștepți cu copilul lângă zidurile mănăstirii.

Elefteria făcu așa cum o învățase țiganca cea bătrână. Ca să pună băiatul sub protecția forțelor nevăzute ale acestor pământuri pe care abia le descoperea, ea aduse două șaluri negre, catifelate la atingere și împodobite frumos cu ciucuri de mătase lucitoare.

— Descântecul făcut sub zidurile mănăstirii are putere tot restul vieții copilului, îi promisese țiganca. Are să dureze o vreme, tu du-te acasă și întoarce-te la noapte după băiat.

Elefteria îi urmări o vreme cu privirea. Țiganca ocoli mănăstirea și dispăru, cu pachetul sub braț și cu copilul de mână. Femeia intră în curtea mănăstirii și rămase tot restul zilei așezată pe un jilț săpat în piatră de cine știe ce mână de demult. Nu se putea întoarce acasă fără de băiat. Nu putea măcar să se depărteze de locul acela în care îl văzuse pentru ultima oară. Spaimele neadormite din inima ei o încredințau că face bine ce face.

De mâna țigăncii, pe deplin încredințat că face voia maicii sale, micul Chiron intră în pădurea Afumaților. În jurul copilului totul se întunecă dintr-odată. Lumina ce încerca să intre pe urmele lor printre copaci rămânea împletită în lăstărișul tânăr de la marginea pădurii. Chiron privea peste umăr la razele prefirate care se îndepărtau din ce în ce mai mult. Pașii i se afundau dulce în straturi de frunze crude amestecate cu altele, putrede, din care se ridicau până la el mirosuri îmbătătoare. Pădurea înflorită îl înconjura cu miresme grele de noroaie.

Cerul gurii i se cocli într-o amăreală ca aceea simțită de el după ce maica sa îi dădea cu sila câte o lingură de pelin, ca să-i ia durerea de stomac. Fără ca băiatul să ia seama când anume, țiganca începuse a îngâna un descântec, mai întâi în taină șoptită, apoi din ce în ce mai răspicat, pe măsură ce înaintau către inima pădurii.

Pasăre neagră,
Pasăre galbenă,
Sai în cer,
Sai pe pământ,
Sai în piatră seacă,

bolborosea țiganca, cu ochii în pământ, înfigând apăsat pasul în păturile de frunze mustind a viață.

— Cum te cheamă, măi copchile? puse ea privirea în Chiron.

— Chiron Karafilidis, răspunse fumos copilul.

Cu moroi și cu moroaie,
Cu strigoi și cu strigoaie,
Fugi deochi,
Dintre ochi,
Chiron să rămână curat,
Luminat,
Ca argintul strecurat,

își continuă țiganca bolboroseala, fără a mai lua seama la băiat.

De la o vreme, pe Chiron îl răzbi frigul, ceea ce îi păru de neînțeles de vreme ce primăvara mijise bine prin părțile locului.

— Mi-e frig, spuse el însoțitoarei sale, gândind că cele dintâi cuvinte odată rostite, se cade să-și vorbească de acum fără alt protocol.

Țiganca însă nu păru să-l fi auzit. Curând, mâna lui mică prinse a tremura nestăpânit într-a ei și dinții îi clănțăneau ca la febră, în crucea iernii, când Elefteria îi oblojea tălpile cu cârpe muiate în oțet ca să-i ia fierbințeala.

— Mai avem mult? Mi-e frig, scânci el. Pune-mi șalurile mamei pe umeri.

— Încă nu, spuse țiganca, strângând sub braț pachetul. Mai rabdă puțin.

Chiron nu-și putu aminti niciodată după aceea ce se întâmplase între clipa acestui refuz al țigăncii și momentul în care se văzu pe malul ochiului de apă. Mintea lui era încredințată că-i fusese furată o bucată de timp. Știa că îi lipsește ceva, și bucata aceea rămăsese pierdută pentru totdeauna, ca și cum nici nu fusese a lui cu adevărat niciodată, ca și cum îl cuprinsese un soi de leșin.

Când își veni din nou în fire, picioarele goale îi erau cufundate în noroiul cald de pe marginile bălții. Nu știa când ajunseseră acolo. Tremura în continuare de frig, dar mâlul care i se strecurase printre degetele picioarelor era cald și bun ca mâinile mamei. Din ochiul strâmt de apă se ridicau în aer aburi albi, niște șerpi mișcători pe care nu vântul, ci altfel de forțe îi purtau în dansuri rânduite după legi felurite: unii se înălțau de-a dreptul în sus, alții alunecau de-a dreapta ori de-a stânga băiatului, încolăcindu-se după câte un copac și pierzându-și urma în frunzișul lui negru.

Balta întreagă era înconjurată de țigănci, mai tinere ori mai bătrâne, ce împlineau împreună un cântec molcom, cu cuvinte neînțelese pentru Chiron. Din când în când, câte una dintre ele arunca un pumn de semințe în baltă. Un soare chinuit și îndepărtat se oglindea stins în ochiul de apă.

Copilul se simți pentru o clipă pe fundul unei fântâni nesfârșite, și îl cuprinse o teamă ce-l făcu să-și uite frigul. Șerpii de aburi ridicați din apă se uniseră deasupra lor într-o ceață lăptoasă. Încărcată de apă, ceața se așeză pe umerii copilului, lipindu-i cămașa subțire de spinare.

Cercul de țigănci nu se mai vedea, învăluit în norul alb. Numai cântecul lor murmurat continua să fie alături de băiat.

Unde cocoș negru în crucile casei nu cântă
Vacă neagră nu rage
Popa slujbe nu face.
Unde nu-i pasăre măiastră
Nicicum om pământean.
Cu Chiron treabă să nu ai
Nouăzecișinouă de ani.

O pasăre dădu țipăt ascuțit în băierile cerului. Chiron ridică ochii după ea, dar deasupra sa nu văzu decât crengile împletite ale copacilor și întuneric. De pe frunzele umede se scurgea pe nervura din mijloc câte o picătură de apă și desfăcea oglinda bălții în cercuri mici, căzând în ea.

Amețit de miresmele mâlului și de aburii ceții, băiatul jură a doua zi mamă-sii că sub fața apei stătea întinsă o copila frumoasă, de anii lui, cu pielea verde ca mătasea broaștei și ochii mari, dulci și cuminți. Amintirile lui Chiron însă se învălmășeau din nou în acest punct, și întrebările Elefteriei rămaseră fără răspuns.

Mai știa numai atât: că brațele țigăncii bătrâne care îl dusese la Balta din pădurea moșiei Afumaților îi înconjurară umerii, apăsându-i pe ei unul dintre cele două șaluri.

Îmbrățișarea țesăturii moi coborî inima lui Chiron dintre coroanele copacilor uzi, unde o urcaseră cețurile ridicate din apă, și i-o așeză la locul ei în piept, pentru întâia oară de când pășise în pădurea înflorită. Cuprinse cu mâinile înfrigurate capetele cu ciucuri și le adună pe lângă trupul firav.

Soborul țigăncilor dispăruse.

Copilul căută un semn al trecerii lor pe acolo. Ochii lui scormoniră pământul reavăn de pe malurile bălții. Ierburile înalte însă se împotriveau să-i dea vreun semn, arătându-i-se drepte, ca și cum nimeni nu le călcase vreodată. Își trimise atunci întrebările cele multe către țiganca de mâna căreia ajunsese până aici, dar ea devenise din nou bătrâna din Târgul de Vechituri al lui Taica Lazăr, și îi întoarse priviri indiferente.

— Hai, că te-o căuta mamă-ta, săraca, spuse ea.

În curtea mănăstirii, Elefteria așteptase întreaga zi. Când îi văzu de departe ieșind de sub poala pădurii, le ieși în întâmpinare. Țiganca dădu băiatul de mâna maicii sale și-i spuse:

— Nimic n-o să-l mai atingă vreodată. Nu are a se teme de mână de om ori de boală. Când îl dai de lângă domnia ta, acoperă-l cu șalul, și o să ți se întoarcă nevătămat înapoi.

— Ce să-ți dau? întrebase Elefteria.

— Cinci lei și hainele pe care le-ai purtat astăzi să ni le trimiți nouă. Celălalt șal rămâne la noi.

Chiron cel bătrân, tatăl copilului, murise fără să afle vreodată că băiatul îi fusese descântat la balta din pădure de nouă țigănci.

Grecoaica își trimisese copilul în lume numai înfășurat în șalul negru de cașmir. Micul Chiron mersese la școlile de băieți din București înfășurat în el, și mamă-sa îl învelea nopțile tot cu el. Când se ridică flăcăuaș și nu-i mai venea la îndemână să poarte șalul după el, Elefteria îl păstra pe umerii ei de când părăsea băiatul casa și până când se întorcea, teafăr și nevătămat, înapoi, la pragul ei.

Lui Chiron începură a i se arăta lucrurile altminteri decât până atunci. Știa, fără să poată explica cum, ziua când începeau ninsorile ori când încetau, deosebea fără greș omul cu gânduri necinstite de cel curat și mai ales, lucru cu care-l minunase adesea pe părintele său, găsea orice lucru rătăcit de acesta prin prăvălie, fără să caute o clipă măcar.

— Chiraleisa! striga Chiron cel bătrân din pivnița prăvăliei. Unde am dosit saramura, că acum sosesc căruțele de la Constanța, și măslinele trebuie de îndată date la sare!

De sus, din prăvălie, fiul său rămânea o clipă pe gânduri, apoi spunea fără greș:

— Două amfore sunt după ușa pivniței, sub scară, iar cele trimise ieri de la Țintea, din Plasa Teleajenului, le văd în spatele butoaielor cu *kalamon*.

Acest „le văd" punea în încurcătură atât pe băiat, cât și pe tată-său. Cel dintâi nu știa să explice cum adică „le vede", iar cel de-al doilea nu s-ar fi priceput nici măcar cum să-l întrebe.

Lucrurile rămaseră într-o încurcătură acceptată de toată lumea. Numai Elefteria avusese de-a lungul timpului curiozitatea să descoasă, când și când, pe câte unul de-al locului ce părea mai cunoscător. Cele aflate despre balta din pădurea moșiei Afumaților avură darul însă de a-i lua liniștea.

O chivuță ce ajutase într-o primăvară la văruitul pereților dinspre grădină ai casei povestise în șoaptă Elefteriei despre lucruri tainice petrecute an după an, din vechime, acolo. Chivuța nu văzuse cu ochii ei, dar știa că locul este ocolit de oameni, cunoscut fiind ca divan al vrăjitoarelor de prin partea locului ori chiar de aiurea. Se adunau – după spusele ei – de trei ori în an, la sărbătorile lor, ca să facă și să desfacă fel și fel de farmece cu care legau soroace plătite cu bani grei de fete ce doreau să se mărite ori să despartă vreun mândru de flăcău de vreo codană nepotrivită.

Animalele se fereau de balta din mijlocul pădurii, alegând mai degrabă să sufere de sete decât să plece capul la marginea răcoroasă a apei. Copiii rătăciți prin părțile locului nu mai erau de găsit niciodată, dispărând cu animale cu tot, iar caii siliți să se apropie prindeau streche și alergau înnebuniți de spaimă, sfârtecându-și trupurile în cojile ascuțite ale lăstărișului crud de la marginea pădurii.

De-a lungul vremii, bărbați în toată firea și-au pus în gând să afle tainele ce se petrec la balta din pădure și au format cete de pândă. Nu s-au ales însă niciodată cu nimic, pentru că nu puteau povesti decât până în momentul în care îi cuprinsese un frig care le făcea dinții să clănțăne și brațele să le tremure rușinos, apoi spaima punea stăpânire pe ei și ieșeau la lumină, în loc deschis, alergând cât îi țineau picioarele. Niciodată nu spuneau ce îi înspăimânta. Ochii nu vedeau și urechile nu auzeau, dar sufletele le înghețau de frică.

Între poveștile aflate de Elefteria, una se repeta mai des – aceea a lui Vodă Vlad Țepeș cel din vechime al cărui cap, vândut de boierii săi, căzuse chiar pe locul cu pricina, însemnându-l pentru totdeauna. Dacă Vodă încă mai umbla prin păduri sau nu, căutându-și trădătorii și cerând răzbunare, Elefteria nu voia să știe. Îi era destul că băiatul i se înălța ca din apă, sănătos și voinic cum parcă niciodată nu fusese, ajutor de nădejde părintelui său care încărunțea tot mai repede.

Șalul acesta îl potrivea acum, cu gesturi blânde, Maria pe umerii Elefteriei.

Copiii mâncau cofeturi din mâinile lui Zamfir, iar Franz îi propunea lui Chiron trei fotografii la preț de două, ca să împace pe toată lumea: și pe kera Elefteria, care drămuise dintotdeauna banii fiului său, măcar că el își câștiga singur pâinea de ani buni, și pe mai tânăra soție a amicului său, înclinată încă spre cele lumești cu toate că deja avea trei copii, ba chiar și pe el însuși, care trebuia să se gândească mai întâi de toate la afacere.

— Facem una cu kera Elefteria la mijloc, între doamna Maria și domnia ta, Chiron, spunea Franz. Zamfire, scăunelul pentru picioare la kera Elefteria!

Băiatul se repezi și aduse un jilț scund, tapisat cu catifea vișinie, legat pe margini cu șnur împletit, auriu. Piciorușele micului jilț erau numai de un lat de palmă. Zamfir îl strecură pe sub picioarele Elefteriei, astfel încât tălpile ei să se sprijine comod pe perna jilțului în loc să rămână suspendate în aer.

Fețele brăzdate de riduri sunt foarte expresive – Franz observase demult asta. Cu toate acestea, ridurile așezate de vreme pe chipul Elefteriei păreau săpate în piatră. În lupta ei cu valurile amare de dor după băieții vărsați de mateloți în apele Mării Negre, Elefteria refuzase ani la rând chipului său orice mișcare trădătoare a vreunui alt sentiment.

Se temea ca nu cumva, scăpând afară o emoție cât de mică, ușa să rămână deschisă și pentru marea ei durere, care astfel s-ar fi revărsat nestăvilită, tulburând pentru totdeauna pacea silnică a ciotului ei de familie.

Elefteria ajunsese astfel să aibă un chip împietrit. Simplul fapt că întorcea privirile într-o parte sau alta dădea semn în afară că ea se bucură, se necăjește, îi ceartă ori participă cu sufletul la viața celor din jur.

Picioarele ei bătrâne primiră cu recunoștință jilțul cel scund. Privirile ei căutară pentru o clipă pe cele ale lui Franz, care poruncise scăunelul. Măgulit de atenție, fotograful din strada Știrbey Vodă își înclină discret capul într-o plecăciune curtenitoare din alt veac, cum știa că este pe placul Elefteriei.

Maria puse copilul cel mic, pe Haralambie botezat după fratele soțului său, în brațele Demetrei, pe care uneori o numea Dumitriță, atunci când cârcotelile tăcute ale maicii sale soacre o făceau să regrete căsnicia cu un grec. Se apropie de colțul pregătit pentru fotografie al studioului, unde Elefteria ocupa locul din centru, iar Chiron deja își luase o poziție demnă de-a dreapta maicii sale. Demetra, investită cu putere asupra celor doi frați ai ei, se transformase pe loc într-un mic adult responsabil.

— Ianis, lasă bomboana jos din mână! șopti ea cu autoritate în glasul de copil. Ai mâncat destule.

Cred că domnul Zamfir se întreabă cum de ai ajuns la vârsta aceasta fără o educație desăvârșită, spuse ea, dând uitării clipele recente în care amândouă mâinile ei erau în chiseaua cu cofeturi.

Ianis măsură din ochi distanța până la mama sa și pe cea până la sora mai mare, cugetă o clipă, apoi lăsă ultima bomboana învelită în foiță înapoi în chisea.

— Vino aici și stai cuminte, mai ceru Demetra, indicând cu bărbia locul de lângă ea.

— Doamnele, privirea către fereastră, vă rog, iar Chiron, dumneata te rog să privești către ușă, spuse Franz, făcând ultimele retușuri grupului pregătit pentru fotografie. Atenție! Nu clipiți două momente, vă rog!

Maria își acoperi discret cu palma ceasul de la talie. Elefteria simțea mâna nurorii așezate pe umărul ei ca pe un gest de învingător. Chiron atinse la rândul lui cotul mamei sale, de cealaltă parte, ca un judecător de pace: „Și tu ai dreptate, și ea are dreptate".

— Perfect. Acum încă una cu copiii, spuse Franz.

Locurile se schimbară. Cel mai mic dintre copii fu așezat pe scaunul în care stătuse Elefteria. De-a dreapta și de-a stânga scaunului, în picioare, Demetra și tatăl său, apoi șirul se încheia cu Maria și Ianis. Elefteriei i se oferi un jilț în spatele aparatului de fotografiat, chiar lângă Franz. Aceasta era adevărata fotografie de familie, pe care Maria o râvnea atât de mult.

Așa cum se întâmplă adesea cu ultimul născut, Haralambie atrăgea atenția tuturor celor din familie, ba încă și pe a cunoscuților sosiți duminica în vizită ori întâlniți la plimbările prin grădina Cișmigiului. Maria, Demetra și mai rar Elefteria și-l treceau una alteia ca pe un soi de sceptru al puterii: cine îl avea pe Haralambie era privilegiat preț de câteva minute, cât copilul stătea în acele brațe.

Ianis nu avea prea des acest privilegiu. Poate și din cauză că nu știa să se poarte cu acest sceptru râvnit. Era înclinat să-l considere o jucărea și curiozitatea îl împingea să cerceteze dacă are nasul moale ori obrajii adevărați. Cele ce urmau după aceste cercetări ale sale îl luau încă prin surprindere, pentru că Ianis se împăca greu cu gândul că cineva care nu poate articula mai mult de două-trei cuvinte se poate face înțeles așa de bine.

Cu același gest de învingător făcut mai devreme de mama sa către Elefteria, Demetra apucă între degete mânuța copilului așezat alături de ea, pe scaun. Privirea ei îndreptată spre aparatul lui Franz spunea: „am sceptrul, am puterea". Pentru a ieși din conul de umbră în care fusese aruncat, Ianis se lipi tot de piciorul tatălui său. Forțele erau acum, credea el, în cumpănă dreaptă: sora sa îl ținea de mână pe Haralambie, dar el avea de partea lui pe stăpânul întregii familii. Mai mult chiar, era întâiul său născut și pentru aceasta – întotdeauna, preferatul său.

— Minunat, nu clipiți! spuse Franz.

O șuviță cam rebelă gâdila ochii lui Ianis, și el așteptă ca domnul fotograf să se ascundă sub pânza lui cea neagră, astfel încât să poată duce mâna la păr fără să fie văzut. Repezi gestul scurt, potoli șuvița de păr și coborî mâna într-o clipă, ascunzând-o la spate pentru mai multă siguranță. Era sigur că totul a mers de minune și că nimeni nu a văzut nimic.

— Dragul meu, te rog să nu miști. Poza nu va ieși decât dacă toți copiii stau nemișcați, îi zâmbi Franz ieșind de sub pânza cu care era acoperit aparatul.

Pesemne este un soi de vrăjitor, se gândi băiatul, altminteri nu se explică.

— Gata? întrebă Franz.

— Gata, răspunse Ianis, pentru că întrebarea îi fusese evident adresată doar lui.

— Acum! Nu mișcați, vă rog!

Duhul necurat al fotografiilor cu copii se strecură prin spatele fotografului, ocoli cu șiretenie pe Maria și pe Demetra, se opri în spatele lui Ianis și el sughiță.

Franz scoase din nou de sub pânza neagră un chip zâmbitor. Privirile Demetrei și ale celor doi părinți se îndreptară către băiat.

— Gata, spuse Ianis, cu ochii la aparat, făcându-se a nu băga de seamă niciunul dintre reproșurile familiei și luând din nou poziția pentru fotografie.

— Atenție! Acum, nu mișcați!

Două clipe lungi cât toată viața lui de până atunci, și fotografia fu făcută. Când Franz mulțumi și familia grecului se destinse, Ianis prinse a-și scărpina temeinic nasul, o ureche și ceafa. Un întreg mușuroi de furnici părea să-l fi luat cu asalt în cele două lungi clipe.

— Și cea de-a treia, care vine din partea casei? întrebă Franz.

— Cea de-a treia va fi o fotografie a copiilor, spuse Chiron.

Din scaunul ei din spatele aparatului de fotografiat, așezat așa fel cât să nu stea în drumul nimănui dar să participe la tot ce se întâmplă, Elefteria cântărea fiecare gest al nurorii sale. I se întâmpla uneori să-și amintească de biata soacră-sa, o femeie cu frica lui Dumnezeu din Fanarul însorit, de pe dealurile căruia se puteau vedea două mări: Marea Neargă și Marea Marmara.

Când era de anii Mariei îi părea că maica lui Chiron cel bătrân o asuprește și îi poartă sâmbetele. Mai târziu însă ea devenise de tot neputincioasă, și privirile ei rugătoare după câte o cofiță cu apă ori un așternut curat muiaseră inima Elefteriei în trecut. Astăzi, în unele zile negre, îi părea că biata soacră-sa vine și-i șoptește la ureche. Elefteria ridica o mână uscată și alunga cum alungi muștele vara vorbele auzite numai de ea.

Nu-și slăbise feciorul nici o clipă din chingile dragostei ei. Chiron se arătase vrednic de tânăr. Muncea la negustoria cu măsline umăr la umăr cu tată-său. Prinsese repede rostul registrelor și le ținea rânduiala mai bine decât oricine. Măslinele veneau de acasă, de pe malurile Bosforului, din livezile nesfârșite bătute de soare. Veneau pe apă, în corăbii.

Înainte ca băiatul să ajungă la anii bărbăției, cumpărau deja cu bani peșin chiar și câte o sută de butoaie la un transport. După întâmplarea cu tâlharii deghizați în cărăuși care le-au furat un întreg transport de măsline și alte delicatese – smochine și curmale, portocale, lămâi – după acea întâmplare, Chiron își luase obiceiul de a merge la Constanța, în port, ca să aștepte vasele tocmite de tată-său. Ajungea în ajun și petrecea o seară pe cheiurile pline de viață, unde călători cu grai străin se îmbarcau în neorânduială pe vasele aflate la ancoră, strigând după hamalii cu coșuri de răchită pe cap.

Coșul de fum al Atelierelor de Reparații dădea drumul deasupra tuturor unui fuior gros și negru, pe care vânturile reci de toamnă îl purtau peste port, iar cele calde de primăvară îl duceau departe, peste mare.

Chiron ajungea mai mereu la ora înserării, când Farul Genovez își aprindea ochiul, măturând nisipurile și întinderile de ape. Ocolea locul în care, cu ani în urmă, petrecuse o întreagă zi așteptându-și mama să-și isprăvească de plâns toate lacrimile pentru frații lui. Trecea pe lângă capătul acela al digului de lemn, în fața magaziilor de cereale, cu pasul încetinit a respect, cum treci prin fața unui mort.

Lăsase acolo moartă credința că lumea este bună și viața ușoară și dreaptă, că este deajuns doar să respecți legile stabilite de părinți pentru ca totul să fie bine. Murise acolo inocența lui, pe când avea numai nouă ani. Trecea pe lângă locul acela cu ochii plecați a vinovăție.

Din minaretul Geamiei Mahmudia, imamul dădea glas pentru rugăciunea de seară, răspândind peste port plasa unei vrăji ce cuprindea deopotrivă creștini, musulmani ori evrei.

Departe de portul aglomerat, în nisipuri, pescarii trăgeau la mal bărcile și întindeau la uscat plasele. Copiii dădeau năvală printre ei, desculți și ciufuliți, cu strigăte de bucurie la aflarea peștelui.

Miresmele sărate ale capturii lor ajungeau până la nările lui Chiron, stârnind amintiri amestecate, ale altor zile petrecute în port, dar și ale zilei înfrigurate de pe malul nămolos al bălții din pădurea Afumaților. Ochiul viu al bălții, verde sub sclipirea neagră a pădurii încărcate de vrăji, avea pentru Chiron același gust ca și hamsiile ori scrumbiile scoase de pescari din plase. Gustul lor îl simțea pe cerul gurii ori de câte ori trăgea adânc aer în piept.

Adâncit în registrele negustoriei tatălui său și aflându-și desfătarea numai în drumurile pe care le făcea lună de lună la Constanța, ca să supravegheze schimbul butoaielor din cala vasului în carele către București, Chiron se pomeni holtei bătrân. Drept este că frica mamă-sii de a nu-l pierde din nebăgare de seamă ajutase și ea la aceasta stare a lucrurilor. Se dezmeticiră amândoi la moartea lui Chiron cel bătrân, când apropiații, adunați în jurul lor de nenorocire, prinseră a întoarce situația pe toate părțile:

— Știu o fată cuminte ce s-ar potrivi alături de tine, dragul maichii, spusese o vecină pe care Elefteria o mai aducea câteodată după-amiaza, la cafea.

— Să nu te lași la cele cu beteșug, Chiron dragule, se amestecă alta. Încaltea dacă ești ceva mai în etate asta nu înseamnă că trebuie să lași de la tine.

Elefteria puse capăt discuției cu o invitație la un păhărel de vișinată, dar gândurile îi rămaseră tulburate. Privi pe Chiron cu alți ochi. Închisă în hotarele înguste ale durerii și spaimelor ei, nu băgase de seamă că vremea trece și pentru cei din jur, nu numai pentru ea. Socoti iute în minte ce făcea răposatul ei soț la anii de acum ai fiului, și găsi repede că avea deja trei copii și vânduse o negustorie ca să-și afle rostul pe meleaguri străine. Pricepu că viața fiului său este ajunsă la jumătatea ei, și se învinovăți pentru că-l ținuse în loc.

Așa se făcuse că, după anul de doliu pentru Chiron cel bătrân, Elefteria aduse noră fiului său, tot în tăcere cum își ducea și viața. Chiron-fiul avea patruzeci de ani când mamă-sa îi potrivi lângă umăr pe Maria, fată cuminte de învățător român, care știa un pic de pian și se pregătise să devină institutoare la o școală de fete din București ori poate guvernantă la vreo familie mai înaltă.

Chiron privise pe Maria și încercase să deslușească în sufletul său cele ce simțea. Chipul fetei de sub fața apei vrăjitoarelor, din copilăria lui, îl urmărise cu ochii umezi de sub părul verde ca mătasea broaștei, legănându-i dorurile celei dintâi tinereți, când el se visa un cavaler rătăcitor pe cale să pornească în lume, în întâmpinarea sorții.

Niciodată însă nu-și închipuise că fata de sub ape ar putea ieși aievea în lumea negustoriei cu măsline. Făcuse de la bun început diferența între visele lui cu zâne primejdioase și nevasta pe care o aștepta să-i fie alături. În piept avea un animal mic și spăimos, plin de curiozitate, dar lipsit de îndrăzneală, pe care-l mai simțise pe digul de lemn al portului din Constanța. Aștepta acolo corăbiile din Constantinopole cum își așteaptă tinerii miresele: cu inima tresărind la fiecare fregată care lăsa ancora în dană.

Maria se dovedise a nu fi nici zână, nici corabie aducătoare de mistere. Înțelegând că cea care a adus-o în casa înstărită din inima Bucureștiului este Elefteria, fata se așeză de bună-voie sub cuvântul ei și își petrecu primii ani ai căsniciei făcând pe plac grecoaicei mute.

Educată la fostul Pensionul Domnesc al doamnei Iacobson, devenit între timp Școala Centrală de Fete, Maria știa ce se așteaptă de la ea. Supraveghea cuhniile Elefteriei fără a-și lua însă trufia vreunor decizii, îngrijea ca soțul său să se arate în lume întotdeauna cu veșmintele proaspete, zâmbea sincer și pornea conversații potrivite unei tinere soții joia, la orele de cafea ale casei: anume despre ultimele ploi ori despre măsurile de zahăr din dulcețurile domniei sale.

Chiron își închipuia că lucrurile se vor repeta în familia lui până la un punct. Îi aștepta pe cei trei fii, și venirea pe lume a Demetrei îl descumpăni puțin. Decise însă să nu-și piardă răbdarea și se adânci în diversificarea comerțului, ca să se arate la înălțimea pretențiilor clienților săi. Lumea cerea delicatese tot mai felurite, pe măsura celor aflate prin alte părți ale lumii, iar el se strădui să împlinească aceste așteptări.

Când Maria rămase grea pentru a doua oară, Chiron știu că este băiat, cum știa odinioară că amforele cu saramură ale tatălui său se află după ușa pivniței, sub scară. Elefteria ținu neapărat ca numele nou-născutului să fie dat după cel al copilului pierdut de ea. Maria cunoștea întreaga poveste. O aflase cu mare greutate, pe frânturi, așa cum reușise să învingă împotrivirea lui Chiron și să scoată de la el câteva vorbe din când în când. Numele unui copil mort i se păru de rău augur, și pentru întâia oară ea ceru să se facă altcumva decât poruncise Elefteria.

Nu avu însă sorți de izbândă, și băiatul primi numele Ianis.

Între Elefteria și Maria rămase o umbră. Pe măsură ce puterile Elefteriei se împuținau și deciziile ei se dovedeau a fi tot mai confuze, Maria încerca a preveni pagubele propunând tot mai ades propriile ei decizii. Elefteria simțea cum o împotrivire nouă, necunoscută, crește în nora sa, și se îndârji să-i țină piept. Maria devenea tot mai sigură pe ea cu trecerea anilor, iar Elefteria era din ce în ce mai des trădată de vechile ei putințe.

Lucrurile într-adevăr se repetară cumva în familia grecului, și cel de-al treilea copil veni pe lume exact la aceeași diferență de ani ca și cea dintre el și frații săi. După nașterea celui de-al treilea prunc, recunoștința umplu în sfârșit inima lui Chiron și el prinse a se uita altfel la Maria lui. Pentru cea dintâi oară, între gândurile lui răsări unul nou care spuse „Maria mea“.

Toți pruncii fuseseră legănați de bunica lor, Elefteria, în șalul cel negru de cașmir. Rând pe rând, fiecare trecuse prin cuibul cald al țesăturii moi și învățase primul zâmbet din joaca luminii prefirate printre ciucurii de mătase. De curând, o nouă zavistie tulburase apele familiei și le alesese altcum fuseseră până atunci.

Elefteria voise să dea băieții la baltă. Obrajii lui Chiron se învăpăiaseră la auzul unei asemenea idei, și el se opuse cu tărie.

— Maică, niciodată nu ai vrut să știi care a fost viața mea după ce m-ai dat la baltă, spuse el vorbe înfundate maicii sale, ca să le ascundă de urechile Mariei. Eu, copil, frica domniei tale de a mă pierde am înțeles-o, dar domnia ta, răsucirile mele în fiecare somn de după aceea, le-ai înțeles oare, vreodată? Știi astăzi că ultimul fiu ți-a rămas acolo, între ierburile acelea negre mirosind a păcat, și acesta care ți s-a întors are în el ceva ce nu-i al lui? Viața întreagă mi-a fost întoarsă după ziua aceea, maica mea dragă. An de an dispăream de acasă la Sângiorz și te bucurai când apăream nevătămat, dar nu cercetai unde am fost și ce am făcut. Mă întorceam la baltă, mamă. Mă striga și mă duceam an de an, cum veneam și la domnia ta atunci când mă strigai. Am intrat singur în pădure de treizeci de ori până acum, și nu ai vrut să știi pentru ce plec de lângă tine. Ceva mai presus de fire mă trage între ierburile ude din mijlocul pădurii, în noaptea strigoilor, când copiii aprind roți de foc peste mahalale. Ce fac acolo? Nimic nu fac. Mă duc și mă întorc. Mă întorc a doua zi dimineață, obosit ca după o săptămână fără somn. Cum știi prea bine, chiar dorm somn neomenesc, două-trei zile după Sângiorz. Nu pot judeca, mamă, dacă toate acestea au fost trebuincioase sau nu. Pot însă judeca pentru băieții mei. Nu vor vedea balta, întâmple-se orice.

Elefteria lăcrimase la începutul vorbelor lui Chiron. Apoi inima ei se împotrivise acuzațiilor și își ștersese ochii cu mânie. Până la sfârșitul cuvântării dăduse și mânia pe o înțelegere strâmbă a lucrurilor, dar care împlinea cel mai bine nevoile sufletului său de a ieși biruitor.

Își spuse că noru-sa descoperise în sfârșit armele de care dispune o femeie și îi întorsese fiul împotriva ei. O scoase, tăcut, pe Maria vinovată de cele ce se petreceau, și totul se isprăvi acolo. Elefteria putea mai lesne accepta faptul că nora i-a atras feciorul de partea ei, de vreme ce îi născuse trei copii. Era în firea lucrurilor. Și răposatul ei Chiron îi ținuse partea împotriva maicii sale soacre, la vremea lor.

Vina adormi din nou în inima Elefteriei.

Raportul de forțe însă se schimbase pentru totdeauna. Familia deveni din acel moment a Mariei. Iar Chiron înțelese că nădejdea pe care o simte liniștindu-i inima când se gândește la Maria trăiește mai mult decât animăluțul spăimos ce răsărea în sufletul său când aștepta corăbiile, în port la Constanța, ori când își amintea de fata de sub ape.

În atelierul meșterului fotograf, sunetele din jur începură din nou a ajunge până la urechile bătrânei Elefteria.

Glasurile alor ei o smulseră din lumea veche în care cădea adesea. Privi în jur cu atenție, încercând să afle cât de mult lipsise dintre ei. Copiii râdeau, iar domnul Franz încheia socoteli bărbătești cu Chiron al ei. Maria își potrivea la încheietura mâinii săculețul, pregătindu-se de plecare. Se vede treaba că fotografiile fuseseră isprăvite în timp ce ea călătorise din nou prin lumea cea din vechime, pe care o purta în suflet și în minte.

— Doamna Maria, se întoarse Franz către mama copiilor. Îmi veți îngădui să păstrez o vreme o copie a fotografiei celor mici în vitrina atelierului? Fotografiile cu copii sunt de regulă foarte atrăgătoare. Iar modelele au fost de data aceasta deosebit de reușite, mai spuse el, zâmbind curtenitor.

— Cu mare drag, domnule Franz, răspunse Maria, măgulită că a fost aleasă să decidă.

Lumina cădea piezis în vitrina atelierului. Bucata de fetru vișinie ce servea drept așternut sub fotografiile expuse căpătase un hotar prin mijlocul său. De-o parte – lumină, de cealaltă parte – umbră. Fotografia domnului general Stancu era împărțită pe din două de granița de lumină. Aplecat asupra vitrinei, Franz o cerceta, în căutarea celui mai potrivit loc pentru noile fotografii pe care le avea în mână.

Împinse ușurel fotografia copiilor doamnei Ghenadie către colțul din stânga. Așeză alături cea dintâi fotografie a familiei lui Chiron grecul, cea în care părinții erau alături de cei trei copii. Apoi măsură din ochi locul și așeză cealaltă fotografie la distanță egală, tocmai în celălalt colț, aflat deocamdată în umbră. Ultima fotografie își află locul chiar în mijloc, în față, lângă geam, în calea ochilor tuturor trecătorilor.

Franz ieși apoi în drum și rămase preț de o clipă în fața vitrinei, cu mâinile încrucișate la piept. Privea și cântărea, prin ochii mijiți, echilibrul întregii compoziții.

Toată vitrina se sprijinea pe copiii lui Chiron, singuri împrejurul jilțului. Două doamne cu umbreluțe trecură prin spatele său, în pas de plimbare. Aruncară o privire scurtă vitrinei, mai mult îndemnate de privirile insistente ale lui Franz în aceeași direcție. Copiii din fotografie le smulseră un surâs și doamnele aruncară o privire curioasă maestrului fotograf.

— Bună ziua, le răsplăti Franz atenția cu un salut adânc. Vă poftim oricând la atelier, continuă el, mulțumit de efectul vitrinei sale.

Târziu, când ziua se sfârșea și bucătăreasa trimise de la cuhnii, pe masa lor de seară, alivenci moldovenești cu mălai și miere, Franz își aminti de vitrina sa cu copii. Gustul vesel al alivencilor, anume ivite parcă pe lume pentru plăcerile copiilor, ori poate îndărătnicia cu care bucătăreasa lor de la Moldova trimitea pe mesele lor bucate cu miroase de pe plaiuri care nu le erau cunoscute lor, ci numai ei – Franz nu știa ce anume făcuse legătura între cele două gânduri ale lui din seara aceea.

Se află numai mâncând alivenci și gândindu-se la copii. Cei fotografiați de el, cei cunoscuți de prin vecini, cei doriți și încă netrimiși de Bunul Dumnezeu în tânăra lor casă.

Isprăviră masa în poveștile lui Franz. Lumina era puțină în odaie, dar Anna întârzia anume clipa aprinderii lămpilor. Îndrăgea umbrele ivite la ceasurile acelea dintre zi și noapte pentru buna-cuviință cu care fereau tainele de prin ochi de priviri curioase. Franz aștepta seară de seară ca, sub pavăza acestei lumini scăzute, ocrotitoare, soția sa să-i aducă bucuria vreunei taine.

Aștepta vestea ivirii celui dintâi copil în casa lor.

Aflat în spatele ei, îi privea gâtul subțire în locul unde el se pierdea între multele dantele ale gulerului. Lumina cleioasă a apusului pusese nimb ultimului zuluf, crescut rebel chiar la rădăcina gâtului, departe de restul șuvițelor castanii. Anna depunea atâta efort, dimineață de dimineață, să adune acest zuluf sub àcele cu care își ridica părul în coc, încât acum Franz simțea că face o necuviință – privind un lucru pe care ea dorea să-l ascundă.

— Voi plăti anunț la ziar că atelierul este specializat în fotografii ale copiilor, spuse Franz, stăpânindu-și pornirea de a-și încolăci zuluful împrejurul unui deget.

– Pentru ce ai face așa ceva? întrebă Anna, încredințându-și vina care îi urcase dintr-o dată în priviri străzii de sub ferestre.

Ori de câte ori afla că Franz fotografiase copii, în inima ei urca o vină căreia nu-i recunoștea niciun drept, dar pe care nu o putea opri să urce acolo. Cunoștea istoriile tuturor satelor din jurul Mediașului și Biertanului, despre neveste tinere care au avut a aștepta ani mulți până când cel dintâi prunc să dezlege băierile pântecelui lor, mai apoi deosebit de roditor.

Nădejdea pe care și-o afla în aceste istorii îi spunea că patru ani lipsiți de binecuvântarea așteptată nu trebuie să fie pricină de îngrijorare. Cu toate acestea, tresărea ori de câte ori Franz așeza în vitrina atelierului fotografia unui copil. Îi părea că anume este așezată acolo pentru ea. Își muncea gândurile să afle adevărul, îi pândea gesturile și surâsurile ca să prindă urma vreunei aluzii. Niciodată însă gesturile lui Franz nu adeveriseră bănuielile soției sale.

— Ori de câte ori așez câte o astfel de fotografie în vitrină, toate doamnele își încetinesc pasul și cercetează atent atelierul. Întotdeauna sfârșim prin a ne saluta și a schimba două vorbe. Îmi pare lucru însemnat.

— Merg să aduc lămpile, spuse Anna, așezând în trecere o mână ușoară pe brațul lui Franz, ca o cerere ascunsă de iertăciune pentru gânduri lipsite de temei. Se lasă seara, și lumea va crede că este casă pustie aceasta în care nu arde nicio lumină.

4. Roș Hașana

Eli Rosenthal cufundă cana în donița de lemn atât cât degetele cu care strângea toarta să rămână deasupra apei. Își turnă apă pe mâna stângă de trei ori, cu gesturi măsurate. Trecu apoi cana în mâna cealaltă și repetă ritualul. Înclină cana de trei ori și apa trecu printre degetele lui.

Spălat astfel de greșelile de peste an, se apropie de masa pe care pâinea Halla, împletită și așezată cuminte pe o tavă curată de argint, cu cuțitul alături, aștepta începutul sărbătorii.

Doamna Rosenthal, cu marginile șalului care îi acoperea capul desfăcute peste umeri, aprinse cea dintâi lumânare și o așeză în sfeșnic. Rosti încet prima binecuvântare, își trecu palmele făcute căuș peste față și ridică apoi ochii către fiica sa cea mare.

Miriam, cu chipul răsărit proaspăt pe deasupra volanelor dese ce-i ajungeau până sus, sub bărbie, își aprinse la rândul ei lumânarea, repetând gesturile mamei sale. Încăperea începea a prinde o altă lumină. Binecuvântarea ei se auzi mai limpede în odaie. Sub glasul ei curat, masa prinse a zâmbi. Eli Rosenthal simți coborând în el o pace dulce. Casa lui avea binecuvântările a trei femei, soția și cele două fiice care știau să fie atât de cuminți cât să facă viața senină părintelui lor și atât de rebele cât să nu l lase să cadă în păcatul plictiselii.

Ultima lumânare fu aprinsă de Sara, încă neajunsă la vârsta măritișului după părerile părintelui său, care nu întotdeauna coincideau cu ale fetei. Sara, la șaptesprezece ani de curând împliniți, se simțea supravegheată atent de mamă și de soră, ca și cum nu și-ar fi aprins singură lumânările în ultimii paisprezece ani, ca și cum vreodată le-ar fi dat vreun motiv să se îndoiască de precizia gesturilor ei. Își rosti binecuvântarea cu ochii plecați asupra pâinii rituale Halla și a rodiilor de pe masă, mai mult pentru a feri revoltele din adâncuri de ochii mamei sale decât din pioșenie. Nu avea nevoie de supraveghere, dar asta era o discuție pe care o va păstra pentru zilele următoare.

Începea Roș Hașana, Anul Nou evreiesc.

În familia lui Eli Rosenthal, proprietarul celei mai căutate ceainării evreiești din Dudeștii Bucureștilor, sărbătoarea din acest an avea și o altfel de încărcătură. Urma să fie ultimul An Nou pe care Miriam îl petrecea în casa părinților săi. După o logodnă ce durase doi ani, se stabilise în sfârșit data căsătoriei ei cu David, băiatul domnului Herșcovici, croitor pentru domni în aceeași mahala.

Eli muie o bucată de pâine în miere, culese o boabă de strugure și câteva de rodie. Anul cel nou urma să fie dulce ca mierea, rodnic ca strugurele și supus celor 613 porunci ale Torei precum cele 613 semințe ale rodiei.

Masa de Roș Hașana putea începe. Tipsia cea mare cu *gefilte fish* trecu din mână în mână. Glasul Șofarului, cornul de berbec în care se sufla la sinagoga din vecinătate, anunțând credincioșii că a sosit vremea judecăților, deștepta în Eli multe aduceri aminte.

Brit Ha-Bat-ul lui Miriam, legământul pentru fiică, rostit în sinagogă în timpul primei citiri a Torei de după nașterea sa, în urmă cu nouăsprezece ani. Eli fusese chemat atunci să citească un *aliyah*, o binecuvântare din Tora, și glasul îl trădase din cauza fericirii, făcând ca versetele să se audă ca din gura unui băietan nevârstnic. Niciunul dintre prietenii săi prezenți însă nu au dat semn că glasul acela schimbat al lui a fost observat.

La nici doi ani a urmat apoi *Brit Ha-Bat*-ul Sarei, când ea și-a primit la rândul său numele în timpul citirii *Torei*.

Eli a primit din nou onoarea rostirii unui *aliyah*, ca tată al copilului cel nou venit pe lume, și pentru a doua oară glasul său a fost de nerecunoscut. Cu îngăduința rabinului însă, care de data aceasta nu s-a mai putut stăpâni și a slobozit un hohot scurt, cei prezenți au râs, apoi au îmbrățișat pe Eli, pentru ca el să înțeleagă că râsul lor înseamnă că-l vor spijini la fiecare naștere a vreunui prunc al său, când el era evident că va avea de trecut încercarea aceasta a subțierii glasului.

Nu au mai fost alte nașteri. Casa lui Eli, proprietarul ceainăriei din Dudești, a căpătat doar atâta binecuvântare: două fiice.

Șofarul dădea glas din templu pentru trezirea fraților; începea meditația la anul ce se încheia. Cele zece zile dintre Roș Hașana, Capul Anului, și Yom Kippur, Ziua Răscumpărării, erau destinate judecăților și apoi faptelor bune care ar fi trebuit să corecteze greșelile de peste an cu care fiecare evreu se face vinovat. Soarta fiecăruia avea să se hotărască la sfârșitul celor zece zile.

Eli se surprindea însă călătorind înapoi mult mai departe decât anul încheiat. O vedea pe Sara care, la trei ani, își aprindea cea dintâi lumânare de sabat din viața ei. Cu doi ani mai mare și dorind întotdeauna să marcheze acest lucrru, Miriam o aprindea pe a sa la o latură a mesei, refuzând cu multă înțelepciune ajutorul mamei sale:

— Ajut-o pe cea mică, mamă. Eu mă descurc singură.

Eli le privea pe toate trei dintr-un colț întunecat al odăii și sufletul său înălța mulțumiri ce nu se aflau în Carte, mulțumiri noi, necunoscute și nerostite încă de nimeni altcineva înaintea lui, pentru viața luminată de cele trei bucurii.

Pierdu numărătoarea chemărilor *Șofarului* din templu. Le ținuse socotcala până la cel de-al douăzecilea răsunet al cornului, dar erau o sută, și Eli renunță.

Treziți-vă și socotiți-vă, spunea cornul.

La îndemnul lui, Eli se socotea, judecându-și singur, după puterile lui, anul trecut și viața scursă până atunci.

Bat Mitzvah-ul Sarei, petrecerea pe care părintele său o rânduise la hotarul vieții de adult a fetei, fusese mai îmbelșugat decât acela al lui Miriam. Ceainăria începuse a merge mai bine, ori poate oamenii începuseră a câștiga mai mult astfel încât poposeau mai adesea după-amiezele la o ceașcă îmbietor aromată cu secretele doamnei Rosenthal. La doisprezece ani, cu părul lung, castaniu, împletit într-o singură coadă lăsată pe spate, Sara arătase atunci precum fiicele de neam regesc ale Israelului biruitor din *Vechiul Testament*, în rochia ei nouă din damasc alb.

La vremea ei, Miriam nu avusese rochie tocmai nouă la Bat Mitzvah-ul ei. Doamna Rosenthal stricase una dintre cele mai bune rochii ale domniei sale și croiseră împreună veșmântul de confirmare al fetei. Erau alte vremuri, mai neîndestulate pentru familia lui Eli. Slavă cerului că lucrurile își păstraseră de la an la an obiceiul de a se îmbunătăți, astfel încât astăzi, când cornul de berbec al Roș Hașanei chema la rememorări, Eli își putea ierta lui însuși rochia aceea a lui Miriam.

Din ziua aceea de Bat Mitzvah a Sarei nu mai scăpaseră de băiatul lui Herșcovici din casa lor. Îl poftise la petrecere Miriam, impresionată de renumele pe care băiatul de o vârstă cu ea și-l făcuse deja printre stâlpii sinagogii, încă de la primele *aiylah* citite din Tora, în urmă cu doi ani. Depășindu-și vârsta și așteptările celor mai bătrâni de la el, David ținuse de-a lungul anilor în sinagogă cuvântări pline de înțelepciune despre fragmentele care se citeau în zilele de sabat. Devenise repede nădejdea bătrânilor și mândria tatălui său, croitorul.

Drept este că David nu fusese singurul copil din vecini care crescuse în casa lor, împreună cu fetele. Bătuți din toate părțile de vânturile prigonirilor, evreii din Dudești – la fel ca mulți alții – își luaseră demult obiceiul de a-și ocroti unii altora copiii, de a vedea în copilul vecinului speranța întregului popor călător de atâtea secole în căutarea păcii. Copiii mahalalei se jucau împreună, mâncau împreună unii la alții, mamele având grijă să se anunțe spre liniștire:

— David al domniei tale, madam Herșcovici, și Abraham al domniei tale, madam Levițchi, au mâncat la mine astăzi.

Eli era pe atunci mândru și îngrijorat de înclinarea fiicei sale mai mari către studiul Cărții. Amândoi, Miriam și David, aveau numai paisprezece ani când începuseră a-și pierde după-amiezele de sărbătoare umăr lângă umăr deasupra cărților lui David al domnului Herșcovici, croitorul pentru domni. Băiatul era cel care citea, întotdeauna, apoi întorceau fragmentul citit pe toate părțile, aprinzând uneori casa cu discuțiile pe care le nășteau în jurul celor citite. Sara își culca între ei păpușile de care nu se îndura încă să se despartă.

— Știu din Carte că în ziua dintâi a Roș Hașanei, Dumnezeu se așază pe tronul său, iar la picioare i se adună toate popoarele lumii, pentru judecată, povestea David prietenei sale.

— Toți evreii? întreba Miriam.

— Toți evreii, toți grecii, toți românii. Toți, explica băiatul. Pe fiecare în parte Dumnezeu îl cercetează pe îndelete, ca să vadă ce a făcut peste an. Judecata faptelor ține zece zile, până la Yom Kippur. În aceste zece zile dintre Roș Hașana și Yom Kippur, fiecare evreu trebuie să se simtă dator să-și cerceteze și singur nelegiuirile făcute față de porunci.

— Eu fac o nelegiuire dacă vreau să citesc Cartea în sinagogă? speria Miriam casa cu câte o întrebare.

— Fetele nu citesc în templu, spunea David, clătinat în siguranța lui de sinceritatea fetei. Lumea are alte legi pentru bărbați, și altele pentru femei.

— Nu pare o lume prea dreaptă, se îmbufna Miriam. Ori poate că sunt de fapt două lumi.

David al lui Herșcovici, croitorul pentru bărbați, răsfoia o vreme cartea încruntat, căutând un răspuns care s-o împace pe prietena sa.

— Uite, scrie că femeile sunt scutite de la împlinirea multor porunci care sunt obligatorii pentru bărbați, spuse el.

— Și este un lucru bun acesta? întreba Miriam.

— Bun, sigur că bun, respira băiatul ușurat pentru că răspunsul acesta îl știa, se vorbise de curând în templu despre asta. Femeile au o simțire a lor aparte, și o putere a lor, care le ajută să țină multe dintre legi mai ușor decât bărbații. Ele nu au nevoie de o lege scrisă pe care să o urmeze întocmai, pentru că împlinesc cuvintele legii natural. Vine din ele, înțelegi? se lumina chipul lui David.

Mai mult de dragul ochilor lui plini de bucurie care îi căutau pe ai ei ca să înțeleagă din ei dacă a reușit să-i alunge necazul, Miriam se lăsa înduplecată să surâdă.

— Bine, spunea ea. Și după ce ne judecă Dumnezeu faptele de peste an, ce se întâmplă?

— Fiecare greșeală descoperită trebuie reparată, explica mai departe David. Toate greșelile trebuie reparate înainte de Yom Kippur.

— Cum pot să repar greșeala mea că îmi doresc să pot face lucrurile pe care le faci și tu? Tot mai vreau să citesc Cartea în sinagogă, zâmbi Miriam unei lumi pe care mintea ei ascuțită o găsea încântător de vulnerabilă în fața provocărilor aruncate de o copilă de paisprezece ani.

— Poate că ne ajută domnul Rosenthal, ridica David o privire rugătoare către ceea ce i se părea a fi singura lui scăpare în acel moment.

— Cred că deocamdată este suficient dacă o numești „greșeală", punea Eli capăt discuției cu un surâs larg, bun și mândru. De reparat va repara timpul.

Eli primi din mâinile albe ale fiicei sale mai mari tipsia cu *gefilte fish*. Doamna Rosenthal și fetele umpluseră știuca cea mare cu carne de păstrăv românesc, din care îi plăcea lui foarte mult. Cercetaseră zile în șir carele cu pește poposite în mijlocul mahalalei Aga Niță până să afle știuca ce o doreau, mare și proaspătă, și păstrăvii potriviți pentru așa o masă. Doamna Rosenthal purtase fetele după dânsa ca să le obișnuiască a târgui, cu deosebire pe aceasta mai mare căreia i se împlinea deja sorocul.

Pe masa de Roș Hașana, *gefilte fish* era nelipsit. Tipsia fusese așezată între lumânări în tăcere, cu discreția cu care doamna Rosenthal înțelegea să facă - la vârsta dumneaei - declarații de iubire soțului său.

Eli descoperi abia la cea dintâi îmbucătură adevăratul înțeles al peștelui. Strivi pe cerul gurii umplutura cea plină de semnificații, înțelese declarația doamnei sale și ridică ochii luminați de bucurie către dânsa.

— Este păstrăv, spuse el șoptit, ferind cuvintele de urechile copiilor.

Doamna Rosenthal roși puțin pe la urechi, minunând astăzi pe Eli ca și în urmă cu douăzeci de ani. În fiecare an părea să găsească alte și alte motive cu care să-și minuneze soțul.

Când abia se cunoșteau îl minunase cu părul lung, castaniu, împletit într-o cunună prea grea pentru chipul ei micuț. Când dorise să și-o facă mireasă cu mult înaintea binecuvântărilor părinților și aproape că o furase de acasă, îl minunase cu curajul ei. În anii dintâi ai casei lor, când păreau să se fi luat amândoi cu sărăcia și nu doar unul cu celălalt, doamna Rosenthal îl minunase cu puterea de a surâde senin peste multele lipsuri și dorințe rămase nespuse și neîmplinite.

Mai apoi, când ceainăria începu a da roade și clienții, aduși de renume, începură a fi mai înalți, îl minunase cu îndrăzneala ideilor domniei sale, anume de a lua tava din mâna fetei ce aducea la masă, atunci când era vorba despre vreun evreu sefard înstărit din strada Spaniolă ori din strada Israelită. Servea chiar domnia sa și avea grijă ca întreaga ceainărie să afle aceasta, aducând măgulire evreului cel înstărit. Venea la masă cu tava și cu vreo veste mai nouă ce începuse a umbla prin târg, căci la aflarea lor nimeni nu îi trecea pe dinainte soției lui Eli.

Ideea doamnei Rosenthal încântă pe zarafii Bucureștilor, și ei reveniră la ceainărie, aducându-și prietenii ori soțiile. Doamna Rosenthal îmbrăcă fetele în rochiile cele bune și le scoase din casă, coborându-le în odăile cu clienți. Atmosfera se înviora în ceainărie. Fetele purtau cu plăcere conversații despre rețetele doamnei Rosenthal ori despre familia cea nou coborâtă de la Iași și stabilită alături de ei, în Dudești.

Clientela lui Eli se schimbă cu iuțeală.

Astăzi, doamna Rosenthal îl minuna pe Eli roșind precum copilele lor, ba chiar mai abitir decât acestea, pentru că Dumnezeu se pare că-l găsise vrednic de a crește spirite ce cu greu roșesc.

Ceainăria evreului ajunsese în scurt timp locul de întâlnire al întregii spume evreiești. Două chimvale și o alăută apăreau ca prin farmec pe înserat, bucurând oaspeții cu cântecele lor pline de lacrimi și licărind a speranță.

Evreii nu glumeau cu bucuria.

Atunci când îi sosea vremea, bucuria era consumată ca orice altă datorie sfântă. Cântecele umpleau strada, revărsându-se pe ușa din față. Fetele lui Eli supravegheau mișunarea tăvilor printre mese și intrarea clienților. Comenzile de frunte erau îndată luate de pe mâinile slujnicelor de către Miriam sau Sara, iar gestul lor îndatora pe clienții care se vedeau dintr-odată vedete ale ceainăriei.

Din rândurile lor, ale evreilor sefarzi, zarafi ori medici ascultați în oraș, nădăjduise Eli să-și afle Miriam perechea.

Croitorul Herșcovici era sărac. În odăile scunde ce împrejmuiau curtea măruntică de la marginea mahalalei evreiești se înghesuiau deznădejdile celor nouă suflete ale familiei. Locuiau acolo, în trei cămăruțe, bunicii – bătrânul domn Herșcovici, surd și cu vederea pierită la cei optzeci de ani, bătrânul domn Levițchi, socrul croitorului, cu picioarele de tot betegite de bolile de oase ale bătrâneților –, apoi domnia sa împreună cu soția și cu cei cinci copii cu care îl binecuvântase Dumnezeu: patru fete mai micuțe și speranța casei, David.

Adesea, băiatul rămânea peste noapte la stradă, în odaia mică de la față pe care o foloseau ca atelier al domnului Herșcovici, pentru ca fetele să aibă mai mult loc în cămările dimprejurul curții.

Era un băiat bun și Eli îl iubea. Ceea ce nu iubea era curtea sărăcăcioasă și înghesuită, odăile ce păreau a se sprijini temător unele de celelalte și pereții scorojiți și igrasioși care puteau fi văzuți tocmai de la stradă. Miriam și David însă se iubeau de copii, iar Eli, suflet ce purta la rândul său una și aceeași dragoste de douăzeci de ani încoace, înțelegea să ocrotească asta.

De-a lungul vremii, David Herșcovici se arătase a fi cu adevărat demn de atenția pe care mahalaua o îndreptase asupra lui. În vreme ce vechea liotă de copii ai mahalalei, din care până nu demult făcuse și el parte, încă se mai îndeletnicea cu ale copilăriei, la nici optsprezece ani David adusese în adunarea din fața porților croitorului și în ceainăria lui Eli focul naturalizării evreilor din țară. Când le vorbea tuturor cu patima anilor săi despre drepturile lui, ca unul născut aici din părinți născuți aici, evreii mai vârstnici uitau că obrazul îi este încă neacoperit de barba vremii și a cuminței.

— Europa întreagă este de partea noastră, spunea David cu înflăcărare. Mai marii Țării trebuie să-i dea ascultare și să naturalizeze orice evreu ce locuiește în țară de mai bine de zece ani. Și noi avem dreptul de a vota. Avem dreptul de a ne spune cuvântul despre soarta unei țări în care locuim de atâtea generații.

Doi ani purtase feciorul croitorului pe vecinii săi pe la întrunirile Uniunii Evreilor Pământeni. Doi ani înflăcărase întreaga stradă cu vorbele lui avântate despre dreptul de a vota al evreilor. Discuțiile din ceainăria lui Eli împărțiseră săptămâna în două: în zilele dinaintea sabatului erau stăpânite patimile, așa că se vorbea despre muzică și viața mondenă a Bucureștiului, iar în zilele ce urmau sabatului se aprindeau discuțiile politice. Miriam era adesea îndemnată de vreo privire a mamei sale să domolească așa cum va ști mai bine avântul acesta scăpat din frâiele înțelepciunii.

Miriam știa să-l așeze pe David înapoi, sub cumințenia legilor vechi.

Cu vremea își aflase puterile și nu o dată se simțise în fața lui ca o mamă îngrijorată în fața copilului drag, dar mult prea năvalnic în susținerea ideilor sale. Era suficient să se așeze în calea privirilor lui, zâmbitoare, cu capul ușor aplecat, cu bărbia așezată alintat între dantelele bogate de la guler și să ridice spre el priviri umbrite de genele dese.

Vorbele avântate ale lui David se năuceau pentru o clipă, iar el rămânea agățat de sprâncenele ridicate a întrebare ale lui Miriam. Între ei doi apărea o ceașcă de ceai, iar șerpii aromelor ridicați alene împrăștiau năduful necazurilor lui David.

Dintotdeauna fusese așa.

În urmă cu doi ani, la logodna lor, Eli și domnul Herșcovici, cu creștetele acoperite de cele mai bune *kipa* ale lor, se așezaseră la masa înțelegerii și puseseră împreună pe hârtie îndatoririle și obligațiile pe care cei doi copii și le luau unul față de celălalt. Hârtia, *tehnoyi'm*-ul, fusese mai apoi semnată și citită cu glas tare pentru întărirea înțelegerii. Ruperea logodnei se amenda cu zece lei, după cum stabiliseră în *tehnoiy'm*. Pentru ca astfel de gânduri însă să nu le vină celor doi, Eli luă o farfurie a doamnei Rosenthal și o sparse de pragul casei.

— Cum nu mai puteți face la loc farfuria aceasta, așa să nu mai puteți desface logodna, spusese Eli atunci.

Fetele și băieții dintre care ieșeau Miriam și David apucară capetele batistei albe a înțelegerii și își începură jocul în mijlocul curții lui Eli, în fața ceainăriei, spre veselirea tuturor clienților din ziua aceea.

— *Mazel tov!* îi strigau ei lui Eli.

— *Shalom, shalom*, răspundea Eli, ascunzându-și ochii ce-l dădeau de rușine umezindu-se, în privirile doamnei Rosenthal.

Ca să-și amintească ziua aceea în cele mai mărunte detalii ale ei, Eli își luă soția, fiica cea mare și pe proaspătul ei logodnic și-i duse pe toți la fotograf.

Străbătuseră drumul până în miezul Bucureștiului pe jos. Eli își petrecu prima jumătate din drum explicând doamnei sale că, într-adevăr, o trăsură nu ar fi însemnat o sumă foarte importantă de bani, dar ca principiu, într-o zi atât de caldă și însorită nu se cade să te lipsești de o bucurie ca mersul pe jos.

Eli era convins că lumea întreagă a aflat despre fericirea lor și toate privirile întâmplătoare îi păreau ocheade admirative aruncate de trecători unei familii atât de reușite. Răspundea tuturor acestor priviri cu un zâmbet larg care, alăturat mersului țanțoș, înduioșa pe Miriam.

Domnul Franz Mayer, fotograful, client vechi al ceainăriei lui Eli, îi promisese o reducere de preț într-una din după-amiezele când ceaiul cu secrete al doamnei Rosenthal își făcuse efectul și domnia sa scăpase de durerea de cap cu care venise.

— Să vii negreșit, domnule Eli, spusese atunci Franz. Să aduci și pe doamna în vizită.

Eli mulțumise măgulit de invitație, dar amânase mereu vizita, păstrând promisiunea lui Franz pentru vreun eveniment a cărui importanță să merite cheltuiala. Ziua aceea sosise acum, și Eli ceru lui Franz patru fotografii: câte una pentru fiecare.

— V-aș sugera o fotografie de grup, domnule Eli, spuse Franz. Mai cu seamă având în vedere evenimentul.

— Fiecare separat, răspunse Eli. Dumneata, Rașela, cum gândești că ar fi mai bine? o întrebase el pe soția sa, și continuase ca și când ar fi primit vreun răspuns neauzit decât de el. Fiecare separat.

Primiseră cele patru fotografii.

Franz fu convins de Eli să dubleze reducerea în contul unor cești de ceai ce aveau să fie servite în duminicile următoare. Acasă, doamna Rosenthal potrivise fotografiile în rame și le rânduise între celelalte, pe peretele din spatele tejghelei, acoperit aproape în întregime cu asemenea fotografii ale tuturor rudelor pe care și le cunoșteau.

O întreagă familie surâdea lumii de pe peretele acela. Frați, surori, veri și nepoți apropiați ori mai îndepărtați, unchieși și mătuși unii lângă alții, ramă lângă ramă, dădeau de lucru Sarei și lui Miriam atunci când mama lor poruncea ștergerea prafului.

Doamna Rosenthal hotărîse locul fotografiilor acestora noi chiar în mijloc, unde așeza de altfel pentru o vreme, cu rândul, toate fotografiile noi. Înlăturase mai către margini două fotografii ale unor nepoți de spițe mai îndepărtate și potrivise pe Eli și pe Miriam unul lângă altul. Se îndepărtase apoi doi pași, înclinase capul pe un umăr și cântărise din priviri efectul schimbărilor. Eli și Miriam o priveau din mijlocul peretelui drept în ochi.

Își spuse că domnul Franz, fotograful, avea să capete de la ea o reducere specială și își petrecu tot restul zilei căutând în însemnările cele vechi și tainice un amestec de ierburi care să arate mulțumirea și recunoștința.

Viața lui Miriam și a lui David nu se schimbase după logodnă.

Continuau să-și petreacă zilele împreună ca și până atunci. Citeau *Tora* și încercau a găsi înțelesuri în cuvintele ei. Ca și David, Miriam își câștiga între evreii din Dudești faimă de om învățat. Nu renunțase a stârni cu bună-știință pe David cu întrebări despre locul său ca fată într-o sinagogă, dar o făcea numai de dragul discuțiilor în care ochii plini de văpaie ai băiatului rămâneau numai asupra ei. Cu vremea își găsise singură răspunsurile și începea a simți puterea aceea neștiută despre care îi vorbea David, cea care face ca femeile să fie scutite de împlinirea cu strictețe a poruncilor Cărții.

În zilele sabatului, în templu, Miriam își ocupa locul său în spatele *mehitzei* din pânză, care îi separa pe bărbați de femei. De acolo, urmărea cum rabinul, cu o întreagă procesiune pe urmele lui, scoate *Tora* din arcă și o aduce oamenilor, legându-i cu Cartea pe unii de ceilalți și pe ei toți de cei vechi, plecați demult la cele sfinte. Îl asculta pe David citind și gândurile ei știau acum, printr-o taină pe care nu o putuse pătrunde, că fiecare are locul său în viață și este chemat să împlinească propriile lui porunci: femeia să crească copiii drept, bărbatul să-i apere pe toți de feluritele griji.

Nu se cade să te dedai trufiei de a dori locul altcuiva. Dumnezeu știe mai bine de ce te-a rânduit pe tine pentru locul acela. Asumă-ți-l și nu te mai revolta.

În vremea din urmă, prin ochii lui David începură însă a trece poveri noi.

Miriam îl cercetă o vreme în tăcere, apoi crezu că înțelese: ziarele din care afla toate cele ce se petreceau în țară strecuraseră în sufletul lui îndoieli ce nu-i fuseseră cunoscute până acum. Într-una din serile de la începutul toamnei, numai cu câteva zile înaintea Roș Hașanei, fata îl reținuse mai târziu decât de obicei în odaia din spate, mai mică, a ceainăriei, cea în care erau serviți clienții cei mai vechi și mai de seamă. Ochii lui plecați și răspunsurile întârziate îi dăduseră fetei de bănuit, și nu-l lăsase să plece.

— Mai stai, îi spusese ea de vreo două ori, când David se ridicase pentru plecare.

Neîndrăznind să-i calce cuvântul fără o explicație și negăsind una potrivită, băiatul se așeză înapoi pe lăvicioara de unde supravegheau amândoi mesele. Mâinile lui în căutarea unui rost pe genunchii pe care îi tot netezea încercau a-i vorbi fetei. Miriam le privea și-și găsea vină pentru că nu le înțelege vorba mai deslușit.

— Spune-mi ce ai mai făcut, îi ceru Miriam, căutând un sprijin pentru deslușirea locurilor ce-i rămâneau tăinuite.

— Am fost în târg la Taica Lazăr cu două velințe care nu ne mai trebuie. Le-am schimbat pe încălțări de vreme rea pentru cele mici, căci vor veni ploile, dădu David răspuns privindu-și, ca și Miriam, mâinile ce păreau a fi singurele vinovate de toată încurcătura.

— Asta mi-ai spus-o dimineață, David, îi zâmbi Miriam cu blândețe și răbdare. Te întrebam ce *altceva* ai mai făcut, pe lângă cele ce mi-ai spus deja.

Una dintre fetele care serveau la mese se apropie în grabă de Miriam și îi șopti la ureche:

— Nu mai este ulei de bergamotă pentru ceaiul de liniștirea nervilor, domnișoară Miriam. Madam Rosenthal s-a întors de dimineață din târg fără el, zice că la băcănie se isprăvise.

Miriam scoase dintre faldurile tainice ale rochiei sale o sticluță măruntică, frumos ticluită la formă de meșterul sticlar și legată la brâul său cu o pănglicuță azurie. Îi scoase capacul și picură în ceașca pe care o purta slujnica pe tavă două picături atent măsurate.

— Poftim, spuse ea. Mâine mergem amândouă să târguim departe, tocmai în Târgul de Afară.

Slujnica se răsuci pe călcâie și dispăru cu tava către clientul ei. David o urmărise pe Miriam punând scurt capăt acestui început de criză al ceainăriei, și stăpânirea ei îl convinse să vorbească.

— Mă bat îndoielile, spuse el către mâinile de pe genunchi.

— Pare chinuitor, zâmbi încurajator Miriam.

— Nu glumi, dragă Miriam, pentru că nu mai dorm nopțile. Lumea mea se clatină și nu aflu nimic solid în jurul meu ca să mă sprijin o vreme, până când înțeleg ce se petrece.

Miriam se ridică de lângă el și trecu în spatele tejghelei. Cu gesturi de medic care pregătește tratamentul, începu să prepare o ceașcă de ceai pentru David. Uleiul de bergamotă pe care-l purta la ea îi va reda liniștea pierdută, dar Miriam strecură și un grăunte de vanilie pe fundul ceștii, pentru aprinderea pasiunii lui. Ochii plecați ai lui David o făceau să simtă un cuțit rece în inimă, și Miriam se obișnuise să nu mai caute înțelesuri semnelor inimii sale, ci să le urmeze simplu, fără întrebări.

— Ceai verde ca să te întremezi, cu ulei aromat de bergamotă ca să-ți găsești somnul. În noaptea aceasta vei dormi neîntors, îi promise Miriam, așezându-i în palmele recunoscătoare ceașca fierbinte.

O vreme se mulțumiră să se simtă unul pe altul alături pe lăvicioară. David sufla deasupra ceaiului, ca să-l răcorească. Încă înainte de a-l bea, ceaiul își împlinea menirea liniștind gândurile tulburate ale băiatului și adunându-le doar asupra ceștii.

— Îți amintești, Miriam, începu el, cum mă întrebai în copilărie dacă este o greșeală să-ți dorești să faci lucrurile pe care le fac îndeobște bărbații? Voiai să citești *Tora* în sinagogă și să-ți fie îngăduit să te înfășori în *tallit*-ul cu ciucuri.

— Bea, îi spuse Miriam atingându-i mâna și ridicând ușor ceașca spre buzele lui. Se răcește și nu mai este bun. Îmi amintesc toate acestea și multe altele ce ți-am făcut pe vremea aceea. Încă mai ești supărat pe mine din cauza asta? surâse ea.

Peste tăcerea băiatului însă înțelese dintr-odată ce se petrecea. Dumnezeu îl încerca cu îndoieli. Pesemne întrebările născute în el fuseseră mai multe decât răspunsurile pe care le putuse afla. Mulți evrei destoinici fuseseră astfel încercați, iar rabinul vorbea adesea despre călirea fierului numai în foc.

— O să fie bine, strecură ea către David cuvintele cu o voce împrumutată parcă de la Miriam cea de peste douăzeci de ani. Caută să vorbești cu Rabi și stai cât mai mult în preajma tatălui tău și a bunicilor.

— Miriam, nu înțelegi, își munci David fruntea într-o mână. Este mult mai mult de atât. În târgul Focșanilor s-au întâlnit mulțime de frați ai noștri care cred cu tărie că soluția pentru noi ar fi înapoierea la Sion. Au făcut un cântec, un imn, și cu el în frunte vor porni către țara din care am ieșit odată. Pleacă spre Sion.

Inima fetei începu a bate cu putere și stăpânirea o părăsi, trădând-o pentru câteva clipe.

— Și cu naturalizarea cum rămâne? întrebă ea, pentru că brusc ideile îndrăznețe legate de dreptul de vot i se păreau a fi cu mult mai bune decât acestea noi, nebănuite, despre o procesiune inversă celei din Carte. Ai lămurit toată strada că acesta este lucrul pe care trebuie să-l facem.

David lăsă ceașca din mână și își plecă fruntea până aproape de genunchi, cuprinzându-și tâmplele între pumni.

— Sunt împotmolit, Miriam, sună a plânset mut vocea lui. De ce s-au luat după mine? De unde știu eu ce este mai bine de făcut? Cu ce îndrăzneală am glăsuit eu în numele lor? Nu mă știu îndruma nici pe mine singur, dar să trag drum și pentru alții?

Miriam îi privi ceafa acoperită de cârlionți. Pe capul lui cu păr bogat, kipa stătea mereu într-un echilibru cam fragil, amenințând veșnic să alunece peste bucle ca peste valurile unei ape întunecate.

Era numai în cămașă, și nodurile șirei spinării păreau tot atâtea vietăți mici, așezate cuminți și cam speriate una după cealaltă într-o procesiune tristă, aplecată adânc spre genunchi. Mâinile ei ar fi vrut să mângâie vietățile acestea speriate, iar poziția ei de logodnică ar fi îndreptățit-o să facă asta, dar prezența atâtor clienți în ceainărie o făcu să renunțe, și Miriam căută în schimb cuvinte potrivite:

— Omul nu are pe lume drum drept, David, spuse ea. Pentru greutăți care să ne deschidă ochii și să ne fie lecții suntem trimiși aici, nu pentru vreun trai drept ca drumul prin câmpie. Iar greutățile nu sunt întotdeauna legate de trup, pentru că acestea sunt cel mai ușor de purtat și de rezolvat. Adevăratele greutăți sunt cele legate de minte și de suflet. Ele îl fac pe om OM. Dacă Dumnezeu te-a găsit vrednic de a fi încercat de acum cu astfel de poveri, atunci eu cred că acesta este mai întâi de toate un motiv de mândrie. Înseamnă că toate cele împlinite de tine până acum au fost pe placul lui Dumnezeu și poți trece mai departe de atât.

Vietățile de sub cămașa lui David se mai îndreptară puțin, ca și când ar fi ciulit urechile.

— Nu te merit ca prietenă a mea, Miriam, spuse el încet. Nu te merit nici ca logodnică. Ești legată de un bolovan care te va trage în jos, așa cum am pe tras atâția până acum.

— Bea-ți ceaiul, spuse Miriam, mai mult ca să abată atenția lui David către locuri lipsite de pericol până când va găsi ea o rezolvare acestei situații cu totul neașteptate.

Din nou însă lama cea rece a cuțitului îi atinse inima ușor, ca și când nu s-ar fi îndurat să taie, ci ar fi dorit numai să o obișnuiască încet cu metalul rece.

Mai era încă ceva. Miriam știa că mai era încă ceva.

Mintea ei începuse să alerge în căutare de răspunsuri demult, încă de la cele dintâi cuvinte ale lui David din seara aceea. Gândurile ei făceau și desfăceau legături în încercarea de a potrivi capetele drumurilor pe care le vedea în viitor cu capetele pricinilor pe care le auzise acum.

Dacă într-adevăr întreaga poveste cu plecarea către Sion se va dovedi a fi trecătoare, o idee menită să trăiască o toamnă, atunci după Roș Hașana, la începutul lui noiembrie, vor face nuntă și-și vor începe viața despre care amândoi vorbesc de atâta vreme.

Dacă în schimb întoarcerea aceasta în țara-mamă va câștiga teren în inima și în sufletul lui David, atunci poate că va fi nevoie ca ea să afle cât mai multe din ascunzișurile acestor adunări despre care afla David, să încerce să descopere pentru el și pentru ei amândoi cine și ce anume are de câștigat din ieșirea tuturor evreilor din țară. Cu siguranță că nu va împacheta de plecare decât atunci când va ști că a încercat totul pentru limpezirea lucrurilor.

Dacă îndoielile care-l chinuiau acum pe David erau legate și de Dumnezeu, atunci lucrurile aveau să fie mai complicate și drumul mai greu. Ea, Miriam, știa că va trebui să-i stea alături cu multă răbdare până când toate întrebările lui își vor fi găsit răspuns, în tot acest timp însă luând asupra ei rânduielile unei case evreiești: va ține sabaturile și toate sărbătorile așa cum va putea pentru ca Dumnezeu să nu-și ia mâna de deasupra creștetelor lor.

Cu cărările astfel rostuite pentru orice posibilitate putuse gândi, Miriam se simți din nou puternică și pregătită să facă față lumii care abia se deschidea înaintea ei și a logodnicului său.

Și totuși mai era ceva. Simțea că mai este ceva așa cum în întuneric simți că nu ești singur în odaie, așa cum te trezești dacă cineva te privește vreme îndelungată.

Eli Rosenthal cerceta cu grijă malul apei cu vârful ghetei cam vechi, roase de timp. Uneori câte un smoc de iarbă mustea de apă la apăsarea sa, și

Eli Rosenthal muta piciorul alături, în căutarea unui punct de sprijin mai solid.

Cu teamă, se apropia încet, pas cu pas, de firul de apă al Dâmboviței. Când fu îndeajuns de aproape și se simți bine sprijinit pe picioare, Eli scotoci cu mâna dreaptă în buzunarul adânc al jiletcii pe care o purta. Scoase de acolo un pumn de pesmet fărâmat, îl cântări preț de o clipă cu privirea, apoi îi dădu drumul în râu. Clipocind murdară sub ochii lui, apa purtă firimiturile până la prima bulboană, apoi le înghiți. Eli rămase cu privirea pierdută la cerul plumburiu. Avea să plouă.

În spatele său, fiicele și soția, doamna Rosenthal, păreau să fi terminat. Fetele chicoteau și se purtau, spre marea mulțumire a tatălui lor, ca și când nu ar fi avut vârsta măritișului. *Aproape vârsta măritișului*, se corectă singur în gând Eli, socotind mai cu seamă cei șaptesprezece ani ai celei mici decât pe cei nouăsprezece ai celei mari. Eli era foarte tulburat de apropierea acestei perioade din viața fetelor lui.

— Are să plouă, spuse el către doamna Rosenthal în vreme ce le îndruma pe toate trei înapoi, sus pe mal. Și încă nu este vremea ploilor. Asta iarăși nu va fi bine. Poamele mai au nevoie încă de soare și de căldură înainte de a începe culesul.

— *Asta iarăși nu va fi bine?* repetă a întrebare doamna Rosenthal. Și care alta nu va fi bine? Ce gânduri te muncesc?

Înainte de a-i răspunde, Eli privi peste umăr către fete. Rămăseseră câțiva pași în urmă, prinse în joaca lor. Ca orice bun evreu, în ajunul Roș Hașanei Eli Rosenthal își adusese întreaga familie pe jos până la malul unei ape curgătoare, pentru *tashlih*, aruncarea lucrurilor. Purtaseră până aici în buzunare lucrușoare care să închipuiască greșelile, relele, păcatele anului care se încheia, și care trebuiau aruncate în apa ce urma să le ia cu ea, lăsând oamenii curați și pregătiți pentru un nou început.

— Rașela scumpă, șopti Eli prefăcându-se a privi înainte pentru a nu atrage atenția fetelor, poate că ai observat ce anume a găsit de cuviință să arunce în apa uitării fiica noastră mai mare.

Doamna Rosenthal se gândi puțin apoi spuse:

— Dacă te referi la sulul cel micuț legat în piele și încheiat în două curelușe vechi și roase pe la capete, atunci da, am observat.

— Și cunoști ce anume conținea sulul cel micuț? vru să știe Eli.

— Domnule Rosenthal, ridică doamna Rosenthal vocea cu prefăcută supărare. Dumneata nu știi că tainele fetelor nu trebuie cercetate? Fata se pregătește de nuntă ca mâine. Mă gândesc că nu va fi fost David singurul tânăr suficient de ascuțit la minte ca să ofteze după fata noastră. Pesemne că va mai fi avut și ea două-trei alte posibilități cărora le-a dat drumul astăzi ca să fie purtate pe apa greșelilor ce trebuie lăsate în urmă. Lasă fata, domnul meu, și nu-ți mai munci gândurile cu tainele dumisale.

— Eu atâta îți spun numai: când fetele își aruncă tainele, atunci este lucru greu la mijloc, spuse Eli cu voce gravă. Te poftesc să cugeți la asta și să cercetezi copilul, poate se va îndura Dumnezeu să aflăm ce necaz este la mijloc și să ușurăm cum vom putea apăsarea fetei.

Doamna Rosenthal rămase îngândurată. Drumul înapoi către casă îl făcură tot pe jos, după cum cerea datina. Acum, cu cuțitul vorbelor soțului său în inimă, îi părea și doamnei Rosenthal că veselia lui Miriam nu este chiar curată. Pe măsură ce prindea privirile iscoditoare ale mamei sale, fata izbutea tot mai greu să păstreze joaca obișnuită cu sora ei mai mică. Precum hoțul ce se vede bănuit, Miriam se străduia prea mult.

Trecuseră trei zile ca trei ani de la mărturisirea lui David. Vorbele lui de atunci puseseră altă lumină asupra multor discuții dintre ei. Miriam vedea cu alți ochi după-amiezele din urmă.

Începuse odată cu toamna, știa acum bine acest lucru, numai nu înțelegea cum fusese cu putință ca ochii ei să fie atât de orbi până acum? Cumințenia neobișnuită cu care David accepta tachinările ei, râsetele lui mai rare și forțate, tăcerile vinovate și serile în care Miriam trebuia să repete fiecare vorbă de două ori pentru ca ea să ajungă până la înțelegerea lui David, acestea toate se închegau altfel în mintea fetei. Le pusese pe toate pe seama maturizării aceluia ce se pregătea să-i devină soț. Erau de fapt semne ale distanțării lui.

Timp de trei zile și mai cu seamă trei nopți, Miriam își răsucise întrebările pe toate părțile. De fiecare dată ajungea într-un punct care o făcea să ude perna cu lacrimi până dimineața: David se îndrăgostise.

Îndoielile despre care încercase să-i vorbească erau îndoieli legate de viitorul lor împreună, nicidecum de credința lui ori de calea ce ar trebui urmată de evreii ce trăiau în țară. Încercarea le era dată, în acest caz, amândurora. Și unul și altul aveau a-și cerceta sufletele și a găsi acolo adevăratele motive pentru care porneau această căsătorie.

Orgoliul ei îi spunea că trebuie să lase lucrurile așa cum le va rostui David. Asta însemna, așa cum îl cunoștea ea pe David, că nunta se va face, iar ei vor fi pentru totdeauna unul al celuilalt. Apropierea marii sărbători a Roș Hașanei, pe de altă parte, îi spunea că trebuie să-și cerceteze conștiința și să nu se lase orbită de orgoliu.

Seară de seară, Miriam punea capul pe pernă îndârjită în hotărârea de a păstra pe David pentru ea, iar dimineață de dimineață se trezea cu o nouă decizie, mai curată și mai curajoasă, de a așeza lucrurile pe făgașul lor firesc.

David nu-și rărise drumurile către ceainărie, și Miriam îl admira pentru acest curaj al lui de a veni în fiecare zi, la fel ca și până acum, și de a-i sta drept în față, ca și cum s-ar fi supus judecății ei, orice ar fi însemnat aceasta. Miriam îl opri în seara dinaintea Ajunului pe lăvicioară, alături de ea.

— Tu iubești pe cineva, David, spuse ea cu glasul alb, secat de putere în nopțile plânse în perna nevinovată.

— Niciodată nu voi avea o prietenă mai bună decât tine și niciodată nu mă voi destăinui cuiva mai adânc și mai sincer decât am făcut-o cu tine. Nimic nu va schimba asta vreodată, spuse David cu durere.

— Dintr-o singură răsuflare ai invocat eternitatea de trei ori până acum, David, spuse Miriam, simțindu-se cu sute de ani mai bătrână decât înainte de a-i auzi cuvintele.

— Fă ce vrei cu mine, Miriam. Nimeni nu are în momentul acesta mai mari drepturi asupra mea decât tine.

Doamna Rosenthal se apropie de ei în semiîntunericul serii de toamnă și întinse fetei o legătură zornăitoare de chei.

— Încuie tu când isprăviți aici, fata mamii, spuse ea lui Miriam, apoi îi mai cuprinse o dată pe amândoi într-un zâmbet și ieși prin spate, spre încăperile familiei.

Ceainăria se cufundă în liniște. Numai două lumânări mai păstrau fâșii de lumină între tejgheaua pe care le lăsase doamna Rosenthal și ușa din față. Zgomotele se mutară mai departe, în adâncul casei.

— Ești al meu și nu te pot avea, David, spuse Miriam încet, ca o rugăciune mică rostită păgânește ei înseși.

— O să mă străduiesc să îndrept lucrurile, spuse David. Ne vom căsători și vom pleca departe. Voi lua totul de la început, voi urma întocmai cuvântul Legii și voi aduce înapoi în inima mea credința, de-ar fi să o fac cu forța. Poate că am început totul prea devreme. Poate că tocmai de aceea păzesc bătrânii cu așa mare strictețe ca fiecare lucru să se facă la timpul lui. Și pe tine te-am iubit prea devreme, eram copii de doisprezece ani, și onoarea descifrării *Torei* mi-a fost dată prea devreme. Inima mea nu a avut suficientă putere și a îngenunchiat sub poveri. Am amestecat lucrurile între ele. Te-am încurcat pe tine. Erai și îmi ești un suflet drag, dar m-am grăbit să trag concluzii și am greșit.

— Ești pătimaș, David, vorbi Miriam după o vreme, când băiatul începuse a crede că nu va avea niciun răspuns. Cred că adevărata ta încercare este stăpânirea acestei flăcări ce o porți în suflet sub cumințenia unei minți limpezi. Urmează Roș Hașana și mai apoi Yom Kippur, cu cele zece zile de judecată și cumpănire dintre ele. Aprinde-ți candelele și cântă-ți cântecele împreună cu ai tăi, după tradiție. Lasă-ți îndoielile și hotărârile acestea mărețe aici, pe lăvicioară, și du-te să-ți împlinești sărbătoarea cum se cuvine. Le vei găsi aici când totul se va termina. Te vei întoarce la ele cu inima limpezită și cu adevărata hotărâre, cea bună și dreaptă, luată deja de sufletul tău.

În seara aceea se despărțiseră cu inimile grele.

Cu adevărat mai puternică, Miriam își apără durerile de ochii mamei ei și intră în sărbătoare surâzătoare. Până la vremea *tashlih*-ului, aruncarea lucrurilor, hotărârea ei era luată. Îl va elibera pe David de promisiuni. Va rupe logodna pentru ca el să-și poată urma inima. Ascultase planurile lui, ascultase și plânsul jelit al inimii ei, cumpănise ce este mai bine de făcut și găsise că acesta este singurul pas care ar putea urma. Pregătise într-un sul micuț legat în piele puținele cuvinte pe care le avea scrise de la David, pentru a le da drumul pe apa Dâmboviței, spre desprinderea de trecut și întoarcerea către orice avea să-i aducă nou în viață anul ce începea.

Lacrimile și le plânsese deja, și poate că avea să și le mai plângă o vreme. Cărțile sfinte pe care le citise împreună cu David erau pline de exemplele atâtor femei cu viețile încercate și cu inimile frânte de dureri cu mult mai adânci decât acesta a ei, încât știa că oricând va avea nevoie, va găsi sprijin și putere să meargă mai departe.

Nu dorea o viață în care soțul ei să împlinească neclintit poruncile Legii, cu nădejdea că poate, odată, sufletul va urma calea minții și va tresări din nou la glasul ei. Dorea în schimb alături de ea un bărbat căruia să i se tulbure mintea și să i se clatine voința atunci când ea îi va rosti numele. Dacă acesta se dovedea a nu fi David, atunci Miriam era decisă să viseze în continuare.

Cea dintâi zi a sărbătorii trecu, și Dudeștii se însuflețiră din nou. Ceainăria se umplu la ceasul după-amiezei de clienții ei cei obișnuiți ori de alții mai noi, aduși de vânturile calde și bogate în arome ale serilor de toamnă timpurie. Oamenii aveau alte suflete în zilele acestea dintre Roș Hașana și Yom Kippur. Datoria de a-și cerceta greșelile, de a și le recunoaște și de a încerca rezolvarea lor prin iertăciuni cerute și oferite aducea multă lumină în ochii lor.

Miriam se deșteptase mai devreme decât de obicei, ca să aibă timp să isprăvească târguielile promise în Târgul din Afară înainte să se termine dimineața. Luase pe una dintre fetele din ceainărie după ea, să-i fie de ajutor. Cumpărase uleiul aromat de bergamotă care le lipsea și multe alte mirodenii și ierburi care, amestecate cu meșteșug de doamna Rosenthal, făceau minuni în ceștile de ceai.

Cu gesturi ordonate, menite să-i țină gândurile stăpânite, așeză sticluțele și borcănașele pe rafturi, sub tejghea. Hotărârea ei era luată și urma să o ducă la îndeplinire chiar astăzi. Avea nevoie doar de un mic răgaz pentru potolirea bătăilor inimii trădătoare, care o dăduse cam des de rușine în zilele acestea din urmă. Adormită de gesturile mecanice și sigure ale fetei, inima se liniști.

Miriam merse în odaia ei și a Sarei, scoase de sub pernă o cutiuță frumos lucrată în lemn, răscoli cu vârful degetelor printre comori de fată nemăritată și scoase de acolo o monedă de argint de cinci lei. Sara intră în odaie când Miriam își potrivea din nou pe cap pălăriuța cochetă.

— Iar pleci? Dar pe mine nu ai de gând să mă iei în târg? Te plimbi numai tu singură? o necăji ea pe Miriam, încercând să-i răstoarne pălăria de pe cap.

Miriam îi prinse mâna și o privi drept în ochi.

— Merg la domnul Herșcovici să-i plătesc ruperea logodnei, spuse ea încet, hotărât.

Sara o privi nedumerită. Miriam nu-și lua ochii dintr-ai ei.

— Nu-l iubești? șopti Sara.

— Te rog să nu spui încă nimic mamei și tatei. Mă întorc cât pot de repede și rezolv eu, continuă Miriam, ca și cum acestea ar fi fost de fapt informațiile cu adevărat importante pe care Sara trebuia să le cunoască.

— Dar îl iubești? Nu-l iubești? continua să întrebe Sara, cu ochii măriți și respirația întretăiată.

Miriam, care nu se așteptase ca vestea să producă atâta tulburare în Sara, cumpăni preț de o clipă dacă e cuminte să întârzie lângă ea pentru lămurirea cu detalii a situației sau să-și vadă de drum, amânând discuția cu sora sa.

— Plec, decise ea. Vorbim când mă întorc.

Drumul care despărțea casa părinților săi de curtea sărăcăcioasă a familiei Herșcovici îl făcu din numai câțiva pași, așa cum lua și lingurile cu medicamente amare în copilărie. Intră în odaia din față, atelierul de croitorie al domnului Herșcovici, salută cu răceală, atentă ca nu care cumva vreun semn de slăbiciune să rupă zăgazurile lacrimilor care păreau pregătite în spatele pleoapelor, și așeză pe masă, în fața domnului Herșcovici, moneda de argint.

— Îmi cer iertare, vă rog, de la dumneavoastră pentru greșeala mea. Nu mă pot căsători cu fiul dumneavoastră. Aceasta este jumătate din plata pentru ruperea logodnei.

Ajunsă cu discursul până aici dintr-o singură suflare, Miriam ezită, simțind partea amuzantă a situației, dar își adună repede gândurile și termină:

— Atâta am. Restul o să vă plătească tata. Vă rog să mă iertați, domnule Herșcovici. Îmi pare rău pentru tot.

Îl privise tot acest timp drept în ochi, cu curaj. Lipsa lui de reacție însă o luă pe nepregătite. Ea terminase, era acum rândul lui să spună ceva. Numai că domnul Herșcovici rămăsese mut, cu creta de croitorie între degetele albe și cu metrul atârnat după gât. Miriam se răsuci pe călcâie și ieși la fel de repede cum intrase, aruncând peste umăr:

— *Șana Tova!*

Cu aceeași hotărâre să termine cât mai repede totul, cu aceeași teamă că puterile o vor părăsi dacă nu se grăbește, Miriam nu se opri decât în odăița mică ce ținea loc de birou tatălui său și spuse:

— Iartă-mă dumneata, tată drag, pentru toate greșelile mele.

Încântat că cea dintâi iertăciune îi este cerută de fiica cea mai mare, pe care întotdeauna o dorise mai cuminte și mai statornic așezată în poruncile părintești, Eli ridică spre ea ochii luminați de un zâmbet:

— Ești iertată din tot sufletul, fata tatei, *Șana Tova*! Mulțumesc lui Dumnezeu pentru așa copii cuminți.

— Tată, ascultă ce am de spus, vorbi din nou Miriam, dar întreruperea deja o clătinase în siguranța ei și ochii i se umplură de lacrimi.

Se strădui să nu clipească în speranța că le va putea reține între pleoape. Nu le dorea pe obraji, pentru că nimic nu le-ar mai fi putut opri.

— Am rupt logodna cu David. Vin de la domnul Herșcovici. Am plătit numai cinci lei pentru că nu am avut mai mult. Iartă-mă, tătuțule, chemă ea pe părintele său cu numele pe care i-l dăduse numai pentru scurtă vreme, în cei dintâi ani ai copilăriei.

Eli își căută kipa pe creștet cu ambele mâini, ca să se asigure că vestea nu a clintit-o de la locul ei. Se ridică apoi de pe scaun și sili fata să se așeze în locul său, apăsându-i umerii cu amândouă mâinile.

— Iartă-mă, tată, cerea Miriam, adunându-și tot curajul pitulat prin ungherele trupului tânăr și speriat de ceea ce făcea.

— Ai rupt logodna? reuși în sfârșit Eli să dea drumul primelor cuvinte.

— Da, tată. Trebuie să-i dai cinci lei domnului Herșcovici, pentru că nu am avut toată suma.

Eli auzea scârţâitul uşii de la intrarea în ceainărie şi se gândi că ar trebui unsă, este de ruşine să primească oaspeţii pe o uşă care scârţâie ca la o casă fără stăpân. Înainte de intrarea fetei acesteia în micul birouaş se pregătea să încheie şi să dea o mână de ajutor la servit, pentru că astăzi lipsea una dintre slujnice. Avea de întocmit şi o listă cu cele trebuincioase prin cămări în zilele ce urmau.

Ca să scape de greutatea pusă asupra lor de vorbele lui Miriam, gândurile lui Eli se refugiau în lucrurile care până acum câteva clipe fuseseră urgente şi importante. Lucrurile însă refuzau să le mai primească, şi între toate gândurile lui Eli rămânea unul singur care striga cu putere asupra tuturor celorlalte: am rupt logodna.

— De ce? întrebă după această tăcere lungă Eli. De ce?

— Nu-i al meu, tată, spuse Miriam totul în numai câteva cuvinte, aşa cum numai înţelepciunea ştie a vorbi.

David veni pe înserat. Aşteptă în umbra porţilor până când şi ultimul client plecă, apoi îşi îndreptă haina, îşi înălţă umerii şi intră.

— *Şana Tova*, domnule Eli, spuse el cu solemnitate. Îmi cer iertare pentru toate greşelile mele. Şi Dumnezeu ştie că sunt multe şi grele. Vă rog să mă iertaţi.

— Drept este că sunt zilele pocăinţei, dragul meu, spuse Eli, dar atâtea iertăciuni deodată eu nu am mai primit la nicio Roş Haşana până acum, şi sunt pe lume de câţiva anişori buni. Măcar tu mă poţi lămuri ce se întâmplă cu voi, căci de la fata mea nu am nicio nădejde să mai scot vreo vorbă. Ce vă este, dragii mei?

— Domnule Eli, trebuie să mă iertaţi pentru cele ce am a vă spune, se pregăti David, stăpânindu-se să nu-şi frângă mâinile aşa cum avea obiceiul la ceasuri de restrişte.

— Altele? Nu s-au isprăvit? se sperie Eli.

— M-am sfătuit cu tatăl meu, cu bunicii amândoi și cu Rabi. Nu este altă cale. Nu cred că unul care rupe o logodnă și care derutează pe ai lui cu idei la care mai apoi renunță, mai poate citi *Tora* în templu. Întregul meu drum de până acum l-am înțeles greșit. Nu asta sunt chemat să fac. Nu acesta este drumul meu. Daca aș fi pe drumul meu atunci nu aș răni atâta lume în jur. O să mă țin departe de sinagogă o vreme, până când cugetul meu se va limpezi și eu voi putea din nou să văd limpede cine sunt și ce am de făcut. Un suflet tulbure nu poate călăuzi alte suflete. O minte bătută de îndoieli nu poate lumina alte minți. Să mă iertați.

— Măi copile, ce spui acolo? Nimic nu am înțeles. Tată-tu știe ce vorbești?

— Am intrat în *Hazará bișeelá*, întoarcerea la întrebări. Am îndoieli și simt nevoia să îmi cercetez bine sufletul înainte de a mai desluși altora cuvântul Legii. Mâine în zori mă voi alătura celui dintâi convoi de evrei sioniști porniți înapoi, spre țara din care am ieșit. Trag nădejde că pământul străbunilor îmi va fi un bun locaș de meditație. Iertăciune, domnule Rosenthal, pentru acestea toate.

Băiatul vorbise cu stăpânire de sine, lucru de mirare la un spirit înflăcărat ca el. Eli înțelese că cele ce se petrec sub ochii lui în clipele acelea sapă un hotar veșnic între ce a fost și ce va fi. David trecuse deja dincolo. Ce anume însemna acest *dincolo*, Eli încă nu știa.

— David, dragul meu, voi sunteți tineri și învățați. Ai răbdare cu înțelegerea mea și lasă-mă să o iau de la început: *tu* ai rupt logodna? spuse Eli, încă sperând că nu înțelesese bine și că, prin repetarea lucrurilor în ordinea lui de data aceasta, totul se va lămuri și vor râde împreună de toată încurcătura.

— Eu sunt vinovat, spuse David, stând drept în fața lui Eli.

— Spui că ai îndoieli și te întorci la întrebări? Ești în *Hazará bișeelá*?

Eli nu mai cunoștea pe nimeni care să se fi întors la întrebări, care să fi ieșit din sinagogă pentru că își pierduse credința.

— Așa este, întări David, cu sinceritate și durere, ca ciumatul care recunoaște că s-a molipsit.

— Pornești spre Sion? Mâine în zori?

Eli le număra pe degete, toate aceste vorbe ale lui David. Ajunsese la cel de-al treilea deget, și până acum, din nefericire, se pare că nu era deloc vorba despre o încurcătură.

— Da, domnule Rosenthal. O să-mi caut credința rătăcită pe pământurile înaintașilor noștri.

— Acum te întreb, nu din carte, ci dintr-un suflet trăit mulți ani pe lume, printre oameni și încercări: de ce nu aștepți să ieșim și din ultima sărbătoare? De ce nu pleci după Yom Kippur?

— Domnule Rosenthal, aceste zile dintre Roș Hașana și Yom Kippur ne-au fost date tocmai ca să încercăm să îndreptăm greșelile de care devenim conștienți. Cum aș putea să-mi înmulțesc faptele mele bune în aceste zile, dacă nu încep chiar cu cea mai importantă pe care ar trebui să o fac? Cum aș mai putea spera să-mi văd numele înscris în Cartea Vieții dacă amân repararea celei mai mari greșeli care mă apasă? Toate greșelile descoperite trebuie reparate înainte de Yom Kippur.

Sara nu-și mai împletise părul într-o singură coadă groasă, lăsată pe spate, de când avea doisprezece ani și cânta la *Bat Mitzvah*-ul ei. Își amintea și astăzi rochia purtată atunci, cea dintâi rochie a ei de domnișoară, lungă până dincolo de glezne și mărginită cu bordură din satin la gât, mâneci și poale. Rămăsese până astăzi cea mai frumoasă rochie de pe strada lor.

Lăsându-se în voia aducerilor aminte, deschise ușile dulapului de haine și-și mai trecu o dată mâna, mângâietor, peste volanele decolorate acum ale rochiei rămase prea mici pentru trupul ei aproape de femeie. Rochia îi răspunse cu șoaptă de mătase înfoiată a recunoștință.

Închise la loc ușile dulapului și trase un ultim sertar, de unde scoase două perechi de mănuși delicate din satin crem, încheiate pe o parte cu bumbi sidefii. Le așeză deasupra geamantanului deja plin și presă de câteva ori cu mâinile amândouă, apoi ieși din odaie cu pași ușori.

Fereastra era încă întunecată, dar o ureche ciulită și un ochi atent ar fi putut observa că viața prinde a scoate sunete pe afară, vestind că zorii nu sunt departe. Sara se întoarse în odaie la fel de neauzită. Strângea la piept două fotografii înrămate pe care le strecură în geamantan, apoi îl închise. Dintre mănușile de satin și rochiile de femeie-copil, Miriam și Eli mai aruncară lumii și nopții pe sfârșite o ultimă privire, din fotografiile făcute la domnul Franz.

Pe peretele din spatele tejghelei, Sara lăsase în locul celor două fotografii furate o foaie de hârtie pătată cu lacrimi care întinseseră cerneala cu care scrisese:

Iartă-mă, Miriam scumpă, pentru toate greșelile mele de peste an.
Îl iubesc așa cum îmi iubesc sufletul din mine. Când ochii mei nu-l văd, mă sufoc. N-am vrut să se întâmple așa, și dacă vei avea atâta milă în inima ta încât să mă ierți, Miriam scumpă, atunci să știi că numele tău cu adevărat va fi înscris în Cartea Vieții.
Dacă este cineva pe lume îndeajuns de înțelept și bun încât să înțeleagă așa ceva, atunci numai tu poți fi aceea, Miriam.
Mulțumesc lui Dumnezeu pentru că ești sora mea și mă rog Lui să mi te țină sănătoasă până când ne vom revedea.
Sara

Ridică geamantanul de pe pat, îndreptă velința cu palma și potrivi ciucurii cu grijă peste margine. Cuprinse cu o privire odaia cufundată în umbrele întunecate ale celor dintâi zori și ieși. Pașii săi nu se auziră, cum nu se auzi nici ușa de la intrare, nici poarta.

În poartă, din apele negre ale nopții, se desprinse David. Îi luă geamantanul din mână, îi înconjură umerii cu brațul și urcară amândoi în trăsura care îi aștepta.

O geană crudă de lumină lăptoasă mijea din loc în loc, dintre zidurile clădirilor sărăcăcioase ale străzii. Împovărați de dragostea lor cea nouă ca doi bătrâni gârboviți de ani, Sara și David se alăturau celui dintâi convoi pornit către Sion.

5. Sabia tatii

Cei doi vânzători ambulanți de petrol lampant își strigau marfa de-a lungul străzii Știrbey Vodă, bătând pasul alene pe caldarâm. Ori de câte ori ajungeau în Piața Teatrului încetineau pasul și ridicau glasurile. Negustorii de delicatese din zonă le erau clienți fideli și le cumpărau marfa cu galonul, spre deosebire de târgovețele din mahalalele mărginașe ale Bucureștiului, care abia dacă luau câte o litră la o săptămână.

— Petrol de lampăăăăă! Petroooool, doamna!

Ultimul cuvânt îl rosteau atât de încet încât îți venea a crede că era de fapt menit mai degrabă echilibrării pe mai departe a suflului pierdut în timpul reclamei strigate, decât o invitație către vreo doamnă reală.

Băieții purtau pe umeri câte o cobiliță de capetele căreia atârnau gamele de tablă de câte o jumătate de vadră fiecare. Umbrele dimineții erau încă prelungi. Mergeau cu soarele în spate, astfel încât siluetele care le porneau de la picioare se întindeau pe trei metri în fața lor. Îi amuzau propriile lor umbre. Erau doi copii, nu aveau mai mult de paisprezece ani. Cunoșteau însă bine toate ascunzișurile meseriei de vânzător ambulant. Arătau, cu șiretenie, mult mai multă răbdare negustoreselor sau cucoanelor de pe Știrbey Vodă sau mai departe, de pe Calea Victoriei, decât gospodinelor de prin cartierele de margine. Armenii cu prăvălii de cafea, grecii care vindeau măsline sau sașii fotografi le făceau vânzare uneori, în zilele bune, cât trei mahalale laolaltă.

— Petrooool de lampăăăă!

Chiron grecul ridică parmalâcul umbrarului de deasupra vitrinei. Sunetul rostogolit al rulourilor de lemn atrase atenția celor doi vânzători și ei întoarseră capetele în același timp.

— Mâine, că astăzi am alte socoteli, le spuse Chiron, întâlnind întrebarea din ochii lor.

Băieții trecură mai departe. Din față se vedeau venind doi vânzători de ziare.

— *Timpuuuuul*! Luați *Timpuuuul*! Holeră la Cairo și Port Said! Zece bani numărul, luați *Timpul*!

Când îi mai despărțeau numai două prăvălii, vânzătorii de petrol de lampă și cei de ziare se opriră dintr-o dată, față în față, ca două armate care au ajuns la distanța suficientă dinaintea unei înfruntări. Vendetele dintre ei erau mai vechi decât ținerea lor de minte. Nimeni nu mai știa astăzi obârșia dușmăniei. De regulă își fereau căile unii de alții, își țineau socoteala orelor și erau deja pe părți diferite ale străzii. Se vede treaba însă că astăzi se luaseră cu vorba și iată-i unii în fața celorlalți.

Pentru o clipă, toți cei patru băieți avură impresia că s-au oprit și trăsurile pe drum.

O domnișoară apărută din spatele băieților cu ziarele îi întinse unuia dintre ei o monedă de aramă de zece bani și luă un ziar de pe brațul băiatului. Profitând de neatenție, vânzătorii de petrol se strecurară imediat pe lângă stâlpii felinarelor și ieșiră din situația care amenința să nu se termine bine.

Domnișoara se oprise să citească ziarul chiar acolo, în mijlocul străzii, spre mirarea băieților și a puținilor trecători de la prima oră a zilei.

— Băăă! strigară cei cu ziare pe urmele fugarilor. În Timișoara sunt luminate străzile cu curent electric! V-ați ars, băăă!

Apoi porniră mai departe, strigând din toți plămânii:

— Timișoara, primul oraș din Europa iluminat electric! Luați *Timpuuuuul*!

Despina Agopian, fiică unică a lui Spiru Agopian, negustor de cafea în centrul capitalei, ieșise din nou din casă neînsoțită, spre disperarea și marea rușine a bietei ei mame. Fire năvalnică și complet străină într-ale răbdării, Despina își înconjurase umerii cu un șal și ieșise în întâmpinarea vânzătorilor de ziare. Inima ei nu putuse aștepta până când băieții ar fi ajuns în fața ferestrelor caselor părinților săi.

Căuta între foile ziarului cu mișcări febrile. Buzele ei se mișcau ca ale copiilor atunci când abia deprind tainele literelor:

— Știri, Biserica Română despre MSR Regina, Cronica, șoptea ea titlurile pe măsură ce ochii ei le parcurgeau. Numiri în Guvern, Raportul...

Ochii domnișoarei Despina Agopian se măriră deodată. Găsise ceea ce căuta în ziar. Îndoi paginile până când le aduse la o dimensiune comodă pentru citit, se întoarse pe călcâie și porni încet înapoi spre casă, citind.

Poruncile sunt pe lume numai zece.
Niciuna nu spune că nu trebuie să ating sabia tatii pentru că nu se cuvine unei fete. Dintre lucrurile care nu se cuvin unei fete mai putem enumera: să meargă singură oricând, oriunde poftește, să se poată bucura, neînsoțită, de o piesă de teatru, să joace într-una, să publice articole în ziar, să practice orice va fi studiat, să amâne data unei căsătorii până în momentul în care admirația și respectul sincere pentru un bărbat îi va dicta

aceasta, și nu vârsta fetei care a ajuns la un anume prag considerat nimerit, să ia parte la discuții legate de soarta unei țări în care s-a născut, să aibă păreri personale și un glas cu care să le emită în lume.
Poruncile sunt pe lume numai zece.
Nu ucid dacă spun că o Casă Regală ce se trage din marii regi ai Europei este soluția pentru România.
Nu fur dacă practic meseria pe care am învățat-o la școli înalte.
Nu mint dacă le spun tinerilor armeni care se adună în fiecare joi acasă la mama că probabil nu mă voi mărita mulți ani de acum înainte.
Ce poruncă încalc?
Cunosc de asemenea și Legea Țării. Aș putea demonstra într-un articol viitor că nici pe aceea nu o încalc.
Cu mulțumiri domnului Director al ziarului Timpul pentru găzduirea în paginile acestuia,
Despina Agopian

Inima Despinei era mică după ultimul cuvânt. Credea că știe ce va urma. Mama se va speria, tata o va pedepsi uitând că tocmai o pregăteau de măritiș, ceea ce însemna că pedepsele nu mai erau tocmai nimerite pentru fiica sa, casa întreagă va fi în devălmășie câteva zile. Totul, ba încă și mai mult decât atât, merita până la ultima pedeapsă.

Agopienii se țineau descendenți drepți ai mândrului Emanuel Mârzaian, numit și paharnicul Manuc, ridicat de domnia Moldovei la rang de bei acum aproape o sută ani. De pe urma lui Manuc bei rămăseseră zvonuri că ar fi fost spion al Curții domnești de la Moldova, și că pentru multele dumnealui foloase aduse acestei curți se alesese cu averi însemnate.

Averile le cheltuise mai apoi în Țara Românească, unde îl aduseseră treburi de taină care erau acum îngropate împreună cu beiul. Ridicase vestitul Han al lui Manuc pe cincisprezece pivnițe boltite, iar la parter lua chirie nenumăraților negustori pe care îi convinsese să-și deschidă prăvălii acolo. Deasupra prăvăliilor erau camerele de oaspeți ale beiului, iar spre interior se deschidea cârciuma cea mai mare a vremii aceleia. Căruțele, poștalioanele și trăsurile de tot felul trăgeau chiar în interiorul hanului, în mijlocul curții împrejmuite de balconul comun al camerelor de oaspeți, unde zeci de băietani abia așteptau să se ocupe de caii obosiți.

Fata aceasta, toată numai inimă și luptă, Despina Agopian, ar fi venit nepoată după părintele său a fratelui beiului Manuc cel din vechime. Cum dar să nu se explice și să nu se ierte mult mai lesne pornirile sale belicoase? Părintele său, înțeleptul negustor de cafea armenească, o numea „băiatul tatii". Domnul Agopian părea să manifeste mai multă înțelegere pentru fată decât doamna Agopian.

Cu mândria zgândărită de laudele nesfârșite ale profesorilor aduși acasă pentru Despina încă de pe când avea doar zece ani, domnul Agopian a convins-o pe doamna să lase fata să urmeze la Universitatea din Paris, Facultatea de Drept, măcar că negustorimea de un leat cu el a Pieței Teatrului nu a văzut cu ochi buni hotărârea aceasta. Domnul Agopian însă a tocmit o cucoană scăpătată și de vârstă mai înaintată ca să aibă cheile cămărilor pe mână acasă, în București, și a trimis-o pe doamna Agopian împreună cu fata la Paris, pentru patru ani.

Întoarsă de la sfârșitul acestei primăveri, licențiată cu diplomă, Despina făcea zile amare părinților săi. Voia să practice avocatura în proaspăt înființatul Barou bucureștean. Voia să publice la gazeta domnului Ioan Slavici, la *Timpul*. Lua în râs încercările mamei sale de a aduna în casa lor toată crema tinerilor armeni cu ceva poziție socială, pentru că la avere nu prea îi căuta doamna Agopian, mulțumind lui Dumnezeu că nu este nevoie. Curat „băiatul tatii".

Cu ziarul împăturit sub braț, Despina intră în prăvălia cu miros oriental, se strecură printre butoiașele cochete, micuțe, căptușite cu pânză curată de cânepă, așezate de domnul Spiru drept în mijlocul prăvăliei, cu dichis în calea clientului. Boabele de cafea luceau întunecat în lumina dimineții din ce în ce mai puternică. În fiecare butoiaș se găsea alt soi. Boabele erau negre-tăciune sau ciocolatii, unse ori uscate, cum fuseseră fierte în lapte sau numai prăjite. Despina le ocoli ca una care le știa locul cu ochii închiși și dispăru în spatele draperiei care ascundea scara interioară.

Știa că se va stârni furtuna de pe urma articolului semnat de ea în ziar. Se mira numai că trecuse vama întregii redacții a ziarului, care se opusese până acum cu tărie. Cel puțin să nu-l semneze, îi propuseseră la una dintre vizitele ei. Amenințase atunci că se va duce la *Adevărul*, care va fi astfel cel dintâi ziar din țară care va publica un articol semnat de o femeie.

— Sau mergeți la revista doamnei Maria Rosetti, cu articole despre gospodărie și cu sfaturi pentru tinerele mame, zâmbi șăgalnic redactorul, stârnind încă și mai abitir ambiția Despinei de a publica într-un ziar „de bărbați".

Ajunsă în camerele spațioase de deasupra prăvăliei de cafea, se feri cu pași iuți din calea mamei sale, pe care o auzea în salonul mare, și se ascunse în salonaș. În răsfățul lor pentru fata care altfel le era lumina ochilor, soții Agopian îi meniseră în loc de o singură încăpere în casa părintească, trei, dintre care una era un salonaș, copie fidelă a celui mare al doamnei. Despina dorise ca mobilier numai un fotoliu alături de fereastră și un scrin înalt, un *secrétaire* utilat cu cele trebuincioase scrisului.

Aici se ascunse din calea doamnei Agopian. Voia să apuce să mai aștearnă pe hârtie încă o seamă de gânduri, toate lipsite de cumințenia care se cerea de la ea, înainte ca știrile zilei să ajungă la urechile mamei sale.

Începuturile sunt atrăgătoare. Toată lumea iubește colile albe de hârtie. Un început nu are niciun trecut, nu poartă povara niciunei vinovății. Ne-am

născut dornici de a aparține și ne facem loc cu coatele spre înainte, căutând mereu în jur oameni sau situații în care să ne regăsim.
Regăsirea alungă singurătatea. Căutările acestea neobosite fac ca orice început să aibă atâta farmec. Sperăm că ne vom regăsi aici, în ceea ce începe. În povestirea aceasta. Nu din nestatornicie căutăm noi și noi începuturi, ci din teama de a nu fi străini de tot și de toate.
Teama de a nu fi înțeleși de nimeni, de a nu ne regăsi în trăirile nimănui, ar trebui să ne dea de gândit. Poate fi dovada că suntem rupți din ceva mai mare, care a fost întreg și acum este spart în sute și mii de „eu“, „eu“, „eu“.

Tocul îi rămase o vreme în aer, în așteptarea inspirației. O trezi o ușă care se auzi în apropierea micului ei salonaș de domnișoară răsfățată. Ca să nu i se usuce penița, puse repede tocul înapoi în călimară și suflă peste literele îndrăznețe. Doamna Agopian schiță un ciocănit superficial și intră înainte să primească răspunsul Despinei.

— Nu ești Iulia Hasdeu, să știi, spuse dumneaei cu reproș, înțelegând dintr-o privire că fata scria.

Într-un fost flacon cu apă de colonie – gol acum – pusese bere din butoiașul domnului Agopian, din pivniță. Închisese bine flaconul cu pulverizatorul cu pompiță și stropea acum, serioasă, frunzele rododendronului din salonaș. Pe Despina ar fi trebuit să o necăjească vorbele ei, dar seriozitatea cu care stropea frunzele nedumerite cu bere o îmboldea să surâdă cu un fel de drag. Cineva foarte înțelept care locuia din când în când în spatele frunții Despinei găsea acum că doamna Agopian este o femeie bună care ar fi meritat o fiică pe măsură.

Doamna Agopian continuă înainte ca Despina să-i umple mica tăcere cu marile ei argumente:

— Ai o vârstă, domnișoară, care se cere altfel purtată prin lume decât o faci dumneata. Modelul pe care ți l-ai ales ar fi bun încaltea, dacă l-ai și urma. Văd însă că domnia ta, fata mamei fată, cam amesteci lucrurile între ele. Domnișoara Hasdeu a studiat și practică acum artele, ceea ce pare lucru mai cuminte decât visele dumitale de a practica... dar nici nu vreau să mai rostesc restul. Știm amândouă bine ce spun.

Vorbind blând ca și cum s-ar fi adresat unei mici sălbăticiuni gata oricând să o ia la fugă, speriată, doamna Agopian prinse una dintre frunzele rododendronului între degete iscusite și îi șterse fața îmbrobonită mai înainte cu bere.

— Domnișoara Iulia Hasdeu nu este modelul meu, spuse Despina, apropiindu-se de mama sa.

Și, pentru a înăbuși din fașă restul discuției, o deturnă către zone pe care le știa din experiență sigure:

— De ce le faci așa?

Doamna Agopian se uită cu atenție la fata aceasta pe care i-o dăruise Dumnezeu. Ar fi dorit să-i poată citi pe chip dacă într-adevăr o interesează planta îngrijită de ea - ceea ce ar fi însemnat sfârșitul zilelor de chin și împlinirea unor rugăciuni fierbinți - sau doar vrea să abată discuția, cu șiretenie.

— Fața frunzelor trebuie ștearsă de praf, iar berea le hrănește și le face mai lucioase.

— De ce? insistă Despina, de data aceasta cu sinceră curiozitate.

— Așa a lăsat Dumnezeu pe pământ, dădu doamna Agopian singurul răspuns care îi fusese dumneaei suficient în viață, până acum. Așa am pomenit de la măicuța mea, cinstita dumitale bună Arsineea Zambaccian.

Despina prinse o frunză între degete și luă din mâna mamei sale cârpa moale de bumbac cu care le ștersese până atunci. Apropierea dintre mâinile lor domoli bănuielile doamnei Agopian. Mulțumi în gând Măicuței Domnului pentru ascultarea rugilor și pentru ridicarea blestemului greu pe care-l știa căzut asupra familiei lor încă din anul în care Despinei - pruncă de numai un an - îi lua nănașa moțul, după obicei.

Potrivit obiceiului, tava trebuia să cuprindă peria de păr a mamei, oglinjoara, o linguriță de argint și multe alte lucruri de trebuință femeiască. Nănașei i s-a părut pesemne nimerit să încerce ursitoarele, așezând în ultimul moment și sabia domnului Agopian pe tavă, iar ele s-au răzbunat neîntârziat, răspunzând provocării prin mâna copilei întinsă către ea. Degeaba s-au învălmășit mai apoi către pruncă toate armencele vrednice din București, prezente la luatul moțului: fata atinsese sabia.

Vinovată, nănașa a căutat scăpare dintre privirile armencelor într-ale domnului Agopian. Dumnealui și-a dres glasul așa cum face și astăzi când trebuie să ia cuvântul în fața prietenelor doamnei, ca și cum ar cântări dacă e bine ce face, și a râs încurajator:

— Mi-ați speriat fata.

Apoi, ca și cum nu s-ar fi întâmplat nimic, și-a luat sabia de pe tavă și a ieșit cu pasul liniștit.

Nănașa a întins din nou tava cu daruri către copila de pe genunchii guvernantei. Fata a luat fără șovăire tocul de scris și batista frumos brodată a mamei sale.

— Lacrimi! au șoptit în spatele palmelor cu care și-au acoperit spusele cucoanele de față. Lacrimi pentru mamă-sa.

Nănașa mare le aruncă o privire crâncenă și rosti cu glas ridicat care acoperi orice altă aluzie din salon:

— Fata va fi o fire înclinată către frumos. Va scrie și va broda ca nimeni alta. Broderiile lucrate de ea vor uimi lumea, cum v-a uimit acum pe domniile voastre batista pe care a ales-o dintre darurile ursitoarelor. Va fi o luptătoare – sabia dreptății a tătânelui său stă mărturie pentru aceasta. Va lupta pentru familia ei, pentru copii și pentru liniștea casei.

— Ba, sabia lui tătâne-său altceva arată, îndrăzni a crâcni abia auzit cea mai vârstnică dintre armencele din salon. Fetele nu trebuie să atingă sabia.

Tare se mai necăjise atunci doamna Agopian. Degeaba luase mai apoi nănașa întreaga vină asupra sa, spunând că nu poate fi semn de destin al pruncului o prostie de femeie prea înclinată spre glume și joc. Greșeala a fost a ei, pentru că pusese nefericita sabie pe tava ursitoarelor, recunoștea nănașa. Doamnei Agopian însă nu-i trecea sperietura.

Ba mai mult decât atât, în anul următor domnul Agopian dorind să aibă în casă, spre amintire, o fotografie a tinerei lui familii, luă pe doamna și pe Despina și merseră în capătul celălalt al străzii, la atelierul domnului Mayer fotograful. Comandară o fotografie de familie, iar maestrul fotograf se dovedi în ziua aceea foarte răbdător cu mica Despina, care mai întâi trebui să-și potolească curiozitatea asupra tuturor aparatelor din atelier, și numai după aceea putu fi convinsă să rămână o clipă nemișcată pe piedestalul din fața părintelui său, cu ochii la aparat.

Când fotografia fu însă gata, în săptămâna următoare, doamnei Agopian i se făcu rău: în clipa dinaintea declanșării aparatului de fotografiat, Despina întinsese mâna de pe piedestal și și-o sprijinise de... sabia tatălui său! Pentru a doua oară în numai doi ani de viață!

De aceea deznădejdea doamnei Agopian era atât de adâncă acum. Acolo unde domnul Agopian nu vedea altceva decât zboruri efemere de tinerețe înaripată, trecătoare cu vremea ca toate ale tinereții, dumneaei vedea semnul pus în urmă cu mai bine de cincisprezece ani pe fruntea copilului său. Așa ceva nu trece. Acesta se numește destin și pace bună.

— Să cobori la masa de dimineață, mai spuse doamna casei, pregătindu-se să-și ducă mai departe, către ficușii din salonul cel mare, flaconul cu pompiță.

Se întoarse către ușă și întinse mâna spre clanță, dar ușa sări singură în fața sa, deschizându-se cu putere, și domnul Agopian – cu toată mânia lumii îngrămădită în cuta dintre sprâncene – apăru în cadrul ei. „Gata“, se gândi Despina. „Știe“.

— Domnișoară, nu așa te-a crescut biata dumitale mamă! rosti chinuit domnul Agopian, în încercarea lui de a nu da drumul în casă tunetului pe care îl simțea în piept.

Și spunând acestea trânti cu putere pe scrinul Despinei ziarul dimineții, *Timpul* domnului Slavici.

— Văd că te-ai învrednicit încă de la prima oră să aduci ziarul, mai spuse el, observând dedesubt exemplarul îndoit în patru al Despinei. Fii așa de bună, doamna mea, și întreabă dumneata pe fiica aceasta a dumitale ce vrea să însemne: „Poruncile sunt pe lume numai zece“? ceru domnul Agopian socoteală soției sale, încă nedumerită de cele ce se petreceau. Mintea mea dreaptă, lipsită de farafastâcuri pariziene, călită numai pe câmpul de la Plevna, înțelege că alte porunci nu mai știe acest lăstar al meu, pe care l-am crescut și încă-l cresc. Mai clar, nu știe de porunca părintelui către copilul nevolnic. Ei bine, domnișoară, să știi că nu este târziu să mai afli de existența a încă vreo două-trei porunci!

În mijlocul mâniei încă reținute a soțului său, doamna Agopian despături ziarul și citi. Despina trase aer în piept și își îndreptă spatele înainte de a vorbi:

— Nu mă îndepărta de la inima dumitale, tată, pentru vorbele mele. Tot ce am scris este învățat cu profesori aduși de dumneata pentru mine încă de când eram copil.

— Copil ești și acum, domnișoară, să nu crezi altceva, spuse cu glas pierit doamna Agopian, încă fără să ridice ochii din foaia pe care o citea.

Obrazul său se golise de sânge și era acum alb ca hârtia pe care o ținea în mână.

— Mamă dragă, nu vreau să vă supăr, dar mereu am auzit la noi în casă că sunt egala feciorilor lui Chiron cel cu măslinele, a băieților care urmează cursurile Universității și care ne trec adesea pragul sau a oricărui alt bărbat de vârsta mea. Ai spus, tată, că numai vârsta și poziția socială mă pot face diferită de un bărbat. Nu sunt cu nimic mai prejos decât ei, așa spuneai, tată drag.

— Una este să fii egala lor și alta este să dorești a te purta ca unul.

Doamna Agopian se ridică din fotoliul de langă *secrétaire*-ul Despinei și, ciudat de liniștită, porni către salonul cel mare.

— Mergem să luăm masa de dimineață, hotărî ea pentru întreaga familie.

În timp ce soțul său și lipsita de minte copilă își ocupau locurile în jurul mesei, doamna Agopian se apropie de consola șemineului și luă de acolo fotografia veche de familie, în care Despina sprijinea o mână mică de sabia tatălui său. O privi lung, își trecut un deget peste chipul copilului din imagine ca și cum ar fi dorit să îndepărteze de pe fruntea ei un gând rău, apoi – înainte ca ceilalți să înțeleagă bine ce face – așeză cu grijă fotografia în scrumiera de marmură de pe șemineu și îi dădu foc.

Doamna Agopian nu era o femeie hotărâtă. Toată viața ei se orânduise în jurul cuiva căruia ea îi dăruise o încredere totală: mai întâi mama sa, apoi soțul ales de aceasta la vremea cuvenită. Deciziile ei erau deciziile lor. Le prelua și le apăra cu vorba domoală și cu ușurarea că este binecuvântată cu o viață liniștită.

Nu înțelegea de ce fiica ei dă pacea pe război atât de ușor. În vremea din urmă, după ce se întorseseră amândouă acasă de la Paris, unde Despina terminase studiile ei de drept – o alegere poate nu tocmai fericită a domnului Agopian, la sfatul profesorilor fetei – doamna Agopian avusese parte tot mai des de neliniști stârnite de purtările fiicei sale.

La ceaiul ținut joia în salonul mare de deasupra prăvăliei de cafea, câte o cucoană binevoitoare dorea să-i sară în ajutor și propunea o nouă speranță pe lista lor cu pretendenți la mâna Despinei, sau alta aducea argumente cum că liniștea, lucrul de mână și aerul curat al mănăstirii Agapia ar putea face minuni în cazul fetei – s-a mai întâmplat.

Atâta vreme cât era înconjurată de oameni care îi înțelegeau necazul și încercau să o ajute, doamna Agopian își putea afla în sfaturile lor sursa de putere.

Ceea ce citise însă în ziarul acela sub semnătura Despinei îi zdruncinase toată încrederea. Nimeni nu o mai putea ajuta din asemenea grozăvie. Nici mănăstirea, nici măritișul, nici glasul de tunet al soțului său.

Se simțea pierdută, și toată vina întregii situații o purta numai nănașa căreia i se năzărise în trecut să provoace ursitoarele. Pentru că la nănașă însă nu putea ajunge, își aminti de fotografia mărturie a firii copilei sale, și îi dădu foc – ca unui semn al blestemului ce era.

Timp de o săptămână încheiată, Despina nu coborî din încăperile ei din casa părinților. Alăturat auzea până târziu în noapte suspinele de plâns ale mamei sale, care însă nu dorea să o vadă. După ce primii nori ai furtunii dezlănțuite de ea se mai domoliră, rugă în câteva rânduri pe tatăl său să o împace cu maică-sa.

Domnul Agopian însă nu avu succes în demersurile lui. Ca niciodată de când se știau pe lume, soția sa se arătă dârză și de nezdruncinat în hotărârea ei: nu voia să vadă fata.

În oraș, vestea articolului semnat de fata negustorului armean de cafea stârni reacții de toate felurile. Ba chiar, printr-o întorsătură de neînțeles a minții tinerilor din zilele pe care le trăiau, apărură vreo doi noi pețitori care țineau cu tot dinadinsul să-și aștearnă inimile la picioarele autoarei. Cu tot necazul, domnul Agopian scăpă un râs sănătos la auzul veștii, gândind că Dumnezeu probabil l-a trimis în bătălia de la Plevna anume numai ca să-l pregătească pentru anii aceștia în care Despina lui, „băiatul tatei", punea pe jar inima lui, a maică-sii și se pare că încă multe alte inimi.

Mai mult pentru liniștirea doamnei Agopian, care amenința să dea în gălbinare de atâta supărare, se hotărî un fel de vacanță prelungită a Despinei la Agapia. Fata avea voie să-și ia cu ea toate cele trebuincioase scrisului și putea face excursii prin împrejurimi, urmând ca după trei-patru luni să se întoarcă acasă și să primească hotărârea părinților săi.

În apropierea plecării, cu rămășițele nevinovatei fotografii în mână, Despina se înființă în fața tatălui ei și ceru voie să meargă la Franz Mayer, ca să refacă fotografia.

— Este o amintire dragă, și nu are legătură și cu atât mai puțin vină pentru cele ce se petrec, spuse Despina. Am să iau fotografia cu mine la Agapia, ca să o feresc de ochii mamei. Te rog, tată!

Spiru Agopian se învoi, și Despina puse un colț ars de fotografie pe masa de lucru din antecamera atelierului lui Franz, a doua zi dimineață.

— Pe passepartout scrie că efectuați comenzile chiar și la mulți ani după ce a fost făcută fotografia, spuse ea.

— Zamfir! Adu ochelarii din atelier! strigă Franz către ucenicul său.

Apoi, cu ochelarii pe nas, studie cu atenție marginile arse ale imaginii. Nu-i trebuia nicio informație pe care ar fi putut să i-o dea aceste margini înnegrite. Tot ceea ce avea nevoie era numărul comenzii, și pe acesta deja îl descoperise în colțul scăpat întreg de flacăra vinovată. Dar apriga fiică a vecinului său intrase cu un aer atât de războinic în atelier, încât Franz voia să-și dea un răgaz ca să guste întreaga situație. Aruncă fetei o privire pe deasupra ochelarilor, apoi continuă să întoarcă fosta fotografie pe toate părțile.

— Domnișoară Agopian, vi s-a dus vestea în tot târgul mai ceva ca lui Edison cu becul lui, spuse Franz cu un pui de zâmbet mai mult în ochi decât pe față.

Cu toată siguranța zdruncinată, Despina căuta în minte un răspuns nimerit, fie el cât de scurt. Adus în încăperea din față, de primire, de renumele domnișoarei care le călcase pragul, Zamfir o punea și mai mult în încurcătură cu privirile lui insistente. Franz o scăpă:

— Spune-i domnului Agopian că se face. Copia fotografiei va fi gata în trei zile.

— Vă mulțumesc frumos, domnule Mayer. Vă rog însă să fiți așa de bun și să-mi faceți un preț pentru executarea comenzii până mâine dimineață cel târziu.

— Mâine dimineață cel târziu? ridică Franz ochii la ea și își scoase ochelarii.

Despina începu din nou să-și schimbe greutatea de pe un picior pe altul, privind pe furiș către Zamfir.

— Zamfire, du-te în spate, în atelier, și liniază registrul de programări. Hai! porni Franz pe Zamfir după treburi, pentru că înțelese că fata se jena de el.

Apoi se întoarse către clienta lui:

— Până mâine dimineață este un termen cam scurt. Fotografia a fost făcută în urmă cu cincisprezece ani, am mult de căutat. E grabă chiar așa de mare?

— Este, pentru că tata a hotărât să petrec toamna care vine la măicuțele de la Agapia, și aș dori foarte mult să pot lua fotografia cu mine, lămuri Despina lucrurile.

Franz zâmbi unui gând: *să mă ierte Cel de Sus, dar Despina lui Spiru Agopian este în stare să descălugărească mănăstirea de la Agapia, Doamne iartă-mă!*

De dragul tinereții ei neobișnuite și în amintirea unor răzvrătiri din anii trecuți, cu care chinuise la rândul lui pe cei bătrâni din familia de la Mediaș, Franz se învoi să-i termine comanda la termenul stabilit.

Zâmbi unui gând. În vitrina atelierului său începeau să existe fotografii pe care clienții nu le mai aveau: fotografia evreului Eli Rosenthal, care ținea cea mai cunoscută ceainărie evreiască din Dudești, fotografie furată de Sara înainte de fuga ei în lume cu David, iar acum aceasta a familiei Agopian, făcută în urmă cu vreo cincisprezece ani, fotografie arsă de doamna Agopian într-un moment de deznădejde.

Se mai aflau doar în vitrina lui.

Ca și cum toată strada, împreună cu mahalalele din jur, veneau din când în când să lase câte o amintire pe fetrul așezat în vitrină. Treceau, iscăleau, apoi își vedeau de drumurile lor mai mult sau mai puțin șerpuite. Se mai întorceau sau nu. Își păstrau fotografiile lor sau nu.

Și Franz înțelese că trebuie să clădească această vitrină cu responsabilitate, de vreme ce, în jurul său, oamenii aflau uneori prea târziu importanța unei clipe pe care aparatul său o făcuse nemuritoare.

6. Casele Domnești ale Cotrocenilor

Lucrurile însă erau altfel sortite să se petreacă. Călugărițele de la Agapia nu mai avură șansa să aducă pe calea cea bătătorită pe fata lui Spiru Agopian, pentru că în ajunul plecării, familia cu rădăcini printre bănuiții spioni ai domnitorilor moldoveni primi onoarea unei solii din partea Majestații Sale Regale Doamna Elisabeta. În depeșa adusă de una dintre doamnele MSR Regina se vorbea despre o sarcină ce i-a fost pregătită Despinei și se cerea acordul părinților pentru ca domnișoara Agopian să-și ducă sarcina la îndeplinire. Detalii urmau să fie date în zilele următoare.

— Majestatea Sa Regală Doamna Elisabeta a aflat despre domnișoara Agopian din gazeta domnului Slavici, a găsit de cuviință doamna ce adusese solia să explice lucrurile.

— Nu încape îndoială că se va achita cu sârguință de sarcina despre care vorbește depeșa, spuse, foarte onorat, domnul Agopian soției sale, seara în odaia dumnealor. Mulțumim Lui Dumnezeu pentru că Majestatea Sa are trebuință de ea. Apropierea de doamnele de la Curte, ale căror purtări nu lasă urmă de îndoială, nu i-ar strica.

Dimineața Despinei fu neobișnuită. După planurile părinților săi, ar fi trebuit să se deștepte la cea dintâi geană de lumină, să urce cuferele și geamantanele în trăsura tocmită să o ducă la Agapia, să sărute dreapta părinților și să pornească în călătoria ce fusese hotărâtă pentru ea.

Deșteptările înainte de răsărit erau toate la fel pentru Despina: primul lucru de care devenea conștientă era mireasma de lavandă a maicii sale. După ce nările ei recunoșteau aroma copilăriei, trupul începea să simtă alături de el adâncitura făcută de doamna Agopian, așezată pe marginea patului, și mângâierile prelungi cu care încerca să o trezească.

Cel dintâi gând avea numai cinci ani și se bucura de mângâiere. Abia de la al doilea gând își amintea că are nouăsprezece ani și o mulțime de frământări.

În schimb, în dimineața aceasta o trezi o geană de lumină ce se așezase pe una dintre pleoape și se încăpățâna să rămână acolo, stricându-i somnul. Când supărarea dintâi pe geana de lumină îi trecu, între gândurile ei încă adormite se trezi unul care le amestecă pe toate celelalte: parcă trebuia să plec înainte de răsărit!

Despina se ridică dreaptă între așternuturi și își frecă ochii somnoroși cu pumnii amândoi. Soarele bătea în ferestrele catului întâi al clădirii de vis-à-vis. Aceasta însemna aproape ceasurile opt, într-un mijloc de toamnă ca acela.

Fără să înțeleagă motivul pentru care planurile familiei păreau să se fi schimbat peste noapte, fata coborî din patul înalt și se apropie de ferestre. Din spatele perdelelor crețe cercetă strada însuflețită. Tocmai treceau două tramvaie cu cai, dând glas îndelung din clopote și biciuști. Aflați la cea de-a doua ieșire din ziua aceea, micii vânzători de ziare strigau titlurile edițiilor de dimineață peste toată larma străzii. Erau întrecuți numai de glasurile ascuțite ale chivuțelor.

Despina nu înțelegea unde se opriseră până atunci toate aceste sunete. Cum se poate ca acum odaia să fie invadată de ele, iar în urmă cu numai câteva clipe să fi fost scăldată în cea mai adâncă liniște?

Lavoarul era împrospătat cu apă rece și prosoape curate, și înțelese că maica sa trimisese deja slujnica să cerceteze dacă s-a deșteptat. Se spălă și îmbrăcă rochia pregătită de cu seară pentru drum, de vreme ce nimeni nu-i adusese încă la cunoștință alte hotărâri. Își potrivi părul într-o pieptănătură simplă, de călătorie, și coborî în salonul de la parter.

Cuferele nu erau în fața ușii dinspre drum, așa cum se aștepta. Domnul Agopian lăsase pesemne prăvălia pe mâinile unui băiat de încredere și rămăsese mai mult ca de obicei la masa de dimineață, așa fel ca să poată vorbi cu fata. Tăcută și înnegurată așa cum fusese în zilele din urmă, după isprava Despinei, doamna Agopian tocmea marginile unei broderii într-un gherghef ce se împotrivea dorințelor domniei sale.

— Sărutăm dreapta, tată, spuse Despina către domnul Agopian.

— Bună dimineața, fetiță, îi răspunse domnul Agopian, chemând-o pe numele cu care obișnuia să o strige în anii ei cei mici.

— Sărutăm dreapta, măicuță, se întoarse Despina către maica sa cea care hotărâse să nu-i mai vorbească, nici dumneai nu știa până când.

Doamna Agopian își opri pentru o clipă lucrul mâinilor, semn că o auzise. Chibzui puțin, apoi pesemne că luă o hotărâre, pentru că ridică ochii spre copila pedepsită și îi cercetă privirile. Rămase însă tăcută, măcar că Despina surâse mulțumită pentru că primise semn nou de bunăvoință.

— Spune-i domnia ta, rosti doamna Agopian către soțul său, coborând din nou privirile în gherghef ul îndărătnic.

Slujnicuța de o seamă cu copila familiei – ba încă uneori chiar confidente una alteia în îndeletnici tainice de ale fetelor – puse dinaintea Despinei o ceașcă aburindă de cafea cu lapte. Domnul Agopian așeză alături de farfuriuța ceștii de cafea depeșa sosită de cu seară.

— S-au schimbat planurile pentru tine, Despina tatei, spuse el, în vreme ce fata citea cele dintâi cuvinte așternute pe hârtia cu antet regal.

Stimate domnule Agopian,

Vă scriu în numele M.S. Reginei Elisabeta.
Luând cunoștință de înclinațiile fiicei domniei voastre într-ale scrisului din gazeta Timpul *a domnului Ioan Slavici, deasemenea înțelegând din rândurile publicate cu curaj de domnișoara aspirațiile domniei sale către cele mai noi vederi ale societății de astăzi, M.S. Doamna vă roagă a îngădui fiicei domniei voastre să se prezinte la palat mâine, 10 septembrie, orele 17:00.*
Cu îngăduința domnei voastre, M.S. Regina Elisabeta va încredința domnișoarei Despina Agopian o sarcină a cărei durată o estimăm la un an.
Ca împuternicită a Majestății Sale, domnișoara Despina Agopian va beneficia de toate înlesnirile ce decurg dintr-o slujbă a Curții Regale, se va afla permanent în atenția Curții și va căpăta experiența unei domnișoare aflate în suita regală.
Remunerația este simbolică și nu constituie un scop în sine.
M.S. Regina nădăjduiește că domnișoara va aprecia oferta pentru alte beneficii decât acelea materiale.
Cu stimă,
Elena Văcărescu

Despina întoarse depeșa pe cealaltă parte, măcar că era evident că textul se isprăvise, de vreme ce putuse vedea semnătura.

Ridică o privire care cerea ajutor către părintele său. Cu numai o seară înainte adormise plângând din pricina planurilor de plecare la mănăstirea Agapia, dar această nouă întorsătură a lucrurilor avu darul de a pune plecarea aceea în altă lumină. Cel puțin cu o seară înainte știa exact care sunt lucrurile ce o așteaptă: avea să se îndeletnicească vreme îndelungată cu cititul și cu scrisul, printre măicuțe blânde ce ar fi trebuit să încerce să îi întoarcă sufletul rebel către cele statornice, pe potriva vârstei ei destul de înaintate.

Depeșa din mâinile sale însă îi arunca viitorul într-o ceață care îi era încă și mai puțin pe plac decât certitudinea mănăstirii.

— Mai multe vei afla tu singură astăzi, când îți vei prezenta omagiile Majestății Sale, și ne vei spune și nouă la întoarcere, răspunse domnul Agopian privirilor fiicei sale.

Vestea avu darul de a scurta masa de dimineață pentru întreaga casă. Despina ceru voie cuviincios maicii sale să își ia ca ajutor pe slujnicuța casei, cu care se retrase apoi în odăile sale de la catul întâi, pentru pregătirea rochiei. Urmau împreună să hotărască ce pieptănătură este mai potrivită ocaziei speciale și să pornească pregătirile.

În vechile Case Domnești ale Cotrocenilor, locuite în anotimpurile friguroase de Curtea Regală a României, domnișoara Elena Văcărescu dimpreună cu domnișoarele Lucia Ghica, Eufrosina Grădișteanu și alte trei-patru domnișoare de rang înalt din București – suita Reginei Elisabeta – își petreceau după-amiaza. De curând întoarse de la castelul din Sinaia, domnișoarele se deprindeau din nou cu aerul plin de miresme grele al Bucureștilor.

Afară, pe sub ferestrele înguste și înalte, strigătele meșterilor aduși de pe malurile Rinului pentru ridicarea noului palat poruncit la Cotroceni de Majestatea Sa Regele Carol tulburau discuțiile din salon. Doi domni arhitecți cercetau planurile aflate pe hârtiile din mâinile lor cu măsurătorile din curtea caselor domnești și făceau însemnări pe margine.

Lucrările erau încă departe de a fi pornite, dar marile curți dintre Mănăstirea Cotroceni și vechile Case Domnești deja prindeau a se umple de scândură pentru schele și de felurite echipe de meșteri ce își luau în primire viitorul loc de muncă.

Două calfe apucaseră o blană de scândură și o mutau către adâncurile curților. Abia depășiseră cu ea colțul ultimelor clădiri, când una dintre calfe călcă strâmb pe muchia unei bile de brad pregătite pentru schele, piciorul îi alunecă și blana de scândură căzu peste picioarele băieților. Larma iscată acoperi tot locul. Băieții se acuzau unul pe celălalt. Meșterii abia reușiră să-i potolească. Colbul ridicat de scândura groasă în cădere rămase multă vreme aninat în aerul cald al după-amiezii, prefirând razele piezișe de soare.

Întâmplarea potoli bătăile repezi ale inimii Despinei. Traversând o curte aflată într-o atât de familiară îndeletnicire, simți că este de-a locului, măcar până aici, în pragul marii ei întâlniri cu Majestatea Sa.

Despina Agopian străbătuse aleile curților din față cu pas apăsat și cam prea iute pentru gustul maicii sale. Numai că maica sa nu era acum aici, ca să afle și să-i judece pasul. Nesiguranța dădea întotdeauna gesturilor Despinei o hotărâre de sfârșit de lume, ca și cum singurul ei gând ar fi fost „acum ori niciodată".

Un majordom solemn – cum Despina mai văzuse numai la balurile de iarnă din Paris, în anul în care primise îngăduința de a rămâne în vacanța de Crăciun acolo, dimpreună cu maica sa – o opri înainte de ușa către salon, pregătindu-se să o anunțe cu glas răsunător.

Prin ușa întredeschisă putea observa pe domnișoara Elena Văcărescu, pe care o cunoștea dintr-o fotografie publicată de *Universul*. Era așezată pe o sofa cu tapițerie aurie, alături de două domnișoare aplecate asupra aceleiași cărți. În spatele lor, domnul pictor Nicolae Grigorescu sorbea dintr-o ceașcă și se întreținea cu un tânăr al cărui nume Despina nu-l cunoștea. De altfel, în întregul salon, domnul Grigorescu părea a fi singura persoană în vârstă. Unul dintre pereții odăii slujea drept expoziție tablourilor domniei sale, cumpărate de-a lungul timpului de Majestatea Sa.

Regina Elisabeta nu coborâse încă din odăile domniei sale.

Glasul răspicat al majordomului despică toate conversațiile începute în salon:

— Domnișoara Despina Agopian a sosit la porunca Majestății Sale Regina!

Preț de o clipă, tinerii din salonul de la Cotroceni al Elisabetei se cercetară unii pe alții din priviri, căutând pe acela ce avea cunoștință despre sosirea domnișoarei. Elena Văcărescu se ridică și se apropie de ușă, în vreme ce în spatele domniei sale, discuțiile se legară la loc.

— Sunt Elena Văcărescu, rosti domnișoara cu un zâmbet, iar Despina se strădui să nu o cerceteze cu privirea din creștet până în tălpi. Bine ai venit! Te rog să poftești! Adu domnișoarei un ceai, te rog, spuse ea majordomului care își aștepta poruncile, apoi se întoarse din nou către Despina. În după-amiaza aceasta Majestatea sa nu va coborî în salon, dar îți voi explica eu despre ce este vorba. Sunt convinsă că ți se va părea un lucru pe potriva dumitale.

Despina se destinse. Apoi se întristă. Nu va avea loc nicio mare întâlnire.

Asculta cuvintele Elenei pe muzica celorlalte conversații din salon. Înțelesul lor ajungea până la ea ocolit, așteptându-și rândul după uimirile ei în fața întregii situații. Regina dorea să trimită la Paris o întreagă colecție de scoarțe, velințe și straie populare românești. Elena vorbea cu înflăcărare despre strădania Majestății Sale de a impune Europei țara aceasta pe care o primise ca pe o salvare și ca pe o nădejde.

— Nimeni nu ne dorește independenți, spunea Elena, cu ochii strălucind de indignare. Toată lumea ne crede încă ai turcilor. Dar îi vom obliga să facă diferența, și vom face aceasta purtându-ne iile și arătând prin expozițiile Europei arta românească. Maestrul Grigorescu expune deja din anii trecuți la Paris, ca artist român. Și noi am trimis acum doi ani câteva straie populare și câteva covoare țesute la război.

Și spunând *noi*, Elena arătă cu un gest larg grupul domnișoarelor din salon. Privirile Despinei urmară cuminți gestul domnișoarei, cercetând din nou pe cei din salon, mai cu îndrăzneală de data aceasta. Nimeni nu-și întrerupsese îndeletnicirea pe care o avea la intrarea Despinei.

— Am fost obligați însă să expunem sub steag turcesc, în Pavilionul Turciei. Nu a existat un Pavilion Românesc, continuă Elena, cu privirile înnegurate. Toate acestea se vor schimba însă. Trebuie să îmi promiți că vei veni o dată atunci când ne înveșmântăm toate în cămeși populare. Să ne vezi cu marame de borangic!

Chipul Elenei se lumină precum cel al unui copil. Despina era fericită sau indignată, după semnele pe care le dădeau ochii domnișoarei.

— Eu ce trebuie să fac? întrebă ea, atunci când cuvintele Elenei păreau a sugera că întâlnirea se apropia de sfârșit.

— A, da! Tu! Tu ești persoana cea mai importantă în cele ce vor urma. Majestatea Sa are nevoie de o domnișoară de încredere, curajoasă și cu vederi înaintate, care să păstreze legătura cu feluritele Asociații de Femei din țară ori chiar din vechiul Principat al Transilvaniei. Aducem de acolo, prin aceste asociații, straiele pe care le trimitem mai apoi la Expozițiile Internaționale de la Paris. Vei călători. Ți-e teamă să călătorești singură?

— Teamă nu-mi este și mă voi descurca, doar că va trebui să cer îngăduință și de la părintele meu. De curând i-am pricinuit mare supărare...

— Da, am auzit cu toții despre isprava dumitale, surâse Elena. De altfel, așa a aflat Majestatea Sa despre domnia ta, și s-a gândit că ai fi o persoană potrivită pentru treaba ce dorește să-ți încredințeze. Socot atunci că întâlnirea a fost cu folos. Voi transmite Majestații Sale că așteptăm numai un semn de îngăduință de la părintele dumitale, apoi îți vei primi poruncile și vei pleca la drum. Vei avea tocmite trăsuri și vei păstra legătura cu mine pentru toate cele trebuincioase drumului.

7. Școala Centrală de Fete

Mâna micuță învârtea cele două chei care atârnau la brâu, în stânga. Metalul rece era singurul prieten al fetiței. Încercase să se joace cu cerceveaua ferestrei înalte, dar ea aparținea școlii, și fetița își retrăsese repede degetele. Cheile erau numai ale ei.

Afară, în curtea interioară pătrată, copacul al cărui nume nu-l știuse niciodată bătea cu vârfurile în streșini. Era miezul zilei, așa că umbra i se așeza roată împrejur. Elena cunoștea ceasul după locul în care se așeza umbra acelui copac. Împreună cu cheile de pe lănțugul de la brâu și cu Ilinca, copacul făcea parte din familia ei de aici, din școală.

Închis într-un cerc de iarbă rotund în mijlocul pătratului format de clădirea școlii, copacul o liniștea ori de câte ori îl privea. Domnul Istrătescu, de desen, le vorbise despre armonia formelor la cea dintâi lecție din anul acela, și mica Elena reținuse ușor ceea ce simțise deja demult, singură: formele te pot arunca în disperări sau te pot ridica în apele senine ale liniștii. Formele perfecte ale curții interioare a școlii aveau darul de a o face fericită.

De necrezut într-un loc ca Școala Centrală de Fete.

Avea la brâu cele două chei ale ei: cea de la pupitrul din sala de clasă și cea de la dulapul în care avea voie să-și păstreze puținele obiecte de îmbrăcăminte. *Avea voie* – două cuvinte nevinovate care, alăturate – formau miezul întregii revolte a copilei. Îi plăcea să se joace cu degetele printre cele două chei pentru că ele îi ofereau sentimentul că are controlul.

— *Allez, allez, mademoiselles!*

Guvernanta franțuzoaică, Manon ochelarista, în rochia ei neagră cu guler alb, bătea din palme mobilizator pe deasupra holului plin de fetițe. Cursurile de dimineață se terminaseră. Elevele mergeau în sala de mese pentru prânz. Alergatul era interzis, dar pasul săltat nu putea fi oprit la niște fetițe între opt și unsprezece ani, așa că holul întreg răsuna de clinchetul cheilor și al lănțugurilor de la brâu.

Cursul inferior purta rochii pepit în alb și roșu, care ar fi fost vesele dacă nu ar fi fost aproape în întregime acoperite de șorțurile negre. Pe sub gulerașele albe fetițele trebuiau să poarte, înnodate-n funde late, panglici negre aidoma celor din păr.

În marea aceasta de pepit alb și roșu, mica Elena se detașa cu ușurință din cauza uniformei din ciclul superior. Rochia ei era pepit gri și alb, ceea ce ar fi trebuit să dea un plus de eleganță și stil fetelor care atingeau vârsta de doisprezece ani. Guvernanta o observă și rămase o clipă descumpănită. Își potrivi ochelarii pe nas și dădu glas primelor cuvinte care-i veneau în minte, fără a se mai osteni să le aranjeze în forme meșteșugite:

— *Qu'est ce que tu fais* là, mademoiselle?

Glasul ei era în același timp speriat și intrigat, amuzând-o pe Elena. Fetița citea pe sub fruntea guvernantei fără probleme. O speria faptul că doamna directoare Romniceanu îi va găsi ei vreo vină pentru rătăcirea acestei eleve a cursului superior pe holurile școlii, măcar că nu era eleva sa, dar mai presus de aceasta era curioasă cum izbutise mica rebelă să se rupă de grupul supravegheat la fiecare pas și să rămână în urmă?

La ceasurile prânzului, elevele erau conduse către sala de mese în două grupuri compacte, pentru evitarea dezordinii și pentru păstrarea regulii conform căreia ele nu aveau voie să se atingă unele pe celelalte, în mod prelungit. Mai întâi mergeau elevele din cursul superior, apoi cele mici. Asta însemna că nu erau tolerate în școală aglomerațiile.

Motivele reale nu stăteau însă numai în rolul ordinii și disciplinei în viața pentru care le pregăteau guvernantele, așa cum li se tot spunea. Urechile Elenei prindeau altfel de șoapte și ochii ei simțeau priviri cu alte înțelesuri. Convingerea copilei că există motive mai ascunse pentru evitarea atingerilor între fete se înrădăcinase adânc în mintea ei.

— Cred că trebuia să fiți deja în sala de mese, *mademoiselle*, spuse Manon guvernanta.

— *Oui, mademoiselle*, șopti Elena și se strecură printre fetițele care străbăteau holul.

În sala de mese mirosea îmbietor a supă și a iarbă verde proaspăt tăiată. În drum către masa ei, Elena observă fereastra deschisă și la ultimul pas înainte de a se așeza se ridică pe vârfuri, cercetând cu priviri curioase curtea. Știa că pentru cosit iarba era adus întotdeauna un lucrător de prin mahalalele mărginașe ale Bucureștiului, mereu altul, și era curioasă cum arăta acesta nou. Guvernanta care supraveghea masa lor o atenționă atingând-o ușor cu vârful vărguței de care ele nu se despărțeau niciodată.

— *Asseyez-vous, mademoiselle!* porunci ea.

Elena nu găsea nimerită nici acum, după patru ani de pension, alăturarea tonului poruncitor al guvernantelor cu folosirea pronumelui de politețe. Împreună cu Ilinca se amuzau în dormitor născocind cele mai ciudate situații: „Așezați-vă, domnișoară, că altfel primiți imediat vreo două vărguțe la palmă!“ sau „Dumneavoastră veți petrece această după-amiază la colț!“.

— Unde ai rămas? întrebă Ilinca, o fetiță aidoma Elenei, cu aceeași rochie gri cu alb acoperită de șorțul mare, negru, aceeași fundă neagră la gât, aceleași panglici negre care strângeau părul în același chip pe cap.

— Am privit curtea, răspunse șoptit Elena și rupse o bucățică mică din felia de pâine.

Îi era atât de foame încât ar fi băgat felia întreagă în gură, dar era împotriva Regulamentului. Supa era foarte bună. O armată de slujnice treceau printre mese cu carafe de apă și umpleau paharele fetelor.

— Ai privit curtea? spuse Ilinca, sperând că simpla repetare a cuvintelor prietenei sale o vor apropia de înțelesul lor.

— Ca să-mi potolesc nerăbdarea, o lămuri Elena. Pe mine cercul acela într-un pătrat mă liniștește.

Cele nouăzeci de fete cu vârste cuprinse între opt și șaisprezece ani reușeau să păstreze liniștea în sala de mese. Tot ce putea fi auzit era sunetul tacâmurilor fine abia atingând farfuriile de porțelan. Toate coatele erau ținute elegant pe lângă corp. Fiecare masă era formată din șapte eleve și o guvernantă. Într-unul din capetele mesei stătea guvernanta, iar în celălalt, una dintre cele mai promițătoare eleve. Uneori, la mesele celor mai mici era așezată o domnișoară din ultimul an, ca exemplu, față în față cu guvernanta.

Elena nu stătuse până acum niciodată în capul mesei.

— S-a întâmplat ceva? întrebă Ilinca.

— Eu în noaptea asta plec, șopti Elena, luând-o pe prietena ei pe nepregătite.

Sângele din obrajii Ilincăi dispăru și mâinile i se muiară. Lingura căzu cu zgomot pe pardoseala sălii. Câteva dintre slujnicele de pe margini se repeziră să o ridice. Doamna Directoare Romniceanu ridică privirea din farfurie și numără persoanele aflate la masa vinovatei. Tulburarea Ilincăi o puse imediat pe seama Elenei, și o întrebare mută plecă de îndată din ochii ei către cei ai guvernantei.

— *Silence!* ridică aceasta tonul ceva mai mult decât cerea eticheta pentru o conversație în timpul mesei, ca să vadă doamna Directoare că stăpânește situația.

Toate guvernantele Școlii Centrale de Fete erau aduse din Franța.

Elena nu le invidia. Aveau cu toatele aceeași soartă ca și fetele: nu părăseau Școala niciodată, nu primeau vizite, puteau purta numai rochii negre cu guleraș alb, nu aveau voie să citească decât lecturile care le erau permise și fetelor – atent cernute prin sita deasă a Regulamentului Școlii – nu puteau părăsi dormitoarele unde fuseseră repartizate după ora de stingere, care era pentru toată lumea nouă seara, nu li se permitea să aibă niciun fel de relații cu personalul administrativ, nu aveau voie să dețină niciun obiect personal care ar fi putut imprima vreo deosebire față de celelalte guvernante.

Nici pe doamna Directoare nu o invidia Elena, pentru că nici domnia sa nu se sustrăgea în vreun fel acestui regim de viață.

Își invidia cele două surori mai mici rămase acasă. Sub haina grea a Regulamentului școlii, menit să ferească fetele de tentațiile lumii din afară și să sădească adânc în ele o morală ireproșabilă, Elena aflase valoarea diferențelor. La doisprezece ani știa acum, după patru ani de internat, că îi place mai mult să poarte haine modeste, dar să vadă pe stradă oricând poftește doamne elegante după toaletele cărora să poată întoarce capul, visătoare, fără teama că ar fi văzută.

Mama sa răzbise, în urma mai multor încercări, să înduplece inima domnului Ministru prin scrisori nu atât meșteșugite cât numeroase și insistente.

Stimate Domnule Ministru,

Vă amintesc cu respect că încă de anul trecut într-o petiție trimisă domniei voastre am arătat care este situația mea de văduvă cu trei copile minore și fără nicio posibilitate de a le asigura

acestora educația și instruirea pe care aceste vlăstare ale unui fost slujbaș al Ministerului îl merită.
Cunoscând rolul cel mare pe care îl are educația în asigurarea viitorului unei fete în zilele noastre, fără de care ele nu și-ar putea duce la îndeplinire sarcinile de mame și soții demne pentru țară, vă rog, Domnule Ministru, să binevoiți a dispune ca măcar una dintre fiicele mele, și anume cea mai mare, să primească o bursă la Pensionul de Fete. Scopul acestei rugăminți a mea este acela de a-mi pregăti fiica să devină institutoare, căci calea muncii și a unei meserii este în acest moment singurul ei viitor, în lipsa unei averi.

Îmi iau libertatea, pentru care vă rog să fiu iertată, de a vă aminti devotamentul cu care răposatul meu soț a slujit Ministerul vreme de cincisprezece ani neîntrerupți, aducând multe dovezi de onestitate. Mă aflu acum în poziția nefericită de văduvă lipsită de posibilitățile financiare necesare continuării muncii începute de răposatul meu soț cu aceste copile ale noastre.

Profund recunoscătoare, cu deosebit respect și cu toată încrederea,
Elena Popescu.

Era numai una dintre cererile trimise de mama ei către Minister. Primise bursa. În anii mici îi plăcuse la Școală. Învăța bine și repede, iar profesoarele și rarii profesori îi aduceau laude. Se uita la elevele din cursul superior ca la niște zâne, iar obligația celor mici de a le spune „domnișoară“ o încânta, pentru că i se părea că apelativul împrumută chiar și celui care îl rostește un aer de eleganță.

La început avea voie să-și viziteze familia câteva ore la fiecare două săptămâni, duminica, după slujba de la biserică. La întoarcerea în Școală, guvernantele erau mereu cu ochii pe ele. Trebuiau să raporteze doamnei Directoare orice schimbare de comportament ori dispoziție cu care elevele s-ar fi întors de acasă, pentru că Școala își luase responsabilitatea de a șlefui o educație ireproșabilă acestor fete, iar asta nu se putea întâmpla dacă ele ar fi fost adesea în contact cu un mediu nepotrivit.

Așa se face că un raport nefavorabil întocmit de către o guvernantă putea duce la întreruperea vizitelor acasă pe o perioadă stabilită de doamna Directoare.

Elena a primit cel dintâi raport nefavorabil când s-a întors din vacanța de Crăciun.

Lăsase în Școală un brad mare împodobit cu mere și nuci învelite în staniol și nu găsise acasă decât merele și nucile. Bradul și staniolul lipseau. Fericită să împartă cu surorile cărora le dusese dorul bucuriile ei, Elena le povestise în fiecare seară despre minunatul brad de la internat, despre farfuriile de porțelan și despre armata de slujnice care așteptau pe lângă pereți ca vreuna dintre ele să aibă nevoie de ceva. Cele mici plânseseră cu lacrimi amare la plecarea Elenei, întinzând mâinile după ea și strigând mamei că vor și ele la pension.

Elena intrase în Școală îngândurată, și așa rămăsese tot restul săptămânii, atrăgând cu aceasta bănuiala guvernantei sale că vacanța din perioada Crăciunului a aruncat-o în brațele unei depresii fără niciun rol în clădirea caracterului unei bune soții și mame.

Ca urmare, pentru binele fetei și întru desăvârșirea educației sale, Elenei i s-au interzis vizitele acasă timp de două luni. Lucrurile s-au repetat. Elena primea mai mereu rapoarte nefavorabile la întoarcerile de acasă. A învățat după o vreme să ascundă tristețea despărțirii de surori și vinovăția pe care o simțea pentru că va fi singurul copil cu carte al familiei. I se uita Ilincăi în ochi și găsea în apele lor limpezi, albastre, puterea de a surâde peste gândurile pe care le aducea de acasă.

În ea însă începu a crește dorința de rebeliune fără vreun scop precis, doar de dragul de a se opune.

În sunet înăbușit de scaune mânuite de niște adevărate doamne, elevele cursului superior se ridicară de la masă. Disciplinat, câte două, cu guvernantele pe margini, șirurile de rochii gri porniră către curtea Școlii. După masa de prânz urma recreația cea mare, care dura până la orele trei ale după-amiezii. În zilele ploioase, recreația mare se desfășura în bibliotecă, spre nemulțumirea doamnei Directoare care vedea locul prea strâmt pentru atâtea suflete, apropierea ducând la o intimitate între domnișoare pe care Școala se străduia din răsputeri să o combată.

Slavă Domnului însă că ziua de toamnă era însorită. Curtea se umplu imediat de fetele de toate vârstele. Era momentul în care până și guvernantele franțuzoaice slăbeau supravegherea, moleșite probabil și ele de masa de prânz de curând servită ori doar îndemnate de faptul că doamna Directoare își petrecea întotdeauna acest răgaz în biroul dumneaei.

Sub castanii și arțarii din „curtea mare“ fetele formaseră grupuri în jurul rarelor băncuțe. Cele din primul an, cărora în cel dintâi semestru li se mai îngăduiau uneori abateri de la Regulament, se prinseseră de mâini și se roteau în moriști zglobii de pătrățele albe și roșii. În jurul lor, frunzele ruginite se ridicau din iarba însorită într-o ultimă încercare de a prinde din nou viață, tulburate de jocul fetițelor. Moriștile însă mai oboseau ori amețeau, așa că se opreau pentru câteva clipe, ca să-și tragă sufletul râzând sau numai ca să schimbe sensul de rotație, iar frunzele cădeau din nou în iarbă, cu speranțele fărâmate.

Urmată îndeaproape de Ilinca, Elena parcurgea cu pași atenți careul curții, cu mâinile la spate și lovind din când în când cu piciorul câte o frunză uscată, pentru ca guvernantele grupate lângă zidul Școlii să vadă o fetiță care se plimbă cu nevinovăție în recreația mare.

— Ai vreun plan? întrebă șoptit Ilinca.

— Știu o fereastră care dă direct în stradă, către Grădina Icoanei, de-a dreapta intrării principale.

Este fereastra de la foișorul cel mic al bibliotecii, spuse Elena. De obicei biblioteca stă încuiată joia, când nu sunt ore de lectură și se șterge praful. Dar am luat cheia încă de azi-dimineață și văd că încă nu a spus nimeni nimic. Probabil că intendentul nici nu știe, slujnicelor le este teamă să-i spună. Vor petrece toată ziua de mâine căutând cheia, fără să anunțe nimic. Dacă ies pe fereastra aceea, atunci sunt direct în stradă. Ocolesc portarul și pe guvernanta de serviciu de la intrare.

Ilincăi cuvintele i se opreau în fața ochilor.

Le auzea, dar înțelesul lor îl pătrundea greu, ca și cum ele ar fi rămas cu toatele o vreme în aer, în fața ochilor ei, ca să le poată cuprinde cu cât mai multe simțuri din cauza greutății din ele. Mai cu seamă acestea ultime, în care Elena vorbea despre adormirea vigilenței portarului și a guvernantei care era însărcinată zilnic cu paza ușii de la intrare plutiră multă vreme în jurul capului ei înainte de a-i pătrunde în minte. Ilinca nu avu curajul să le privească drept, dar știa că arată ca niște pitici răutăcioși care îi râd în față.

— Nu ți-e teamă? scăpă Ilinca întrebarea care îi ardea inima.

La anii ei, Elena înțelegea ce se așteaptă de la ea. Nu se hotărâse însă ce simte ea față de aceste așteptări. Planurile bine puse la punct sunt liniștitoare. O făcea să se simtă în siguranță faptul că știa exact ce are de făcut: să cunoască marii compozitori ai lumii și să poată reproduce la pian piesele lor cât mai curat, să cunoască principiile de bază ale unui desen, elementele compoziției și armoniile de culori, să stăpânească regulile de conduită în societate și să se poată orienta prin istoria europeană, să fie un partener plăcut de conversație, o bună mamă și soție. În cazul ei, institutoare.

Când însă guvernanta Manon dădea o importanță atât de mare unei lecturi întâmplătoare de-a ei – citise acasă, într-o vacanță de vară, *Notre-Dame de Paris* de domnul Victor Hugo, adusă în casa lor de o prietenă a mamei sale, un cadou pentru ziua ei de naștere – atunci Elena înțelegea că a atins un punct plin de mister, și curiozitatea o îndemna să insiste tocmai în acel subiect, spre disperarea lui Manon.

Cunoștea mai bine decât orice altă elevă viețile domnițelor ale căror nume stăteau scrise pe fațada Școlii: Clara Doamna, Elena Cuza ori Carmen Sylva. Dacă știai să citești printre rândurile uneori cam puține ale vieților lor – lucru care nu era prea greu pentru imaginația Elenei – puteai descoperi numai femei înclinate către rebeliune.

Alături de toate celelalte învățăminte pe care profesorii lor le desprindeau pentru ele din viețile acestor domnițe vrednice ale neamului, Elena mai afla încă una, anume că încălcarea regulilor nu produce întotdeauna pagube chiar atât de mari pe cât ești lăsat să crezi.

— Ba mi-e teamă, recunoscu ea. Dar plec. Nu pot păți decât două lucruri: ori mă trimite pentru totdeauna acasă, ceea ce nici măcar nu ar fi așa o nenorocire, ori mă pedepsește dar mă lasă să rămân. Ce pedeapsă mi-ar putea da? Să nu mai merg acasă tot anul? Oricum nu mergeam, pentru că în atâția ani de zile s-au lămurit că mediul de acasă nu este potrivit unei educații ireproșabile.

Ilinca își privi prietena cu o compasiune adâncă pe care ea o confunda cu cea mai mare dragoste. Fetele învățau odată pentru totdeauna în internat că devotamentul este cea mai prețioasă calitate și că o femeie nu poate înfăptui nimic mai înălțător decât să se sacrifice în tăcere pentru cei apropiați. Ilinca nu era curajoasă, dar era visătoare. În orele lungi de meditații din după-amiezele ploioase de toamnă, petrecute în sala de bibliotecă a Școlii Centrale de Fete, visa cu ochii deschiși cum viața o va încerca iar ea va fi pregătită pentru marele examen.

Fapta Elenei îi părea un hotar ce avea să despartă pentru totdeauna ce a fost de ceea ce va fi. Știa așadar că tocmai acesta este marele ei examen, la care va trebui să se arate devotată și gata de sacrificiu. Într-o clipă hotărî că nu-și va părăsi prietena, întâmple-se cu ea orice după noaptea aceasta.

— Merg și eu, dădu ea drumul unui glas gâtuit de emoție, și încărcătura acestor biete trei cuvinte slei toată vlaga din picioarele ei, obligând-o să se așeze imediat pe băncuța de sub arțar.

Elena o privi cu sprâncenele ridicate.

— De ce? alese ea la întâmplare una dintre întrebările care-i năvăleau în minte.

— Ca să nu fii singură, arătă sincer Ilinca singurul ei motiv.

Elena aruncă o privire către grupul guvernantelor apoi, liniștită de discuția care le ținea ocupate, își strecură mâna în mâna Ilincăi și i-o strânse ușor, cu recunoștință.

— Dar ție nu ți-e frică? zâmbi ea.

— Ba da, foarte tare. Vrei să renunțăm?

— Nu renunțăm deloc, râse Elena și își retrase repede mâna dintr-a Ilincăi pentru că râsul ei atrase imediat atenția lui Manon. Știu și unde mergem. Este o prăvălie cu cărți aici aproape, mă rog nu foarte aproape, dar știu unde este. Vom citi toată noaptea orice vrem și vom dormi pe lăzile brașovene din prăvălie.

— Nu putem să rămânem măcar până mâine, ca să facem poza împreună cu celelalte fete?

— Poza? se opri Elena o clipă din entuziasmul cu care prezenta situația.

— Domnul Franz Mayer vine mâine să fotografieze elevele.

Elena rămase un moment pe gânduri. Păstrase de dimineață franzeluța pe care o primeau alături de cafeaua cu lapte și răbdase de foame până la masa de prânz ca să aibă de mâncare pe drum. Nu-și făcuse tema la greacă pentru a doua zi, gândind că atunci când doamna Elefterescu va intra în clasă, ea va fi departe. Adunase în ea tot curajul pe care reușise să-l găsească prin ungherele mai mult curioase decât curajoase ale inimii ei.

— Nu, nu putem să mai așteptăm nici un minut, înțelese ea. Vor face poza fără noi.

În pragul școlii, pe sub emblemele vesele turcoaz-galbene cu inițialele ȘCF în mijloc, apăru o elevă din ultimul an scuturând conștiincios clopoțelul în mână. Vreo două fetițe porniră ca din pușcă spre clădire, dar mâinile iuți ale unor colege din anii mai mari le opriră avântul, potolindu-le pașii pe lângă ai lor. Copilele mai schimbară câte o privire ghidușă pe sub brațele care încercau să se așeze opreliște între ele.

Urmau cursurile de după-amiază.

Cercevele, broaște pentru uși, cămăși de in simandicoase sau simple, dar trainice, basmale în culorile curcubeului, lăzi brașovene pictate cu artă, butoaie pentru păstrat peștele pus la sărat, donițe și căldări țigănești din aramă, bune pentru fiert țuica, țesături la metru, încălțăminte, straie de lână pentru ierni geroase, toate se aflau în prăvălia lui Socec alături de cărți aduse de prin străinătățuri ori editate de autorii din țară.

Prăvălia era un loc potrivit explorărilor. Brașoveniile ieșite din manufacturile târgului de la munte ieșeau pe rând în calea cumpărătorului, lăsându-i acestuia plăcerea de a le descoperi pe măsură ce înainta în adâncurile celor două încăperi. Din tavan atârnau din loc în loc, până la nivelul creștetelor, mărfurile mai delicate care nu puteau fi lăsate dimpreună cu celelalte așezate după mărime pe rafturi ori direct pe podeaua din scândură lăcuită.

În fața prăvăliei de cărți și brașovenii, un băiat mătura trotuarul cu un târn din mărăcini și nuiele. Coada târnului lăsase o așchie în degetul băiatului, și el se oprea din când în când și muncea cu dinții și cu unghiile să scoată năpasta de așchie de acolo. Pe urmele târnului vrednic băiatul stropea pământul bătătorit cu apă dintr-o donicioară așezată lângă peretele prăvăliei, pentru potolirea prafului ridicat. Două eleve de pension se opriră în fața vitrinei, cu ochii la cărți.

— Închidem, domnișoarelor, spuse băiatul către ele.

— Aici scrie că închideți la orele nouă seara, îi răspunse una dintre ele cu îndrăzneală. Nu stăm decât cinci minute.

Băiatul privi pe urma lor și cercetă nemulțumit apoi pendula cea mare din vitrină. Erau orele nouă fără un sfert. Cumpăni o clipă dacă este cazul să intre în prăvălie după dumnealor. Se socoti că va lungi pesemne răgazul fetelor în prăvălie dacă ele vor avea cui pune întrebări, așa că își luă inima în dinți și rămase afară. Hotărârea pe care o luase se dovedi a fi bună, pentru că în mai puțin de cinci minute, domnișoarele apărură din nou în prag.

— Mulțumim pentru îngăduință, vorbi tot cea dintâi. Seară bună.

— Săru'mâinile, domnițelor, se grăbi băiatul să răspundă, sincer recunoscător că vizita lor a fost scurtă la ora închiderii.

Apoi se întoarse la îndeletnicirea lui dintâi, intrând cu târnul în smocul de iarbă de sub copacul din fața intrării ca să scoată de acolo frunzele uscate încurcate printre firele de iarbă. Când termină și se apropie din nou de peretele prăvăliei, căutându-și apa, domnișoarele dispăruseră. Udă petecul de pământ din jurul copacului, sprijini târnul în curtea din spate, alături de donița acum goală și intră în prăvălie. Domnul Socec isprăvea de făcut monetarul, în spate, într-o odaie măruntă pe care o foloseau ca birouaș.

— Ai terminat pe afară? întrebă el pe băiat.

— Terminat, domnule.

— Cine deschide mâine dimineață?

— O să vin eu, răspunse el cu seriozitate, ștergându-și palmele prăfuite de șorțul ce-i bătea genunchii.

— Bine, spuse domnul Socec. Poți pleca, noapte bună. Să stingi lămpile din față când ieși.

— Săru'mâna, domnule, noapte bună.

Rămas singur în micul birouaș din spate, domnul Socec își aprinse un trabuc și mai verifică încă o dată comenzile pentru a doua zi.

De la Decanatul Universității sosise o comandă pentru hârtie de scris și de corespondență precum și pentru rechizite de desen. Trebuiau trimise mâine, ca și comanda ziarului *Universul* pentru registre de contabilitate, tocuri și călimări. Domnul Socec le pregătise deja. Potrivi marginile chitanțelor în interiorul cutiei din lemn în care erau păstrate, le presă cu palma, încuie cutia frumos pictată și puse cheia în buzunarul jiletcii. Stinse trabucul, luă după dânsul lampa aprinsă și ieși prin spate.

Ca de obicei, avea să stingă lampa abia după ce zărea poarta și avea să o lase agățată în dudul din spatele prăvăliei, de unde o lua în fiecare dimineață băiatul, sau chiar domnia sa.

În prăvălia de cărți se lăsă liniștea.

Afară, o trăsură întârziată bătea caldarâmul în ritm obosit, ca și cum calul dimpreună cu vizitiul ar fi adormit deja și numai soarta îi mai purta o vreme înainte. Sunetul scandaliză un câine neadormit care dădu glas că se petrece ceva. Pe acoperișul prăvăliei, o pisică speriată de lătratul câinelui scăpă o miorlăitură grozavă și, în răpăit de gheruțe panicate, părăsi locul din care admirase până atunci luna și se ascunse în pod.

În prăvălia întunecată, un polobocel din lemn se rostogoli îndelung pe podea și o stihie măruntică se arătă ca o părere, lovind cu pocnet raftul cu lâneturi.

— Au! dădu glas stihia și prinse a-și freca locul lovit.

— Șșșst! îi răspunse dintr-o ladă o șoaptă apăsată cu autoritate.

O vreme se lăsă din nou liniștea. Apoi prăvălia începu încet a se însufleți. Capacul lăzii brașovene se ridică ușor, cu frică, și o pereche de ochi sclipiră în întuneric. Stihia ridicată mai devreme în mijlocul odăii se eliberă, la rândul său, de sub cerga muntenească ce-i acoperea capul și îi servise drept ascunziș, și privi în jur, încercând să se orienteze.

— Unde ești? șopti temător stihia.

— Aici, răspunse la fel de încet perechea de ochi din ladă.

Capacul se lăsă de tot pe spate și Elena ieși afară, pășind peste polobocelul cel vinovat de toată încurcătura. Ilinca împături cerga și o așeză pe lăvicioara de unde o luase dintru început, ca să-i fie ascunzătoare.

— Și acum? întrebă Ilinca.

— Stai jos, spuse Elena, cu siguranța omului care are un plan, și îi făcu loc pe ladă alături de ea. Poftim, mai spuse, rupând păinica păstrată de la masa de dimineață în două și întinzându-i jumătate.

O vreme mâncară în tăcere, păzind cu respect regulile mesei învățate în pension. Ilinca privea la bucata ei de păinică. Elena cerceta prăvălia cu ochii de acum obișnuiți cu întunericul.

— Bine că e lună plină, spuse ea. Găsim mai repede cărțile.

— Chiar ai de gând să-ți petreci noaptea citind? întrebă Ilinca.

— Mai întâi trebuie să găsim *cărțile potrivite*, răspunse Elena, încercând să apese altcumva pe ultimele cuvinte, pentru ca Ilinca să priceapă fără alte întrebări ce voia ea să spună. Nu ne pierdem timpul citind orice.

Nu avea însă și o definiție a acestor *cărți potrivite*. Ridicase în schimb arătătorul mâinii drepte în fața ochilor Ilincăi și-l păstră acolo, drept, câteva clipe, pentru ca din vârful lui Ilinca să pătrundă mai lesne gândurile nedeslușite ale Elenei.

Fetele terminară de mâncat și porniră gospodărește la cercetarea locului. Noaptea luminoasă de afară le ajuta cu ghidușie, la fel de plictisită de regulamente, la fel de bucuroasă de aventură și la fel de rebelă și nevinovată ca și fetele.

— Pe asta am citit-o, se auzi din spatele unor rafturi glasul Elenei. *Notre-Dame de Paris*, nu am avut voie să părăsesc internatul două luni pentru ea.

— De ce ai spus că ai citit-o? întrebă Ilinca.

Pentru că nu am știut că nu avem voie să o citim, se gândi Elena, dar nu găsi răspunsul pe măsura locului pe care dorea să și-l păstreze în ochii prietenei sale, pentru ca ea să se știe apărată de cineva priceput și neînfricat, așa că spuse:

— E mai complicat, îți spun eu altă dată. Ai găsit ceva?

— Niște poezii, spuse Ilinca și apăru lângă Elena cu un volum în mână.

Cartea avea pe copertă doi îngerași în zbor pe deasupra câtorva fire de floare. Elena o deschise la întâmplare și citi. Isprăvi cea dintâi poezie și trecu la a doua. Apoi la a treia. Era încă în picioare lângă fereastra prăvăliei, cu foile cărții întoarse către fereastra luminată de luna plină de afară.

— Spune tare, o rugă prietena ei, care așteptase până atunci ca Elena să se lămurească ce-i cu cartea și să ia o hotărâre: citește cu glas tare sau caută alta?

— Vino, spuse Elena.

Luă lampa din prăvălie și trecu cu ea alături, în micul birou, care dădea spre curtea din spate. Aici o aprinse și o așeză pe podea, acoperi o ladă mare, brașoveană, cu una dintre cergile de lână aflate la vânzare, se întinse pe ladă și-i făcu loc Ilincăi lângă ea:

— Așază-te și haide să citim împreună.

Umăr lângă umăr, sprijinind foile cărții fiecare pe partea ei, fetele petrecură cea dintâi noapte a libertății lor citind poeziile din cartea găsită în prăvălia domnilor Socec și Ioanid. Le citeau cu glas tare, pe rând, când una când cealaltă, umplând încăperea de poveste. Versurile cântau singure o muzică necunoscută lor până atunci, care le vrăjea simțurile. Intrară în codrii deși, străbătură mări sub lumina de argint a lunii, luară parte la bătăliile strămoșilor și ascultară povești cu prinți și fete de împărat.

Noaptea era fermecată pentru ele. Era exact așa cum văzuse Ilinca în visul ei: nimic nu avea să mai fie la fel de acum înainte.

Cu fiecare vers rostit, inimile lor se schimbau. Mai cu seamă una dintre poezii stârni visele fetelor, aducând cu ușurință pe ladă, alături de ele, Feți-Frumoși și Ilene Cosânzene. O mai citiră încă o dată de la capăt, apoi deciseră să o învețe de dinafară, ca să o poată lua cu ele.

— O împărțim în jumătate, spuse Elena. Eu învăț prima jumătate și tu pe cea de-a doua. Este foarte lungă.

Dimineața le găsi adormite cu capul pe cartea lor. Ciorapii negri ai uniformelor căzuseră în jurul gleznelor, iar guleranșele erau răsucite la spate. Trăsurile își începuseră trapul cadențat pe caldarâm. O florăreasă trecu chiar pe sub ferestrele prăvăliei de cărți și brașovenii, strigând cât o ținea gura:

— Garoafeee! Garofițeeee! Coronițe faceeeeem!

Elena sări speriată de pe ladă, drept în picioare. Își ridică ciorapii, își aranjă gulerașul, puse cartea pe birou și o trezi pe Ilinca:

— Ilincuță! Ilincuță, scoală!

Frecându-și ochii precum copiii cei mici, Ilinca se ridică de pe ladă, cu gesturi domoale. În jurul ei, Elena se rotea ca fusul sub o mână pricepută ce toarce lâna de pe el, căutând să șteargă urmele trecerii lor pe acolo.

Cerga. Lampa. Cartea. Polobocelul.

Privi apoi în jurul ei, mulțumită:

— Gata. Hai!

O prinse pe Ilinca de mână și, cu gesturi hotărâte, o scoase afară prin curtea cea mică din spate. Ochii Ilincăi primiră lumina dimineții cu nedumerire, și gândurile ei prinseră a se orândui. Dădură ocol prăvăliei prin curte și ieșiră în drum, în fața vitrinelor de la intrare.

Domnul Socec însoțit de băiatul de prăvălie care măturase cu atâta sârg praful drumului, cu o seară în urmă, descuiau.

Deschiseră larg ușa de perete, sprijiniră chiar în drum, în calea trecătorilor, cea mai frumoasă lăvicioară și sprijiniră de ea o firmă de carton galben, pe care stătea scris:

Librăria și papetăria Socec & Co.
Asortiment complet de hârtie de scris și comercială
Registre de contabilitate
Obiecte de scris, necesare de scris și material didactic
Specialitatea librăriei: culori de pictură, șevalete, pânză și variate modele de pictură
Cărți de literatură, cărți de poezii, manuale școlare

Fetele priveau toate aceste pregătiri, oprite în mijlocul drumului. Nimeni nu părea să le fi observat. Plecându-se unei porniri năvalnice, așa cum îi stătea adesea în fire să facă, Elena o apucă pe Ilinca de mână și, până să se dumirească aceasta, intrară în prăvălie.

Inima Ilincăi se opri.

Elena merse întins la raftul pe care se afla cartea lor de poezii și îi mângâie coperta cea cu îngerași.

— Ce faci? șopti pierită Ilinca.

— O mai ating o dată și mergem, o lămuri Elena.

— Bună dimineața, domnișoarelor, le zâmbi domnul Socec, mirat de așa oaspeți la cea dintâi oră a dimineții. Ce pot să fac pentru domniile voastre?

— Am găsit ce căutam, vă mulțumim frumos, spuse fără teamă Elena. Ne vom întoarce să cumpărăm. Bună ziua.

— La revedere, răspunse domnul Socec.

Din prag, Elena se mai întoarse o dată către domnul librar:

— Am găsit cam greu, totuși. Poate ar fi mai bine să puneți toate cărțile separat de brașoveniile acestea. Ar fi mai ușor cumpărătorului să afle ce dorește.

Domnul Socec izbucni, pe urmele lor, într-un râs sănătos, nereținut.

Fetele se opriră după câtiva pași. Elena privea nehotărâtă în jur. Ziua își urma cursul ei firesc, fără să bage de seamă marea lor aventură. Planul ei se termina aici.

— Și acum ce mai facem? întrebă Ilinca.

— Cum arătă uniforma mea? se supuse cercetării Elena, rotindu-se într-o piruetă în fața prietenei sale.

Ilinca făcu o verificare sumară, așeză mai bine funda cea neagră de la gâtul Elenei, potrivi o margine a șorțului și spuse:

— Bine arată.

— Mergem înapoi, spuse Elena, și puse de îndată cel dintâi pas către direcția declarată, ca să fie și mai convingătoare.

— Cum înapoi? Unde înapoi?

Ilinca se oprise în mijlocul drumului și căuta ajutor la dimineața care se desfășura în jur. Un sacagiu oprea din poartă în poartă, vânzând apă cu donița.

— Cinci parale donița, cuconiță, spunea el.

Doi studenți urcară din mers în tramvaiul cu cai. Vizitiul marcă momentul cu o bătaie de clopot, și controlorul de bilete se apropie de ei. Un precupeț care ducea o cobiliță cu două coșuri pline cu fructe se opri în dreptul lor.

— Mere? cercetă el fetele.

Elena porni cu hotărâre înainte, cu Ilinca nedumerită pe urmele sale.

— Sigur, înapoi mergem, vorbea ea apăsat, cât să nu lase loc de întrebări, și își întărea cuvintele cu gesturi scurte, de profesor ce explică o lecție nouă. Nu avem unde ne duce. Ori acasă, ori înapoi. Dacă mergem acasă este posibil să mâncăm bătaie. Eu sigur voi primi. Amintește-ți planul nostru: nu putem păți decât două lucruri. Ori ne trimite pentru totdeauna acasă, ori ne pedepsește și ne primește înapoi. Nu putem afla ce avem de făcut decât dacă mergem înapoi, ca să vedem ce se va hotărî. Mai știi partea ta de poezie?

Absența celor două fugare fusese descoperită, în internatul de fete, dimineața.

Doamna Directoare dăduse poruncă să fie păzită ordinea între eleve prin păstrarea veștii secrete, astfel încât privirile fetelor spre locurile rămase goale la masa domnișoarei guvernante Manon rămaseră fără răspuns. Domnul fotograf urma să sosească dintr-o clipă în alta, pentru pozele promise.

Pe holurile școlii, slujnicele își terminau treaba. Pardoseala era lustruită și cercevelele din fier forjat ale ferestrelor străluceau de curățenie. Câte două, domnișoarele intrau la clasă pentru cea dintâi oră de curs, împreună cu guvernantele care nu le părăseau nicio clipă. Intrând prin ogivele înalte, lumina dimineții se împărțea, disciplinată, în forme cuminți de-a lungul holului. Nici cheile de la brâul domnișoarelor nu mai dădeau clinchet ca de obicei, amuțite de misterul care plutea în jurul absenței celor două fete.

Școala era într-o așteptare tăcută.

Veștile despre tâlhari lipoveni care răpesc fete din pension, pierzându-le mai apoi urma, pentru totdeauna, prin bălțile Brăilei ori prin ochiurile de stufăriș de pe brațele Dunării, începură a circula de la o clasă la alta, pe căi neștiute, ca focul care cuprinde șoproanele caselor, purtat doar de câte o pală de vânt.

Clasa a patra, cursul superior, avea ora de greacă veche. Doamna Elefterescu, încă nehotărâtă asupra atitudinii celei mai potrivite ce trebuia luată într-o asemenea împrejurare, se decise să înceapă deocamdată ora, ca și cum nimic nu s-ar fi întâmplat. Mai cuminți ca de obicei, domnișoarele deschiseră caietele pentru verificarea temei. Banca întâi de la ușă, banca Elenei și a Ilincăi, era goală.

Franz sosi la Școala Centrală de Fete cu un sfert de ceas înainte de ora stabilită.

Domnul profesor de pictură fusese însărcinat de doamna Directoare să fie gazdă oaspetelui și să-l conducă prin clase, pentru fotografierea domnișoarelor. În spiritul totalei discipline, Franz, însoțit de gazda sa, intră în cea dintâi sală de clasă, cea mai apropiată de intrare, clasa a patra, cursul superior. Cercetă preț de câteva clipe cadrele care puteau fi luate, apoi își instală trepiedul în pragul clasei, mulțumind doamnei profesoare pentru răbdare și pentru îngăduință.

— Prima bancă este liberă, observă Franz. Se poate ca două domnișoare să vină mai în față, să ocupe și banca aceasta? Pentru echilibrul fotografiei, explică el.

— Este banca Elenei Popescu și a Ilincăi Silișteanu, nu este liberă, dădu explicație doamna profesoară. Domnișoarele sunt elevele noastre, dar astăzi sunt absente, s-au... au...

— Sunt la mine în cabinet, completă din spatele lui Franz doamna Directoare, apărută între timp de pe holuri.

Clasa fu străbătută de o rumoare ce ridică guvernantele în picioare. Doamna profesoară avu un schimb de priviri cu doamna Directoare. Înțelesul lui îi scăpă lui Franz și el găsi mai nimerit să păstreze tăcerea și să aștepte ca situația să fie lămurită de cei implicați.

— Le așteptăm, nu? îndrăzni doamna Elefterescu, de greacă veche, o întrebare.

— Nu, răspunse doamna Romniceanu. Fotografia va fi făcută fără dumnealor. Domnule Mayer, am să vă rog să fiți atât de bun și să ne iertați lipsa de echilibru, dar am dori ca în fotografie banca întâi să rămână goală. Poate că acesta va fi un bun exemplu pentru anumite spirite prea tinere ca să aprecieze eforturile școlii, precum că orice faptă are și răsplata sa, iar aceia care cred că au puterea de a împlini fapta ar trebui să se gândească dacă au și puterea de a duce răsplata faptei.

Doamna Directoare rosti cuvintele rar și răspicat, privind pe deasupra capetelor elevelor din clasă. Bănuia un complot care ajutase la evadarea celor două eleve, și privirea sa sfredelea clasa în căutarea vinovaților. Toți ochii rămaseră la ea, întrebători, pentru că răspunsurile pe care le aducea doamna Directoare erau încă prea nedeslușite. Totuși, pentru că nicio privire nu se feri de a sa, bănuiala doamnei Romniceanu se îndulci. Ideea complotului se dovedi a nu fi adevărată. Doamna Directoare păru mulțumită de rezultat și plecă, scuzându-se:

— Mă cheamă îndatoriri urgente.

În urma ei, pe deasupra clasei amuțite de vizita înaltă, Franz cercetă încă o dată lumina ce cădea pieziș la cea dintâi oră a dimineții și făcu prima fotografie. Toate privirile erau adunate către catedră. Toate mâinile erau la spate.

Numai un leopard dintr-o planșă de pe perete privea cu îndrăzneală la Franz.

Intuiția ascuțită de copil curat nu o înșelase pe Elena. Fugarele fură primite înapoi în Școală. Ca pedeapsă pentru aventura lor, următoarea ieșire a fetelor fu stabilită pentru vacanța de Crăciun, peste trei luni. În lipsa unor motive foarte serioase ținând de probleme familiale, nu aveau voie să primească nici vizitele părinților. În schimb, ca să mediteze asupra locului lor în societate, primiră câte o copie a fotografiei din care lipseau.

Ziua aceea fură nevoite să și-o petreacă în bibliotecă, verificând așezarea cărților pe rafturi conform catalogului de la intrare, și nu avură voie să ia mesele împreună cu colegele lor, fiind servite la bucătărie. Își împliniră pedeapsa cântându-și în gând versurile învățate pe de rost în noaptea petrecută departe de zidurile internatului. Nimic nu le putu face să spună unde au fost.

Seara, înainte de a intra la dormitoare, toate domnișoarele treceau prin fața doamnei Directoare, în cămășile albe de noapte, care le ajungeau până aproape de glezne, strânse în jurul trupului cu mantalele subțirele de inișor, cu bonetele pe cap, câte două în șiruri pe holurile școlii, intrau rând pe rând în cabinet, spuneau *noapte bună* și făceau o plecăciune.

În locul lor știut din șir, Elena și Ilinca mergeau împreună la acest ritual.

În cabinet era cald. Aerul răcoros al serii de toamnă însuflețea perdeaua. Fetele din fața lor se rotiră pe călcâie și ieșiră, lăsându-le pe ele în fața doamnei Directoare. Împreună, umăr lângă umăr,

Elena și Ilinca înaintară cu ochii plecați și făcură cea mai corectă plecăciune din viața lor. Piciorul stâng în spatele celui drept, fruntea în față, bărbia în piept. Versurile învățate pe de rost noaptea trecută, versuri scoase pe furiș din librăria domnului Socec, răsunau cu putere în mintea Elenei, cadențându-i mișcările într-o muzică ce o vrăjea.

Elena se înclină, depunând la picioarele doamnei Romniceanu cântecul sufletului său:

A fost odată ca-n povești
A fost ca niciodată,
Din rude mari, împărătești,
O preafrumoasă fată.

Și era una la părinți
Și mândră-n toate cele,
Cum e Fecioara între sfinți
Și luna între stele.

Gândurile ei rosteau poezia, înălțând ziduri de lumină între ea și lumea din afară. Începând din noaptea trecută, de când cartea se arătase în calea ei, Elena era fata de împărat. Era o stea răsărind la porunca neînțeleasă a unui pământean, era Cătălina din poveste, răpită de vrajă sub lumina lunii de argint și era deopotrivă luna însăși, privind și povestind. Apoi era din nou fata de împărat.

Viața ei se învârtea, din noaptea trecută, într-o vrajă pe care pedepsele niciunei școli din lume nu o putea rupe.

Alături de umărul și inima ei, gândul Ilincăi cânta, la rândul lui, partea sa:

Cobori în jos, luceafăr blând,
Alunecând pe-o rază,
Pătrunde-n casă și în gând
Și viața-mi luminează!

Târziu în noapte, în dormitorul cufundat în vise, susurând din douăzeci de piepturi tinere respirațiile calde ale copilelor, guvernanta Manon privea urma de lumină lăsată de lună pe podea.

Somnul nu voia să vină, și Manon – uitată într-o țară cu alte obiceiuri, alți stăpâni și alte dorințe decât cele cunoscute ei, învârtea pe degete cheile înșirate pe lănțugul de la brâu. Nu se despărțea de cheile ei nici noaptea, în somn. Întotdeauna dormise cu ele. Metalul rece prin care își strecura degetele subțiri era singurul ei prieten în lumea aceasta care aparținea altora.

Avea șase chei, și numărarea lor îi potolea de obicei tristețile: cheia de la dormitor, cheia de la băi, cea de la sala de clasă, de la sala de mese, de la bibliotecă și de la intrare.

Comanda de la Școala Centrală de Fete luă mult timp lui Franz. Făcuse cu totul opt fotografii, în cele opt clase. Fiecare fotografie trebuia lucrată în treizeci de còpii, câte una pentru fiecare mică domnișoară. Doamna Directoare alesese pentru ele un *passe-partout* auriu. Franz privea cu mândrie teancurile de fotografii frumos cartonate în auriu care umpleau masa de lucru. Pe fiecare stătea scris frumos:

FRANZ MAYER
Fotograf al Curții Regale
Fotograf al MSR Doamnei
Piața Teatrului
(lângă Fialkovsky)
Comenzile ulterioare vor fi executate chiar după mai mulți ani

Franz alese dintre toate fotografia în care banca întâi rămăsese goală. Zeci de priviri ațintite în același punct, către catedră. Zeci de bentițe negre în păr. Zeci de mâini așezate, cuminți, la spate. Pentru o clipă, gândul său călători către dealurile Mediașului, de unde două copile fuseseră dezrădăcinate și aliniate regulilor stricte ale acestui pension. Greta și

Filipa nu s-ar fi deosebit cu nimic de toată această clasă de domnișoare, la vremea lor.

Se aplecă deasupra vitrinei atelierului și făcu loc fotografiei între toate celelalte. O potrivi între fotografia mai veche a familiei Agopian, vecinul armean care umplea, dimineața, strada de aroma cafelei proaspăt prăjite, și aceea a familiei lui Chiron grecul, negustorul de măsline și delicatese.

8. Primul copil

De la ferestrele de deasupra atelierului de fotografie, Anna nu-l putea vedea pe Franz.

Îl știa coborât pentru aranjarea vitrinei și îi vedea umbra întinsă până în mijlocul drumului, dar nu-l vedea pe el. Privea la silueta nemișcată, desenată pe caldarâm, și își sorbea cafeaua. Pesemne că Franz isprăvise, iar acum își admira lucrarea, de vreme ce umbra rămânea locului. Îndeletnicirea aceasta permanentă de a așeza fotografiile, mai vechi ori mai noi, în vitrină devenise ritualul lui de dimineață. Își începea ziua de lucru schimbând câte o vorbă cu puținii trecători de la ora aceea ori cu vecinii care deschideau prăvăliile.

— Astăzi unde sunt copiii doamnei Ghenadie, că nu-i văd? întreba Chiron grecul, sprijinind ușa de la intrare cu cârligul și făcându-i loc băiatului ce ieșea cu târnul și cu căldarea de apă, să măture și să stropească în drum, pentru potolirea prafului stârnit.

— I-am adus aici, în dreapta. Astăzi scoatem în față pe domnul Primar Pake Protopopescu. Este cea mai nouă fotografie și se cuvine să aibă, o vreme, loc de cinste în vitrină, zâmbea Franz.

Dimineața cu aer bucolic inspira siguranță Annei. Nimic rău nu avea să se întâmple astăzi. Nici rău, nici bun, continuă gândul ei lipsit de credință. Gândul acesta rebel care îi continua uneori frazele începute cuviincios apărea din ce în ce mai des în ultima vreme. Mai cu seamă după ultima vizită la Greta.

Cu o seară în urmă, Franz isprăvise comanda cea mare de la Școala Centrală de Fete, stârnind cu fotografiile domnișoarelor în uniforme pepit și cu bentițe negre în păr amintiri nu tocmai îndepărtate. Amintiri de pe vremea când fetițele, Greta și Filipa, erau încă eleve ale pensionului, iar doamna Romniceanu o umplea de fericire la fiecare vizită, lăudând purtările alese ale copilelor.

Fetițele erau astăzi mari, iar Anna se simțea împovărată de ani din pricina vârstei lor, măcar că Filipa cea mică abia ieșise pe poarta pensionului. Râsul lor rămăsese același și umplea casa de iureș ori de câte ori se întâlneau, aprinzând de fiecare dată în Anna dorința veche de a le aduna ca pe niște păsări în brațele ei și a potoli zbuciumul casei aflate sub stăpânirea lor vremelnică.

Cea dintâi se căsătorise Greta.

Se îndrăgostise în iarna confirmării ei de un tânăr avocat român cu studiile desăvârșite la Berlin – lucru rar în vremurile acelea când Parisul aduna toată crema tinerimii bucureștene. Dorind să-l îndepărteze de influența nefastă a scandalurilor pariziene, cărora începuse a li se duce vestea în târg, părinții îl trimiseseră la Berlin, în nădejdea că rigorile disciplinei germane vor săpa deprinderi sănătoase băiatului.

Sămânța sădită în el de școala germană și de părinții cu rădăcini vechi printre boierii munteni rodi, iar tânărul Prisăceanu împlini nădejdile puse în el.

Greta îl întâlni la cel dintâi bal al iernii în care Anna socoti că a sosit timpul să o scoată în societate. Domnișoarele care erau încă eleve ale Școlii aveau trebuință și de aprobarea Doamnei Directoare. Franz și Anna înaintară o solicitare scrisă înainte de Crăciun, prin care cereau o întrevedere doamnei Romniceanu. Având în vedere vârsta Gretei și perioada din an în care venea solicitarea – anume perioada balurilor de iarnă – doamna ca și întreaga școală cunoșteau motivul întrevederii.

Greta intra în societate.

Zilele prinseră a se scurta pentru copila mijlocie a familiei Dieter. Orele de greacă veche și de desen fură repede înlocuite, în perioada aceea, cu probe la atelierul de croitorie al surorilor Budișteanu ori la modistele ce confecționau cele mai elegante pălării din târg. Vizitele Gretei se îndesiră, motivate toate de aceste probe. Crema Garnizoanei București, tinerii ofițeri în căutare de soții educate așteptau, la fel de emoționați ca și domnișoarele, cel dintâi eveniment.

Sezonul fu deschis de balul casei Șuțu. Arnăuții cu iatagane la brâu ce alergau în toate părțile, îngrijindu-se să servească oaspeții, o făcură pe Greta să uite cu desăvârșire povețele primite de acasă și ea rămase locului preț de o clipă, cu ochii la ei. Era pentru întâia oară când vedea slujitori înarmați. Un zâmbet mai apăsat al Annei o scoase repede din uimirile ei de copil ferit până atunci de cele ale lumii, și Greta păși în casa pregătită pentru bal.

Din oglinda cea mare de Murano, care acoperea un întreg perete, prinsă sus, între balustradele scărilor, luminile candelabrelor de cristal vărsau înapoi în sală ape strălucitoare. Cel dintâi bal al iernii era lipsit de protocolul balurilor oficiale, cărora prezența Familiei Regale le impunea o ținută mai rigidă, pe potriva gusturilor Majestății Sale Carol I.

Balul Șuțu era însă menit, an de an, să lase tinerilor libertatea de a se distra în voie. Iar arnăuții aveau, printre altele, și sarcina de a veghea ca aceste distracții să nu se isprăvească într-un duel atât de plăcut tinerilor ofițeri. Măcar că primitoarele gazde nu aveau de gând să recunoască, an de an se isca între doi locotenenți câte o pricină atât de încurcată, încât numai un duel ar fi putut să o limpezească. De cele mai multe ori, credincioșii arnăuți se iveau între cei doi la momentul potrivit, domnii locotenenți mulțumindu-se numai cu intenția belicoasă, care le spăla obrazul de rușinea acceptării unui compromis fără luptă.

Pentru Greta fu ca o repetiție cu orchestră și costume pentru marele ei bal, Balul Teatrului Național, la care urma să fie prezentată Familiei Regale.

În cinstea Reginei Elisabeta, Greta purta o rochie cusută cu pui românești în roșu și negru, după moda răspândită de curând de Majestatea Sa. Întregul bal avea ca motiv vestimentar portul popular românesc. Mânecile crețe, învoalte, înălțate mult deasupra liniei umerilor, îi dădeau ghes să-și alinte urechile împodobite mândru cu cerceii prusaci ai bunicii rămase la Mediaș. Brâul lat, țărănesc, îi scotea în evidență talia ce nu mai avea nevoie de niciun corset ca să arate ca un lujer de floare. Privirile tinerilor ofițeri fură atrase ca de un magnet.

Greta însă îi găsi copilăroși, în încercările lor stângace de a scorni vreo întorsătură de frază care să-i deosebească în ochii ei de toți ceilalți. Ba chiar un domn locotenent, deosebit de prezentabil de altfel, a cărui ținută atrăsese atenția fetei pentru început, îi vorbi rar și în fraze scurte, ca unui copil încă neînvățat cu graiul, oprindu-și din loc în loc discursul ca să se încredințeze:

— Înțelegeți, domnișoară?

„Ba bine că nu. Înțeleg că nu sunteți cel despre care îmi vorbea Anna", își spuse Greta în gând, aruncând locotenentului numai scurte zâmbete de complezență.

Căuta, după fiecare astfel de dezamăgire, privirile surorii sale, care îi răspundea cu îndemnuri de a nu da buna-cuviință pe vremelnicia unei judecăți pripite.

— Unde se află acela, Annă dragă? furișă Greta o întrebare nerăbdătoare în răgazul dintre două cadriluri.

— A judeca nu este un lucru pe potriva educației domniei tale, domnișoară, îi domolea Anna pornirile. Frumos ar fi să dai șanse tinerilor domni să-și dezvăluie adevărata fire, cea care stă ascunsă. Emoția care face să șchiopăteze cele dintâi conversații ale unui tânăr către o domnișoară nu va pieri defel dacă domnișoara îl părăsește pe tânăr în mijlocul sălii de bal, retrăgându-se în sânul familiei ca să schimbe impresii. Fă bine și mergi să-ți onorezi carnețelul de bal.

Spre deosebire de Balul Casei Șuțu, unde atmosfera fusese destinsă și regulile puține, încă și acelea adesea încălcate spre amuzamentul general, Marele Bal al Teatrului Național, prezidat de însuși Regele Carol I, se desfășura după un program strict, pe care fiecare dintre invitați îl primise. Între cadriluri, oaspeții cercetau cu seriozitate programul, pentru ca nu cumva să încalce cu vreo dorință nepotrivită ordinea dansurilor.

Greta era încântată de rochiile inspirate toate din straiele populare. Găsea pe gustul tinereților ei avântate ieșirile acestea din tipare ale Reginei. Veselia de pe chipul ei, alăturată de sprâncenele strânse a hotărâre ale Regelui, o făceau pe Greta să-i asemene unui tată sever alături de rebela sa fiică.

La miezul nopții, conform programului balului, orchestra încetă muzica și se retrase, iar oaspeții înconjurară mesele încărcate cu bunătăți pentru ei. Alături de Greta se afla un tânăr ce se prezentă avocat Prisăceanu, proaspăt întors de la Berlin, de la studii. Conversația se învârti în jurul orașului german pe care tânărul îl cunoștea și la care Greta doar visa.

Cele dintâi feluri de mâncare trecură prin farfuriile lor fără ca ei să-și dea seama ce anume fuseseră. Se grăbeau să înjumătățească porțiile din fața lor numai ca să poată da semn, cu tacâmurile așezate pe farfurii, că au terminat și să-și poată mai apoi continua conversația.

Tânărul avocat Prisăceanu află cât de dor îi este domnișoarei de dealurile Mediașului, iar Greta află numele, vârstele și toate preferințele artistice ale multelor surori ale tânărului: Irina, de șaptesprezece ani, iubea literatura și citea cu nesaț romane englezești, Elena, de paisprezece ani, cânta cu o voce de înger, Smărăndița, de doisprezece ani, era neîntrecută la pictură și visa propria sa expoziție, Eliza, de zece ani, recita acte întregi din piesele de pe scena Teatrului Național și îi necăjea pe părinți cu visul de a deveni actriță, iar mezina, Mărioara, de opt ani, voia să fie nici mai mult nici mai puțin decât avocat ca fratele ei.

Carnețelul de bal al Gretei era deja plin, așa că tânărul avocat nu dansă cu ea în noaptea aceea. Fu primit însă a doua zi la ceai de Anna și Franz, încântați de alegerea Gretei. Lucrurile păreau a fi scrise pentru ei doi, de vreme ce curseră ușor și firesc cum curge ploaia primăvara, fără să aducă supărare nimănui.

Se scurseseră trei ani de la iarna aceea minunată, și casa Prisăceanu deja nu mai făcea față copiilor trimiși de Dumnezeu. Erau trei, și cu toții umpleau zilele și nopțile părinților lor de râsete, plânsete, agitație în clipele cu fierbințeală mare și dimineți ostenite, când fierbințeala trecuse. Anna își luase încă de la început obiceiul de a o vizita aproape zilnic pe Greta.

Cei dintâi născuți fuseseră gemeni, doi băieți pentru care Franz scosese adesea aparatul de fotografiat din casă. Potrivise vitrinei atelierului câteva polițe suspendate, anume pentru fotografiile nepoților. În anul imediat următor sosise pe lume surioara gemenilor, iar Greta o înduioșase pe Anna numind fetița după ea.

Ieșirea Filipei din Școala Centrală de Fete a coincis cu venirea pe lume a fetiței. Balurile Filipei fură de aceea mai puține la număr, și ieșirea ei în societate nu concentră întreaga atenție a familiei, așa cum se întâmplase cu Greta. Familia din București se strângea mai degrabă în jurul bolilor copilăriei, iar nopțile erau nedormite mai degrabă din pricina vreunuia dintre cei trei copii, decât din pricina vreunui cadril. Filipa însă nu găsea vină nimănui pentru acestea toate. Copiii intraseră și în sufletul ei, și adesea dădea bucuroasă o noapte de bal, pe o zi petrecută cu gemenii și cu prunca de curând născută.

Pentru început se stabili așezarea Filipei în casa lui Franz și a Annei, măcar că dorința fetei ar fi fost alta.

— La fel de bine aș putea locui și la Greta, ba încă mai cu folos, de vreme ce aș putea ajuta la supravegherea băieților, spunea Filipa.

— Dumitale, domnișoară, îi spunea Anna ca în anii cei de demult, când Franz venea pentru lecțiile de desen, iar copilele o dădeau de rușine cu purtările lor nesăbuite, dumitale ți-a sosit vremea să te ocupi a primi la ceai tineri cu viitor ai Bucureștiului, iar nu să legeni și să gâdili prunci. Vei locui în casele de deasupra atelierului de fotografie și vei merge la baluri, vei primi serile la ceai și îți vei clădi un viitor. După ce vei împlini acestea toate, mai vorbim.

Aflate încă și la vârsta aceasta într-o complicitate din care Anna se vedea exclusă, Greta și Filipa schimbau între ele priviri și surâdeau.

— Nu vă fie a glumă, domnișoarelor, încheia Anna.

Lucrurile se împliniră după voia ei. Filipa fu instalată într-o odaie alăturată salonului Annei, iar domnului Claymoor îi fu plătită o notă în cronicile dumnealui mondene din *L'Indépendance Roumaine*:

„Domnișoara Filipa Dieter,
Educație: Școala Centrală de Fete

Familie: d-l Franz Mayer, Fotograf al Curții Regale, Fotograf Personal al M.S. Regina Elisabeta - cumnat

d-l avocat Teodor Prisăceanu - cumnat

Primește la ceai în fiecare joi, de la orele cinci ale după-amiezii, în salonul din casele d-lui Franz Mayer".

O vreme, totul păru să meargă bine. Apoi însă lucrurile prinseră a se schimba. Copiii crescură și treburile se mai așezară în casa tânărului avocat Prisăceanu. Anna nu-și mai afla rostul vizitelor sale zilnice, așa că ele se mai răriră.

Într-una din diminețile reîntoarcerii sale acasă, la cafeaua de dimineață, despături ziarul și un anunț o izbi ca și cum atunci l-ar fi văzut pentru întâia oară:

„Atelierul de fotografie Franz Mayer - Specializat în fotografii cu copii"

Cunoștea anunțul. Apărea săptămânal pe ultima pagină din *Universul*.

Franz plătea la fiecare trei luni pentru aceste apariții săptămânale. Ochii ei trecuseră peste aceste cuvinte de zeci de ori până acum. Cu toate acestea, ceva o izbi. Căută cu mâna spătarul jilțului și se așeză. Rosa, care trecea pămătuful pentru praf pe deasupra fructierei de cristal de pe scrin, mai mult ca să fie doamnei la îndemână dacă va avea nevoie de ceva, decât din cauză că ar fi existat acolo praf, se opri și puse în Anna o privire întrebătoare, care cerea o poruncă. Anna întinse spre ea ceașca din care nu isprăvise cafeaua.

— Adu lapte, spuse, ca să o îndepărteze de ea, pentru că laptele era demult dus la cuhniile casei.

Rămasă singură, Anna căută în adâncurile ei adevăratul motiv pentru care anunțul lui Franz din ziar îi lăsase tocmai acum un gol în stomac. Să fi fost prăpastia pe care o vedea căscată între casa Gretei cea plină de copii și aceasta a ei, apărând dintr-odată atât de pustie, parcă aflată sub semnul unei întrebări nerostite? Ori poate să fi coborât în ea conștiința bruscă a anilor deja mulți ce se scurseseră?

Poveștilor aflate de prin satele întinsului District al Sibiului, despre femei binecuvântate cu copii mulți abia începând de la mijlocul căsătoriei, nu le mai găsea nicio asemănare cu cele ce se petreceau. Pe măsură ce se gândea la toate cele trecute și care astăzi formau viața ei, Anna simțea cu spaimă cum nădejdile se pierd cu iuțeală undeva în urmă, împleticite pe drumul șerpuit al trecătorilor dintre munți, între Mediaș și București.

Cum se putuse minți singură atâta amar de vreme? Nu trebuia decât să caute în inima ei cu sinceritate, și răspunsul aflat acolo dintotdeauna i s-ar fi arătat: nu va fi niciodată binecuvântată cu prunci. Dumnezeu părea că-i dăruise cei trei copii Gretei, aproape deodată, anume ca să o trezească pe ea din visul fără proptele reale cu care se îmbătase toți anii aceștia. Ca să o încredințeze că nu are a aștepta nimic.

Dimineața din jurul ei era neschimbată. Rosa intră tiptil și îi îndulci cafeaua cu un strop de lapte. Afară, obloanele prăvăliilor se ridicau unul după altul, în scrâșnet de scripeți. Negustoriile din strada Știrbey Vodă prindeau viață, la fel ca în fiecare zi. Pentru Anna însă nimic nu mai era la fel. Înțelegerea coborâtă în ea schimbase trecut și viitor, îi aruncase toate amintirile într-o lumină nouă și îi arătase într-o sticlire restul vieții.

Își petrecu ultima parte a sezonului pregătind bal după bal pentru Filipa, și îndeletnicirea aceasta o ajută să-și țină stăpânească gândurile. Apoi, în primăvară, hotărârea ei era luată. Adună de prin prăvălii daruri pentru gemeni și pentru prunca ce-i purta numele și se anunță în vizită la Greta.

— Trebuie să-mi dai mie copila să o cresc, anunță ea scopul vizitei ce se desfășurase până atunci într-o tăcere stânjenită care nu coborâse nicio altă dată între ele. Tu vei mai face. Ai și băieții. Mie alții nu-mi va dărui Dumnezeu în afara celor ai voștri, ai tăi și ai Filipei, când îi va avea. Trebuie să înțelegi! Trebuie să vezi că aceasta este soluția.

Cu înțelepciune, Greta își reținu primul și cel de-al doilea impuls de a refuza sec aceasta propunere căzută ca un trăznet în micul ei salonaș. Prunca se afla în poala Annei și se juca gângurind cu ciucurii șalului ei. Mamă-sa se strădui să nu arunce nici măcar o privire copilului. Se ridică numai, cercetă samovarul și porunci împrospătarea ceaiului din el. Așteptară în tăcere să sosească slujnica, apoi Greta îi luă tava din mâini și se îndeletnici singură să-și servească sora mai mare.

— Când treceam munții, trimise de taica și de bunicul de acasă, ca să ne ferească de vitregiile din Ardealul de curând ocupat, începu Greta a vorbi după cea dintâi înghițitură de ceai, îți căutam ochii în întunericul din trăsură și zăpezile de afară nu mă mai înspăimântau. De două ori am schimbat caii la poștele unguresti de pe drum, și nu am poposit decât după ce am ajuns pe pământ românesc. Înțelegeam că sunt alături de umărul tău și că nimic rău nu avea să mi se întâmple, atâta vreme cât rămâneam sub el. Tăria ta de atunci se află și astăzi tot aici, în umărul tău. De data aceasta tu ești aceea care ai nevoie de ea. Este aici. Va trebui să-mi crezi cuvântul și să cauți să o afli. Privește în tine și vei afla puterea care mi-a oprit mie lacrimile atunci.

— Acesta este planul Lui Dumnezeu pentru noi, continuă Anna ca și cum nu o auzise. Copiii familiei sunt trimiși prin tine, ca să fie crescuți de amândouă.

Își dusese până la capăt discursul cu care venise până aici. Vocea ei însă nu mai era hotărâtă. Se așteptase la altfel de reacție din partea Gretei. Avea pregătite argumente noi pentru o Greta care s-ar fi supărat de așa cutezanță. Echilibrul surorii sale însă și înțelegerea din vorbele ei calde o aflară nepregătită.

Greta nu o refuzase în cuvinte. Doar tăcuse peste propunerea neobișnuită, până când singure cuvintele Annei își plecară capul sub greutatea adevărului: nu acesta era marele plan. Nu exista un astfel de plan.

Sub îndârjirea cu care Anna își rostise vorbele, Greta citise tristețea cu care ea îi anticipase împotrivirile, și o duioșie de mamă aflată în fața încercărilor copilului său îi umplu inima. Anna cea mare și Anna cea mică, prunca ce i se juca în brațe, se amestecară preț de o clipă într-un singur suflet drag pentru Greta. Se simți neputincioasă. Se disprețui pentru că nu găsește alinările potrivite.

Anna mai mângâie o dată copilul pe cap, își apropie nările de creștetul fetiței și îi sorbi mirosul dulce de lapte, apoi se ridică și o așeză în brațele maicii sale. Plecă înainte ca slujnica, chemată să o conducă, să apuce să-și facă apariția de la odăile din spate.

9. Carmen Sylva. Stâna Regală

Soarele bătea din spate în umbreluța doamnei Mayer, desenând în fața ei pe iarbă o umbră prelungă. Încă nu era amiază, și ea cunoștea bine soarele acesta de dimineață ce părea că vrea să-i fie pe plac, subțiindu-i silueta. Pajiștea tainică de la Stâna Regală era – în zi de vară – populată de întreaga suită a Doamnei Elisabeta.

Majestățile Lor Regele Carol I și Regina Elisabeta își mutaseră reședința în vremea verii, pentru al doilea an la rând, la noul castel din Piatra Arsă, dincolo de Podul Neagului. Castelul fusese dat în sfârșit în folosință cu un an în urmă, dar doamna și domnul Mayer erau pentru cea dintâia oară invitați.

Cei ce se pricepeau să plece urechea cunoșteau vorbe multe despre piedici nenumărate în timpul ridicării lui. Se spunea că pământul nu s-ar fi lăsat ușor potrivit pentru temelie, iar cei potrivnici Casei Regale cu obârșii vechi pe văile Rinului găseau în aceasta temei pentru revoltele lor șoptite.

Doi ani întregi au durat numai lucrările de amenajare a pământului, care ba se surpa, ba scotea la iveală un nou fir de apă ce rămăsese ascuns pe sub pământ sute de ani și găsise acum de cuviință să caute lumina soarelui, punând arhitecții în încurcătură.

Trei sute de calfe și zidari de pe întreg cuprinsul Europei au fost aduși la noua lucrare. Măcar că toți au fost legați cu jurământ să păstreze taina celor ce văd, aud și lucrează aici, unii au dus vorba că la temelia castelului s-ar afla îngropate câteva zeci de monede de aur curat, toate bătute cu chipul Regelui Carol I, lăsate acolo de Majestatea Sa pentru împlinirea legendelor țării acesteia noi ce-și pusese demult nădejdea în el.

Ori ca să îmbuneze și să convingă stihiile acestor pământuri, ori din simplă vocație de bun conducător, Majestatea Sa Carol I lăsa zi de zi arhitecții sus, la pământurile cumpărate din moșia Pietrei Arse, și cobora de-a lungul întregii văi a Prahovei, cercetând comunele și sătucele uneori cu câteva căsuțe numai.

În vreme ce muncitorii îmblânzeau apele ascunse sub pământ ca să poată începe construi castelul visat de Majestatea Sa, Regele aduna într-o mare comună numită după Mănăstirea Sinaia toate cătunele și satele împrăștiate de-a lungul Prahovei, între munți. Fostul Pod al Neagului – numai case răzlețite și iarna de tot pierdute pe costișele râului – s-a adunat astfel în comunele Sinaia, Comarnic și Bușteni.

Castelul rămânea al localității numite după Mănăstirea Sinaia, care își luase la rândul ei numele de la Muntele Sinai.

Sunt mulți care spun că Dumnezeu doar a încercat credința Regelui și a Reginei ridicând apele de sub pământ prin temeliile noii construcții, iar faptul că astăzi Castelul Peleș este o gazdă așa de primitoare este cea mai bună dovadă potrivnicilor Casei Regale că încercarea a fost trecută cu bine.

Stâna Regală făcea parte din moșia cumpărată de Rege și de Regină. Din curtea noului castel pornea, de-a dreptul prin pădure, o cărăruie curajoasă, ce urca pieptiș muntele. Cale de o jumătate de ceas, fagii înspicați ici-colo cu câte un brad nu lăsau călătorul să ghicească dacă este dimineață, amiază ori pe înserat. Oaspeții familiei regale porniseră cu veselie, înșirându-se pe poteca îngustă și ridicând păsăretul pădurii la cer cu glasurile lor.

În fruntea alaiului mergeau câțiva bărbați mai tineri care încă nu-și istoviseră dorința de a arăta ce pot. Pe urmele lor, câțiva copii alergau cu pălăriile de pai în mână, împleticindu-li-se printre picioare. Urmau doamnele din suita Reginei, un alai mai reținut după cum cerea eticheta, dar cu ochii strălucind molipsiți de aerul jucăuș al zilei. Șirul de drumeți era încheiat de oaspeții mai rari ai Peleșului, familii înstărite, cu însemnătate mai mare sau mai mică în București, care începuseră de anul acesta să-și cumpere mici moșioare din fostul Pod al Neagului și să-și ridice, la picioarele castelului, case de vacanță.

Anna Mayer se afla printre ei. Ar fi folosit umbreluța ca să se ajute la mersul pieptiș către culmea costișei, dar pământul era reavăn și acoperit cu câteva straturi de frunze în diferite stadii de putrezire. Drumeția nu-i era tocmai pe plac, dar veselia din jur o molipsise, obrajii i se aprinseseră și gusta cu un zâmbet experiența neobișnuită.

Primii pași îi făcuse cu grijă pentru marginile rochiei sinilii din inișor, dar cedă repede, dovedită de lăstarii mărunți care i se agățau de poale din toate părțile și de frunzele veștede pe care tivul rochiei le lua după el câțiva pași pentru ca apoi să le părăsească în spatele unui lăstar. Nu se mai preocupă de păstrarea rochiei în bună stare, și hotărârea aceasta o amuză. Numai în curtea moșiei din Mediaș a protopopului Dieter inima ei mai cunoscuse atâta libertate. Rigorile păstrării rangului într-un târg rebel ca Bucureștiul o făcuseră să pună, în anii din urmă, rațiunea ca stavilă inimii.

Au ieșit din pădure în spatele stânei.

După mersul pieptiș, cu ochii în frunzele veștede de anul trecut și de acum doi ani, în pământul reavăn mirosind necunoscut și în umbra deasă a pădurii, lumina soarelui îi clătină în clipa cea dintâi. Ochii lor își reveniră apoi și înțeleseră unde au ajuns: într-un rai păzit de doi ciobani și un câine. În fața lor, munții până mai adineaori adunați umăr lângă umăr se deschiseră numai puțin, cât să lase în mijlocul lor un căzănel cu pante line de iarbă curată, luminat puternic de soare.

Din locul pe care și-l alesese, doamna Mayer putea vedea întreaga pajiște transformată în salon regal de primire. Doamne și domnișoare îmbrăcate în rochii vaporoase din muselină, inișor și mătase în culori pastelate, etalându-și umbrelușele din dantelă și pălăriile pline de imaginație, domni în redingote ușoare, cu pălării de paie strânse cu panglici late, negre, după cum cerea valul cel nou al modei – toată pajiștea era pe potriva vremii de afară: senină.

Alarmate de invazia aceasta de bună-dispoziție, sute de albine se ridicaseră din sânziene și dădeau acum ocol adunării, încercând să stabilească gradul de pericol. Pălăriile împodobite ale doamnelor le atrăgeau, iar cele mai curajoase încercau coborâri deasupra acestor flori necunoscute. Domnii din apropiere săreau în apărarea celor atacate, fluturându-și prin aerul înmiresmat pălăriile.

În mijlocul tuturor, Regina Elisabeta – Carmen Sylva – era singura care se așezase în iarba proaspătă a pajiștii, renunțând la orice fel de protocol și înconjurându-se de doamnele sale și de îndrăzneți ce se apropiau pentru o clipă să-și prezinte omagiile. Doamna Mayer fusese dintotdeauna o fire cuminte și temătoare, ce privise la regina aceasta adusă din țara reginelor cu respectul celor lipsiți de patimile voinței proprii.

Toată lumea cunoștea isprăvile Reginei, încă din tinerețe, când se fotografia îmbrăcată în straiele femeilor de la țară.

E drept că iile, bundițele sau cămeșoaiele cu poale erau cusute de mâinile țărăncilor, anume pentru Majestatea Sa, cu înflorituri măiestre din fir de mătase roșu și negru, iar maramele erau pânză de păianjen de subțiri. Adevărate haine împărătești. Cu toate acestea, straiele rămâneau în ochii doamnei Mayer ceea ce le știa de copilă: portul de duminică al femeilor din sat.

Îi plăceau și ei fotografiile făcute de soțul său, cu mândra lor regină aruncând priviri poruncitoare de sub câte o astfel de maramă, sau scrutând zarea visătoare, încinsă într-o fotă moldovenească. Dar singura explicație pe care o găsea pentru toate acestea erau doar pornirile capricioase și șăgalnice ale inimii tinere a Reginei, la acea vreme.

Când a continuat să scoată la lumină din toate colțurile țării, an după an, felurite straie până atunci încă necunoscute doamnei Mayer, și să-și îmbrace întreaga suită de doamne cu ele, atunci a știut că nu înțelesese până la capăt. A lăsat deslușirea pe seama celor mai pătrunzători decât ea și s-a mulțumit să se bucure de spectacol.

Datorită apropierii de cele ce se petreceau la Curtea Regală, doamna Mayer se bucura de oarecare popularitate printre cucoanele de pe Știrbey Vodă, adunate uneori la ora ceaiului în salonul vreuneia dintre ele. Cel mai adesea, știrile proaspete despre noi și noi isprăvi ale Reginei le afla astfel, cu ceașca de ceai într-o mână și cu farfuriuța în cealaltă. Prietenele dumneaei nu-i credeau nepriceperea și luau lipsa de detalii pe care le-ar fi dorit obținute de la doamna Mayer ca pe o lăudabilă discreție.

— Domnia ta, madam Mayer, nu se poate să nu ai cunoștință de toate acestea pe care le vorbim aici. Doar domnul Franz este mai mereu căutat de Majestatea Sa Regina pentru meșteșugul cu care îi face portrete. Te rugăm să ne corectezi dacă greșim, încercau cucoanele să adoarmă presupusa vigilență a Annei și să obțină măcar confirmarea zvonurilor pe care le aduceau ele, dacă nu zvonuri noi, mai proaspete și mai apropiate de sursă.

A aflat cu mirare în astfel de după-amieze de cutezanța Reginei de a expune la Salonul de la Paris – cel din anul căsătoriei lor, în care se alesese cu mașina de cafea – cămeșoaiele și iile românești, alături de scoarțe și covoare țesute la războaiele de pe tot cuprinsul țării. Erau voci ce găseau de mare laudă acestea toate, într-un timp în care țara se opintea să iasă din umbra Imperiului Otoman și să se prezinte în lume ca România.

Ceasurile se apropiau de prânzișor. Iarba era fierbinte între Bucegi, în locul unde soarele întârziase asupra ei.

Ca și iarba, gândurile doamnei Mayer deveneau fierbinți când susțineau vreo opinie a lui Franz. Își petrecuse anii de căsnicie de până atunci întrebându-se dacă îl iubește. Citise mult despre iubire, știa că ea presupune lacrimi și suferință, de unde trăgea concluzia că între ei nu este iubire. Sau poate că-l iubea, dar încă nu scrisese nimeni despre genul ei de iubire. Preluarea voinței soțului o considera o mare calitate, așa că punea dârzenie și patimă în susținerea vreunei idei a lui Franz.

O entuziasmase de la bun început, din acest motiv, ideea Majestății Sale de a completa veniturile cam modeste ale Curții Regale prin acceptarea ofertei domnului Sholes, americanul. Mașina de scris brevetată de curând de dumnealui a fost adusă la București, iar Franz a fost poftit să facă Reginei-scriitoare câteva portrete la birou, în fața invenției. Fotografiile au adus sume importante familiei regale, din care Regina Elisabeta a cheltuit mai apoi pentru trimiterea cu insistență a covoarelor și a iilor românești la Paris, an de an.

A cheltuit și sprijinit noile Asociații ale Femeilor, care începuseră să-și facă apariția în țară, punând din nou în încurcătură încredințarea Annei Mayer că menirea femeii pe pământ este hotărâtă deja, iar încercările de a o rostui altcum sunt lupte cu morile de vânt. Elisabeta Doamna părea să creadă că femeile pot și ar trebui să aibă dreptul să facă ce doresc pe lume. Nu o dată, Anna rămânea cu privirea necuviincios de insistentă asupra Majestății Sale Regele, căutând să înțeleagă cum vede domnia sa toate acestea.

În jur, pe pajiștea de la Stână, întreaga suită regală părea apa unui ocean în care nu trebuia să înoate, era de ajuns să nu se împotrivească, și apa o unduia ușor în ritmuri ce nu erau ale ei, dar le prelua cu plăcere. Frânturi de discuții ajungeau până la atenția ei împrăștiată mai degrabă printre miresmele sânzienelor cercetate de albine.

Din întreaga pajiște mișunând de lume pestriță, binedispusă, singură regina se așezase. În spate, sus la Stână, Ursu lătra rar, puternic. Regina zâmbea de câte ori se auzea glasul lui Ursu. Ca și cum câinele ar fi dat tot acest spectacol numai și numai pentru Domnia Sa, iar Regina ar fi știut asta. Ursu părea că pune tuturor în vedere că nu sunt bineveniți în absența reginei lui.

Dintr-o parte, Franz fotografia întreaga adunare, păstrând mereu în centrul fiecărui cadru pe Elisabeta Doamna.

Bradul cel mare din mijlocul pajiștii nu era, de fapt, în mijloc, dar toată lumea îi spunea așa. Uneori vorbele au un fel al lor de a se așeza singure în frânturi de unde nu le poți desprinde. Bradul era pe latura din stânga, nici măcar în colțul pajiștii. De la facerea lumii se rostogoliseră lângă trunchiul lui câteva stânci atât de mici că ai fi fost înclinat să le numești bolovani. Veniseră pesemne încet, pentru că nu răniseră trupul pe atunci tânăr al bradului. Veniseră ca la o adunare cu snoave și cimilituri, și rămăseseră aici, sub poala lui care mătura pământul. Ca și cum bradul își făcuse propriul lui munte mic lângă rădăcină.

În preajma Doamnei, Anna zărea acum pe Despina cea zvăpăiată, alături de domnișoara Elena Văcărescu. Depuseseră amândouă la picioarele Reginei un mănunchi bălțat de flori de munte cărora albinele le dădeau târcoale. Râdeau toate trei, iar doamnei Mayer îi părea că Regina Elisabeta este la anii Despinei, așa cum le privea acum.

Durerea ce i-o hărăzise Dumnezeu, dăruindu-i pe mica principesă Măriuca pentru numai patru ani de zile, apoi lipsind-o de ea, lăsase urme în sunetul bucuriilor Reginei. Râsul îi urca de atunci numai pe buze, fără să mai ajungă până la ochii căprui. Măriuca fusese singurul copil al Reginei, și din nou doamna Mayer nu putea străbate cu înțelegerea marginile durerii pe care Elisabeta Doamna o purta prin lume cu eleganță.

Slujnicuțe chipeșe și îndrăznețe umplură pajiștea de la Stâna Regală de deasupra Castelului Peleș, purtând pe brațe coșuri cu gustări pentru oaspeți. Ivirea lor răspândi un nou val de veselie peste pajiște. Lăsând pentru o clipă aparatele de fotografiat în seama albinelor, Franz se apropie de doamna sa.

— Te văd abătută, ori doar îmi pare? o întrebă el. Doamnele de seama dumitale sunt în cealaltă parte a pajiștii.

— Mă bucur de priveliște și-mi pun ordine în gânduri, îi răspunse Anna, trecând sub tăcere cântarul în care pusese până atunci toate cele ce-și amintea despre Regina care scria, umbla și se cerea fotografiată în straie populare, făcea reclame pentru mașinile de scris, încuraja vocile rebele ale doamnelor din Asociațiile de Femei sau bătea cărare către marile capitale europene pentru vreun talent artistic născut nepotrivit în vreun sat de la marginea țării. Toate acestea surâzând peste plânsul dinăuntru după un copil rămas veșnic de patru ani.

Franz zâmbi cunoscător. În anii petrecuți împreună învățase că răspunsurile doamnei sale sunt așezate pe două straturi, iar la cel de-al doilea ajungeai numai dacă erai foarte atent. Lui Franz nu-i reușea întotdeauna.

— Am auzit că brânza este de aici, de la ciobanii din stână, spuse el, îndemnând pe doamna Mayer să guste.

Anna îl răsplăti cu un surâs pentru discreția de a-i lăsa tainele necercetate.

Își furișă apoi din nou privirea către controversata Regină Elisabeta, care domina cu grație pajiștea, muntele și vremurile pe care le trăiau. În ochii Annei, Elisabeta Doamna era aparținătoare a două lumi diferite: una din alt timp, ce nu a sosit încă, iar alta din alt spațiu, mult mai înalt decât acesta al pajiștii castelului cel nou. Era de așteptat așadar să stârnească șoapte necuviincioase despre lipsa ei de adaptare. Când nu aparții lumii în care te miști, nu poți ascunde asta.

Cu toate acestea, povara neadaptării părea mai ușor de purtat de către Regină datorită coroanei. Umbra micii diademe de suverană acoperea marginile neobișnuitei sale personalități, care nicicum nu se potriveau peste cele convenționale ale lumii din jur. Din această umbră a coroanei și-a condus toți anii aceștia contemporanii către cele două lumi în care trăia ea: mai sus și mai înainte.

Doamna Mayer îi accepta actele de rebeliune față de vremurile lor și se înclina în fața lor ca în fața unor mari bravuri. Nu le înțelegea însă – aceleași rebeliuni – la doamne și domnișoare ca mica ei vecină Despina Agopian.

Trebuie să ai coroană ca să te încumeți să te opui.

10. Al doilea copil

Ciobanul de la Stâna Regală de deasupra Castelului Peleș avea patru copii: o fată mai răsărită și trei prunci de băieți.

Copiii nu aveau mamă. Murise de difterie în urmă cu doi ani, dimpreună cu ultimul dintre născuți. Fetița rămăsese să îngrijească de frățiori cum știa mai bine. De la sosirea Majestății Sale Regina în noul castel, povara de pe umerii copilei se mai ușurase. Domnia sa le aflase povestea și își luase obiceiul de a trimite zilnic de mâncare sus, la stână.

Pe lângă pridvorul de chirpici al stânei, fetița de curând scăpată de grijile de gospodină trăgea după ea un căruț închipuit dintr-o lădiță căreia o mână cam neîndemânatică îi pusese roți de lemn. Îi îngrămădise pe băieți în căruț și îi trăgea acum după ea. Căruțul se răsturna adesea și copiii râdeau cu mare poftă.

Simandicoasa adunare din poiană nu-i impresiona defel. Întreaga Curte Regală, suita de doamne și domnișoare a Reginei, vreo doi miniștri și cei mai renumiți artiști ai vremii se adunaseră împrejurul coșurilor cu merinde aduse de armata de slujnice vesele de la Castel. Se făceau aluzii la cele mai potrivite soluții politice pentru țară, în discuții ocolite diplomatic mai întâi pe la starea vremii, și se evita cu dibăcie curtenitoare intrarea în astfel de discuții nepotrivite a unora dintre domnișoarele cu vederi mai îndrăznețe din suita Reginei Elisabeta.

Nimeni nu-i vedea pe cei patru copii de pe lângă peretele căsuței.

Atras de hârjoana copiilor, Ursu își întoarse către ei capul mare și lățos. Cel mai mic dintre băieți, cam murdar și cu părul tăiat fără nicio rânduială de un foarfece nepriceput, atât cât să-i descopere ochii luminoși, și cu buzele vineții, sări jos din cărutul lor și se apropie de Ursu. În urma lui, lipsit de bruma de echilibru pe care o avusese până atunci, cărutul se răsturnă din nou, împrăștiind copiii pe jos.

Din locul său din poiană, Franz își intorsese aparatul de fotografiat către scena ce se petrecea lângă priciul stânei și privea totul fermecat, prin obiectiv. Copilul prinse capul mare al câinelui în brațe și începu a-l legăna ca pe un prunc neînțărcat. Băiatul nu avea mai mult de un cot înălțime, așa fel că Ursu se văzu nevoit să-și plece capul către brațele lui. O vreme răbdă dovezile de prietenie. Când scăpă, se scutură tot, din cap și până în vârful cozii, și dădu un strănut cu răsunet.

Pe neașteptate, fără niciun motiv vădit, copilul ținti o privire spre vale, către poiană, și ochii lui se înfipseră într-ai lui Franz, prin obiectivul aparatului de fotografiat. Franz tresări sub căutătura limpede și precisă. Cel dintâi instinct fu acela de a își îndrepta spatele ca să verifice, pe deasupra aparatului, direcția privirii copilului. Își stăpâni însă acest imbold. Buzele băiatul erau vineții, ca și cum i-ar fi fost foarte frig, lucru de mirare de vreme ce vara era în toiul ei și soarele ardea din băierile cerului.

„Nu poate pătrunde cu privirea de acolo și până aici. Este doar un copil curios față de aparat", își spuse, și zâmbi pe sub pânza neagră ce îi acoperea capul. Rămase nemișcat, cu ochii într-ai copilului, până când Despina apăru lângă el cu o rugăminte:

— Majestatea Sa Carol dorește o fotografie împreună cu Regina, numai domniile lor singuri. Vă roagă să ajutați la alegerea unui loc potrivit pentru aceasta, un loc care să fie pe placul domniei voastre ca lumină, îi spuse ea, amintindu-i motivul pentru care se afla în ziua aceea acolo.

În lumile ce trăiau în mintea lui, Franz văzuse întotdeauna copii în jurul său și al soției sale.

În vremurile de demult, când așeza două șevalete sub nucul din capătul curților familiei Dieter și tot singur, adesea, făcea două desene pe care mai apoi Greta și Filipa mică se iscăleau, fără să se complice prea mult cu probleme de conștiință, lumile acestea din mintea lui găseau în fetițe un sprijin. Planurile lui Franz se hrăneau din joaca celor două copile, și el se vedea patronând cu blândețe o masă de familie în jurul căreia se înghionteau alte două copile, ale lui și ale Annei.

Mai târziu, peste ani, ori de câte ori privea prin obiectivul aparatului său câte un copil adus la fotografiat de părinți, gândurile lui scăpau din frâiele rațiunii: „ar fi bine dacă ar avea ochii aceștia", se surprindea el gândind, „dar nu ar fi blond. Ar avea părul castaniu, moale și buclat al maicii sale".

Pe măsură ce anii se scurgeau și copiii nu se iveau în casa lor, Franz întârzia tot mai mult cu privirea asupra acelora sosiți în atelier. Îi studia cu răbdare și mintea lui crea unul al lor, perfect: ar fi avut surâsul celui mic al doamnei Ghenadie, privirea șăgalnică, pusă parcă pe șotii, a fetei mijlocii a domnului general Filipescu, ochii albaștri, senini, ai Despinei la vremea când avea numai trei ani și își sprijinise mânuța mică pe sabia tatălui său, într-o fotografie. I se dusese vestea că este neîntrecut la fotografiile pentru copii.

Lipsa copiilor din casa lor, după atâția ani de căsnicie, nu o punea pe seama soției sale.

Era încredințat că este vina lui, fără a face însă din această încredințare o dramă. Nu renunțase niciodată la visul lui, în care masa le era înconjurată de copii care mai de care mai neastâmpărați. În jurul lor, oamenii vorbeau despre o soartă căreia nu i te poți împotrivi, dar el era încredințat că sunt mai multe sorți posibile, mai multe drumuri ce rămân deschise o vreme, până când te hotărăști să cercetezi mai amănunțit unul dintre ele.

Credea și el, cuviincios, că Dumnezeu are un plan pentru el, pentru Anna. Dar socotea cu cale să iasă în întâmpinarea acestui plan, să-l caute. Între deșteptările și trezirile lui, Franz aflase demult câteva minute pe care le folosea, zi de zi, pentru a plănui. Acolo se găsea *el* cel întreg, neciuntit de dorințele altora, neîntinat de luptele lor. Se găsea numai el și lupta lui. Tăcuta lui luptă.

Diminețile, își petrecea minutele dintre deșteptare și trezire încercând să afle prin care anume locuri nu căutase încă planul acesta al Lui Dumnezeu, unde i se putea ascunde soarta? Copilul acesta ace-și ațintise privirea într-a lui, prin obiectivul aparatului de fotografiat, ar fi putut fi unul dintre drumurile rămase deschise în fața lui, în așteptarea unei hotărâri.

Către sfârșitul zilei, când întreaga suită se retrăsese pentru pregătirile de seară, în odaia lor din Economatul plin de oaspeți al Peleșului, Franz îi vorbi Annei despre copilul mărunțel de la Stâna Regală.

Annei îi părea lucru de mirare ca un bărbat să pună atâta preț pe un copil. Neîmplinirea pe care o simțea ea nu avea a face cu motivele pentru care umbla acum soțul său după un prunc lipsit de mamă, al muntelui și al Pietrei Arse, crescut în ultima vreme de o copilă de numai câțiva ani. Ar fi dorit să știe ce neîmpliniri simțea inima acestui aproape-pictor, soțul său care nu-i găsise nicio vină pentru toate acestea și nu se arătase niciodată în fața ei abătut din astfel de pricini.

— Facem cum dorești, îi spuse ea.

Cu îngăduința Reginei, Franz se întoarse a doua zi la Stâna Regală. Timpul părea să fi rămas pe loc aici. Copiii și cărutul erau, la fel ca și în ziua trecută, pe lângă priciul căsuței. Ursu îi veghea cu priviri leneșe strecurate pe sub coama ca de leu. Valea răsuna de râsetele lor. În spate, la grajduri, ciobanul adăpa animalele. Sub privirile curioase ale celor mici, Franz îl așteptă să isprăvească treburile.

— Bine ați venit, domnule, spuse el, ivindu-se din spatele grajdurilor, încercând să-și curățe palmele muncite, de ițarii din pânză aspră. Să vă dau un boț de brânză proaspătă pentru domnițe, să-l duceți jos când ăți coborî?

— Bună dimineața. Nu am venit după brânză, răspunse Franz, cu ochii la băiatul ce i se proptise în față. Ți-e frig? îl întrebă el apoi, observându-i din nou buzele vinete.

Copilul scutură din cap în semn că nu, apoi dezveli două șiruri de dinți mărunți ca mărgelele, într-un zâmbet încrezător.

— Ia mergi de aici, Gheorghiță al taichii, îl îndemnă ciobanul, punând palma lată pe umărul micuț și întorcând copilul cu spatele către ei, ca să-i fie limpede direcția în care avea de mers.

Într-un loc ca acela – din care Dumnezeu parcă niciodată nu se ridicase la ceruri, ci pășea încă și astăzi pe pământul acoperit cu ierburi fierbinți – convențiile născocite între timp de oameni pentru a se îndepărta unii de alții nu erau necesare. În poiana Lui Dumnezeu nu puteai vorbi decât direct, fără ocolișuri și Franz se simți recunoscător că poate sări peste toate introducerile posibile.

— Dă-mi-l mic, spuse Franz, cu ochii într-ai ciobanului.

Omul își căută singur toate răspunsurile de care avea nevoie în privirile deschise ale domnului din fața sa, care se lăsa cercetat. În locurile unde viața nu este ușor de trăit, înțelegerile vin mai repede. Căile sunt mai drepte între oameni și lucrurile mai limpezi. „Eu cu ale mele, el cu ale lui", gândi ciobanul, fără a scoate ochii din ochii lui Franz.

— Nu te osteni, domnule, că-i bolnav, spuse apoi cu glas coborât, cât să nu fie auzit de copiii din apropiere.

— Ce are?

— Apoi, eu de unde să știu ce are? ridică omul din umeri și intră în casa scundă din chirpici de unde se întoarse cu o bărdacă de lut și două pahare ciobite pe la buză. Cade din picioare secerat, mai spuse el în vreme ce turna în cele două pahare. Nu-ți lăsa inima la el, boierule, că-i bolnav. Așa l-a făcut mumă-sa, fie-i țărâna ușoară.

Și ciobanul înclină paharul lui către pământ, lăsă să picure un strop pentru răposata, apoi dădu restul pe gât dintr-o singură înghițitură.

Franz urmări o vreme joaca celor mici. Încălță din priviri picioarcle desculțe ale copilului cu buze vinete în pantofi moi de piele, îi puse pe umerii slăbuți o cămașă albă și deasupra un veston de postav, pe cap mintea lui îi așeză o pălăriuță cu panglici marinărești la spate, așa cum aveau copiii din fotografiile lui. Îi dădu un cerc în mână și-l văzu apoi alergând cercul prin fața atelierului de fotografie, în Piața Teatrului.

— Măria Sa, ține-o Doamne, l-a chemat la dânsa, jos, atunci când a ajuns aici pentru întâia oară doftorul dumnealor. Mi l-a cercetat un ceas încheiat. Apoi și-a mai adus un doftor alături de dumnealui și l-au cercetat amândoi. După care mi l-au trimis înapoi, aici sus, cu vorbă că suferă de sânge albastru. A venit pe lume cu inima frântă, spun babele noastre, că nici vorba lor nu trebuie dată la spate, să știi dumneata, domnule. Se joacă ce se joacă, apoi odată cade la pământ. Își vine singur în simțiri după o vreme, iar eu mă bucur numai că nu-l doare nimica. Va avea și el atâtea zile câte va voi Dumnezeu, la fel ca și mine, ca și dumneata, domnule dragă.

Când a aflat că e bolnav, Franz l-a îndrăgit și mai mult. A dus vestea Annei, apoi au tăcut amândoi peste toate acestea câteva zile. Anna vedea crescând în el o hotărâre pe care nu voia să i-o întoarcă.

— Îl luăm, spuse într-una din nopțile lipsite de somn și plină de lună, Franz.

Întreaga Curte se pregătea de plecare. Fusese cea din urmă seară petrecută la Castel. În salonul cel mare se făcuse muzică până târziu, în noapte, și domnișoarele Majestății Sale Reginei Elisabeta jucaseră o scenetă scrisă de însăși Majestatea Sa. Adunarea se risipise cu greu pe la odăi, ba încă din cele ale tinerilor se mai auzise o vreme chicot și râsete. Economatul Peleșului era plin de viață la ora la care cocoșii Sinăii dădeau primul semn.

— O să merg mâine dimineață la domnișoara Elena Văcărescu. Am să o rog să anunțe pe Majestatea Sa că te vei întoarce la București ceva mai târziu, după ce vei împlini acestă hotărâre a ta, spuse Anna.

În odaia luminată de lună se lăsase tăcerea. Veselia oaspeților se stinsese. O pasăre cu glas necunoscut, puternic, răgușit, își striga cântecul peste păduri. Pe galeria din aripa opusă a clădirii trecu o umbră cu o lumânare aprinsă în mână. O slujnică uitase pesemne să lase carafa cu apă în vreuna dintre odăi, și cineva s-a trezit însetat.

Franz adormi privind lumile din spatele frunții lui, în care copilul ciobanului de la Stâna Regală creștea în casele lor de deasupra atelierului din Piața Teatrului, alergând cercul prin fața prăvăliilor, întorcându-se cu genunchii juliți de la cursurile Colegiului Sfântul Sava ori punând casa în pericol din pricina încăpățânării de a aprinde singur lumânările din bradul de iarnă.

Nu a mai aflat copilul atunci când a ajuns pentru cea de-a treia oară la căsuța scundă, din chirpici.

Ursu nu s-a ridicat să-l întâmpine și să-l anunțe stăpânului său. Își plecase capul mare pe labele din față și dădu semn că l-a văzut numai din urechile ciulite pentru o clipă. La marginea poienii, fetița cea mare și ceilalți doi băieți își făceau de lucru cu câteva bețișoare în pământul moale.

— Au alergat cu toții după Ursu prin văile astea, spuse ciobanul cu glas scăzut când dădu cu ochii de oaspetele său. Se rătăcise o mioară și lor li s-a părut a joacă. Ăl mic odată s-a învinețit la față, a căscat larg gura căutând aer, a căzut și atâta a fost. L-au adus ceilalți pe brațe.

În spatele maestrului său, purtând respectuos pe brațe teancul de fotografii noi ce trebuiau aranjate în vitrină, Zamfir aștepta ca Franz să-i ceară câte una. Ploile de toamnă începuseră mult mai devreme în anul acela, și drumul era pustiu din pricina șuvoaielor care făceau să șiroiască apa din toate copertinele străzii.

Zamfir purta pe brațe fotografii ale Reginei Elisabeta, și faptul acesta îl ridica în propriii săi ochi. Le cercetase în amănunt pe toate în dimineața aceea, înainte de sosirea lui Franz. Călătorise cu ajutorul lor prin locurile în care Franz și Anna își petrecuseră săptămânile de vară. Unele fotografii îl duseseră prin sălile castelului de pe vechea moșie a Pietrei Arse, altele îl urcaseră tocmai sus, pe Stâncile Șoimilor de deasupra Văii Prahovei, iar altele îi arătaseră poiana plină de pălării și albine de la Stâna Regală.

Nu arătase prea mare interes față de fotografia în care o fetiță cam murdară trăgea după ea un căruț strâmb, plin cu copii.

Franz însă întrebă mai întâi de ea. În vitrina spălată de ploaie pe dinafară, îi potrivi un loc ascuns de unde privirile copiilor puteau lesne vedea, dar ar fi fost greu de descoperit.

Încă un copil pierdut.

Gândul apăru fără veste între celelalte, cuminți, ale lui Franz, și el se hotărî să-l încerce, supunându-l unei întrebări: cum poți simți că l-ai pierdut, când niciodată nu a fost al tău?

A fost pentru inima ta, pentru o lume care, timp de o zi, a trăit în mintea ta. La apus, lumea creată acolo, în spatele frunții tale, se pregătește să moară. Dimineață, în clipele dintre deșteptare și trezire, o nouă lume se naște în spatele frunții.

11. Croitoresele

Acul străpunse în cele din urmă brocartul și ieși pe partea cealaltă, oprindu-se în degetul Domnicăi. Fata scăpă din mână rochia la care lucra și-și prinse degetul între dinți, încercând să amăgească durerea ascuțită cu alta mai blândă, a dinților ei care ronțăiau mărunt locul înțepat.

— Am pierdut și acul, se necăji ea, cercetând cu privirea rochia neterminată, alunecată în devălmășie la picioarele ei.

De pe scăunelul scund de croitorie, pe care uneori își petrecea câte o întreagă dimineață potrivind tivul unei rochii aflate chiar pe proprietara sa, atelierul se deschidea în fața ei în mare neorânduială. Sora mai vârstnică a Domnicăi, domnișoara Stanca Budișteanu, ținuse neapărat să aibă covoare peste dușumeaua atelierului din Lipscani.

O vreme s-au străduit din toate puterile să păstreze aceste covoare lipsite de scame și capete de ațe colorate, dar lupta s-a dovedit a nu fi corectă: ele erau numai două, iar ațele păreau să fie nenumărate, alunecând din toate rochiile, ba chiar și din baloții de taftale sau catifele încă atunci desfăcuți. Surorile s-au dat învinse. Covoarele au rămas pline de scame și moțate cu tot felul de ațe, așa cum îi stă bine unei croitorii.

Cele patru manechine cu un picior purtau rochii începute și aflate în diferite stadii ale lucrului. După croială și model se putea lesne spune că ele aparțineau unor doamne ajunse la vârste respectabile, cu excepția uneia singure, aflate în colțul cel mai îndepărtat al croitoriei.

Măcar că era de ani puțini și în plus avea cunoștință despre mòdele noi ce apăreau zilele acestea în Paris sau Veneția, Domnica nu vedea cu ochi buni rochiile din zarafir ori catifea cerute de domnișoarele de curând înălțate prin București. Acul le străpungea greu și ea se înțepa adesea. Îi plăcea mai mult să lucreze pe gustul cucoanelor care cereau tot vechile rochii din tafta moale și la purtat, dar și la lucrat.

Se îngrijea însă să aducă de la marile case de modă europene – prin vânzătorii ambulanți de țesături – cataloage cu desene pe placul tuturor clientelor atelierului. Avea alături, pe măsuță, desene ale rochiilor „coadă de pește", preferate de doamnele ce fuseseră tinere odată, și ale rochiilor „clepsidră", lucrate din zarafirul nesuferit, comandate de tinerele domnișoare.

Clopoțelul de deasupra ușii de la intrare tresări ca din somn, zornăind cu hărnicie. Atelierul din strada Lipscani era format dintr-o singură mare sală ce dădea direct în stradă. Ferestrele multe și înalte păstrau lumina zilei în atelier pentru mult timp, așa cum era de folos meșteșugului pe care și-l aleseseră cele două surori Budișteanu. Domnica ridică privirile ce căutau acul în rochia de brocart scăpată la picioarele scăunelului scund. Doamna Mayer sosise – ca de obicei – cu o jumătate de ceas mai devreme decât ora stabilită pentru probă.

Mâna doamnei Mayer, înmănușată elegant în crem, cu încheietura prinsă în strânsoarea bumbilor înșirați până aproape de cot, apăsă clanța numai cu două degete.

Zâmbi.

Mâna aceasta cu degete lungi în mănușa de satin era deosebit de elegantă. Își admira propria mână, ceea ce i se părea semn de mare trufie, dar în vremurile acestea când totul căpăta alte sensuri decât cele aduse de ea din Mediaș, când îndrăzneala trecea drept calitate, iar modestia drept defect, trufia ei de o clipă, încă și aceea lipsită de voie, o făcea să se simtă mai tânără.

Odată clanța apăsată, ușa alunecă singură către perete, făcând clopoțelul să sune panicat, ca și cum ar fi fost luat prin surprindere și se zorea acum să prindă din urmă ușa scăpată din mâna clientei. „Lipsește mână de bărbat în casă“, se gândi doamna Mayer. „Ușa nu stă bine în cercevelele ei. Altminteri nu ar aluneca.“

Domnica Budișteanu, croitoreasă, modistă și co-proprietar al atelierului „Două surori“, se grăbi să iasă în întâmpinarea clientei. Ușa ajunse la capătul cursei sale înainte ca vreuna dintre ele să o poată opri, și pocni înfundat peretele în locul în care deja era format un semn al celorlalte multe astfel de deschideri.

— Draga mea, trebuie să faceți ceva cu ușa asta, spuse doamna Mayer, cu glasul ușor iritat din cauza vinovăției pe care nu ar fi vrut să o simtă.

— Vă rog să poftiți, bună ziua, răspunse cu un zâmbet lipsit de ascunzișuri Domnica. Îmi pare rău pentru ușă, o să reparăm, este vina noastră.

Domnica era prea mică de vârstă și prea netrăită pe lume ca să fi crescut în ea amorul propriu. Primea toate criticile și acuzele cu un zâmbet luminos pe față, ca și cum ar fi înțeles din toate acestea că lumii îi este dragă și numai de aceea îi oferă în dar prilejul de a se corecta. Minte sucită de copil sărman, își spuse doamna Mayer, măcar că surorile croitorese se țineau neam din Budiștenii cei de demult, vechi boieri pamânteni din hotarul Piteștilor.

Ruptura din neam însă se făcuse – după cunoștințele dumneaei de cronicar de plăcere – acum mai bine de cincizeci de ani, astfel încât nici tatăl fetelor nu avusese parte de creștere aleasă, cu atât mai puțin fiicele rămase singure pe lume la vârste la care cele de seama lor încă nu ies din grija maicilor.

Dezbinarea avusese loc în anii de domnie ai lui Nicolae Vodă Caragea, care îl avusese pe străbunul fetelor drept armaș, mare dregător pe lângă moșiile Piteștiului. Budișteanu cel bătrân se mândrea cu trei feciori și numai o singură copilă. Cu toate că vedea lumina zilei numai din cel mai înalt cerdac al casei părintești, încă și acolo fiind supravegheată de două doici, una de tot bătrână, cu știința leacurilor pentru boli și a descântecelor de farmece, iar alta cât pe ce să fie chiar de anii copilei, ținută mai degrabă pentru companie decât pentru vreo știință, cu toate acestea nenorocirea căzu ca trăznetul asupra familiei Budișteanu.

Copila cea mai mică între trei frați ca brazii fugi în lume, topită de dragoste după un actoraș dintr-o trupă ambulantă care dăduse o vreme spectacole în târgul Piteștiului. În dimineața cea neagră, mamă-sa își puse haine cernite din creștet până-n tălpi și nu mai ieși din ele niciodată. Budișteanu cel bătrân încălecă și alergă calul o zi, până pe înserat, fără să ia aminte la drumurile pe care-l poartă galopul lui. Răducan, Șerban și Nicolae, frații fugitei fără minte, luară urma trupei de actori, cu gând amarnic de răzbunare. Îndrăgostiții însă nu fuseseră de găsit.

La un an bătut pe muchie de la această întâmplare, muma fetei se stinse. Budișteanu rămase singur în casele și toate acareturile gospodăriei.

La încă un an, în pragurile sale apăru o nălucă ce făcu pe bătrânul Budișteanu să se întrebe care este voia Lui Dumnezeu cu el: copila cea fugită după dragostea ei ducea de mână un prunc ce abia se ridicase pe picioare. Tânăra mamă își potrivea pasul obosit după al celui mic, istovită de puteri și de suflet. În mijlocul curților s-a oprit, cu ochii la părintele ce sta drept în cerdacul în care o crescuse pe ea, departe de răutățile lumii, deasupra lor.

De pe la grajdurile cu bidiviii cei învățați apărură cei trei frați. Oamenii de curte ai Budiștenilor se risipiră ca fumul care încotro, căutându-și de lucru prin cele mai îndepărtate cotloane ale gospodăriei.

Budișteanu cel bătrân se prinse cu o mână de marginea cerdacului, simțind pentru prima oară pe umerii săi povara anilor pe care nu o luase în seamă până atunci. Privea la năluca din mijlocul curții și vedea ziua în care ea venise pe lume, cu toată bucuria pe care o adusese cu ea. În urechi îi răsunau chiotele ei din diminețile în care o învăța să călărească sau rugămințile celor două doici să-și potolească goana prin spatele lavițelor de prin odăi și să se dea prinsă pentru scăldatul de seară.

Răducan, Șerban și cu Nicolae, inimi neiertătoare de tineri al căror sânge clocotește atunci când este rănit, făcură zid – umăr lângă umăr – între sora întoarsă și casa părintească. Pruncul cel de curând ridicat pe picioare se ascunse în spatele maicii sale, trăgând un capăt al poalelor după el. Copila rătăcită puse în ochii tătânelui său privirile maicii sale plecată pe ceea lume, făcând pe Budișteanu să piardă numărătoarea minutelor petrecute astfel, ochi în ochi.

Slujba sa de armaș al curții lui Nicolae Vodă Caragea – paznic al temnițelor și chezaș al îndeplinirii pedepselor domnești – ținuse pe Budișteanu la oarecare depărtare de cele creștinești. Dar vremea domniei sale se cam trecuse, tâlharii dovediți și osândiți de judecata domnească își primeau dreapta pedeapsă sub alte dregătorii, iar bătrânul armaș era tot mai des încercat de întrebări ce nu-și au răspunsul pe lumea aceasta.

Singura lui fată și cea mai mică dintre toți copiii săi, venită cu curaj la judecata părintească, nădăjduind cu credință la iertare, îi deschise cu o singură privire poarta până atunci ferecată a miezului învățăturii creștinești.

— Răducane! Șerbane! Neculaie! tună el cu voce încă de stăpân al curților. Feriți într-o parte de lăsați copiii să urce la odăi. Aglăițo, încinge cuptoarele! Ionică, scoate de la cămări ce trebuie pe mese! Spune Aglăiței să aștearnă ștergare bune în casa mare.

Toate se făcură, în ziua întoarcerii fugitei, după vorba lui Budișteanu cel bătrân. Feciorii însă erau departe de vârsta iertării, și se risipiră în lume. Vânturile îi purtară către Bărăganul Brăilei, în celălalt colț de țară. Cumpărară aici moșiile Filiu și Bordei Verde și se stabiliră ai locului, luându-și soții din împrejurimi.

Pruncul adus de copila rătăcită crescu în curțile Budiștenilor, părăsite de feciori. Bătrânul armaș îi dădu nume, măcar că era născut în afara oricărei legi. Îi spuse Radu Budișteanu, după cel dintâi născut al său. Era tatăl surorilor Budișteanu, iar nelegiuita lui naștere adusese mazilire urmașilor săi, căci fetele nu fuseseră niciodată primite în rang de boierimea vremii, trebuind să-și afle singure locul în lume.

Domnica adună cu mișcări iuți taftalele felurit colorate, înșirate pe divanul din atelier, la vedere, în calea doamnelor.

— Să vă servesc cu un ceai. Îndată, spuse ea, toată numai zâmbet, poftind pe doamna Mayer să ia loc.

În spatele celor patru manechine se deschise o ușă pe care nu ai fi ghicit-o acolo, și în atelier intră – aranjându-și pliurile rochiei pe lângă trup – doamna Agopian.

— Poftiți la oglindă, o invită cu gesturi largi Domnica. Îndată potrivim și mânecile.

— Sunt prea lungi, observă doamna Agopian. Bună ziua, doamna Mayer, schimbă ea tonul nemulțumit cu unul curtenitor, atunci când zări noua clientă așezată pe divanul din atelier.

Anna Mayer lăsă ceașca de ceai pe farfurioară și zâmbi pe deasupra aromei:

— Bună ziua, doamna Agopian. Frumoasă rochie. Bag de seamă că ați cumpărat din catifeaua adusă de curând de la Veneția. Se poartă roșul de Burgundia.

— Dacă sunteți așa de bună să ridicați brațul, șopti croitoreasa pe lângă urechea clientei, cât să nu le deranjeze doamnelor discuția începută.

Obiceiului acestuia al doamnei Mayer de a sosi la probă mult timp înainte de ora stabilită nu-i găsea rostul decât în aceste conversații ce se înjghebau între două cliente, una care încă proba și cealaltă care aștepta. Învățase demult să sprijine după puterile ei lucrurile plăcute clientelor, așa încât în atelier se servea ceai și cafea, iar doamnele erau primite cu mare drag la orice oră, programate sau nu. Cele programate intrau în odăile din spate pentru probă, cele neprogramate își beau cu tabiet ceaiul și se puneau la punct cu noutățile cele mai savuroase.

Din ce în ce mai des, paginile cataloagelor de la Paris și Veneția cuprindeau aceste desene monstruoase ale rochiilor clepsidră, alungând către ultimele pagini elegantele rochii „coadă de pește“, atât de pline de bun-gust. Subiectul se dezbătea de mai bine de un an la atelierul celor două surori, și încă era departe de a se stabili vreo concluzie. Stanca Budișteanu cususe cele dintâi rochii din brocart greu, încărcat cu flori bogate, așezate maiestuos pe crinoline largi si strânse nemilos în corsete ce transformau taliile tinerelor doamne care cereau astfel de modele în lujere de floare.

— Chinuite flori, dădeau din cap dezaprobator doamne ca Agopian sau Anna Mayer, vechea gardă a stilului clasic. Dumitale – ca specialistă într-ale modei – cum ţi se par, stimată domnişoară Budişteanu? făceau ele onoarea de a o introduce în discuţie pe Stanca Budişteanu, uneori.

— Timpul va hotărî în care direcţie va merge moda, răspundea cu înţelepciune Stanca Budişteanu, cât să nu supere pe niciuna dintre clientele care îi vor fi trecut pragul, pentru că ştia prea bine viteza cu care circulă vorbele, odată scăpate dintre buze în atelier. Dacă mai rezistă în cataloage încă un an, atunci e posibil ca noile forme să se răspândească mai mult decât au făcut-o deja. Totuşi, nu văd nicio stavilă ca amândouă stilurile să-şi ducă traiul în bună pace împreună.

Doamna Agopian ridicase braţele în faţa oglinzii, cu gândul la vechea lor discuţie. Ar fi dorit să o reia astăzi, dar nu se simţea în largul ei în prezenţa Domnicăi. Dintotdeauna preferase pe sora mai vârstnică, pe Stanca. Astăzi însă Stanca nu era, şi toată lumea ştia că surorile fac cu rândul la atelier. Ba chiar mai mult decât atât, nimeni nu le văzuse niciodată împreună, în acelaşi timp, nicăieri.

— O să mai iau puţin de aici, să-mi spuneţi cât. E bine aşa?

Domnica vorbea cu două ace între buze, pregătită să marcheze cu ele locul dorit de clienta sa. Anna Mayer isprăvise ceaiul şi, mai mult ca să poată privi şi din cealaltă parte rochia probată, se ridică şi traversă din doi paşi atelierul, până la măsuţă.

— E bine, draga mea, spuse doamna Agopian, apoi se hotărî să vorbească totuşi, chiar dacă nu toată audienţa era pe placul dumneaei. Despina, fiica mea, ar dori să-i faci o programare grabnică.

— Cu mare plăcere, spuse Domnica, însăilând cu iuţeală una dintre manşete.

— Nu ştiu ce să mă mai fac cu fata asta, întoarse doamna Agopian capul peste umăr, către doamna Mayer. Mai zilele trecute căuta să mă lămurească, la cină, precum că peste ocean nu se mai poartă corsetul, și că toate doamnele nu au avut nimic de obiectat la așa o grozăvie.

Domnica ridică mâna doamnei Agopian și tăie ața de la saia cu dinții ei tineri. Anna Mayer își mută privirea de la mica croitoreasă la doamna Agopian și înapoi, încercând să ghicească ce joc este acesta. O glumă, poate, numai că doamna Agopian nu era o fire glumeață.

— Nu se mai poartă corsetul? repetă ea cuvintele ce păreau să nu se potrivească nicăieri. Dar ce se poartă atunci?

— Da, da, nu se mai poartă corsetul. Nu se poartă... nimic! Au înlocuit dedesubturile cele albe cu o lenjerie ce strânge trupul ca o uniformă. Bumbac, și atât.

— Nu înțeleg, spuse doamna Mayer.

— Lenjeria de bumbac strânsă pe trup, apoi dedesubturile albe și deasupra rochia. Nimic mai mult. Am văzut la lipsita mea de minte Despina două desene cu care bănuiesc că dorește să vină aici, la Domnica sau la domnișoara Stanca. Și voiam să vorbesc cu fetele – draga mea Domnică, dacă ai fi așa de bună să spui și surorii dumitale – să nu urmați rugămintea copilei mele. Să nu cumva, Doamne ferește, să aduceți și în București moda aceea lipsită de orice urmă de pudoare și bun-simț a rochiilor fără corset!

Din motive ce se pierduseră astăzi, sora cea mare era denumită de întreaga protipendadă a cuconetului bucureștean „domnișoara Stanca", în vreme ce sora cea mică era cunoscută și strigată de toți, simplu, Domnica. Poate din cauza celor cinci ani diferență între ele, care o făcuseră pe Stanca să răsară domnișoară mult înaintea Domnicăi.

Doamnele de o anumită vârstă își aminteau încă anii de început ai atelierului, când domnișoara Stanca era numai o copilă de anii Domnicăi de acum, iar Domnica era de tot nevârstnică, reușind să ajute numai la ordonat ațele și foarfecele după culori și mărimi ori să servească ceaiul în clubul de doamne care începea să răsară în croitorie.

În plus, mai degrabă Domnica era aceea care rostuia negustorii ambulanți să aducă de prin capitalele Europei cataloage cu felurite inovații vestimentare. Aceste înclinații nu prea trădau la ea, erau de părere doamnele cliente, calități de domnișoară. Întregul val al schimbărilor ce părea să întoarcă lumea pe dos era împins înainte și de aceste aparent nevinovate rochii de forme ciudate, urâte. Micile lor trene „coadă de pește" deja erau semn al generației, ceea ce clientelor le suna periculos de asemănător cu „semn al vârstei" – în loc să arate, ca până acum, bun-gust.

— Încaltea, Doamne iartă-mă, dar parcă aș îngădui mai degrabă o rochie clepsidră decât lipsa corsetului, încheie doamna Agopian, nefericită mamă a celei mai avangardiste tinere din oraș.

— Să nu aveți grijă, doamna Agopian, răspunse Domnica temerilor clientei sale. Vom găsi o rezolvare dacă domnișoara Despina va ajunge până la noi cu cele două desene. Și voi transmite și Stăncuței vorba domniei voastre. Sunteți gata, puteți merge să vă schimbați.

Clopoțelul de la intrare tresări iarăși cu o sperietură, anunțând o nouă clientă ce sosea la probă și la șuetă.

Doamna Ioanid, soția fostului librar Ioanid, astăzi cel mai mare editor al întregii țări și furnizor de carte al Familiei Regale, cel care cumpărase minunata Grădină Breslea și ridicase în mijlocul ei o mândrețe de casă, păși în atelierul de croitorie.

Pe urmele ei venea, în pas săltat, o slujnicuță îmbrăcată mult prea elegant pentru rangul ei, vădit într-una din rochiile mai vechi ale doamnei. Cu toate că domnia sa îi ceruse, ca semn de bună creștere, să scoată de pe la manșete și guler toate dantelele și să înlocuiască foștii bumbi italienești cu nasturi de os cusuți în două ochiuri, vechea falã a rochiei încă mai răzbătea pe sub modestia de astăzi. Slujnicuța purta pe brațe o rochie împachetată în hârtie cerată.

— Am treabă cu domnișoara Stanca, spuse doamna Ioanid, după schimbul de politețuri. Să încuviințezi, Domnică dragă, fetișoarei acesteia ce am adus după mine să meargă în spate și să aducă pe sora dumitale.

Și chiar în timp ce spunea acestea, doamna Ioanid o împinse ușurel de la spate pe slujnicuță către ușile din dos ale atelierului. Domnica încă se mai învârtea în jurul doamnei Agopian, măsurând cu ochi meșteri tivul trenei micuțe. Măcar că era o mare lipsă de politețe să părăsească așa clienta de care tocmai se ocupa, ea sări drept în picioare și tăie cu iuțeală calea slujnicei.

— O chem eu de îndată, cu voia domniei voastre, doamna Agopian, ceru ea învoire clientei pe care o părăsea.

După care, fără să mai aștepte voia cea solicitată, dispăru în spatele ușii ce dădea spre odăile de probă, dar și spre cele personale ale surorilor.

Cele trei doamne schimbară între ele priviri cu înțeles. Ochii slujnicuței se măriră de tot, lipsiți de frâiele educației. Taina sau blestemul celor două surori Budișteanu uimea de fiecare dată când se manifesta atât de limpede ca acum.

În întregul București, fiecare clientă în parte ar fi dorit să cunoască motivul pentru care nimeni, niciodată, nu le văzuse pe croitorese împreună în aceeași odaie. Rangul lor vechi, boieresc, era recunoscut și acceptat de către boierimea și negustorimea înstărită a orașului. Doamnelor le făcea plăcere să calce pragul unei croitorii ținute de os nobil, chiar dacă știau motivul pentru care avusese loc ruptura de neam.

În zilele lor, lăstari ai celeilalte ramuri, urmași ai fraților Răducan, Șerban și Nicolae Budișteanu, își aveau casele și viața strămutată demult pe moșiile din Brăila, departe de ramura aceasta născută dintr-un bastard. Atâta vreme cât fetele își cunoșteau locul în ierarhia bucureșteană și nu pretindeau măririle de drept ale rangului lor, doamnele ce făceau legea în societate le zâmbeau.

Vorbele ce umblau printre slujnicuțele de seama Rosalbei, din casa Mayer, sau a acestei fetișoare ce însoțea pe doamna Ioanid erau însă mult mai slobode. Cu mintea aprinsă de întâmplările de spaimă cunoscute din copilăria lor, Rosalba schimba impresii șoptite cu mica Neaga, vânzătoare la ceaprazăria de lângă atelierul de fotografie. Vorbeau amândouă despre năluci îndrăgostite care nu se îndură să-și vadă de drum, din pricina vreunui tânăr student al Universității pentru care, de altfel, își puseseră capăt zilelor, ori de fete vii și adevărate ca ele două, cu mințile însă rătăcite între două lumi.

Ba chiar de curând prinsese aripi o nouă veste, precum că de fapt nici nu ar fi două surori, ci este vorba despre una și aceeași persoană ce suferă de o boală tainică ce o face să-și schimbe simțitor înfățișarea, de la o oră la alta.

Prinseseră și frânturi de discuții între domnișoara Despina Agopian și prietenele dumneaei, din care aflaseră despre domnul doctor Jekyll și misteriosul domn Hyde, poveste absolut adevărată, știau ele bine, odată ce domnișoarele citiseră despre acestea toate în cărți de curând aduse din țări străine. Cărțile acelea nu mințeau, ba chiar stăteau mărturie în vitrina de la stradă a librăriei domnului Ioanid, pe lângă care treceau în drum spre târg sau spre Lipscani.

La orele delicioase ale ceaiurilor luate între două probe, doamnele lor nu îngăduiau astfel de vorbe, mai ales în chiar casa împricinatelor. În lumea pe care ele se străduiau din toate puterile să o mențină cât mai mult timp în viață, „ceea ce se cuvine" avea încă o definiție clară și hotare temeinic trasate, și se cuvenea să arate discreție totală față de gazde.

Odată ajunse acasă însă, slujnicuțele erau îndemnate să destăinuie veștile aflate. Spre pildă într-una din zile însăși Rosa doamnei Mayer își pusese în gând să dezlege misterul croitoresei ce îmbătrânea și întinerea de câteva ori pe zi. Trimisă de doamna Mayer cu o rochie la modificat, pândi momentul când Domnica ieși din atelier, își ținu respirația pentru o clipă ca să capete curaj, pregăti o minciunică în minte pentru cazul în care ar fi fost luată prin surprindere și ieși – chipurile – în căutarea ei pentru o problemă grabnică ce nu suferea amânare.

Nu deschise însă bine ușa către încăperile în care se probau cucoanele, că imediat dădu peste domnișoara Stanca, dreaptă, nemișcată, cu ochii sticlind în penumbrele vestibulului.

Rosalbei i se goli inima de sânge ca la vederea unei făpturi de pe ceea lume. Mai târziu jura oricui dorea să-i asculte istorisirea că Stanca nici nu părea vie atunci când deschisese ea ușa, și că numai apariția ei în vestibulul dintre odăi o adusese la viață. Era sigură că nimerise chiar momentul transformării din Domnica în domnișoara Stanca. Din clipa aceea, Rosa deveni o apărătoare convinsă a versiunii unei singure croitorese care dimineața este tânara Domnica, iar către amiază devine mai vârstnica domnișoară Stanca.

Acestea toate le făcură pe clientele aflate în atelier în dimineața aceea să schimbe între ele priviri cu multe înțelesuri, atunci când Domnica tăie calea slujnicuței pornite în căutarea surorii sale. Înainte ca vreo vorbă să mai apuce să fie rostită, Domnica dispăru pe ușa din spatele celor patru manechine, și în mai puțin de un minut își făcu apariția domnișoara Stanca.

Viața nu era monotonă în atelierul de fotografie.

Fiecare client aducea cu el trena speranțelor, a neîmplinirilor, a bucuriilor și a tristeților, toate îngrămădite în priviri și zâmbete al căror înțeles Franz nu era întotdeauna sigur că îl deslușește corect. Tocmai din acest motiv se străduia să prindă în fotografiile lui lucruri efemere ca lumina unei priviri sau tristețea unui zâmbet – în nădejdea că ceea ce el nu a reușit să deslușească va fi înțeles, vreodată, de un privitor al fotografiei.

Viața nu era monotonă în atelierul său. Fotografiase de la regine și principese până la fete încălțate pentru întâia oară în chiar ziua fotografiei.

Cu toate acestea, rugămintea surorilor Budișteanu, de a fi fotografiate separat apoi lipite fotografiile într-una singură, ca și cum împreună ar fi venit la Franz, le întrecea de departe pe toate.

Cunoștea nenumăratele povești ale Lipscanilor despre așa-zisa soartă crudă a acestor surori. Auzise și în casa lui vorbindu-se despre transformări ori năluci, despre taine necurate și blesteme împlinite. Bărbat rațional însă, nu dădea nicio clipă crezare acestor vorbe. Până în ziua fotografiei, convingerea lui că toate acestea sunt invenții femeiești fusese puternică. Sosise însă cererea neobișnuită a surorilor croitorese și Franz nu mai știa acum ce să creadă.

Răsucea între degete fotografia construită de el, în atelier, din două bucăți separate. Imaginea arăta ca și cum fusese ruptă chiar pe din două, apoi lipită la loc.

Așezate față în față ca într-o oglindă, Domnica și domnișoara Stanca își căutau una alteia privirile fără să și le găsească. Mâinile așezate cuminți în fața lor, deasupra mesei la care fuseseră fotografiate, se întindeau într-un gest ca o întrebare, fără să se întâlnească în mijlocul fotografiei. Lipsea numai puțin. Domnica pornise mâna prea sus, iar domnișoara Stanca venise în întâmpinarea ei prea jos.

Precum orbii care stau față în față, dar ochii lor lipsiți de suflet nu nimeresc întocmai ținta, ci alunecă pe alături, iar mâinile – arătând o voință a lor proprie – li se întind cercetătoare înainte, ca să suplinească lipsa ochilor.

— Dacă doriți o fotografie împreună putem aranja să veniți duminica, după slujbă. Nu e mare deranj, chiar îmi face plăcere. Doamna mea, Anna, este foarte mulțumită de atelierul domniilor voastre. Măcar atâta favor pot, la rândul meu, să vă întorc, le propusese Franz, închipuindu-și că motivul pentru care surorile Budișteanu doresc să fie fotografiate separat, apoi fotografia să fie lipită față în față, este programul încărcat al croitoriei.

— Vă mulțumim frumos pentru oferta generoasă, domnule Franz, răspunsese cu ochii cam prin pământ Domnica, trimisă sol. Dar, cu voia domniei voastre, vom veni pe rând. Mai întâi o să vă rugăm să fiți atât de bun să fotografiați pe sora mea, Stăncuța. Apoi a doua zi voi veni și eu. Dacă vă este cu putință, lucrați domnia voastră fotografiile cele două ca să apară una singură, în care să stăm față în față. Veți face ce preț considerați că este potrivit pentru acestă lucrare, iar noi vă asigur că vom fi foarte mulțumite.

Franz ferise de curiozitatea Annei această solicitare ciudată. Adesea îi stârneau milă aceia care, dintr-un motiv sau altul, intrau în moara vorbelor cucoanelor din București. Făcuse fotografiile și le lipise între ele. Rezultatul îl răsucea acum între degete, cu gândul la șoaptele Annei schimbate cu Rosa și cu bucătăreasa casei, despre blestemele a trei frați din anii vechi, neîmpăcați cu rușinea unui copil din flori trimis de Dumnezeu în familia lor.

Îl încerca aceeași milă pentru fetele Budișteanu, care păstrau viu focul acestor vorbe chiar și fără fotografia construită de el din bucăți separate.

Puse fotografia împreună cu un bilet într-un plic.

Stimate domnișoare,

vă rog să primiți alăturat comanda făcută la atelierul de fotografie. Prețul de 10 lei îl veți achita personal sau prin contraservicii ale atelierului dumneavoastră de croitorie.
Cu deosebită considerație,
Franz Mayer, Fotograf al Curții Regale

Chemă la el pe Rosa și îi înmână plicul.

— Mergi la croitoria „Două surori“, pe Lipscani, și lasă acolo plicul acesta, îi spuse el. Spune doamnei că te întorci numaidecât.

Rosalba era întotdeauna bucuroasă de astfel de comisioane. Niciodată drumul nu îi părea prea lung, pentru că găsea distracții la tot pasul. O încăierare între vânzătorii de ziare era o mare întâmplare pentru ea. La fel și tocmeala de pe la vreo poartă dintre lăptăresele cu cobilițe pe umeri și fata din casă.

Fiecare vine pe lume cu darul său, folositor sau nu.

Rosalba era dăruită cu o mare curiozitate și cu o memorie ce reținea fără efort orice detaliu al unei scene ce se petrecea sub ochii ei.

Colecționa în minte amănunte cu care nu știa mai apoi ce să facă: ieri dimineață slujbașul Primăriei însărcinat cu stingerea lămpilor de pe străzi, la ivirea zorilor, întârziase mai bine de un sfert de ceas; trei joi la rând o trăsură deosebită de cele cunoscute de ea, mică și foarte cochetă, sosise peste drum, la Teatrul Național, mult după începerea spectacolului; cele două băcănii de la capătul Lipscanilor se luptau pentru clienți, mutându-și ora de deschidere din ce în ce mai devreme, de la o zi la alta, când una când cealaltă.

Rosa nu pierdea nimic și nu uita nimic.

Ajunse la croitorie târziu. Știa că va fi certată acasă, dar nu putea face altcum. Plicul dintre degete îi aprindea imaginația și – pe drum – îi distrăsese atenția. La pipăit își putuse da seama lesne că trebuie să fie o fotografie. În pofida tuturor regulilor bunei-creșteri pe care doamna Mayer se străduia de câțiva ani să i le insufle, Rosa era iritată pentru că nu știa ce conține plicul.

Ferestrele înalte ale atelierului de croitorie, pornind aproape de pe caldarâm, o mai scoaseră din supărare pentru că îi oferiră prilejul de a se admira în oglinda lor. Văzuse alte fete de seama ei, tot slujnicuțe, care căpătau de la stăpânele lor rochii ce nu le mai trebuiau. Doamna Mayer, în schimb, o purta îmbrăcată numai în uniformele cusute anume pentru ea, din dimie iarna ori din cânepiță vara, sinelii la culoare și cu gulerașe albe, simple.

Cu toate acestea, silueta mlădioasă și mai ales mersul săltat și capul ridicat cam cu prea mare curaj întorceau din oglinda ferestrelor o imagine ce era pe placul Rosei. Rămase cu privirea peste umăr ca să-și admire jocul poalelor în timpul mersului. Panglicile late ale șorțului scurt, cochet, terminat cu dantelă spartă, dansau zglobii la spate.

Întinse mâna spre clanța croitoriei tot cu ochii la ferestre și sări speriată în lături atunci când ușa se deschise în fața ei pe nepregătite, înainte ca ea să o atingă. O clientă tocmai ieșea, și Rosa prinse ultimele ei cuvinte:

— Miercuri am mare nevoie de ele, Domnică dragă.

Rosa se lipi de ultima fereastră, cea de lângă ușă, făcând loc doamnei să treacă. Tivul rochiei era descusut într-o parte și ieșea la iveală atunci când doamna făcea pașii mai largi. Rosa îi aruncă o privire, depozită informația într-un colț al minții și se strecură în atelier.

— Săru'mâna, coniță, m-a trimis domnul Franz să vă aduc plicul ăsta. Mi-a dat în grijă să aștept răspuns, spuse ea, înconjurând scurt întreg atelierul cu o privire.

Numai două dintre manechinele din croitorie aveau rochii în lucru pe ele, și Rosa înțelese că alte două cliente sunt în odăile de probă.

— Sunt gata, Domnica dragă, se auzi din spate glasul uneia dintre doamne.

Domnica rămase o clipă ezitând, cu ochii la plicul întins către ea de slujnicuța familiei Mayer. Gestul ei abia pornit căzu înapoi. Cântări situația preț de o respirație și se hotărî:

— Tu, Rosă. Așteaptă numai să termin cu doamna Ștefănescu, și mă întorc la tine îndată.

Apoi se răsuci pe călcâie și dispăru sprintenă în odaia în care una dintre cliente îmbrăcase deja rochia.

Rosalba se pomeni dintr-odată cu întreaga croitorie la dispoziția sa. Toate informațiile mărunte sau importante din mintea ei, utile sau complet nefolositoare, se aliniară ca la o comandă și se despărțiră în două rânduri largi, lăsând loc liber către un singur gând: dacă Domnica a intrat în odaia de probă de unde se aude discutând cu clienta, atunci înseamnă că drumul către odăile din spate, cele personale, ale surorilor Budișteanu, este liber. Și nici pericolul de a nimeri din nou momentul transformării nu o mai amenința, odată ce Domnica avea paznic o clientă.

Rosalba cea educată de Anna Mayer dispăru pe loc, înghițită de curiozitatea și simțul aventurii ale Rosalbei celei de demult, crescută pe dealurile sălbatice ale Mediașului. Pasul hotărât cu care se îndreptă către ușa din spatele manechinelor nu părea să aibă cunoștință de bătăile nebunești ale inimii aflate la doi coți mai sus.

Mintea ei făuri scurt și scuza pentru o eventuală întâlnire nepotrivită: „nu pot întârzia, mă așteaptă doamna acasă, am intrat să caut pe domnișoara Stanca, să dau plicul și să-mi dea răspunsul".

Deschise neauzit ușa, se strecură înăuntru și închise binișor în urma ei, apoi se lipi cu spatele de lemnul tocului.

Lumea era încă solidă în jurul ei, lemnul îi apăsa nodul panglicilor de la spate în carne. Își trecu buricele degetelor peste varul peretelui, acolo unde el se îmbina cu lemnul ușii. Ochii i se obișnuiră repede cu penumbra vestibulului. Urechea încerca să prindă vreo mișcare. Simțurile Rosei preluaseră controlul asupra întregului ei trup, conducând situația după bunul lor plac.

Umerii fetei se împinseră ușor în tocul ușii, aducând-o din nou pe propriile ei picioare. Undeva, departe și înfundat, printr-un perete, auzea frânturi dintr-un dialog între Domnica și clienta care o chemase. În față, aproape, mai deslușit și mai chemător, glasul domnișoarei Stanca turnă gaz pe focul din mintea Rosei:

— Tu nu trebuie să te temi. Niciodată nu o să te las singură. O să stau aici, cu tine, toată viața. Trebuie să fii cuminte.

Rosa învârtea în mâinile amândouă plicul cu fotografia bănuită. Rămăsese dreaptă în fața ușii de unde venea vocea. Nălucile, blestemele împlinite, toate tainele înfricoșătoare pe care le întorsese pe toate părțile cu slujnicuțele din Piața Teatrului nu avură puterea de a o opri să apese clanța. În ea creștea un curaj pe care singură nu și l-ar fi bănuit.

Deschise ușa încet, sau poate doar i se păru.

În fața ei se lumină o odaie largă, mobilată de zi numai cu fotolii, canapele și scrinuri mai scunde sau mai înalte. Într-un fotoliu văzu pe domnișoara Stanca, zâmbind cum numai Domnica știa zâmbi. Împletea părul unei domnișoare necunoscute, care stătea cuminte pe covor, la picioarele fotoliului, cu capul în poala domnișoarei Stanca.

Ușa deschisă o făcu pe domnișoara Stanca să tresalte violent, iar ochii ei se măriră și se întunecară amarnic. Fără să mai ia aminte că strică împletitura abia începută, domnișoara cea necunoscută întoarse privirea către ușă.

Rosa uită să mai respire. Necunoscuta era aidoma celor două surori.

Un gând al Rosei înțelese: nu erau două.

Erau trei surori.

Clipa cea dintâi dură mult prea puțin pentru ca vreuna dintre ele două să apuce să îndeplinească ceva. Stanca știa ce ar fi trebuit făcut într-o asemenea situație. Rosa știa și ea bine ce scuză pregătise, doar repetase totul chiar înainte de a apăsa clanța. Cu toate acestea, totul se dezlănțui ca și cum ele amândouă trăiau un timp mai lent, în vreme ce necunoscuta trăia un timp mult mai iute.

Fata despletită țâșni în picioare și prinse a alerga dintr-un colț în altul al odăii, trăgând după ea macrameuri, porțelanuri și cărți stivuite pe scrinuri. Ca o furtună întrupată, mătură întreaga odaie, punând la pământ orice îi stătea împotrivă.

Mintea Rosei, vie înlăuntrul trupului ei înghețat într-un alt ritm, mai lent, așeza iute în cotloane ordonate informație după informație: necunoscuta cu gesturi de iuțeala fulgerului și cu glas scăpat de sub stavilele omenești avea rochie nouă. Bumbii italienești nu mințeau. Luciul lor curat nu putea avea mai mult de câteva săptămâni de purtare la lumina zilei.

În trecerea ei de vârtej nebun, fata despletită lăsa în nările Rosei parfum proaspăt de lavandă, ca al săpunurilor franțuzești ale doamnei sale. Era însă o furtună prea puternică pentru dimensiunile odăii în care se stârnisc. Nu alerga: trecea ca vijelia, punând totul la pământ cu o nevinovăție de forță a naturii. Nu ai a te supăra pe furtună pentru că își împlinește rostul ei pe lume.

Odaia se lăsa supusă devastării necunoscutei surori a Domnicăi și a Stancăi.

Pletele fetei rămâneau pentru câte o clipă descumpănite atunci când ea își schimba brusc direcția goanei. Îi cădeau pe ochi, pe fața schimonosită de spaime. Respirația ei furioasă, sau poate numai speriată, ridica șuvița ce se întâmpla să cadă pe nările fremătânde.

Apoi, năluca hotăra din nou direcția goanei și pornea cu și mai mare avânt, adunând pe urmele ei vreo dantelă care se încăpățânase să rămână pe scrin la ultima trecere furtunoasă.

— De ce suntem așa de multe? De ce suntem așa de multe? striga ea cu voce deznădăjduită, guturală, îngrozită.

Domnișoara Stanca își reveni cea dintâi din împietrirea în care o aruncase o ușă deschisă.

Fără o vorbă, porni pe urmele furtunii despletite, cu brațele desfăcute în lături ca atunci când încerci să prinzi o pasăre. Pasărea însă nu se lăsa prinsă. Fata trase perdelele din inelele lor și le făcu într-o clipă grămadă în mijlocul odăii. Chipul ei desfigurat, schimonosit în grimase ce nu aveau nimic omenesc în ele, cerea îndurare mai mult decât glasul care cobora și se înălța:

— De ce suntem așa de multe? De ce suntem așa de multe?

Rosalba singură mai rămăsese acum atârnată în timpul cel lent. Vârtejul de spaimă și strigăte guturale prinsese în mijlocul său și pe domnișoara Stanca. Poalele rochiilor li se atingeau, dar năluca speriată se ferea cu măiestrie din calea mâinilor întinse spre liniștire ale surorii ei. Ca într-un dans după o muzică neauzită, legile goanei prin camera devastată îi scăpau Rosei.

Femeile se învârteau una în jurul celeilalte într-un mod neînțeles. Făptura despletită trebuia cumva apărată împotriva propriei sale furii.

Rosalba nu știa cât timp trecuse. Urechile îi țiuiau și sângele îi zvâcnea dureros în tâmple și în încheieturile mâinilor. O dureau ascuțit palmele, și înțelese că avea unghiile înfipte adânc în ele. Odaia era de nerecunoscut.

Lipsite de perdele, ferestrele priveau neputincioase când afară, spre strada nepăsătoare, când înăuntru, spre toată deznădejdea lumii adunată într-o ființă despletită și speriată.

Adusă de strigătele surorii ei celei neștiute, Domnica apăru în spatele Rosei, o prinse de umeri și o scoase afară din odaie. Fata se lăsă condusă, străduindu-se să clipească peste ochii uscați care o usturau. Domnica o sprijini de același toc de lemn de unde Rosa pornise în urmă cu numai câteva minute, sau poate în urmă cu o viață întreagă. Se întoarse la ea cu un pahar cu apă și o privi în timp ce bea.

Scăpată de sub vraja ochiului de furtună din odaia alăturată, Rosa își pierduse pe loc toate puterile. Fața ei albă ca varul vorbea deslușit Domnicăi. Înțelegerea încurcăturii create de slujnica cea curioasă și îndrăzneață a doamnei Mayer ridicase pentru început mare supărare în inima Domnicăi. Apucase chiar să tragă aer în piept cu putere, ca atunci când se pregătea să certe vreun negustor ambulant ce aducea alte mărfuri decât cele poruncite de ea și încerca să scoată banii pe ele.

Dar o singură privire asupra obrajilor goliți de sânge ai bietei slujnice îi abătu pornirile către locuri mai creștinești. Pricepu că pedeapsa venise din alte părți, mai înalte decât acestea în care căuta ea acum. I se făcu milă de Rosa și își simți umerii întăriți de o putere străină lumii acesteia.

— Așa s-a născut, începu Domnica să vorbească liniștit. Nici pe noi nu poate să ne vadă deodată. E prea mult pentru ea. Așa că avem grijă de ea cu rândul.

Vorbele ei curgeau liniștitor în urechile Rosei. Înțelesul pe care ea îl desprindea din cuvintele Domnicăi era altul, anume că totul este bine. Inima îi coborî înapoi în piept și privirile i se agățară de ochii fermi ai Domnicăi. Ca să scape de vinovăția amară ce îi gârbovea umerii, ar fi ascultat-o nesfârșit pe Domnica vorbind, fără a lua aminte la cuvintele rostite, ci numai legănându-se cu glasul puternic, liniștitor.

Rosa terminase apa din pahar, dar nu ridica ochii din el. În podul palmelor, unghiile ei lăsaseră cinci urme roșii. Ar fi vrut să simtă la Domnica furie ori acuzații, ca să poată să se apere cu înverșunare, să poată striga motivul pentru care intrase în odăile din spate: o aștepta doamna acasă, nu putea să întârzie, avea nevoie de răspuns pentru domnul Franz.

Dar de la Domnica nu venea decât o foarte adâncă tristețe.

Cu gesturi obosite, Rosa îi întinse plicul cu fotografia, urmărindu-l cu privirea chiar și după ce Domnica îl luă și îl deschise. Apoi spuse șoptit, vorbind tuturor celor cărora le greșise vreodată:

— Iertăciune, cuconiță.

Franz nu află niciodată despre cele petrecute în atelierul celor două surori din Lipscani.

Numai Anna cercetă pe Rosa mai amănunțit, la o săptămână după întâmplare. Fata își cam pierduse pofta de mâncare, iar Anna se temea ca nu cumva să fi căzut din nou în chinurile vreunui amor lipsit de minte, cum mai făcuse ea și în trecut.

Încă speriată de cele trăite, Rosa povesti cu greutate despre cea de-a treia soră. Stăpâna ei se văzu nevoită de vreo două ori să scoată cuvintele de la ea cu forța, amenințând-o că o va pune față în față cu domnișoara Stanca dacă nu mărturisește totul așa cum s-a petrecut. Pe măsură ce istorisea, Rosa părea să retrăiască totul, așa fel că la sfârșit era istovită ca la apusul soarelui într-o zi lungă de vară.

Franz făcu loc în vitrina atelierului său fotografiei lucrate din două bucăți, potrivind-o cu grijă așa fel încât să se vadă din drum. Ieși apoi în fața vitrinei și privi cu ochi străin totul, încercând să ghicească ce efect ar avea asupra posibililor clienți care ar fi trecut prin dreptul ei. Fotografiile expuse îi păreau prea aglomerate într-o parte, și Franz ciocăni cu vârful degetului în geam, ca să facă atent pe Zamfir și să-l aducă de partea cealaltă a vitrinei, pe dinăuntru.

— Răsfiră-le, spuse el, vorbindu-i prin geam.

Zamfir duse mâna pâlnie la ureche. Nu pricepuse ce dorește stăpânul său.

— Răsfiră-le, mai răzlețește-le puțin, repetă Franz, arătând cu amândouă mâinile prin aer cum ar trebui Zamfir să răzlețească fotografiile din vitrină.

Bucuros că a înțeles, Zamfir prinse a depărta puțin câte puțin fotografiile unele de altele, privind la fiecare mișcare către drum, de unde Franz încuviința sau îndruma prin gesturi.

— Domnișoarele Budișteanu mai în spate, spuse el, vorbind deslușit și privind pe Zamfir drept în ochi prin geamul vitrinei, pentru ca el să-i poată citi cuvintele pe buze. Nu, nu! Nu aceea. Domnișoarele Budișteanu. Bu-diș-tea-nu. Așa, așa. Mai în spate. Încă o idee. Gata, perfect!

12. Sacagiul

— Oooooo! Apă de pomană! Ooooooo! striga sacagiul, coborându-și agale pe drum careta trasă de trei măgăruși murdari.

Toată careta lui însemna butoiul pântecos așezat pe două roți strâmbe. De-a stânga și de-a dreapta butoiului cu apă atârnase câte o cofă cu care cântărea apă prin porțile târgoveților.

Drumul de pe Dealul Filaretului și până jos, la cele dintâi case, îl făcea călare pe marginea butoiului, între cele două cofe. Când ajungea însă între gospodării și își începea vânzarea, cobora alături de măgăruși și-și potrivea pasul pe lângă ei. În zilele cu năduf de peste vară putea ajunge să dea apă chiar și din poartă în poartă, așa că nu se mai urca înapoi pe butoi decât atunci când îl golea și mergea înapoi, la Fântâna Filaretului, ca să-l umple.

Pornea de acasă în crucea nopții, la cel de-al doilea cântat al cocoșilor. Pe măsură ce lăsa în urmă mahalaua cu mirosuri grele, aerul devenea tot mai tămâiat. Sacagiului îi plăcea să tragă adânc în piept aromele sfinte ieșite din aghiazmatarul Mănăstirii Radu Vodă, la ceasul celei dintâi rugăciuni, utrenia cântată înainte de răsăritul soarelui.

De pe Dâmbovița se ridicau cețurile dimineții abia mult mai târziu, când el ajungea cu măgărușii între casele domnești din Piața Teatrului. Umbla noaptea la fântână ca să-și strige mai apoi marfa pe la porți la primele ore ale dimineții.

Vara, apa venită prin conductele de lut meșterite de olari anume pentru rețeaua cu care se mândrea acum orașul era mai caldă în zorii zilei. Pe măsură ce gospodinele se trezeau și își începeau treburile, pompând apă pe la toate cișmelele din curțile lor, apa stătută din conductele de lut se împrospăta și venea din ce în ce mai rece.

Sacagiii știau să profite de puțina cerere care apărea în părțile mai înstărite ale Bucureștiului, în aceste prime ore ale dimineții, când gospodinele doreau apă proaspătă de așezat pe mesele de dimineață. Cunoșteau chiar porțile ce țineau acest obicei adus din străinătățuri, de a așeza masa dis-de-dimineață, înaintea orelor de muncă. Nu era treaba sacagiului să dezlege rostul acestor obiceiuri, și el nu-și muncea mintea cu întrebări. Își însemnase în gând casele ce îl primeau zilnic în zori pentru câte o saca de apă adusă tocmai de la Dealul Filaretului, de la fântâna cu cea mai bună apă din târg.

În nopțile pline de stele se întâlneau acolo, la cele douăsprezece cișmele ale fântânii, mai toți sacagiii de centru ai Bucureștiului. Soarta îi cernuse după reguli de ea știute în căprării denumite, după locurile prin care-și vindeau mai cu deosebire marfa, „de centru“ ori „de margine“. Aici însă, la gurile fântânii, în răcoarea nopților de vară, toți erau încă la fel.

— Oooooooo! Apă de pomană! Ooooo!!!! spărgea glasul sacagiului liniștea străzilor luminate încă de găzoaiele primăriei.

Simțurile sacagiului măsurau înaintarea prin târg după mirosurile ce ajungeau până la el.

Aromele de tămâie însemnau că străbate încă malurile Dâmboviței, cu mănăstirile din apropiere. Mirosul înecăcios de gaz anunțau că intră deja în miezul Bucureștiului cu lămpi pâlpâitoare pe la marginile drumurilor, iar mirosul sărat de sânge îi dădea de știre că a ajuns în apropierea Maidanului Primăriei, în buricul târgului, lângă scaunele măcelarilor din Piața Matache. Vitele care-și așteptau sorocul în țarcurile îngrămădite pe maidan se trezeau încet, slobozind sunet de tălăngi sau câte un muget întrebător, căruia uneori îi răspundea o comandă scurtă a vreunui argat tocmit pe lângă măcelării.

Sacagiul era bucuros de orice vânzare. De aceea nu mergea numai pe marginile Bucureștiului, acolo unde gospodăriile încă nu aveau cișmele prin curți, ci bătea drumul până în inima orașului, printre trăsuri strălucitoare și, rar, câte un automobil care-l înspăimânta. Aici, vânzarea mergea numai în zorii zilei. După răsăritul soarelui, bucătăresele se foloseau de apa din curțile stăpânilor. Se bucura însă când putea termina treaba prin părțile acestea ale orașului devreme, înainte ca aceste trăsuri cu cai nărăvași, aceste tramvaie și automobile să-și facă apariția și să pună stăpânire pe drumuri.

Prima doniță de apă o dădu în dimineața aceea chiar în capul străzii Știrbey Vodă. Trecuse deja de poarta la care bucătăreasa casei ieșise prea târziu.

— Măi, cu sacaua! strigă ea după sacagiu. Oprește-te!

Sacagiul smuci hățurile zdrențuite și, în răgetul nemulțumit al celor trei măgăruși luați prin surprindere, careta se opri. Bucătăreasa se apropie cu două carafe mari pe care le așeză cu grijă lângă perete, sub vitrina băcăniei, și prinse a-l dojeni:

— La ce umbli așa de repede, măi omul lui Dumnezeu, dacă vrei să vinzi? Numai ce te-am auzit o dată strigând și ai și trecut de poartă. Parcă nu din asta ți-ai duce traiul, zău așa, să te învăț eu meserie? Zi-i o dată, apoi mai oprește și tu animalele astea în loc, ca să se dumirească din casă cumpărătorul și să-i lași vreme să ajungă până la tine, în drum.

— Apăi, dacă m-aș potrivi vorbelor matale, cumătră, aș face un singur drum de dimineață. Tălică nu ai ajuns să mă știi la care ceas trec pe aici, ca să mă aștepți pregătită?

Bucătăreasa, gândind că vorbește unuia mai prejos decât ea și așteptându-se, din acest motiv, să fie tratată de acesta, pesemne, cum o trata ea pe stăpâna sa, își pierdu preț de o clipă vorbele toate. Sacagiul acesta părea a se crede egalul ei. Își propti mâinile în șolduri și se retrase îndărăt un pas, ca și cum ar fi dorit să capete perspectivă asupra întregii scene.

— Măi băiete, tu ești pus pe ceartă cu noaptea în cap? începu ea, fără să-i fie prea clar ce anume începe, dorind atâta numai, ca sacagiul să se recunoască mai prejos.

Slujbașul Primăriei însărcinat cu stingerea lămpilor de pe stradă în zorii zilei trecu printre ei amândoi. În urma lui, lămpile rămâneau fumegând. Își întinse biciușca cu braț lung pe care o folosea și stinse lampa de deasupra celor doi.

— Bună dimineața, spuse el, mai mult către bucătăreasă.

— Bună dimineața, domnule, răspunse bucătăreasa, gratulându-l cu titlul de „domn“ mai mult pentru urechile sacagiului, pentru ca acestuia să-i fie clară diferența dintre el și un slujbaș al Primăriei. Omul atinse una dintre carafele așezate la perete și vasul dădu glas că e în pericol, făcând femeia să se repeadă și să-i dea sprijin.

— Văleu, țineți-o! se sperie el.

— Nu-i cu supărare, domnule, spuse bucătăreasa cu un zâmbet cules de prin salonul stăpânei sale. Nu s-a întâmplat nimic.

Apoi se întoarse către sacagiu, mulțumită de puterea pe care întâmplarea i-o dădea în ochii acestuia. Nu oricine poate vorbi ca de la egal la egal cu slujbașii Primăriei.

— Pune-mi două carafe cu apă, băiete, spuse ea.

— Cinci parale donița, spuse sacagiul în timp ce dădea drumul apei reci din butoi într-una dintre cele două cofe, pe la cep.

— Două carafe ale mele nu fac cât o donița de-a ta. Nu-mi faci preț pe cât cumpăr?

— Ăsta-i prețul, cumătră. Și ieri ai plătit tot la fel. Nu te-ai învățat încă să ieși cu trei carafe, ca să fie o doniță întreagă?

— D-apăi cum să car trei carafe în două brațe, om nebun? se închină bucătăreasa. Și la ce mai strigi în gura mare pe drum că ai apă de pomană?

Sacagiul avea aceeași discuție cu ea în fiecare dimineață. Nu se mai necăjea demult la vorbele ei.

— Aveți vreun mort în bătătură, cumătriță? își ascunse el un zâmbet pe sub cușma pe care și-o scoase, chipurile, ca să-și șteargă cu ea fața asudată. La mort lăsăm de pomană.

— Doamne Maica Domnului, bătu-te-ar Dumnezeu de necredincios! se oțărî bucătăreasa, îndesându-i în palmă cele cinci parale. Mâine nu mai cumpăr, așa să știi! îl amenință ea cu năduf, dar amândoi știau că nu va fi așa, pentru că sacagiul era dintre cei foarte puțini care ajungeau cu apă până în părțile acestea ale orașului, unde străzile erau îndestulate cu cișmele proprii și oamenii cumpărau arareori și în cantități mici.

Bucătăreasa dispăru în curte, mulțumită că astăzi avea ce povesti stăpânei sale. Sacagiul mână măgărușii la poarta următoare, unde o fată îmbrăcată într-o uniformă nemțească de slujnicuță îl aștepta cu un ciuberel în mână, luminându-și calea cu un lămpaș micuț pe care-l purta în cealaltă mână, ridicat deasupra capului.

De-ar fi fost mai tânăr, sacagiul ar fi irosit probabil timpul arătându-i bucătăresei celei cu dorințe de mărire că el face parte din Roata de Pompieri a orașului, cu care a luat parte nu o dată la stingerea incendiilor care mai pârjoleau hanurile, în miezul verii.

Când se întâmpla să pornească nenorocirea, sacagiii înscriși la Primărie și cunoscuți din liste că fac parte din Roata de Pompieri erau aduși de clopotele răsunătoare ale tulumbelor ori chiar de mesageri trimiși anume după ei pe la fântânile unde erau știuți a se aduna.

În urmă cu mulți ani fusese mare năpastă peste oraș, stârnită de copilul neastâmpărat al Drugăneștilor, în zi de Paște. Băiatul își găsise de joacă în șopron tocmai cu pistolul părintelui său, pe care îl slobozise în tavan, aprinzând într-o clipă podul plin de paie și grajdul de alături. Bătea în ziua aceea un vânt puternic, cum bate el în primăvară. Flăcările au prins a juca peste toate acoperișurile dimprejur, purtate de vântul ce părea că ia totul ca pe o glumă.

Când au început să se audă primele bătăi ale clopotelor tulumbelor, ardeau trei străzi cu totul. Sacagiii strânși ciopor la Fântâna Filaretului, în jurul celor douăsprezece izvoare, au pornit la vale, către oraș cu toții, înscriși sau nu pe listele primăriei.

Din față îi întâmpina un val de fierbințeală rău prevestitor, ce ridica în înaltul cerului țoalele vechi aflate la vânzare pe tarabele evreilor din târgul de vechituri. Spaima orașului aflat în flăcări se unise într-un singur vaiet ca de animal nemaivăzut, cuprinzând în el plânsete de copii speriați, gemete surde ale podurilor de lemn cu care erau pavate drumurile cedând mușcăturilor focului, chemări disperate ale celor pierduți sau care pierduseră pe cineva.

Sacagiul își amintea că drumul lor se oprise brusc la hotarul mahalalelor mistuite de foc.

Negustorii își aruncaseră marfa de prin băcănii în mijlocul drumului, acolo unde sperau să o scape de flăcările ce munceau clădirile din lemn. Străzile erau blocate de saci plini cu zahăr ori făină, butoaie cu brânzeturi sau măsline, valuri întregi de pânzeturi și încălțăminte de toate felurile, amestecate dimpreună cu haine, cărți, jilțuri și tot ce mai gândiseră sărmanii oameni că ar merita a fi salvat de pârjol. Nimeni nu mai putea trece pe drum.

Pompieri și sacagii laolaltă începuseră atunci o luptă nedreaptă cu acareturile aruncate spre salvare în mijlocul străzii. Două mâini le trimiteau către margini, spre clădiri, de unde opt sau zece mâini – ale întregii familii a negustorului – le aruncau înapoi, departe de flăcări. Lupta care ar fi trebuit dată atunci cu flăcările s-a dat, o bună bucată de vreme, cu acareturile, spre eliberarea drumului pentru tulumbe și sacalele cu apă.

În vremea aceasta, focul se hrănea.

În tot acest haos, doi bancheri cărora primejdia le dăduse putere de convingere întoarseră echipajele de pompieri către Hanul Șerban Vodă, cu vorba că pivnițele acestuia ar ascunde douăzeci de butoaie cu iarbă de pușcă.

Ofițerii pompierilor s-au speriat, au întors tulumbele de la focarele pe care tocmai ce reușiseră să le izoleze și le-au îngrămădit pe toate la han. Hanul a fost salvat și bancherii au răsplătit orașul, aducând contribuții pentru refacerea clădirilor căzute pradă focului, dar s-a aflat că vorbele lor fuseseră mincinoase și pivnițele nu adaposteau iarba de pușcă, ci numai case de bani cărora cei doi le purtau grija.

Acestea toate le-ar fi depănat sacagiul bucătăresei, pentru restabilirea locurilor în ierarhia închipuită a slujbașilor de toate felurile din amestecatul târg al lui Bucur. Viața trecută peste el îi lăsase însă o altă înțelegere a importanței lucrurilor, iar sacagiul se mulțumea în fiecare dimineață să ia cele cinci parale obișnuite și să dea în schimb numai trei sferturi din donița întreagă cu apă, atât cât încăpea în carafele bucătăresei.

— Bună dimineața, cuconiță mândră, spuse sacagiul Rosalbei care-l aștepta în poarta din dos a caselor. Ca de obicei?

— Ca de obicei, răspunse Rosa, întinzând ciuberelul ei sub buza doniței sacagiului. A spus doamna să-ți zic că e cam scump cinci parale.

— Spune-i doamnei tale că asta e apă bătută cu piatră acră în putini. Stăm pe lângă fântână în miezul nopții și o batem cu făcălețele înainte să o aducem în butoaie, ca ea să fie limpede și curată la băut. Să nu poarte nicio grijă, că apa ca asta nu mai găsește la niciun alt sacagiu.

Căutând să-și ascundă ochii măriți de mirare, Rosalba închise poarta în urma ei și dădu năvală în bucătăria casei Mayer.

— Sacagiul acesta îmi spune că apa lui este bătută cu piatră acră, spuse ea bucătăresei moldovence, așteptând apoi de la ea lămurirea acestei alăturări de cuvinte deocamdată fără rost pentru ea.

— Toarnă mai repede în carafa cu flori albastre, a frumoasă a doamnei, și du tava cu miere și cu apă rece pe masă, că acuș se trezește domnu' și nu găsește masa pregătită după cuviință! o zori Dochița. Și ce-i dacă bate apa cu piatră? Foarte bine face.

— D-apăi, nană Dochițo, ce mai este și asta?

— Pesemne că o limpezește și o curăță de mizeriile de prin ea, ca să o putem bea. Ce avem noi a ne amesteca în treburile altora? De asta mi-ai întârziat atâta în poartă? Ai rămas locului pe urmele sacagiului ca să te socotești cum vine asta să bați apa cu piatră acră? Doamne, copilule, vedea-te-aș odată cu mintea la cap!

Și spunând acestea, bucătăreasa îi îndesă cu înțeles tava cea mare, argintată, în brațe și îi dădu ghes în sus pe scări, către încăperile stăpânilor.

În lumina lăptoasă a dimineții, măsuța cea mică din salonaș, așternută frumos cu față de masă din damasc alb, sclipea îmbietor. Între fructe și pâinicile coapte în casă, cănile cu lapte cald abureau, înmiresmând încăperea. Rosa făcu loc castronelului cu miere și carafei cu apă rece adusă tocmai de la Fântâna Filaretului. Franz intră neauzit chiar când ea despărțea draperiile grele de brocart vișiniu, făcând loc luminii încă puține.

— Ce frumos miroase, spuse el, cercetând cu privirea masa.

— Săru'mâna, spuse Rosalba repede, coborând privirile rușinată din cauză că nu simțise din vreme intrarea stăpânului.

— Bună dimineața. Doamna mea unde este?

— La noi în bucătărie nu este, cuconașule, se apără Rosalba, ca și cum Franz s-ar fi pregătit să o acuze că i-au sechestrat doamna.

— Bună dimineața, spuse Anna, apărând în salonaș. Ați cumpărat apă rece, Rosalba? întrebă ea.

— Cumpărat încă de dimineață, doamnă. Cinci parale. Spune sacagiul că o bate în putini cu făcălețul, cu piatră acră, și de aceea are prețul acesta, se făli fata cu noile ei cunoștințe. Să mai aduc ceva la masă?

— Miere ai pus?

— Este, coniță.

— Mergi atunci să-ți dea Dochița de treabă.

În foșnet de taftale și în aromă de cafea din cea bună, meșterită de mâna domniei sale, doamna casei luă loc în fața soțului său. Franz urma să coboare la atelier într-o jumătate de ceas. Timpul acesta al dimineților cu miere, apă proaspătă, lapte cald și cafea era al lor și, în lipsa – Doamne ajută! – unor furtuni care să-i lege cu firele nevăzute cu care sunt legați între ei soții de către o viață zbuciumată, ele îi legau pe Franz și Anna.

Afară, orașul se trezea. Cel dintâi tramvai cu cai al zilei dădu glas de clopoțel chiar sub ferestrele lor. Franz desfășură în fața sa întregul ziar, cercetă cu o privire titlurile, alese unul și împături ziarul în așa fel încât să poată citi comod ceea ce alesese, pe deasupra ceștii sale de cafea.

Anna tăiase una dintre pâinicile calde încă și îi ungea acum fața cu unt. Alesese un cuțit cu lama lată. Mânată de un gând care nici măcar nu ajunsese până la suprafață, o privire rapidă a Annei cercetă iute mânerul de alamă al cuțitului. Arabescurile încrustate pe el sclipeau de curățenie, și gândul neștiut al Annei rămase ascuns, mulțumit de rezultat.

Când isprăvi cu untul, scoase din castronelul cu miere o linguriță plină și o lăsă să se scurgă pe pâinică. Începu apoi a culege cu cuțitul, cu mare meșteșug, marginile ce amenințau a ajunge curând pe fața de masă, alunecând de pe pâine. Amesteca mierea cu untul chiar acolo, pe pâine, întinzând apoi pasta obținută înapoi la locul ei.

Toate copilele familiei Dieter învățau din vreme taina mică a potrivirii untului cu miere pe pâine astfel încât mierea să nu dea bătăi de cap, curgând pe fețele de masă ori pe degete.

Doamna Dieter știa că bărbaților le place ca lumea în jurul lor să fie potolită sub reguli stricte, altminteri nu se simțeau cuviincios îngrijiți și îi cuprindea nemulțumirea, așa că își învățase fiicele să stăpânească legile firii: știau de exemplu să oprească curgerea mierii de pe pâine, la mesele de dimineață, într-un fel ce rămânea taină femeiască pentru un bărbat.

— Poftim, spuse Anna, așezând pâinea cu unt și miere pe farfurioara din fața lui Franz.

Apoi își luă ceașca de cafea și se ridică de la masă, oprindu-se în spatele lui Franz, cu ochii pe fereastră. Își bea adesea prima cafea în locul acela, cercetând cele dintâi semne ale zilei de la înălțimea primului cat al casei.

— Oooooo! Apăăăă!!!! Ooooooo! se auzi sacagiul care se vede că nu reușise astăzi să isprăvească tot butoiul la drumul dintâi, iar acum se întorcea tot cu marfă.

— Strigătul acesta al sacagiilor, „Ooooo!", înseamnă *eau*, dezvălui Anna o parte a gândurilor ei, privind pe fereastră la caretă și la cei trei măgăruși. De ce ar avea oare trei?

— Doamna mea, nu scrie la gazetă nici una, nici alta, surâse Franz. Nu te voi putea lămuri, care-va-să-zică, nici dacă într-adevăr „Ooooo!" vine din francezul *eau*, nici de ce are sacagiul trei măgăruși.

— Ce scrie atunci la gazetă? îl întrebă Anna, atrăgând în sus, către ea, privirea mirată a soțului ei.

Nu-i plăcea să afle ce scrie la gazetă de obicei. Găsea știrile vecine bune cu nepotrivita bârfă lipsită de buna-cuviință a unei creșteri drepte. De aceea Franz așteptă pentru o clipă să-i prindă privirea, ca să se poată lămuri dacă întrebarea ei cere cu adevărat un răspuns. Anna duse ceașca la buze și bău, privindu-l pe deasupra ei. Simțindu-se încurajat, Franz alese un subiect la întâmplare și începu a citi, amuzat de dispoziția cea nouă a soției sale:

Express-ul Tarbes-Luz a deraiat la intrarea în gara din Pirinei

Trenul Express venind din Luz cu destinația Tarbes a plecat în dimineața zilei de sâmbătă ca de obicei. Nimic nu prevestea nenorocirea ce avea să pună capăt acestei ultime curse. Pasagerii s-au îmbarcat până la ultimul fluier al conductorului trenului, care a plecat astfel foarte aglomerat. Vilegiaturiștii se întorceau acasă după cele câteva săptămâni petrecute la băile termale din Luz, în mijlocul Pirineilor.

În gara din Lourdes s-a produs o mică ambuscadă datorată aglomerației. Pentru a face loc la coborâre familiilor numeroase, câțiva domni au coborât ei înșiși pe peron, ajutând cu multă galanterie la bagaje. Din nebăgare de seamă însă se pare că trenul s-a pus în mișcare înainte ca domnii să poată urca înapoi pentru a-și continua călătoria, așa că a fost tras semnalul de alarmă.

La fața locului s-a desfășurat o anchetă rapidă care a stabilit că domnii nu vor fi amendați, iar trenul și-a reluat cursa cu o întârziere de 20 de minute. Mecanicul trenului, dând dovadă de multă măiestrie, a reușit să recupereze aproape în totalitate această întârziere până în momentul intrării în Tarbes.

Se pare însă că a existat un rămășag între mecanic și conductorul trenului, lucru care a făcut ca

cel dintâi să forțeze mașina dincolo de limite. Astfel, express-ul a traversat gara-tampon fără frâne, pistoanele cu aer cedând spre disperarea mecanicului, dar și a pasagerilor prinși în cursa nebunească. Trenul a intrat în gara Tarbes cu viteza de 60 km/oră, a trecut prin fața peroanelor aglomerate și a străpuns peretele gării, traversându-l cu totul și ieșind pe partea opusă. Cetățenii orașului au fost martorii unei scene șocante atunci când, în după-amiaza zilei de 12 august, au văzut o locomotivă ieșind din perete gării și oprindu-se în mijlocul Place de la Gare.
Din fericire, singura victimă a acestei întregi peripeții a fost o femeie ce se afla în acel moment pe trotuar, vânzând ziare împreună cu soțul său.

Franz puse ziarul alături și mușcă din pâinica lui cu miere. Anna nu se mișcase în tot acest timp de lângă fereastră. Sorbea din când în când din cafea și urmărea gesturile cu care strada se trezea.

— Este și o fotografie, spuse Franz.

Despina împăturise ziarul în așa fel încât să poată privi pe îndelete poza locomotivei ce ieșea din peretele gării. Imaginea îi captase în întregime atenția. Nefirescul cuprins în ea îi stârnea imaginația, și ea se visa deja acasă, scriind povestea trenului deraiat din punctul de vedere al șefului de gară, ori mai bine al soțului femeii ucise. Cu siguranță fiecare dintre ei a avut ziua însemnată cu atenționări cărora însă nu le-au deslușit importanța.

Despina avusese ocazia de mai multe ori să constate că multe dintre așa zisele întâmplări lipsite de înțelesuri ascunse sunt de fapt semne prevestitoare ale altor întâmplări, mult mai mari și mai încărcate de semnificații. Buna doamnă Agopian, răbdătoarea sa mamă, era de părere că este vorba numai despre firea romantică, înclinată să încarce cu semnificații orice tril de pasăre mai ascuțit, a fiicei sale, dar Despina renunța greu la convingerile ei.

Nu era cu putință ca într-o astfel de zi ca cea în care deraiase trenul acela, toate ceasurile deșteptătoare ale pasagerilor să fi sunat la fel ca de obicei, ori toate gesturile obișnuite din diminețile lor să nu fi dat niciun semn. Cu siguranță povestea ei, a soțului femeii ucise ori poate a mecanicului trenului deraiat, va fi plină de semne.

Pornise în zori, cu primul tramvai al zilei, către croitoria surorilor, trimisă de doamna Agopian să plătească și să aducă acasă rochiile noi de călătorie. Despina se pregătea să împlinească poruncile Majestății Sale Regina și să pornească în cel dintâi drum al său. Toate acestea însă însemnau pregătiri. Fata nu putea călători în vechile ei rochii de oraș, pentru că rangul ce-și păstra doamna Agopian ar fi fost știrbit.

Despina căpătase cu mare greutate învoire de la părinți să călătorească cu minunatul tramvai cu cai – *traivan* cum îi spuneau băieții de prăvălie ori chiar bucătăreasa lor. Avea dezlegare să urce numai în linia 1, aceea care avea vagoanele cele mai curate, vatmanii cei mai bine-crescuți și, deoarece circula prin cartiere mai falnice ale orașului, pasageri mai manierați.

Despina ieșise în fața caselor familiei Agopian însoțită de mama sa și așteptase preț de câteva minute apariția tramvaiului, sub umbreluța de dantelă sprijinită de umăr. Tramvaiul avea cu totul alte stații stabilite de la bun început de Primărie, dar de-a lungul vremii acestea nu prea își dovediseră utilitatea, pentru că pasagerii urcau și coborau mai mult din mers și numai arareori câte o domniță mai curajoasă, așa ca ea, dorea oprirea cu totul a atelajului ca să poată urca. Pentru ele, ca și pentru ea acum, vatmanul înfiretat cu auriu pe deasupra vestonului roșu oprea, fără a mai păstra ordinea stațiilor.

Vagonul galben pe care scria cu litere de o șchioapă *The Bucharest Tramways* opri chiar în fața ei. Doamna Agopian aruncă controlorului de bilete englez o privire prin care dădea în grija lui ce avea dânsa mai de preț, și dorea să se asigure că omul este conștient de greutatea misiunii ce-i este încredințată. În picioare în fața vagonului, vatmanul îndemnă caii, salutând scurt pe doamna rămasă pe trotuar. Din ambele părți îl flancau doi băiețandrii de vreo zece ani care-l sorbeau din priviri, vrăjiți, și îi imitau fiecare gest, supravegheați din spate de mamele lor.

— Diee! mormăi încet vatmanul, ca unul aflat în legătură atât de strânsă cu animalele lui încât comunică pe cu totul alte căi cu ele decât cele obișnuite.

— Dieeeeee! Dieeeeeee! preluară cei doi băiețandrii îndemnul pe tonuri însă mult mai ridicate, răsunând pe deasupra ferestrelor caselor din jur, și învârtiră prin aer biciuști închipuite cu aceleași gesturi cu care vatmanul o rotise pe a lui.

Smucită de startul acesta al tramvaiului galben, Despina abia apucă să se sprijine de una dintre barele care susțineau vagonul. Zâmbi doamnei Agopian spre liniștire, apoi îi întoarse spatele și așteptă cu mare nerăbdare ca tramvaiul să cotească spre fostul Pod al Mogoșoaiei, astăzi Calea Victoriei.

Avea un plan, și el nu ar fi fost deloc pe placul doamnei Agopian. Dorea să călătorească astăzi pe celelalte rute ale tramvaiului, pe care încă nu apucase să le experimenteze. Își propusese așadar să coboare imediat cum tramvaiul de pe linia 1 ar fi cotit pe Calea Victoriei, ascunzând vederii mamei faptele sale. Rochiile pentru călătorie avea să le ia la întoarcerea din aventura sa.

Încă de la început, tramvaiul adus de englezi în București avusese trei linii, și anume aceasta care-i era ei îngăduită – Bariera Mogoșoaiei – Calea Moșilor trecând prin fața Teatrului Național – apoi Șoseaua Bonaparte – Calea Călărași pe la Școala Comercială, și în sfârșit Sfântul Gheorghe – Calea Văcărești. Despina alesese astăzi să călătorească pe strada Uranus în sus către Dealul Spirii, ca să vadă cum oprește tramvaiul la poalele dealului ca să-i mai fie înhămată încă o pereche de cai.

Față de trăsura ce o zdruncina vreme de o jumătate de ceas până la destinație, stricând tot ce muncise acasă slujnicuța ei la buclele castanii, ca să le prindă într-o ordine sub panglicile din satin, drumul cu tramvaiul era o încântare. Cu toate că auzea copitele cailor lovind ritmic caldarâmul, drumul era lin ca pe apă, îndemnând imaginația fetei să țeasă povești cu ochii la spectacolul orașului ce se depăna lent în fața ei. În zile călduroase ca aceasta, caii nu erau osândiți să tragă vagonul plin pe panta dealului, așa că vatmanul îi opri în sunet de clopoțel.

Băieții înaintași care așteptau cu caii de supliment ținuți de dârlogi se repeziră la harnașament. Înhămară repede încă o pereche înaintea celor cu care tramvaiul ajunsese până aici, sub privirile uimite ale copiilor de lângă vatman. Tramvaiul mai dădu încă o dată glas din clopot și își continuă drumul în sus pe Dealul Spirii. Alături de Despina, două neveste de negustori plecate probabil în plimbare de dimineață își dădeau cu părerea:

— Controlorii de bilete nu au fost dintotdeauna englezi. Au fost schimbați de către patroni în urma unei întâmplări cam rușinoase cu un domn ce obișnuia să circule fără bilet, cu buna știință a vizitiului, spunea una dintre ele.

— Ei, aș, ba te contrazic, răspunse cealaltă. Mă și mir că nu-ți mai amintești tu singură, pentru că știu că eram împreună la cea dintâi plimbare cu tram-carul prin București, acum niște ani în urmă. Tu nu mai știi că și atunci vorbeam, la fel ca și acum, despre jignirea pe care o aduce compania aceasta, lăsând controlori de ai lor?

— Ba, madam Caloianu, să mă ierți, dar cred că faci o confuzie. Pe vremea când era inaugurat tram-carul în București eu eram copilă mică la mama. Sunt sigură că ai fost cu altcineva, limpezi cea dintâi lucrurile, ferindu-și privirea de prietena ei și cercetând cu atenție minunățiile de pe drum.

— Da chiar, madam, ai dreptate, că dumneata nici nu te cunoști cu mine de vreo cincisprezece ani, înțepă negustoreasa cu un zâmbet subțire, ignorând semnele disperate pe care tot încerca să i le facă prietena sa.

Despina își trimise zâmbetul peste livezile cărora începea să li se zărească vârfurile în capătul dealului. Cele două femei aveau în jur de patruzeci de ani, dar ținutele lor încercau să ascundă asta prin rochii și coafuri tinerești.

— Capăăăt! anunță vatmanul și sprijinind biciușca într-un ochi al harnașamentului cailor, coborî să bea o gură de apă.

— Când pornim înapoi? întrebă Despina.

— Mai întâi trimitem jos caii de supliment, domniță. Apoi facem strigările, tăiem biletele și mergem. Cu totul, cam într-un sfert de ceas.

Despina își deschise umbreluța și trase adânc aer în piept, savurându-și momentul de libertate și gustând dulceața lucrului interzis aflat în plină desfășurare. Băicții, cele două ajutoare nesperate ale vatmanului până aici, se îndepărtară țopăind într-un picior, cu mamele pe urmele lor. Un vânzător de ziare se apropie de călătorii care începeau să se strângă pe lângă vagon:

— *Universul*! Luați *Universul*! Un tren a deraiat în gara Tarbes! Un cercetător a fotografiat scheletul soției sale! Luați *Universul*!

— Băiete, un ziar, îl opri Despina.

— Zece bani, domnișoară.

Gesturile cu care micul vânzător de ziare scoase un exemplar din teancul care-i atârna pe braț și strecură într-o pungută închipuită dintr-o batistă înnodată la cele patru colțuri bănuțul Despinei arăta multă experiență. Fata își luă ziarul și își ocupă locul în vagon. La întoarcere, străbătu traseul liniei 3 tot cu ochii la oraș și la partenerii ei de drum.

Sărăcia i se părea mult mai bogată în înțelesuri decât îndestularea cu care era obișnuită. În mijlocul acestui vagon cu vopseaua căzută pe alocuri, cu perdeluțele de la ferestre cam zdrențuite și cu urme de grăsime înnegrită pe barele de susținere simțea că trăiește ceva ce nu putea fi găsit în tramvaiul pe care urma să-l ia în continuare către casă, linia 1 care îi era îngăduită și care sclipea toată de curățenie.

Hotărâtă să descopere miezul acestei preferințe a sa către lucruri aparținătoare unei alte lumi decât cea care o născuse, Despina păstră ziarul împăturit până când ajunseră la întretăierea celor două tramvaie. Două lumi se încrucișau aici. Esența diferenței dintre ele nu stătea în gradul de curățenie al vagoanelor și nici în eticheta pe care o foloseau ori nu călătorii.

Coborî însă la fel de nelămurită, urcă în vagonul luxoasei linii 1 și se așeză în spate, pe ultimele locuri. În ritmul lent al cailor urma să mai petreacă încă douăzeci de minute până acasă. Un domn urcă din mers și, odată ajuns în vagon, cuprinse cu privirea toate doamnele din tramvai, ridică jobenul și își înclină elegant capul către toate, într-o mișcare circulară.

Despina își aminti salutul unui alt domn, din celălalt tramvai, în urmă cu nici jumătate de ceas. Acela dusese două degete la borul pălăriei, atingând-o cât să nu-i deranjeze poziția, se înclinase la rândul lui – ce-i drept – dar oferise călătoarelor un surâs în care și cel mai nevinovat copil ar fi putut vedea câteva înțelesuri departe de un simplu salut.

Se gândi că domnul din fața sa o face să se simtă o domnișoară elegantă, în vreme ce domnul rămas în tramvaiul dintâi, cu care urcase și coborâse Dealul Spirii, o făcuse doar să se întrebe cine este cu adevărat, prin salutul său nepotrivit de familiar și încărcat de aluzii. Despina se surprinsese atunci devenind deodată atentă la tot ceea ce stârnise în ea acel salut.

Simțea că se învârte foarte aproape de răspunsul pe care îl căuta, dar clopotul jucăuș al tramvaiului ce se apropia de o cotitură o smulse din gânduri, iar adevărul ieșit pentru o clipă până aproape de suprafață coborî din nou în ea, așteptând un alt moment.

Despături în sfârșit ziarul, căutând știrea pentru care îl cumpărase, aceea cu trenul deraiat. O găsi curând după fotografia pe care redactorii o așezaseră pe jumătate de pagină și începu să citească, întorcându-se tot la două-trei fraze la imaginea incredibilă a unei locomotive ieșind dintr-un perete.

Trenul no.120 era compus din trei vagoane de bagaje, unul de poștă și patru vagoane de călători. Într-o ultimă încercare de recuperare a timpului pierdut, mecanicul a accelerat până la viteza de 60 km/oră chiar înainte de a intra în gara-tampon. Pentru cititorii noștri ce nu sunt familiarizați cu detaliile tehnice, am aflat că această gară-tampon are tocmai rolul de a oferi trenurilor timpul necesar să treacă de la o viteză de croazieră, la una de frânare.
Ignorând se pare procedurile, căutând să evite amenda pe care mecanicii francezi sunt obligați să o plătească în cazul unor întârzieri, sau după unele surse neverificate încercând să câștige un rămășag, mecanicul Express-ului Tarbes-Luz a accelerat la intrarea în gara-tampon.
Înainte de a cădea pur și simplu „în nas“ în Place de la Gare, locomotiva a traversat un perete gros de 60 centimetri. Vagonul cu cărbuni a rămas atârnat deasupra solului, două dintre vagoanele de bagaje s-au oprit în interiorul gării, iar restul trenului se putea vedea încă între cele două peroane.
Procesul de extragere a vagoanelor aflate în interiorul gării și de repunere a locomotivei înapoi pe șine a durat trei zile. În repetatele încercări au fost folosiți paisprezece cai, fără succes însă. Numai un troliu cântărind 250 tone și zece oameni au reușit să ducă la bun sfârșit operațiunea. Menționăm că locomotiva nu a suferit daune majore care să o împiedice de a-și continua călătoriile.
Întâmplarea l-a costat pe mecanicul imprudent suma de 50 de franci pentru lipsă de atenție, pe ajutorul său 25 de franci pentru că nu a tras la timp frâna de mână, iar Compania Midi a stabilit pentru orfanii femeii ce și-a pierdut viața o pensie alimentară cu valoare confidențială.
Vom reveni cu amănunte în numerele viitoare ale ziarului nostru.

În fotografie, Despina putea desluși foarte clar numărul 120 înscris pe locomotivă. Se închipui la Luz în vilegiatură, între piscurile înghețate ale Pirineilor, și nările ei, ascultătoare, prinseră de nicăieri o adiere proaspătă. Nu mai dădea nicio atenție drumului care, aici, îi era atât de cunoscut. Numai sunetul clopotului și tropăitul cailor pe caldarâm mai păstrau mintea ei între călătorii din tramvai.

Sacagiul opri măgărușii când butoiul se golise. Voia să numere ca de obicei paralele și să intre alături, la blănărie, unde era vorbit mai demult ca să schimbe banii mărunți pe lei mari. Obiceiul era o favoare pe care i-o făcea blănarul mai zilnic, în schimbul câte unei cofe cu apă proaspătă. Erau orele nouă dimineața. De acum apa lui nu mai avea căutare pentru că se împrospătase și cea de la cișmelele particulare – multe prin partea aceasta de oraș.

De la o fereastră de la primul cat al unei case domnești îl privea absentă o cucoană cu ceașca de cafea în mână. La colțul străzii, sub un felinar, un lustragiu trebăluia vrednic, plin de zel și recunoscător, la pantofii unui domn. Câteva chivuțe cu bidinelele și periile în vârfuri de prăjini trecură prin fața lui strigându-și meșteșugul:

— Văăăruim! Zugrăăăvim! Văăăruim, conițelor!

— Dă o cănuță de apă, omule, îi ceru una dintre ele, fixându-l cu o privire neagră, amețitoare.

— Am terminat-o toată, spuse sacagiul.

Chivuța nu-și luă ochii de la el. Prin priviri îi trecu o lumină din altă lume, stăpână peste aceasta cunoscută sacagiului, speriindu-l și făcându-l să se dezvinovățească fără a se ști vinovat:

— Drept îți zic că am dat-o toată, crede-mă. Îți dădeam de mai aveam.

Chivuța își mută privirea asupra celor trei măgărușii, apoi a micului lustragiu și în sfârșit asupra cucoanei cu cafeaua din spatele perdelelor de la primul cat al casei. Fără semne evidente, strada toată părea să țină partea sacagiului.

— Hai, fa, nu te mai milogi la el că găsim altul mai încolo, o îmbrânci de un umăr chivuța cea mai în vârstă din grup.

Cu bucurie că a scăpat ușor din situația ce ar fi putut să-i dea mult mai mult de furcă, sacagiul renunță să mai schimbe banii, îi îndesă în chimirul căpătat de pomană și își îndemnă măgărușii:

— Diee!

Primii doi măgăruși de lângă marginea drumului se opintiră a porni, dar cel de-al treilea, înhămat către mijlocul drumului, nu se urni din loc.

— Diee, mă, n-auzi, mai spuse sacagiul o dată cu glas mângâios pentru animalele lui.

Dar măgărușul nu dădu nici de data aceasta vreun semn că ar pricepe.

Sacagiul coborî de pe butoiul gol, apucă dârlogii și trase. În momentul acela, măgărușul își arătă adevăratul motiv pentru care se îndărătnicea: căzu ca secerat din picioare, trăgând după el și pe celălalt aflat alături.

Speriat, măgărușul din mijloc prinse a rage și a lovi caldarâmul cu copitele, în încercarea disperată de a se ridica înapoi pe picioare și a rămâne acolo. Cel neputincios care căzuse zăcea acum lat, complet nemișcat. Al treilea, deocamdată neafectat de toată acestă agitație, asista pasiv la scena ce se petrecea în stânga lui. Sacagiul trăgea de dârlogi și încerca să convingă din cuvinte de alint animalul să-și revină:

— Hai dii, mă Gheorghiță, mă! Diee, mă, tătuță! Ce-ai pățit tu, mă băiatule, n-auzi?

Strada se înviora. Clientul micului lustragiu mai plăti încă un rând anume, ca să mai întârzie până la isprăvirea evenimentului. Două florărese, surori parcă cu chivuțele, care-și sprijiniseră coșurile largi pline cu flori de zidul băcăniei lui Chiron grecul, zâmbeau enervant, ca unele care au mai văzut o dată piesa aceasta și cunosc finalul.

— Chivuțele l-au deocheat, domnule, șopti lustragiul către clientul său, uitându-se cu teamă în jur ca nu cumva să fie auzit de cine nu trebuie.

Clopotul tramvaiului cu cai bătea rar, zglobiu.

În pragul blănăriei își făcu apariția stăpânul prăvăliei. Sacagiul se muncea acum să scoată animalul neputincios din hamuri. Cu mâinile în șoldurile încinse cu chimir lat din piele bătută scump, blănarul aprecie pentru o clipă întreaga situație apoi spuse către sacagiu:

— Ești pe linia de tramvai. Este ordin de la Primărie să nu desjuge nimeni animalele pe linia de fier.

— Apăi nici pe alea moarte nu le putem desjuga, conașule? spuse cu lacrimi de neputință în glas sacagiul.

Își plângea măgărușul, ceasul care-i scosese chivuțele în cale în dimineața aceea și zilele necăjite la care parcă mereu se tot adăuga câte ceva.

Clopotul tramvaiului se auzea din ce în ce mai aproape. Vatmanul nu avea cum vedea ce se petrece pe linia care făcea o cotitură chiar între el și sacagiul lovit de năpastă. Vizitiul unei trăsuri aflate la răscruce, de unde putea vedea ambele părți ale drumului, trase trăsura în lături, coborî cu biciușca în mână și încercă să dea semn vatmanului. Nu reuși însă să iasă în calea lui suficient de repede, și singura care-l observă fu Despina, așezată pe ultima bancă din tramvaiul cu cai.

Vizitiul alerga pe urmele lor cu biciușca ridicată deasupra capului și striga ceva neînțeles. Despinei scena i se păru ruptă dintr-unul din romanele ei englezești. Lăsă ziarul să-i alunece de pe genunchi și se ridică în picioare, cu ochii la vizitiul ce alerga după tramvai.

În momentul acela vagonul se opri cu o smucitură atât de bruscă încât o aruncă în față până aproape de vatman. Caii tramvaiului se ridicară ca arși pe picioarele dinapoi și bătură de câteva ori aerul cu copitele din față.

Vatmanul nu se mai oprea din bătut clopotul, care și el părea să-și fi schimbat glasul într-unul nervos, foc de supărat. Florăresele dădură țipete din colțul lor. Răgetele măgărușilor se amestecară o vreme cu nechezatul cailor. Blănarul se repezi să prindă dârlogii cailor, iar sacagiul își îngropase capul de tot între cei doi măgari pe care i mai avea, șoptindu-le la ureche și încercând să-i potolească.

Peste toate se auzi la un moment dat o singură voce care luă stăpânirea momentului:

— Gata, oameni buni, ajungă-vă! strigă peste toți Chiron grecul, în fața prăvăliei căruia se petreceau toate. Să ne venim în fire, că nu s-a întâmplat nimic din câte se puteau întâmpla.

Într-adevăr, călătorii erau cu toții teferi în tramvai, sacagiul era neatins, iar dintre cei ce asistaseră de pe margini mai rămăseseră până la sfârșit doar câțiva, restul lămurindu-se că nu mai este nimic de văzut și continuându-și drumul.

Numai măgărușul a rămas nemișcat, în aceeași poziție în care căzuse secerat de la început.

Despina își culese de pe jos ziarul împrăștiat. Din jupele albe, dantelate, pe care se așeza frumos rochia ei se sfâșiase o margine ce ieșea acum la vedere, rușinând fata. O bucată de dantelă desprinsă de tot rămăsese prinsă în colțul unei canapeluțe a tramvaiului. Roșind, Despina o smulse de acolo și o ascunse în pumnul închis. Trase și de fâșia ce ieșea de sub rochie până când rămase cu ea în mână și o făcu și pe aceasta nevăzută. Apoi coborî din vagon demnă, cu ziarul sub braț și jumătate de jupă în pumni.

— Ești întreagă? o întrebă vecinul ei, Chiron grecul.

— Mulțumesc de grijă, sunt întreagă, nici măcar nu m-am speriat, îl încredință ea, roșie toată la față din pricina rușinii de a-și fi arătat dedesubturile dantelate și mai ales de necaz că obrajii, trădători, se înroșiseră.

De sus, de la fereastra deschisă, Anna se aplecase deasupra străzii ca să audă mai bine. Chiron schimbă cu ea o privire și un zâmbet. „Vecine, lasă fata", spuneau ochii Annei.

Semnele prevestitoare ale acestui accident le vedea Despina abia acum. Ziarul cumpărat la capătul liniei 3, sus pe Dealul Spirii, știrea care îi atrăsese atenția dintre toate celelalte, chiar și clopotul tramvaiului înaintea cotiturii, care o scosese din lumea ei aruncând-o în mijlocul realității parcă mai brutal ca de obicei – toate aveau înțeles acum pentru Despina.

Ce ar fi putut face însă cu ele? Sunt așezate în calea ta ca să eviți întâmplarea prevestită, sau numai ca să te încredințezi că totul este scris dinainte?

Despina mai rămase în pragul casei câteva clipe, privind cum sacagiul răspunde la întrebările unui polițist sosit la răspântia unde își găsise sfârșitul măgărușul, deocheat sau nu de o chivuță însetată. Vatmanul, controlorul englez și băiatul de prăvălie al blănarului urcaseră cu mare greutate trupul animalului pe butoiul sacagiului.

Mintea ei prinse a plăsmui imagini închipuite ale dimineții sacagiului. Își imagina măgărușul îndărătnic împotrivindu-se din toate puterile hamurilor, vedea pe sacagiu neluând aminte la înțelesul acestei purtări a animalului și biruindu-l sub ham, aducându-l astfel în calea sorții sale.

Totul în jur este un semn, Despina era încredințată de aceasta. Numai nu reușise încă să le deslușească și, folosindu-se de ele, să întoarcă mersul evenimentelor pe un alt făgaș. La ce bun toate aceste semne ce te înconjoară, dacă în momentele în care faci alegeri și ai avea nevoie de ceva care să încline balanța într-una din părți, înțelesurile lor sunt tăinuite?

Franz coborâse în goană și își potrivise aparatul pe trepied chiar în fața atelierului, în drum, cu gând să prindă ceva din toată scena petrecută sub ferestrele sale. Nu reuși să tragă decât o singură fotografie: tramvaiul cu cai care părăsea locul accidentului.

În vitrina sa, fotografia își aflã locul alături de aceea a Filipei, ce întorcea de câteva zile capetele tuturor trecătorilor.

Franz punea tot acest interes pe seama frumuseții ei ieșite din comun și a răsfățului cu care Anna îi îndeplinea orice dorință legată de toalete, pălării la modă ori alte nimicuri femeiești. Filipa avea tot ce-și dorea. Și știa cu dibăcie să-și dorească lucruri pline de bun-gust. Între toate surorile Dieter, cea mai mică se arăta a avea cea mai mare pricepere într-ale gătelilor.

Anna socotea acestea toate a fi pricini de mândrie, și părerea ei înrâurea și pe Franz. Fata ieșise de ceva vreme în societate și în preajma ei se aflau – după cunoștințele lui Franz – vreo doi tineri ofițeri ce nădăjduiau să obțină întâietatea în inima ei.

În vitrina lui Franz, fotografiile Filipei se perindau unele după altele. Fiecare nouă toaletă se cerea arătată târgului. Filipei îi făcea mare plăcere să fie fotografiată.

13. Duelul

Trebuie că erau ceasurile trei din noapte.

Știa aceasta pentru că se schimba garda Garnizoanei București. Pe sub ferestrele odăii sale strâmte, cazone, pasul cadențat îi dăduse de știre despre aceasta în urmă cu patru ceasuri, la fel ca și acum. Dormise puțin între cele două gărzi. Suficient însă pentru ca trupul lui tânăr și clocotind de nerăbdare să se simtă odihnit. Sub el, așternuturile se înfierbântaseră, ori poate numai îi păreau așa din pricina propriei sale înflăcărări.

Trăsura opri departe de porțile garnizoanei, dar urechea în așteptare a domnului ofițer Bogdan Movilă prinse sunetul fornăit al calului opintindu-se în dârlogi. Noaptea era rece. Caldarâmul sticlea umed sub ultimul felinar, aflat undeva în spate, departe. Calul scotea aburi fierbinți pe nări. În așteptare, muscalul îl acoperi cu un țol, ca să nu-l prindă răceală.

Doi domni coborâți din trăsura oprită la o distanță sigură față de porți dădură semn ușor cu degetele în ferestrele domnului ofițer. Bogdan Movilă sări drept în picioare și le deschise:

— Credeam că nu se mai face ceasul, vorbi el șoptit. Să ne pregătim. Îndată se vor revărsa zorii.

Cu gesturi măsurate, de ritual la care păreau să fi luat parte încă de multe alte ori până atunci, cei doi porniră pregătirile. Acoperiră cu grijă ferestrele, aprinseră o lampă pe care o așezară sub ochiul de oglindă și turnară apă din carafă în lavoar, ajutând pe tânărul domn ofițer să se spele. Bogdan fornăi cu putere, precum calul de afară, în vreme ce-și arunca apă din pumni pe față.

Îi trecură peste cap cămașa albă, pregătită de cu seară pe umerii jilțului din odaie, îl încinseră cu spada și îl ajutară să-și încheie bumbii uniformei. Își trecură degetele-pieptene prin franjurii aurii ai epoleților, despărțindu-i între ei ca să se aranjeze frumos. Îl cercetară apoi din priviri, ca pe un mire gătit pentru ziua cea mare.

— Gata suntem, anunță unul dintre cei doi atunci când isprăviră. Cu Dumnezeu înainte!

— Doamne ajută, se închină domnul ofițer Bogdan Movilă, pășind cu piciorul drept peste prag.

Muscalul îi aștepta la locul stabilit. Îi cântări o clipă din priviri în vreme ce se apropiau de trăsură, apoi îndrăzni să tragă deoparte pe unul dintre cei doi domni ce-l arvuniseră până aici:

— Domnule, ar fi trebuit să-mi spuneți, se tângui el cu glas coborât.

— Și cu ce schimbă asta situația? Ce amestec ai tu? Te rog să nu te obrăznicești și să-ți cauți de slujba ce o ai: du-ne unde avem treburi, repede și în liniște, îl puse la punct domnul, strecurându-i însă în buzunarul de la piept al jiletcii ponosite o monedă de argint de doi lei.

— Sărutăm dreapta, domnule, plecă birjarul capul după ce pipăi moneda și îi înțelese valoarea. Să mă iertați, dar m-am temut pentru că este dată pravilă împotriva duelurilor.

În sunet domol de copite, trăsura porni, dispărând curând în întunericul stricat numai de geana de lumină subțire, galbenă, a felinarului.

Duelurile erau interzise de lege.

Cei doi martori sosiți în inima nopții la porțile Garnizoanei București știau asta. Dar sângele aprins al domnilor ofițeri nu putea fi stăpânit sub legi scrise pe hârtie. Afacerile de onoare ce izbucneau peste tot în târg trebuiau rezolvate în continuare, iar legea cea nouă nu aducea o altă soluție care să înlocuiască în mod respectabil duelul. Astfel că soluționările s-au mutat la adăpostul întunericului. Replicile insultătoare, privirile cu înțelesuri jignitoare strecurate vreunei domnișoare aflate sub protecția unui domn, calomniile scăpate printre rândurile vreunui ziar ori alte asemenea pricini își aflau răspunsul pe la marginile orașului, înainte de zorii zilei.

Trăsura ieșise demult de pe străzile pavate. Martorii domnului ofițer îndrumaseră pe muscal către mahalaua Aga Niță, aflată între vii, departe de inima orașului. Locul fusese ales cu dibăcie de cele două perechi de martori, ai domnului Bogdan Movilă și ai adversarului domniei sale, domnul Petre Simion, ca să nu se afle în calea patrulelor.

Mergeau de o vreme pe drumuri desfundate. Casele sărăcăcioase aflate de-a dreapta și de-a stânga drumului nu se vedeau în noaptea fără lună. Numai câinii mahalalei dădură glas, dar unul dintre martori, pricepuți pesemne la astfel de treburi, se ridică în picioare în trăsură, scoase de sub mantie un codru de pâine și prinse a rupe din el și a arunca spre curți. Câinii își pierdură lătratul într-un schelălăit recunoscător.

Trăsura trase alături de o alta, în marginea mahalalei, la loc deschis. Ca să nu-i piară avântul, domnul Bogdan Movilă își repetase tot drumul, în minte, cuvintele pentru care ajunseseră cu toții până aici.

„Vârsta domnișoarei ar trebui să constituie o problemă pentru dumneata."

Necuviinciosul domn Petre Simion vorbise despre frumoasa domnișoară Filipa Dieter, care de curând îi făcuse lui Bogdan onoarea de a-i permite să o însoțească la o piesă de teatru. Domnișoara Filipa împlinise 22 de ani, în vreme ce el avea abia 21. Nu știa ce anume aprinsese mai tare sângele în el: faptul că domnul Petre Simion divulgase anii domnișoarei, ori cutezanța de a judeca o situație în care dumnealui nu avea niciun amestec?

Ori poate că avea. Poate că erau și alte interese din partea domnului Petre față de domnișoara. Umblau vorbe cum că de la o vreme începuse a-și face drum tot mai des prin fața atelierului de fotografie al domnului Franz, în vitrina căruia mai mereu puteau fi admirate imagini minunate ale frumoasei domnișoare.

În seara aceleiași zile, după cum cere Codul Duelîștilor în astfel de împrejurări, domnul Bogdan trimisese doi martori la domnul Petre, ca să-i ceară satisfacție. Motivul îl constituia aducerea unei jigniri onoarei unei domnișoare al cărei nume urma să fie trecut sub tăcere în întreaga desfășurare a afacerii. Domnul Petre și-a ales la rândul domniei sale doi martori și s-a trecut de îndată la judecarea pricinii.

Ambele perechi de martori și-au arătat punctul de vedere asupra motivului de duel. Nu au putut fi stabiliți termenii vreunei împăcări – mai cu seamă că domnul Petre Simion nici nu voise să audă despre scuze prezentate public – așa fel încât acum se impunea ieșirea în teren.

Cei doi vizitii prinși la mijloc în acea noapte se priviră bănuitori unul pe celălalt. Legea avea pedepse atât pentru cei care se duelau, cât și pentru martori ori alți complici. Niciunul dintre ei nu dorea să aibă probleme. Se obișnuia ca martorii ce aranjau astfel de întâlniri să țină ascuns față de vizitii pe care-i tocmeau motivul curselor din miez de noapte, tocmai pentru a le adormi teama.

— Sara bună, mormăi primul vizitiu, al domnului Petre, care ajunsese la locul stabilit înaintea domnului Bogdan.

— Nă seara, răspunse după un scurt răgaz cel de-al doilea, după care nu-și mai aruncară nici măcar o privire tot restul nopții.

Cei patru martori își prezentară două cutii pentru duel, ce cuprindeau câte o pereche de pistoale Colt absolut noi, cu tocuri maron, lustruite cu măiestrie. După alegerea cutiei, pistoalele fură prezentate domnului Petre Simion, ca unul provocat ce se afla. Domnul cercetă scurt cutia și alese cu ușurință una dintre arme, ca și cum nu ar fi avut nicio importanță cu ce anume se duelează.

Atitudinea lui încrezătoare îi păru iarăși lipsită de cuviință lui Bogdan – atitudine de om cu dreptatea de partea lui, care își pune toată încrederea în alegerile pe care Dumnezeu le va face pentru el. Sângele îi urcă în tâmple și începu a bate acolo cu putere. Cuvintele despre anul pe care Filipa îl avea în plus față de el îi răsunară din nou în urechi.

Când cutia cu cel de-al doilea pistol ajunse în fața lui, luă arma din tocul ei catifelat de postav fără a privi nici martorul, nici cutia, nici pistolul, ci numai sfredelind cu privirea pe adversarul său.

Zarea se desena deja albastră la răsărit. În mai puțin de un sfert de ceas, cerul urma să se înroșească în locul acela. Martorii îi așezară spate în spate și dădură citire regulilor.

Lupta avea să se dea *au premier sang*, până la cea dintâi rană ușoară.

Vor fi trase câte două focuri de armă: primul foc va fi tras la cel mult un minut după semnul martorilor, iar al doilea la cel mult un minut după primul.

De vreme ce o împăcare în afara ieșirii în teren nu a fost dintru început posibilă, se interzice ca focurile să fie trase în aer.

Cu țevile pistoalelor ridicate, numai în cămășile albe în zorii zilei, când frigul scotea aburi groși pe nările cailor, cei doi adversari porniră, la numărătoarea unui martor, să se îndepărteze unul de celălalt. Domnul Petre Simion fusese adesea provocat la duel, ca urmare a firii sarcastice a domniei sale și a îndărătniciei de a nu cere scuzele cuvenite. Pentru tânărul ofițer Bogdan Movilă, acesta era primul duel.

Martorul bătu o dată din palme. Bogdan se propti bine pe picioare. Pământul era moale și umed sub cizmele lui. A doua bătaie din palme a martorului. La douăzeci de pași în fața lui ghicea silueta domnului Petre, orgoliosului domn Petre, disprețuitorului domn Petre, pe care în generozitatea tinereții lui îl numise, până de curând, prietenul său. A treia bătaie din palme.

Îi văzu brațul ridicându-se și știu că țintește. Mâneca albă se arăta limpede în lumina lăptoasă a celui dintâi ceas al zilei. Gândi la Filipa. Se aștepta să audă explozia înfundată a împușcăturii, sunetul sec al prafului de pușcă ce ia foc. În locul lui însă auzi numai sutele de ciori care se ridicară speriate din toți copacii mahalalei și prinseră a se roti, gălăgioase, deasupra locului, ca un nor negru, asurzitor.

Aruncă o privire iute martorilor săi, ca să înțeleagă de la ei dacă i-a sosit timpul. Cei doi prieteni îl priveau cu ochii măriți și păreau a-și ține respirațiile, iar Bogdan înțelese din aceasta că e vremea lui acum. Ținti jos, către picioare, și trase repede. În jurul său nu mai mișca nimic. Cele două trăsuri încremeniseră, cu caii și cu muscalii lor cu tot. Ciorile rămăseseră suspendate în tăcere pe cer. Se temea să nu-și fi depășit minutul său.

Pistolul îi zvânci în pumnul încleștat pe toc.

Petre Simion căzu.

Bogdan simți brațul stâng încălzindu-i-se plăcut. Când își văzu adversarul ridicându-se într-un cot, ajutat de martori, se destinse și mâna cu pistolul îi alunecă moale de-a lungul trupului. Privirile ostenite de cercetarea în depărtare, prin lumina puțină, căutară odihnă pe aproape, în ierburile încărcate de rouă. Cizmele și le află îmbrobonite de umezeala rece. Continua să picure pe ele rouă. Nu pe amândouă. Numai pe cea stângă. Pe cizma stângă picura rouă.

Rouă? Gândurile i se amestecară, scăpându-i de sub control. Roua se ivește, nu picură.

Martorii apărură alături de el și îl sprijiniră de subsuori.

— Ești rănit la brațul stâng, îi spuseră, în vreme ce-l duceau mai mult pe sus către trăsură. Urcă repede! Trebuie să plecăm!

Din brațul său stâng se prelingea un fir de sânge subțire ca de ață, ce picura mai apoi pe cizmă, aproape fără să atingă mâneca largă a cămășii.

— Și Petre? întrebă, încercând să străbată cu privirea dincolo de umerii martorilor săi.

— Este atins la picior. Urcă!

Odată cu biciuștile și îndemnurile vizitiilor care întorceau trăsurile se auziră și cele dintâi țignale ascuțite ale fluierelor poliției. Ca la un semn, martorii aflați în trăsuri se ridicară și coborâră coșurile până jos, ascunzând vederii pe călători.

— Dieeeee! dădură glas cu putere vizitii, fără a mai ține seama vocilor lor, de vreme ce poliția deja se apropia.

Pentru a nu ieși taman în calea poterei, cele două trăsuri făcură cale ocolită în fața Bisericii Sfânta Vineri. Unii o luară către apa Dâmboviței, cu gând să se depărteze cât mai mult de oraș și abia mai târziu să poată întoarce și să-și continue drumul, iar ceilalți se afundară în mijlocul mahalalei, pe unde nici măcar nu se aflau drumuri bine trase printre case, tot ca să-și piardă urma.

Soarele scăpase dincolo de Dealul Spirii, alungând ceţurile dimineţii şi scoţând pe străzi cele dintâi florărese.

Bucătăria casei Mayer, aflată la demisol şi încă spre apus, era întunecoasă chiar şi în miezurile zilelor, darămite la primele ceasuri ale dimineţii.

Pe la marginile de jos ale ferestrelor înalte, aflate deasupra plitei mari, se vedea curtea din spate. Privite de afară, din curte, ferestrele păreau crescute direct din iarbă. Uneori, în aşteptarea câte unui borş ce nu mai fierbea, privirile pierdute pe fereastră ale bucătăresei casei urmăreau cu uşurinţă vreun şir de furnici călătorind pe un fir de iarbă ce li se aşezase în calc.

Dochiţa, bătrâna bucătăreasă a familiei, intră cu un sfeşnic în care ardea un capăt bont de lumânare. Ceara topită pe cale, între odaie şi bucătărie, i se lipise pe degetele cu care ţinea sfeşnicul, dar nu părea să o deranjeze. Pielea ei bătătorită în anii de muncă numai prin faţa plitelor simţea altfel arsurile. Potrivi sfeşnicul în fereastră, ca să se vadă lumină de afară, să afle vecinele că la ei în casă s-a trezit cineva, şi îşi dezlipi ceara de pe degete.

De ar fi poruncit Rosei celei alintate şi fără minte să facă lumină, iar ceara ar fi ajuns pe degetele ei, fătuca ar fi ridicat până acum toată casa în picioare cu vaiete şi lacrimi, gândi Dochiţa, şi imaginea aceasta îi puse primul zâmbet al zilei pe faţă. Era o fire senină şi zâmbetul îi apărea uşor pe chip. Îşi încinse talia generoasă ca aceea a butoiului în care păstrau peste iarnă vinurile aduse tocmai din marginile Dealului Hârlăului, de la Cotnari, cu şorţul ce stârnea veselia Rosei.

— Asta-i faţă de masă, nană Dochiţo, să nu te superi, dar nu-mi pare a fi şorţ, ciripea slujnicuţa, ca plată a multelor porunci pe care le primea de dimineaţă până seara de la Dochiţa, de parcă ar fi avut două stăpâne şi nu una singură.

Pentru astăzi avea rostuite de cucoana sa un borș de cocoș bine zdrențuit cu ou, cum îi plăcea domnului, niște păstrăv la cuptor și alivenci moldovenești cu brânză proaspătă, din care stăpânii gustaseră pentru cea dintâi oară de pe mâinile ei, căci nu le cunoșteau.

Plănuirile însă îi fură întrerupte brusc de ușa dinspre curtea din spate, care se dădu cu putere de perete, speriind pe sărmana Dochița și făcând-o să scoată un țipăt de care mai apoi se rușină.

— Ălelei!

În mijlocul bucătăriei sale se rostogolise un flăcău cu plete de poet, înveșmântat în uniformă ofițerească, cu chipul palid strâns într-o grimasă de durere.

Dochița privi la el și gândi la Domnul. Până să potrivească însă gândurile într-o cerere de ajutor și dreaptă sfătuire, în bucătărie intră – numai într-o cămașă de noapte străvezie și cu părul de tot slobod pe spate și pe frunte – Rosa. Ochii i se opriră drept într-ai domnului ofițer, și Rosa își pierdu pe loc bruma de stăpânire de sine pe care o avea, pornind a țipa ca din gură de șarpe.

— Nană Dochițooo! Sări, nană!

În încercarea ei disperată de a se apăra de închipuitele primejdii în care se afla, apucă de pe masa cea mare aflată în mijlocul bucătăriei două linguroaie ale Dochiței și le aruncă cu răsunet pe dușumele. Domnul ofițer ridică spre bucătăreasa ce-i părea a fi scăparea sa o privire rugătoare.

— Domnișoara Filipa? șopti tânărul, și Dochița observă atunci firicelul subțire de sânge ce se scursese din brațul lui, formând un petec colorat la piciorul mesei.

Adusă pesemne de larma linguroaielor rostogolite pe dușumele, ori poate de alte semne tainice cunoscute numai de cei sortiți să-și iasă în cale unul altuia, domnișoara Filipa apăru în capul scărilor dinspre casa mare, purtând la rândul ei un sfeșnic în mână. Părul scăpat pe la margini de sub boneta de noapte și luminat de jos în sus de lumânarea din sfeșnic îi încadra fața într-un nimb. Părea o pictură coborâtă de pe perete.

O pictură furioasă însă, care coborî cele câteva trepte ce o despărțeau de bucătărie cu iuțeală și se apropie de Rosa:

— Liniște! porunci ea fetei în casă și, apucând-o de un umăr, o întoarse scurt și o împinse către odaia din spatele bucătăriei, a slujnicelor. Acolo să stai, mai spuse ea, închizând ușa în urma Rosei.

Apoi se întoarse către Dochița, care-l ajutase pe tânărul ofițer să se așeze pe un scaun și îi adusese un pahar cu apă proaspătă.

— Spirt și fașă, ceru ea scurt bucătăresei.

— Nu cred că veți putea ierta vreodată... începu Bogdan, dar vocea i se frânse și grimasa de pe fața lui se adânci.

— Ce-i cu dumneata? întrebă Filipa, în timp ce-i oblojea rana de la braț.

— Am avut o afacere de onoare de rezolvat. Pesemne că au fost trădători printre noi, pentru că a apărut poliția. Ne-am pierdut urma la început, dar mai apoi ne-au aflat și puțin a lipsit să nu ne oprească trăsura. Ca să mă scape, amicii ce îmi serviseră drept martori m-au coborât pe străduța din dos și au mânat calul mai departe, așa fel ca potera să le ia urma. În lipsa aceluia care a luat parte activ la... reglarea afacerii, procurorii nu pot deschide caz.

— Dochiță, pune de ceai. Acuși se trezește Anna și coboară să pregătească ibricul de cafea al lui Franz. Nu trebuie să-l afle aici pe domnul ofițer.

Filipa așteptă până când bucătăreasa se îndepărtă de ei, apropiindu-se de plită ca să-i împlinească poruncile, apoi spuse încet:

— Eu te întreb ce-i cu dumneata de te bagi în astfel de afaceri de onoare, cum le numești. Cele ce mi-ai spus le-am priceput și singură, numai privindu-te. În fine, ca să nu crezi că te cert în astfel de momente, deocamdată mă voi mulțumi cu cele ce am aflat. Rămâi aici. Bea ceaiul de la Dochița. Eu o să merg să rezolv sus, cu Franz și cu Anna.

Filipa nu cususe niciodată prea bine.

O vreme se îndeletnicise cu broderia, mai mult ca să-i facă Annei pe plac, dar indiferent cât sârg pusese și câte promisiuni își făcuse singură, nu izbutise încă să isprăvească niciuna dintre cele începute. În încercările ei de a afla talentele surorii mai mici și înțelegând că lucrurile repetate la nesfârșit nu sunt prea aproape sufletului său, Anna îi dărui mai apoi un model pentru goblen și fire colorate de mătase.

— Goblenul este un tablou, îi spusese Anna. Nu te vei mai simți plictisită lucrând la el, de vreme ce vei fi nevoită să schimbi mereu ațele și culorile.

Filipa încă mai studia și acum modelul, fără a găsi puterea de a se apuca de lucru.

Era înclinată către cochetărie și se îmbrăca cu mult bun-gust. La scurtă vreme de la ieșirea ei din Școala Centrală de Fete și mutarea în casa surorii sale, deveni modelul pe care multe domnișoare și chiar doamne îl urmau, atunci când venea vorba despre rochii ori pălării.

Franz observă repede că privește către aparatul de fotografiat în alt fel decât o făceau majoritatea clientelor sale. Privirile ei spuneau altceva decât învățaseră în casa protopopului și mai apoi în Școală, măcar că inima îi era curată și gândurile la fel. Avea însă un curaj și o încredere atunci când privea către obiectiv, care ar fi putut cu siguranță – să fie judecat ușor ca provocare.

Independent de purtările care îi erau fără repros, privirile ei spuneau: „știu că sunt frumoasă și mă bucur că vă plac".

Franz își spunea că, probabil, frumusețea ieșită din comun aduce după ea asemenea neajunsuri, anume că femeia, slabă, cade pradă patimii orgoliului, se vede frumoasă și se vrea admirată. Franz nu-i găsea Filipei nicio vină pentru aceasta, de vreme ce conștiința lui stabilise deja că fata este o victimă a unei slăbiciuni firești. Mai curând s-ar fi aflat pe el însuși vinovat, dacă nu ar fi fost suficient de atent iar fata nu și-ar fi găsit siguranța alături de un soț care să poată cârmui situația.

Astfel stând lucrurile, atunci când o află la fereastra salonului, alături de masa așezată pentru micul dejun, cu lucrul de mână în poală, muncind sărmanul ac ce părea să se împotrivească, Anna se opri locului. Privi peste umăr către Franz, care era pe urmele ei, și ridică scurt din sprâncene pentru ca imaginea să nu-l ia prin surprindere.

— Bună dimineața, le arătă Filipa cel mai luminos surâs al ei.

— Bună dimineața, Filipa, răspunse Anna.

Căută o continuare potrivită acestui salut, dar pentru că nu găsea niciuna pe placul ei, iar timpul scurs după rostirea lui se lungea, hotărî să-l lase pe Franz să înceapă.

— Ce coși? întrebă el, răspunzând unui semn al Annei.

— O...

Filipa desfăcu larg în fața ochilor săi pânza, ca să înțeleagă ce este.

— O...

Privirile ei le căutară pe ale Annei, ca atunci când guvernanta o ducea către odaie pentru somnul de amiază, iar ea cerea, fără vorbe, ajutor.

— Filipa, rogu-te să nu mă sperii, spuse Anna. Ce se petrece?

Apoi se întoarse către Franz ca să întrebe:

— Unt și miere?

— Da, te rog. Mulțumesc.

Filipa așeză încet lucrul de mână deoparte și își pierdu privirea pe fereastră. Surâsul luminos dispăruse. Fruntea ei căpătase o cută între sprâncene.

Îl cunoscuse pe domnul ofițer Bogdan Movilă la Bătaia cu Flori de la Șosea, anul trecut. Se obișnuia să se organizeze astfel de evenimente an de an, în Duminica Floriilor. Tinerii domni studenți de la Universitate erau cei ce porneau, întotdeauna, pregătirile, iar Primăria dimpreună cu cafenelele din zonă se lăsau repede atrase de înflăcărarea lor.

Anul trecut însă, Bătaia cu Flori fu stabilită din vreme de Primărie pentru ziua de 10 Mai, în cinstea Zilei Independenței și a Zilei Regelui.

În dimineața aceea, Filipa purta o rochie nouă și o lumină magnetică în priviri. Era toată numai un surâs.

Trăsura împodobită în întregime cu buchețele de viorele, zambile, liliac ori călțunași trăsese deja în fața caselor. Aveau stabilită oră de întâlnire cu Greta, dimpreună cu domnul avocat Prisăceanu și copiii, ca să meargă împreună la sărbătoare. Prin fața atelierului fotografic treceau în goana cailor trăsuri cu flori prinse la hamuri, la urechile cailor și de jur-împrejurul coșurilor, cu ocupanți cuprinși de veselie și nerăbdători să ajungă cei dintâi la locul faptei.

După ce mai întâi încercă să scape de purtarea corsetului, dorind să-l înlocuiască cu un soi de lenjerie strânsă în jurul trupului – de care făcuse rost cine știe prin ce metode și de unde – Filipa se lăsă învinsă de împotrivirile aprige ale Annei, dar aduse în luptă altă dorință, la fel de nebunească: nu va ieși cu umbreluță.

— Mă încurcă, motivă ea, sub privirile încremenite pentru o clipă ale Annei.

— Este târziu și Greta probabil că ne așteaptă, cu copiii, îi aminti Anna. Luăm umbreluța și mergem chiar acum, mai spuse ea, și chiar luă umbreluța Filipei și urcă cea dintâi în trăsura plină de flori, ca să fie un bun exemplu oricărui nehotărât.

Filipa scoase la iveală cravașa ei elegantă cu care gândise din vreme că va înlocui umbreluța, ca să dea mâinilor sale o ocupație și să-i fie de ajutor în vreun moment în care nu și-ar fi găsit cuvintele ori privirile potrivite, de-a lungul zilei. Șoseaua avea să fie plină de ofițeri, studenți și tot felul de tineri a căror atenție Filipa știa că o va atrage. Era de așteptat să fie uneori pusă în încurcătură de privirile lor, și atunci și-ar fi putut cerceta cravașa din mâini, în loc de orice alt răspuns.

— Mână, ceru Franz vizitiului care-și juca în frâu calul, stârnit de trecerea altor trăsuri gălăgioase.

Dochița își făcu apariția din curți, grăbită, suflând greu din pricina celor câțiva pași alergați. Pe brațe purta un coș de nuiele plin cu flori mărunte de primăvară, pe care încerca să-l ridice cât mai mult deasupra capului.

— Florile, florile, cuconiță! strigă ea cu glasul întretăiat.

— Am uitat florile, sări ca arsă Filipa din trăsură. Să oprească!

Vizitiul, care nu apucase încă să plesnească în aer primul bici, se aplecă și luă din mâinile Dochiței coșul cu armament. Îl potrivi la picioarele lui și mai aruncă o privire peste umăr către clienții săi.

— Gata, mână, porunci pentru a doua oară Franz.

— Smochinele, smochinele! dădu glas Anna, ridicând amândouă umbreluțele – a domniei sale și a îndărătnicei Filipa. Dochiță, adu smochinele pentru copii! Le-am uitat în chiseaua cea mică din vestibul.

Dochița găsi lângă umărul său pe Rosalba, care asista la toate acestea cu un zâmbet lățit pe întreaga față și cu gândurile duse cine știe pe unde, și îi împinse scurt umărul către casă:

— Aleargă de adu smochinele pentru copii, tu Rosă, spuse ea cu glas poruncitor, dar înfundat, cât să nu fie auzită decât de slujnicuță.

Continuând să zâmbească fără rost, Rosalba dădu fuga și se întoarse cu un pachețel frumos învelit în hârtie cerată de la Capșa. Anna cumpărase câteva smochine confiate pentru nepoți. Luă pachețelul întins de jos de Rosa, care țopăia zănatecă pe lângă roata trăsurii.

Ziua, scăpată de sub toate legile și regulile ei obișnuite, avea să fie însemnată și pentru Rosa, care căpătase învoirea de a lua parte la sărbătoare. Aștepta acum numai plecarea stăpânilor, ca să înceapă la rândul ei pregătirile.

Vizitiul aruncă o privire către Franz.

— Mână, spuse el. Cred că suntem ultimii. Vom primi flori în cap de la tot Bucureștiul.

— Petrecere frumoasă, cuconițelor! strigă pe urmele lor Dochița, cu ochii ușor apoși din pricina emoției momentului, fluturând palma bătătorită pe deasupra capului.

— Săru-mâna! se veseli și Rosa, stăpânindu-se cu greu să nu sară pe loc și fluturând la rândul ei mâna.

— La revedere! La revedere!

Toate fotografiile din vitrina lui Franz prinseseră a surâde.

Trăsura Gretei îi aștepta la locul stabilit, având flori împletite până și la spițele roților. Gemenii erau pe capră, de-a dreapta și de-a stânga vizitiului, admirându-i impresionați chipiul. Anna mică ridică de îndată brațele din poala mamă-sii și dădu glas:

— Vreau cu Pilipa!

Copila, aflată la primele ei încercări de a se face înțeleasă, ocolea deocamdată litera *F*, înlocuind-o pe unde o găsea cu *P*. Farfuriile era *parpurii*, iar Filipa devenise *Pilipa*.

Trăsurile traseră una lângă cealaltă și prunca schimbă poala maicii sale cu aceea a mătușii dorite. Anna scoase la iveală de prin faldurile rochiei dumisale pachețelul cu smochine și le împărți între gemeni. Din depărtare se auzea veselie mare. Șoseaua fusese împodobită cu ghirlande de o parte și de cealaltă. Între copaci erau aninate șiraguri de flori împletite în cununițe mici.

Circulația tramvaielor cu cai fusese oprită încă de cu seară, iar mulțimea ocupase toate terasele cafenelelor, spațiile dintre ele, șinele tramvaiului și se revărsa acum către mijlocul Șoselei. Balcoanele tuturor caselor arătau precum sălile de bal: balustradele erau îmbrăcate în flori, iar pe la colțuri fluturau drapele. O doamnă avusese ideea de a scoate, la balconul domniei sale, cel mai colorat covor al casei.

În cinstea zilei de sărbătoare, negustorii cu stare comandaseră portrete ale Majestăților Lor – Regele Carol I și Regina Elisabeta – și le potriviseră la loc de frunte prin vitrine. Trăsurile ce se avântau să străbată Șoseaua intrau sub bombardamentul celor de pe margine, care erau pregătiți cu liliac, narcise și stânjenei.

De pe Dealul Spirii răsunară cele dintâi salve de tun, smulgând altfel de strigăte din mijlocul mulțimii, mai înăbușite, ca acelea ale unei clase de ștrengari la intrarea pe neașteptate a domnului profesor. Franz se înțelese cu domnul Prisăceanu și aliniară trăsurile în ordinea inversă sosirii. Porni în frunte trăsura familiei Mayer. Strigătele de încurajare ale mulțimii se rostogoleau ca niște mingi pe fața vălurită a apei:

— Poftiți, poftiți!

Când vizitiul dădu bici cailor și porni, râzând, o ploaie de flori se abătu asupra pălăriilor celor două doamne aflate în trăsură. Anna mică era încă în brațele Filipei, care îi așeză repede pe cap pălăria ei – chipurile ca să o apere de proiectilele din flori ce veneau din toate părțile – și se înălța acum dreaptă în mijlocul trăsurii, lipsită de umbreluță și de pălărie, cu părul castaniu ca ciocolata domnului Grigore Capșa strălucind în bătaia soarelui, în toată splendoarea.

Mâinile ei nu mai aveau nevoie nici de cravașă. Avea în brațe copila ce se răsucea în toate părțile, chicotind de bucurie și agățându-și din când în când degețelele în buclele ei. Franz și Anna răspundeau din trăsură cu alte flori celor ce îi atacau de jos.

Chiar și vizitiul își afundă mâna în coșul primit de acasă, de la Dochița, și o scoase plină de flori de liliac, pe care le azvârli în capul unui grup de tineri mai îndrăzneți de pe margine.

— Dieeee! striga el în tot acest timp, mânând calul de-a lungul Șoselei.

În picioare în mijlocul veseliei generale, sub ploaia de flori, cu prunca râzându-i în brațe și buclele lepădate de orice ascunziș, Filipa tăia respirația grupurilor de ofițeri pe lângă care trecea trăsura. De pe o latură a celui de-al doilea rond, un tânăr ofițer cu privire de poet apucă cu gesturi hotărâte coșul plin cu flori ce servea drept muniție întregului grup, se avântă cu el în brațe către mijlocul Șoselei, în calea trăsurilor, și îl depuse la picioarele Filipei.

Totul dură numai o clipă. Trăsura își văzu de drum mai departe.

Privirile domnului ofițer și ale Filipei se întâlniră scurt, atât cât ține o durere ascuțită atunci când acul scapă în buricul degetului. Din spate venea trăsura familiei Prisăceanu. Greta punea flori-proiectile în mâinile gemenilor și îi ajuta să le arunce cât mai departe și să-și atingă țintele ca să-i înveselească pe băieți. Domnul ofițer rămase pe loc, cu chipiul în mâini, zâmbind pe urmele celor două trăsuri. De pe margine, ofițerii dintre care ieșise îl chemau înapoi.

Atunci îl văzuse Filipa pentru cea dintâi dată.

Se vede însă că nu aceea fusese prima întâlnire și pentru domnul Bogdan Movilă, pentru că tânărul păru să știe precis unde anume o poate revedea pe domnișoara, de vreme ce a doua zi se prezentă cu doi amici la atelierul fotografic, comandând câteva fotografii. Domnul ofițer reveni des. Atât de des, și întotdeauna atât de dornic de conversație, încât sfârși prin a fi prezentat doamnelor și poftit mai apoi la un ceai, într-o după-amiază.

Despre diferența de vârstă care produsese necazul aflaseră prea târziu, atunci când amândoi așteptau după-amiezele de ceai în salonul Annei cu egală nerăbdare. Între ei nu avuseseră loc niciun fel de explicații. Nu-și făcuseră încă promisiuni ori destăinuiri, înțeleși parcă în taină să mai păstreze o vreme între ei clipele acestea pe care le trăiau acum, cele mai dulci din toate câte aveau să vină.

Acum, în salonul pregătit pentru micul dejun, cu Bogdan ascuns prin cămările Dochiței și cu ochii Annei și ai lui Franz ațintiți asupra ei, Filipa căuta un început povestirii ei.

— Franz, începu ea. Îți amintești de vremea când ne desenai cârdurile de rațe de pe eleșteul nostru din spatele grădinilor?

Nici Franz și nici Anna nu răspunseră nimic. Așteptau ceva mai mult de la ea, ca să înțeleagă mai întâi la ce anume ar trebui să răspundă. Filipa întinse mâna după o ceașcă, dar renunță, o așeză înapoi în poală și întoarse din nou privirile către ferestre.

— Annă, ții minte cum mă roteam prin casa maicii noastre, cu paftaua ta de mireasă la gât? încercă ea un alt început.

Dar nici acesta nu se dovedi a fi mai norocos, așa că Filipa își făcu singură curaj și atacă pricina direct, ridicându-se în picioare în fața lor și spunând:

— Domnul Bogdan Movilă se află jos, la cuhnii. Se ascunde de poteră pentru că s-a duelat.

Rostise cuvintele ca și cum ar fi descoperit în fața lor cortina ce ascundea o catastrofă fără margini. Era deznădăjduită și convinsă că pricina nu are rezolvare. Sufletul ei îngenunchease în fața apropiatelor urmări, pe care le vedea care mai de care mai nefericite. Nu avea alte așteptări decât o brumă de alinare dată de împărtășirea nenorocirii cu altcineva, care să știe a spune o vorbă potrivită.

Anna dispăruse din salon fără ca Filipa să înțeleagă când anume. În fața ei, Franz luă o înghițitură din cafeaua pregătită anume pentru el de soția sa și întrebă:

— Sunt răniți?

— Domnul Bogdan are brațul stâng atins, dar glonțul nu a rămas înăuntru. I-am oblojit rana mai adineaori.

— Cu cine s-a duelat?

— Nu cunosc cu cine și nici pricina nu o știu.

Filipa răspundea cuminte ca un copil scos la tablă, după ce data trecută nu știuse lecția, iar acum vedea că i se dă o șansă să-și îndrepte nota.

— Trebuie să plece de îndată din țară, spuse Franz. Dacă există răniți din duel, atunci pedeapsa va trece de doi ani de închisoare.

— Să plece din țară? Pentru cât timp să plece din țară? făcu Filipa ochii mari la el.

Franz o privi adânc în ochi, mustrându-i deopotrivă – prin cuta dintre sprâncene – neștiința într-ale legilor, nerozia de a se îndrăgosti de așa un spirit nestăpânit și slăbiciunea de a suferi pentru greșelile altuia.

— Eram încredințat că este mai înțelept decât atât, spuse el, măcar cât să nu te tragă și pe tine în aventurile lui de capă și spadă. Ar fi trebuit să știe că orice va păți el, te va afecta și pe tine. Presupun că ați vorbit între voi până acum.

Filipa știa despre ce fel de vorbe o întreabă Franz. Acele vorbe încă nu existaseră între ea și tânărul domn ofițer. Plecă ochii și pomeții obrajilor i se colorară.

Anna, coborâtă în grabă la bucătării ca să se încredințeze de adevărata față a lucrurilor, să cerceteze adevăratele margini ale problemei, îl află pe Bogdan tocmai în odaia slujnicelor sale. Nu avea fierbințeală și rana pansată în fese de Filipa părea curată, semn bun. Lăsă porunci jos ca domnul să fie hrănit și ținut ascuns, apoi urcă din nou în salon.

Pentru ca nimeni să nu bănuiască nimic, Franz coborî ca de obicei la atelier. În vitrină încă mai avea fotografii în care apărea și Bogdan Movilă, și Franz simți toată ziua impulsul de a le scoate de acolo. Dar se temu că încă și acesta ar putea fi un semn care ar da de veste că ceva nu este în ordine, așa că se stăpâni.

Către seară sosi o ordonanță călare care ceru îngăduința unei vizite târzii din partea celor doi amici ai domnului ofițer Bogdan Movilă. Franz îi primi chiar jos, în atelier, și se prefăcură a poza în vreme ce puneau lucrurile în ordine.

Hotărâră ca domnul ofițer să părăsească țara chiar în noaptea aceea. Bagajele îi fură aduse, cu mare fereală, de cei doi prieteni. După o scurtă escală la Viena, trenul ajungea către dimineață în München. Nu ar fi trebuit să fie nicio problemă.

Atâta doar că, la ora stabilită, pe peronul gării îi întâlniră pe ceilalți doi martori, ce însoțeau pe domnul Petre Simion. Unul dintre ei ducea un bagaj ușor, iar cel de-al doilea îl sprijinea de braț pe domnul Petre, care șchiopăta. Mergeau de aceea toți trei cu pasul potrivit după al celui rănit. Se opriră unii în fața celorlalți și se salutară. Descoperiră fără greutate că cei doi fugari luau același tren.

Unul cu brațul aninat de gât într-o fașă curată, celălalt șchiopătând și lipsit de ajutorul vreunui baston, pe care nu avusese vreme să și-l procure, cei doi se priviră în ochi. Conductorul dădu cel dintâi semnal de plecare din fluier. Martorii fostului duel urcară bagajele în compartiment și coborâră pe peron. De la două ferestre alăturate ale trenului, Bogdan Movilă și Petre Simion își luau rămas-bun de la cei rămași pe peron.

— Domnule Movilă, sunteți un gentlemen și știu că pot să apelez la calități corespunzătoare din partea domniei voastre, vorbi unul dintre prietenii lui Petre. Rogu-vă, dați o mână de ajutor amicului nostru, de va fi nevoie, pentru că nu am reușit să găsim un baston pentru el, într-un timp așa de scurt. Se deplasează cu greutate și călătoria este lungă.

Bogdan și Petre se aplecară în afara vagonului și se priviră de-a lungul ferestrelor. Căutau unul în ochii celuilalt o urmă cât de mică de zeflemea. Nu o aflară însă, așa fel că Bogdan spuse:

— Ne vom purta de grijă unul altuia pe drum. Veți primi vești de la noi de îndată ce vom ajunge la München.

Trenul plecă din gară cu un șuierat ascuțit de pasăre răpitoare, care a furat și fuge acum cu prada sa.

14. Rudărița

Moara nu era a lor.

Ei toți – mumă-sa și patru frățiori – erau tocmiți pe câte un an. E drept că prâslea nu putea încă munci, mumă-sa îndurând pentru aceasta multe ocări de la stăpânii de drept ai morii. Oameni cu suflet negru – sau poate numai lipsiți de dragoste atunci când avuseseră mai multă nevoie de ea – stăpânii numărau zi de zi îmbucăturile celui mic, care nu muncea.

— Mănâncă din taînul meu, vorbea sperios mumă-sa. Îi dau eu pâinea mea.

Rămasă de tânără fără bărbat și cu patru copii pe lângă ea, mumă-sa se deprinsese de-a lungul vremii cu vorba aceasta sperioasă, că adesea nici nu auzeai ce spune, doar o vedeai că-și mișcă buzele și atunci știai că a avut ceva de zis.

Băieții erau mici în anul în care se prăpădise tăicuțul lor. Cum câmpul nu mai avea cine-l munci, mumă-sa se sfătui cu ea – copilă de doisprezece ani pe atunci – și îl vândură. Amândouă au jelit la înstrăinarea țarinii ca la moartea lui tătâne-său, pentru că pământul fusese muncit demult de ăi bătrâni din neam, iar ele se simțeau acum ca și cum i-ar fi vândut pe ei. Copiii însă trebuiau să mănânce.

Vândură tot, își cumpărară animale și se tocmiră pe lângă moara din sat.

În cel dintâi an primiră plată numai trei dintre ei: mumă-sa, ea – adică Rudărița – și fratele mai mare, care împlinea atunci unsprezece ani. Stăpânii aruncaseră o privire către ceilalți băieți și hotărâseră că munca lor nu se ridică până la nivelul unei plăți. Slavă Domnului însă că satul era mare și moara nu stătea o clipă. Aveau mereu de muncă, măcar că niciunul dintre copii nu mai știa ce este aceea joacă de la moartea tătâne-su, dar de foame nu aveau a se plânge.

Moara lucra pe un iaz făcut de mână de om. Pârâului mai mereu bogat îi puseseră astupătură pe Vale'n sus, în dreptul livezilor, așa fel încât iazul se întindea de la astupătură și până la roata morii, mai bine de o sută de stânjeni. Toată apa iazului asigura două ceasuri întregi de măciniș. Îi spuneau Moara Popii, fără să mai știe careva din sat de ce.

Există câteva clipe în fiecare seară când întreg cerul se golește de culoare.

Sunt clipe grele, așa de grele încât pare că nici măcar nu trec, ci pur și simplu s-au oprit. Cu o clipă mai devreme, cerul avea tiv portocaliu în locul unde se așeza pe pământ, iar după încă o clipă el este bleumarin catifelat, întunecat și țintat cu stele galbene. Dar trecerea de la o culoare la alta se face printr-o cumplită deznădejde. Seară de seară, cerul își pierde pentru o clipă speranța. Rudărița își luase demult obiceiul să asculte cântecul disperat al cerului care dă ziua pe noapte.

Numele și-l căpătase cioplind nevestelor linguri sau fuioare de tors lână – o îndeletnicire în care o inițiase tătâne-său în cei dintâi ani ai copilăriei. Fata era îndemânatică și i se dusese repede vestea în Perișaniul Țării Loviștei. Prinsă însă între creșterea frățiorilor cei mici și munca pe simbrie la moară, Rudărița nu putea face față tuturor comenzilor ce se iveau din tot locul.

Când ziua se isprăvea cu adevărat și copiii dormeau, mintea de doisprezece ani a Rudăriței isca întrebări al căror răspuns îl tăinuia, rușinată. Își spunea în miezurile nopților că – dacă ar avea o putere – ar ridica de pe umerii mumă-sii greutățile și munca, ar îndestula-o cu hrană pentru toată familia, iar ea și-ar petrece viața cioplind. O viață în care să fie liberă să cioplească lemnul după pofta inimii era un vis la care Rudărița gândea ca la Raiul promis duminica în biserica din sat.

Rudari care să cioplească lăzi pentru făină, melițe sau grape, trocuțe pentru frământat pâinea ori furci se aflau și dincolo și dincoace de Făgăraș. Niciodată însă bărbaților nu le era îngăduit să cioplească fuse femeiești sau linguri. Cu acestea se îndeletniceau rudărițele din Perișani, Brezoi ori Voineasa, satele Lotrului.

Rudărița știa că se născuse în Perișaniul Țării Loviștei, pus de Dumnezeu între Parâng și Făgăraș parcă anume ca să înțelegi că aici sunt oamenii Lui, și nu e bine să îi prigonești dacă sunt apărați de El. Trăitorii acestor pământuri sunt mai vechi decât istoria, iar sângele lor este și astăzi curat, dac, neamestecat cu felurite neamuri de cotropitori ce îngenunchiază cu sabia apoi arată bunăvoință, cum, așa frumos, spunea domnul învățător. De o vreme fata nu mai fusese la școală și nici nu putea ciopli pe cât de mult și-ar fi dorit.

În serile de iarnă mai amarnice, când erau toți cinci încuiați în casă de frica vifornitei, le făcea celor mici jucărele din cioturi de lemn pe care le păstra tot anul pentru asemenea momente. Căluți, ciobănași sau chiar moara ce le dădea de mâncare, toate prindeau viață când Rudărița punea mâna pe un ciot de lemn. Erau seri minunate în care ea vedea că Dumnezeu îi iubește, seri în care copiii erau sătui, în casă era cald, iar mumă-sa țesea la război sub lampa cu gaz.

Marele secret, taina pe care mintea Rudăriței încerca să o pătrundă, era să nu te împotrivești, ci să iei totul așa cum vine. Să accepți toate câte îți sunt scoase în cale, să le lași să treacă peste tine apoi să ridici ochii și să privești dincolo de ele.

— Fă-mi un căluț, nană, apăru pe lângă ea cel mai mic dintre băieți, cel pe care încă îl fereau din calea stăpânilor morii.

Cuvintele lui smulseră privirea și gândurile Rudăriței din zarea tivită portocaliu. Copilul era atât de aproape încât îi putea simți căldura și mirosul încă de prunc. La colțurile gurii avea coji de lapte.

— Ce-ai mâncat, mă? surâse soru-sa, ștergând urmele de pe fața lui cu colțul poalelor.

— Mămăliguță cu lapte, mi-a dat mămuța, zâmbi cu gura până la urechi copilul la amintirea fericirii din strachina cu lapte.

— Și tu i-ai spus „săru'mâna"? Că uite, noi nu am mâncat, numai ție ți-a dat, îi ciufuli părul murdar din frunte Rudărița. Mâine să treci la râu să te spăl.

— Și acuma fă-mi un căluț, începu a țopăi în jurul ei copilul.

Rudărița scoase de sub prispa morii o bucată mare de lemn, cât brațul, rămasă de la cine știe ce comandă de oameni înstăriți și păstrată de ea pentru lucruri importante. Cerul serii depășise momentul său de deznădejde. Se întunecase, și ca să poată ciopli jucăria copilului intră în casă și se cuibări lângă războiul mumă-sii.

— O să-ți fac un prieten adevărat, spuse Rudărița, privind lung la bucata sa de lemn.

Ochii copilului se măriră a neînțelegere.

Se așeză alături de ea, își prinse pumnii mici între genunchii îndoiți și așteptă, răbdător, să înceapă minunea promisă. Rudărița își trecu palmele pe deasupra lemnului, cu drag. Forma lui ascunsă o vedea deocamdată numai ea. Era chipul celui mic în adâncurile bucății de lemn, așteptând clipa de răgaz în care fata îl va scoate la iveală pentru toți ceilalți ochi. Cercetă fața copilului cuibărit lângă ea, măsură trei degete sub marginea de sus a lemnului, potrivi dăltița și lovi moale cu ciocănașul. Din carnea lemnului ieși un cârlionț, descoperind dedesubt miezul mai deschis la culoare.

— Ce faci? întrebă cel mic, privind la soru-sa ca la mândrul soare.

— Ăsta o să fie ochiul tău, îl lămuri Rudărița, zâmbind uimirii din ochii copilului.

Felul acesta cuminte în care sufletul lui nescris încă se lăsa modelat de cuvintele ei i se păruse dintotdeauna foarte asemănător cu felul în care lemnul moale și bun se lăsa modelat de dăltița ei. Mai cu seamă pentru copiii cei încrezători, cuvintele sunt dălțițe în care ciocănașul trebuie să lovească încetișor, pentru că altfel bucata ce sare poate fi prea mare, iar urma rămasă în miezul de dedesubt – nepotrivită.

Lucrară la copilul din lemn o săptămână întreagă – fata cu dăltița și cel mic cu ochii măriți de admirație. Când isprăviră, așezară păpușa în fereastra de la drum. Asemănarea cu modelul era izbitoare. Mai întâi se opriră sătenii ce aduceau sacii la măcinat. Își arătau unii altora chipul din lemn, femeile duceau mâna la gură, strângându-și în pumni mirarea, iar bărbații își împingeau căciulile pe spate.

În lipsa unui model pe care să-l urmeze, derutați de stările sufletești pe care le stârnea bucata aceasta de lemn ieșită din mâinile Rudăriței care era mai prejos decât ei toți, sătenii se mulțumiră să se reîntoarcă la fereastra cu minunea sau să ducă vestea cu ei mai departe, către marginile satului.

De acolo o luă domnul învățător. Încercă să se lămurească din vorbele oamenilor ce anume are atât de deosebit omulețul cioplit de Rudărița, dar explicațiile lor nu ajutară cu nimic. Astfel că, într-una din zile, în loc să țină drumul de la școală către casă, domnul învățător o porni către Moara Popii. Bătătura largă care ținea loc de curte morii era – ca mai totdeauna de altfel – plină de țărani veniți cu treburi. Droșca mică trasă de un singur cal nu ducea niciun sac, și oamenii au înțeles că domnul învățător a venit adus de vorbele lor, pentru păpușa Rudăriței.

Le sosise modelul. Toți ochii se îndreptară către el.

Domnul învățător împărți saluturi și zâmbete în timp ce potrivea biciușca la parmalâcul droștii. Un copil o zbughi la fugă spre moară, să anunțe sosirea oaspetelui. Din ochiul îngust de geam ușor înnegrit pe lângă toc din cauza lămpii ce lumina serile, chipul cioplit în lemn al celui mai mic dintre copii zâmbea șăgalnic. Domnul învățător se uita la statuetă. Oamenii se uitau la domnul învățător. Rudărița apăru de pe la treburi și se apropie, intimidată de toată această atenție.

— Poți să-mi aduci statueta afară, să o văd mai bine? o încurajă cu un zâmbet domnul învățător.

— Sărutăm dreapta, răspunse Rudărița cuviincios.

Intră în căsuța întunecoasă și pentru o clipă rămase pe loc, până când ochii potriviți pe soarele de afară i se obișnuiră. Într-un colț, frățiorul cel mai mic se ghemuise tot în spatele vetrei.

— De ce ți-e frică, mă? Haide, ieși de-acolo, îl îndemnă fata, și simți cum prinde ea însăși curaj de la îmbărbătarea pentru cel mic.

Luă jucăria din geam și, înainte de a ieși cu ea afară, cuprinse cu o privire toată bătătura cea plină de oameni, așa cum se vedeau ei prin ochiul afumat de geam. Înțelegea că păpușa este pe placul lor, dar sosirea domnului învățător avea ceva mai mult decât atât. Ar fi vrut să știe dinainte ziua aceasta. Ar fi vrut să aibă răgaz să se gândească la ea și să o aștepte. I se părea că a fost văduvită de o perioadă fericită, dar sufletul ei de doisprezece ani nu putea răzbate mai adânc decât această părere neînțeleasă.

Domnul învățător studie atent statueta. Din spatele poalelor Rudăriței se ițea din când în când capul ciufulit al celui mic.

— Și pe la școală de ce nu mai vii? întrebă el.

Rudărița plecă ochii în pământ și căută la repezeală un răspuns care să poată fi auzit de toate urechile din jur. La școală nu se mai dusese pentru că muncea la moară. Creștea copii de la nouă ani, și răspunderea lăsată pe umerii ei o maturizase înainte de vreme, așa fel încât se simțea străină de multă vreme de jocurile și nimicurile cu care își treceau vremea fetițele de seama ei. Domnul învățător îi urmă drumul privirii cu propria lui privire și întâlni picioarele goale ale fetei, cu călcâiele bătătorite ca pământul din fața morii.

— Oameni buni, mergeți la treburile voastre, le spuse el, pricepând rușinarea fetei. Statueta este într-adevăr minunată, Rudărița noastră se pare că are un talent deosebit, o să vedem ce putem face pentru ea. Acum mergeți.

Astfel începuse totul, și volbura de întâmplări care urmă o prinse pe Rudăriță într-un vârtej ametitor. Lumea ei se mări dintr-odată. Marginile acesteia, până mai ieri întinse abia până la hotarele satului, nici acelea atinse prea des, se depărtară într-un cerc ce se lărgea din ce în ce mai mult.

Mai întâi, domnul învățător ceru voie să împrumute statueta din fereastră, încredințând fata că va avea mare grijă de ea și o va aduce înapoi. Ba chiar, după cum promisese, se întoarse a doua zi cu felurite bucăți de lemn pentru Rudăriță, comandându-i păpuși: pe Ilă Potcovarul din sat, pe Săbăduș Fluierașul, pe Gheorghe Raț și pe fetele Comăneanului.

Între toate comenzile domnului învățător, nu găseai chip luminos și dulce ca al frățiorului cel mic al ei, ba chiar parcă pe toți îi alesese numai cu beteșuguri. Rudărița însă îi lucră cu drag pe fiecare în parte - drag de lemnul supus și cuminte sub dăltița ei, drag de lucrarea aidoma cu modelul.

În ziua în care îi aduse înapoi păpușa cea dintâi, domnul învățător veni însoțit de o domnișoară ce nu părea să aibă cu mult peste vârsta Rudăriței. Era îmbrăcată așa cum fata văzuse de aproape numai o singură dată, la Crăciunul de acum doi ani, când fuseseră primiți cu colinda la conacul din Brezoi.

— Ești pârâtă de oamenii din sat și de domnul învățător pentru meșteșugul tău, vorbi domnișoara, fără urmă de sfială în glas. Dar nu știu, cu adevărat cum te cheamă?

— Eu sunt Smărăndița, rosti Rudărița răspicat, pentru că în fața unei femei nu se sfia la fel de tare ca în fața unui bărbat.

Domnișoara începu a cânta un râs cristalin.

— Foarte bine dacă tu ești Smărăndița. Eu sunt Despina Agopian, și am cu tine niște treburi date de Majestatea Sa Regina Elisabeta. Domnia Sa dorește ca întreaga lume să afle cât de frumos știu a țese la război și a coase pânza femeile noastre din toată țara. Pentru aceasta strângem în București cele mai frumoase covoare și straie. Cu ajutorul domnului învățător, am adunat astfel de comori și din Perișaniul vostru. Toate vor ajunge la o foarte mare expoziție, la Paris.

— Știu despre Paris, de la domnul învățător, umplu Rudărița pauza lăsată de domnișoara anume pentru ea.

Vorbele domnișoarei ar fi amețit-o nu mai departe de săptămânile trecute. Toată atenția satului asupra ei însă o călise pentru evenimentele neobișnuite ce păreau să-i dea târcoale. Nici stăpânii morii nu se amestecau în cele ce se petreceau, astfel încât Rudărița chiar ajunse să fie încredințată că Bunul Dumnezeu așezase o mână ocrotitoare asupra creștetului ei.

— Smărăndiță, o să-ți fie teamă să mergi cu mine la București? o întrebă domnișoara Agopian.

Vrem să ducem Majestății Sale Regina statuetele tale cioplite în lemn, ca să le trimită la Paris. Majestatea Sa dorește să te cunoască și pe tine. Se vor aduna multe femei la palat, meștere într-ale cusutului și țesutului. Meșteșugul tău este cu totul deosebit de ceea ce avem până acum.

— Teamă nu mi-ar fi mie, dar la mumă-mea în laiță nu am decât straiele cele de duminică și atât, spuse Rudărița.

— Îți plac straiele acelea? vru să afle domnișoara.

— Foarte mult îmi plac. Măicuța mi le-a țesut anume pe potriva mea, și-s drese cu flori de câmp cusute în pui și pe poale și pe pieptar, se făli fata.

— Atunci înseamnă că sunt foarte bune pentru drum. Dacă și măicuța ta se învoiește, atunci mâine dimineață pornim amândouă la drum spre București. Vom călători împreună cu doamnele de la Asociația Femeilor Române din Orăștie, iar pe drum ni se vor alătura doamnele de la Reuniunea Femeilor Române de la Blaj.

Cuvintele necunoscute ale domnișoarei îmbătară mintea neștiutoare a Rudăriței Smărăndița. Nepricepându-le cu totul înțelesul, fata se văzu liberă să completeze lipsurile cu visele ei. Își imagină toate aceste asociații ale femeilor ca pe un sobor de zâne coborâte toate din văzduhuri curate anume pentru ea. Ridică dreapta și își închină fruntea, umerii și inima, într-o mulțumire adusă Celui de Sus pentru așa un ajutor. E drept că visa adesea la o viață petrecută cioplind lemnul în voie, dar niciodată nu se gândise cu adevărat că ar fi vrednică de o asemenea fericire.

Domnișoara sosită cu solie de la însăși Majestatea Sa Regală Doamna nu-i promisese nimic, dar păsările gândurilor fetei zburau deja mai departe decât le-ar fi putut prinde cineva.

Plecarea fu hotărâtă pentru zorii zilei următoare.

Rudărița fu primenită de mumă-sa ca o mireasă, de vreme ce evenimentul era pe potrivă de măreț. Amândouă au dormit somn scurt, numai până la cel dintâi cântat al cocoșilor. S-au ridicat atunci binișor din așternuturi, ca să nu trezească băieții, și au început pregătirile. Mumă-sa a îmbrăcat-o cu iia de duminică, cea din bumbac, dintr-o singură bucată, încheiată în față cu un bumb, așa cum le stătea bine copilelor de seama ei. Mânecile înfoiate și pieptul cămeșii erau frumos cusute cu șiruri de pui din arnici negru. Încheieturile subțiri ale fetei ieșeau albe dintre încrețiturile împodobite cu colțisori negri.

În lumina încă puternică a lunii pline de afară, Rudărița îi părea mumă-sii înstrăinată de căsuța sărăcăcioasă din jur, în care patru frățiori respirau liniștit somn de noapte. Îi părea că simpla apropiere a plecării o făcea să fie mai mult a drumului și a celor ce o așteptau dincolo de noaptea aceasta de pe urmă, decât a acestora dintre care ieșea. Între toate lucrurile pe care mumă-sa nu le înțelegea pe lume se adăugă acum și acesta: cum se poate ca un prunc născut de ea cu durere să îi fie acum așa de străin?

Îi mângâie obrazul micuț cu părere de rău, ca și cum ar fi știut că nu-l va mai atinge niciodată atât de curat și nevinovat cum este acum. Obrazul cu care fata se va întoarce, obrazul călătorit prin lume, arătat și văzut, obraz care cunoaște miresmele altor locuri îndepărtate, acela va fi pentru totdeauna alt obraz. Cunoașterea te schimbă. Ea poate veni pe căi mult mai subtile decât cuvântul scris ori rostit. Toată această pierdere o plângea neauzit mumă-sa, îmbrăcând fata la lumina lunii.

Măcar că Rudărița nu era încă la vârsta cătrinței, mumă-sa găsi de cuviință să gătească fata cu cea purtată de ea la prima ieșire în horă. Cătrința mumă-sii nu era pe potriva copilei, și Rudărița se pierdea toată în fusta de postăvior negru. O petrecuse o dată și jumătate și trăgea nădejde că nu se va băga de seamă. Ar fi trebuit să o încingă cu șorț, dar șorț purtau numai copilele de tot nevârstnice, iar Smărăndița ei ieșea într-o lume mult mai mare decât cea a horelor din sat, și se cuvenea să îi recunoască acest drept de a sări peste câțiva ani și a începe purtarea cătrinței.

Peste iia dintr-o bucată îi petrecu laibărul negru din postăvel țesut de ea în casă, brodat cu rotițe de-a-mprejurul gâtului. Îi pieptănă părul în două plete egale împletite în trei și le prinse la capăt cu două gâțe. Nici vârsta coronițelor ridicate în creștetul capului nu o avea Rudărița, dar mumă-sa îi făcu doi colăcei din pletele împletite și îi acoperi apoi capul cu cârpa ei de satin negru cu ciucuri lungi de ibrișin.

Când va fi mai mare, va scoate și ea, ca nevestele tinere astăzi pe la joc, câte un inel de păr de sub cârpa proaspăt potrivită, ca să-l lase să se vadă cu trufie. Ziua aceea era departe însă. Deocamdată, colăceii trebuiau să rămână așa cum îi rânduise ea, cuminte sub cârpa neagră, destul împodobită cu vârstele lucioase.

În merindar îi așeză, într-un ștergar curat, pâine coaptă pe vatră, un coltuc de brânză veche, mai ușor de dus în călătorie, și patru mere. Rudărița puse alături dălțița ei, ciocănașul și păpușa cea dintâi, cea de la care se porniseră toate acestea. Restul statuetelor erau la domnișoara.

Isprăviră la ivitul zorilor, așa cum fusese înțelegerea cu domnul învățător și cu domnișoara. Cel mai mare dintre frați se trezise. Rămăsese așezat la marginea patului, cu ochii cârpiți de somn, cu degetele picioarelor adunate înăuntru de frig, privind la soru-sa gătită ca de nuntă. După obicei, Rudărița păstră ceasul de odihnă dinaintea plecării. Se așeză cu merindarul în poală, privind în tăcere toate cele din căsuță pe care nu le putea lua cu ea. Se aplecă apoi deasupra fiecărui copil în parte și îi sărută ușor, fără să le strice somnul. Adună la pieptul ei pe cel mai mare, sărută mâna mumă-sii și ieși în bătătură.

Pe urmele ei, mumă-sa scoase din casă scoarța cea mai mândră, țesută la război anume pentru a-i împodobi ei carul de mireasă, când va fi să fie.

Menită pentru acest scop, scoarța avea culori vesele: roșu scos din rădăcină de roibă, albastru de la mărul-lupului, verde de la curcubățea sau galben curat de la șofrănel. Lucrat cu mare drag pentru singura fată din casă, covorul ieșise o minunăție. Femeia înfășurase strâns scoarța vărgată și îi acoperise capetele cu pânze care să o ocrotească de praful drumului.

Mergea la expoziție, alături de altele adunate de domnișoara de prin sat, și alături de multe altele care veneau din toată țara.

Au așezat covorul cel mândru în lăvicioara de la spatele trăsurii acoperite, deasupra celorlalte. Toată numai zâmbet luminos, domnișoara a făcut loc Rudăriței înăuntru.

În ochiul de geam, afumat de lampă, unde până mai ieri era sprijinită la vedere păpușa cioplită în lemn ce-l închipuia pe copilul cel mai mic al casei, trei capete somnoroase se îngrămădeau să vadă trăsura. Cel mai vrednic sătean, care se trezise primul, trăgea căruța cu sacii de boabe în bătătura morii. Glasul cu care strunea caii răzbătea până departe în liniștea dimineții. Luna pălise, dar aerul mirosea încă a noapte. Iazul ridica cețuri pe luciul lui.

La cel dintâi bici cu care vizitiul întoarse caii, muma Rudăriței tresări dureros, ca și cum ar fi lovit în carnea ei.

Nu întoarse capul. Își văzu mai departe de primul client.

Franz obișnuia să privească lumea prin obiectivul unuia dintre aparatele lui, atunci când voia să înțeleagă.

I se întâmpla să nu poată pătrunde înțelesul unei priviri care spunea totul despre purtătorul ei. Alteori un singur moment, o clipă trecătoare, avea taine pe care el le voia descoperite. Și atunci privea toate acestea printr-un aparat de fotografiat. Camera îngustă tăia din jurul miezului tot ceea ce nu era necesar și aduna întreaga atenție și înțelegere a lui Franz în jurul omului sau clipei ce-l țintuise locului.

De mâna Despinei lui Spiru Agopian, armeanul cu cea mai bună cafea din București, pășea copila cu catrință și laibăr ce-i atrăsese astăzi atenția. Se ținea cu o jumătate de pas în urma protectoarei sale și era vădit speriată de toate cele ce i se petrec pe sub ochi.

Cu toate acestea, spatele i se ținea drept cu mândrie, iar pasul îi era apăsat cu hotărâre, ca al prințeselor popoarelor subjugate cu sabia, care știu că totul s-a terminat, dar trupul lor nu cunoaște altă atitudine.

— Bună ziua, sărut-mâinile, domnișoară, își salută Franz mica vecină.

— Bună ziua, domnule Franz, răspunse Despina. Aveți o vitrină foarte frumoasă astăzi.

— Mulțumesc, domnișoară dragă. Să mai poftești, rogu-te, la o fotografie zilele acestea, când vei fi având puțin timp. După câte îmi amintesc, pe ultima ai facut-o acum... cât să fie?

— Ei, domnule Franz. Îmi pare mie că v-ați pus în gând să mă rușinați astăzi, râse Despina. Eram încă o copilă când am făcut ultima fotografie.

Din spatele umărului domnișoarei Agopian, numai o idee mai scundă decât acest umăr, Rudărița arunca priviri către domnul ce oprise pe protectoarea sa la vorbă, în mijlocul drumului. Trecerea unui tramvai cu cai, în sunet de clopote și duruit de roți metalice pe șine, făcu inima Rudăriței să bată cu putere. Franz îi observă tresărirea de fluture a pleoapelor și îi admiră stăpânirea de sine cu care își păstră neclintită poziția.

— Aceasta este Smărândița, fiica morăriței din Perișani, spuse Despina, observând privirile lui Franz. Smărândiță, dumnealui este domnul Franz. Este vecin cu noi și face niște fotografii minunate.

— Ziua bună, domnule, se auzi glas răspicat și sigur din spatele umărului Despinei.

— Bună ziua, Smărăndiță, spuse Franz, apoi se hotărî să nu mai lungească vorba și să dea pe față adevăratul lui interes. Nu vrei să-ți fac o fotografie?

Rudărița cumpăni o clipă întrebarea dimpreună cu privirea domnului din fața sa. Franz simți că trebuie să mai aducă încă o explicație:

— Laibăr cu rotițe pe la gulere, așa cum văd că porți tu, mie nu îmi este dat să pot fotografia prea des. Se poartă și prin părțile de unde vin eu, departe spre Sibiu. Mi-ar plăcea să-l am într-o fotografie.

Rudărița se învoi și fetele fură poftite în atelier. Franz promise domnișoarei Agopian că totul nu va dura decât câteva minute. Înțelegea că sunt așteptate la Casele Domnești ale Cotrocenilor și nu dorea să le abată din drum. Dar privirea fetișoarei ascunse după umărul Despinei spunea atâtea povești, încât Franz nu putuse rezista tentației de a le fixa pe hârtie, ca să încerce mai apoi să le deslușească rosturile.

Fata cu catrință rămăsese cu ochii la pruncul lui Zamfir, scos de mamă-sa în dimineața aceea din mahalaua Colțea pentru treburile ei de pe Lipscani și lăsat în grija tătâne-său pentru un sfert de ceas. Pruncul îl bucura pe Zamfir, care-l juca pe genunchi. Franz urmări privirea fetei și înțelese:

— Ai frați acasă?

— Am trei frați acasă, domnule, răspunse fata răspicat, măcar că glasul trădător îi tremura. Unul dintre ei este cu puțin mai măricel decât pruncul acesta de aici.

— Ți-e dor de el? atinse Franz miezul sufletului Rudăriței.

— Îmi este, domnule, recunoscu fata cu glas coborât, măcar că abia ce l-am lăsat acasă ieri dimineață. Dar n-am mai fost despărțită de el niciodată până acum, și îmi fuge gândul către casă.

— Așază-te lângă el și ține-l, ca să vă fac o fotografie, propuse Franz, arătând către copilul ce se juca pe genunchii lui Zamfir.

Rudărița puse jos, lângă piciorul scaunului înalt, păpușa dăltuită în lemn pe care o purtase în brațe până atunci. O acoperi vederii cu poala catrinței, adună sub brațul ei subțire umerii copilului și ridică spre aparat o privire de om mare. Franz făcu fotografia pe care o dorea și mulțumi fetelor pentru îngăduință.

— De vei avea mâine drum pe aici, spuse el Despinei, să știi că fotografia va fi gata. Putem trimite pe prietena noastră înapoi, acasă, cu un mic cadou din partea atelierului.

15. Căsăndrița Sânzienelor

— Să ridicați copila sus, în jilț, vă rog frumos, spuse Franz, din spatele aparatului de fotografiat. Își păstra poziția ușor aplecată deasupra micii lui camere obscure cu burduful negru care stârnea curiozitatea băiatului aflat în picioare în spatele surorii sale. O mână rămăsese pe aparat, iar pe cealaltă o folosea ca să indice locul cel mai potrivit pentru fetița de nici șase ani, îmbrăcată în iie și cu opinci încheiate în nojițe în picioarele micuțe.

— În jilț este și acum, domnule Mayer dragă, răspunse femeia care îi sprijinea cu amândouă mâinile pe cei doi copii.

Era îmbrăcată aidoma copilei celei mici. Numai năframa de borangic petrecută o dată și jumătate peste cap și în jurul gâtului făcea diferența între porturile lor.

— Sus pe rezemătoare, lele Mândră, surâse Franz chemând femeia pe numele pe care ea singură și-l dăduse atunci când intrase dimineață în atelier: „eu sunt lelea Mândra din Grădiștea de Munte, lângă Orăștie, sub cetatea Sarmisegetuzei celei de demult, și am venit pentru fotografia poruncită de Doamna Țării", rostise ea dintr-o suflare, împingând înăuntru doi prunci care se cam împotriveau, timizi. Sus, pe rezemătoare, pentru că e micuță și o pierdem din fotografie, explică Franz.

— Haida Căsăndriță, hopa sus cum spune domnul fotograf.

Fetița cu părul negru despărțit pe mijloc în două ape și împletit apoi în spatele urechilor, în două cozi subțirele, pe măsura anilor ei puțini, refuză cu mândrie ajutorul mâinii mamă-sii și se ridică singură mai sus în jilț. Se așeză pe rezemătoare, ajungând astfel cu creștetul până aproape de umerii femeii. Chipul ei serios nu dăduse încă drumul niciunui surâs de când intrase în atelier, ca și cum în spatele frunții mici s-ar fi legat soarta întregii lumi.

Așezat până atunci în spatele ei, în picioare pe același jilț, băiatul abia se mai vedea acum.

— D-apăi eu, mămucă? scânci el încet.

Purta o pălăriuță de postav negru, cu boruri mici, așa cum știa Franz și prin părțile Mediașului. Copiii păreau de o vârstă, dar Franz nu găsea nicio asemănare între ei.

— Domnule Mayer dragă, cum facem că nu mi se mai vede băiatul? ceru femeia ajutor.

Lui Franz îi plăcea să fotografieze copii. Lipsa lor din casa lui îl făcea să pună multă răbdare în construirea fotografiilor. Nu era deloc lesne, pentru că cei mici cu greu puteau fi prinși nemișcați, dar Franz aștepta și-i amăgea cu vorba, pândindu-le mișcările și anticipând acel singur moment în care copiii din cadru își trăgeau sufletul, între două năzdrăvănii.

Cu fața toată luminată de un zâmbet încă de când lelea Mândra din Grădiștea Orăștiei împinsese fetița și băiatul în atelier, Franz părăsi locul lui din spatele aparatului de fotografiat și se apropie de clienții săi. Culese din poala măruntă a fetiței mânuța ieșită trufaș dintre foile crețe și înflorate ale iei și o așeză pe brațul stâng al jilțului, care o despărțea de mamă-sa. Își puse mâinile pe umerii băiatului și-l împinse ușor în puținul loc rămas liber între copilă și femeie.

Se depărtă numai un pas și privi cu un singur ochi ceea ce obținuse, apoi se apropie din nou și înclină capul băiatului către lelea Mândra.

— Nu mișcați! spuse el, privind la ei printr-un cadru imaginar închipuit din degetele lui mari și arătătoare.

— Mi-e sete, mamă, se auzi glasul Căsăndriței, stricând toate rosturile fotografului.

Pentru că nimeni nu-i răspunsese, fetița se ridică în picioare, apucă chipul mamă-sii între palmele ei mici și îi întoarse privirile către ale ei, repetând:

— Mamă? Mi-e sete.

— Zamfire! strigă Franz în ajutor pe ucenicul său. Dă fuga în curtea din spate, la cișmea, și umple o carafă cu apă proaspătă. Adu și două pahare de la cucoana, din casă. Adu trei!

— Să ne fie cu iertare, domnule Mayer dragă, dar copiii aceștia ai mci își închipuie că stăpânesc lumea. Încă nu s-au deprins cu cele ale bunei-cuviințe, măcar că strădania mea este zilnică, spuse lelea Mândra, ieșind din nemișcarea în care își ținuse până și respirația, atunci când Franz o privea printr-un cadru format din patru degete.

Își coborî umerii pe care îi ținuse până atunci încordați într-o poziție ce ar fi trebuit să imprime pe peliculă mândrie. Trase aer în piept cu nesaț, umplându-și plămânii stăpâniți până atunci din cauza pregătirilor pentru fotografie.

— Mai cu seamă prunca aceasta dă poruncă asupra mea cu mare ușurință, încât de multe ori mă întreb singură dacă voi scoate-o la capăt cu încercarea aceasta ce mi-a dat Dumnezeu Milostivul. Să-mi dați îngăduire să mă așez până ce vine băiatul cu apa, spuse femeia și, fără a mai aștepta vorba lui Franz, se așeză, adunându-și capetele năframei bogate în poală.

— La noi, domnule Mayer dragă, se petrec multe prin păduri, continuă ea. Nimeni nu se mai miră de nimic. Așa am ajuns să cresc doi prunci, unul al meu și altul al ălor frumoase, ce te ajută dacă le arăți respect, dar te pot și trânti de pământ dacă te crezi deasupra vorbelor din bătrâni. Nimeni nu este deasupra vorbelor din bătrâni. Când trăiești pe lume cu suta de ani nu mai pleci inima la ispitele de mărire și nu te mai ating dorințele de glorie. De aceea, să crezi întotdeauna vorbei spusă de om bătrân, domnule Mayer dragă, pentru că acela este adevărul curat.

La noi, cum începusem a-ți spune, se țin Sânzienele an de an cu mare străşnicie.

La fiecare douăzecișipatru ale lui cireșar se deșteaptă fetele și feciorii cei holtei înaintea zorilor de zi, ca să culeagă florile galbene de sânziene și să împletească din ele cununi cu care să afle mai pe urmă dacă le este sorocul de nuntă aproape sau nu. Cununițele de feciori se fac în cruce, iar cele de fete mari se fac rotate. La cea dintâi geană a soarelui, cununițele trebuie aruncate pe case.

Și atunci să vezi, domnule Mayer dragă, chicoteli și snoave de ale tinereții celei nemintate, că ți-e mai mare dragul să te afli prin preajma lor și să te cuprindă aducerile aminte. Dacă mai și știi câte una-alta de prin sat, care fecior pe care fată o scoate la joc mai des, sau chiar își caută de lucru cu tată-său, cerând cu împrumut câte o toporișcă ori o coasă, ca să-și facă intrarea în neam pe căi mai lesnicioase, atunci ai să înțelegi altfel privirile ce se schimbă între fete și feciori în dimineața de Sânziene, pe la noi.

Pătru al lui Gurăspartă de lângă școală s-a strecurat binișor pe la spatele mumei pruncii acesteia pe care ne muncim noi acum să o fotografiem, i-a prins mâna cu cununița în palma lui mare ca-ntr-o menghină și, cu o mișcare smucită, a aruncat cununița departe, peste casa ălor bătrâni. Nu știa nimeni a zice limpede acum dacă fata a aruncat singură cununița ce nu s-a mai întors, rămânând agățată de horn și aducând zâmbet de mândrie și speranță pe fața feciorului, ori din smucitura băiatului a ajuns rotița galbenă de flori acolo unde ajunsese.

Domnia ta poate n-oi fi știind, dar cununițele rămase agățate de horn arată cununie apropiată, înainte de postul Crăciunului. Așa că vezi, de aceea îi râdea toată fața lui Pătruțu, fiindcă o avea pe fată dragă.

Zamfir intră în atelier cu o carafă smălțuită în mâinile amândouă. O așeză cu grijă pe măsuța mică și înaltă ce servea adesea ca decor fotografiilor, ocupând-o întreagă.

— Alerg și după pahare îndată, anunță el și dispăru din nou.

Intrarea lui atrăsese atenția celor doi copii însetați, dar ieșirea bruscă îi lăsase descumpăniți. Își opriseră joaca și rămăseseră cu ochii pofticioși la carafa înflorată în albastru, așa cum îi plăcea doamnei Mayer să cumpere.

— Într-o clipă vin și paharele, le zâmbi Franz.

— Tare îți mulțumim, domnule Mayer dragă, pentru înțelegere.

— Îmi face plăcere, spuse Franz apoi, după o scurtă ezitare, se hotărî să dea glas întrebării care-i stăruia în minte de când lelea Mândra își începuse povestea. Toate acestea pe care le spui dumneata... copiii le cunosc?

— La noi, domnule Mayer dragă, nu e bine să ascunzi asemenea lucruri. Căsândrița nu-i de-a noastră și *alea frumoase* nu trebuie mâniate cu niciun chip. Prunca aceasta înțelege oricum mai multe decât mine ori decât dumneata. Poate nu-ți vine a crede, dar de la bun început a văzut în două lumi. *Alea frumoase* i s-au arătat nu o singură dată și cu toate acestea copilul a rămas neatins. Așa ceva nu se întâmplă decât dacă ești de-al lor. Altfel e cuminte și nu mă necăjește, cel puțin nu mai mult decât Iliuță acesta, care este al meu bun.

— Am observat că par a fi de o vârstă și mă încerca bănuiala că ar fi gemeni, atâta doar că nu găseam nicio asemănare între ei, spuse Franz.

— Să vedeți, domnule Mayer dragă. Să vă spun mai departe cu noaptea de Sânziene. Pătruțu al lui Gurăspartă a făcut el ce-a făcut și cununița fetei a rămas agățată de hornul casei, de-i râdea feciorului toată inima. Fata plecase ochii, chipurile rușinată, dar nu amăgea pe nimeni pentru că erau demult știuți în Grădiștea că se au dragi, și erau de pomina babelor ce numărau privirile băiatului către ea și pe ale ei către băiat.

Și-a dus mâinile la gură și și-a acoperit-o cu sfială, cuprinzându-și între palme și obrajii îmbujorați. Pe la marginea degetelor a căutat sprijin în privirile fetelor de seama ei, dar ele râdeau cu toatele și se înghionteau fără fereală. Mateiaș cel mic al popii, prieten bun cu Pătruțu, l-a încurajat așezându-i o mână pe umăr, cum fac ei – feciorii – între ei, atunci când au o vorbă și ea rămâne hotărâtă.

Așa cum se cere și cum este datina, alaiul și-a ales apoi Drăgaică.

Între fetele din sat se scot șapte, cele mai mândre la joc și mai pricepute la cusut ori frământat cozonaci. Din ele șapte se scoate una singură, cea mai mândră dintre cele mândre, și cu ea împodobită pornesc către cea dintâi răscruce. Oamenilor întâlniți pe cale Drăgaica le împarte din podoaba ei de grâne, iar gospodarul trebuie să anine spicul primit de cea mai înaltă grindă a casei, ca să crească grâul până acolo unde este spicul Drăgaicei.

Fetele din alaiul ei poartă numai cămeșoaiele, fără catrințe ori alte podoabe, fără cingători, și să le vezi domnule Mayer dragă, cât sunt de frumoase, bătu-le-ar norocul, albe din creștet până-n tălpi, jucând hore pe la răscruci, juri că sunt *alea frumoase* cu adevărat, Doamne iartă-mă! Ședeți cuminte, mamă, și lăsați băiatul să vă toarne apă în paharele celea, abătu femeia subiectul discuției către copii și se ridică îndată să-i adune cu mâinile pe lângă ea, atunci când își făcu din nou apariția Zamfir, cu trei pahare curate pe o tavă argintată.

Băiatul din atelierul lui Franz umplu paharele și dădu mai întâi copilei ce iscase toată această pauză, apoi lui Iliuță și pe ultimul lelei Mândra. Abureala prinsă de pahare sub suflul rece al apei se prelingea înapoi pe degetele copiilor, preschimbată din nou în apă la atingerea caldă a mâinilor lor.

— Doamne, rece este, domnule Mayer dragă, se sperie femeia și coborî iute paharele de la gurile copiilor. Beți mai încet că vi se aprind plămânii, mamă, Doamne ferește Maica Domnului! Ia înghițitura și plimb-o prin gură ca să o încălzești, sfătui ea copila care se pregătea să-și recapete stăpânirea asupra paharului. Căsăndriță, ai de grijă că odată mă supăr, tu așa să știi, spuse lelea Mândra, aruncând către fotograf o privire care spunea „vezi? Nu mă ascultă".

— Poate ar fi bine să mai lăsăm apa să se încălzească, propuse Franz.

— Tare mă tem să nu vă țin de la treburi, domnule Mayer dragă, spuse lelea Mândra. Să nu trecem cumva ora stabilită pentru cealaltă fotografie. Știu că la ceasurile unsprezece sosește întreaga delegație de la Societatea noastră de femei din Orăștie. Toate avem poruncită fotografie de la Doamna noastră Elisabeta Regina, Dumnezeu să ne-o țină sănătoasă. Ne-a părut bine că fotografia a fost poruncită la domnia voastră, pentru că sunteți singurul care puteți prinde privirea copilei acesteia ce vede amândouă lumile.

Suntem toate poposite pentru noapte la Hanul lui Manuc, dar vă spun drept, domnule Mayer dragă, că nu am fi rămas nopțile acestea două, de nu ar fi fost stăruința și porunca Doamnei pentru fotografiile acestea. Hanul nu este un loc potrivit pentru noi. Noi suntem cuviincioase și hanul pare a fi un loc mai pe potriva bărbaților ce negustoresc în odăile de dedesubt ori petrec în ocolul larg în care intră cu căruțele cu mărfuri. Tarafurile nu se duc niciodată de acolo, nici noapte, nici zi.

Doamna noastră Elisabeta Regina plătește totul, și se cuvine să răsplătim cinstea ce ne face dorind a duce la mândrul Paris, de care s-a auzit și la noi, covoare și ulcele înflorate. Suntem așteptate mâine la palat, vom cunoaște pe Doamna și suntem cu sufletul dulce din această pricină. Pământeană să fi fost, și nu ar fi îndrăgit mai mult acestea toate ale noastre. Tare-i mai sunt pe plac țesăturile ieșite de pe mâinile noastre Doamnei Țării!

Franz surâse cu șăgălnicie la vorbele femeii despre Hanul lui Manuc.

Planul Reginei de a prezenta la Expoziția Universală de la Paris, din acel an, covoare țărănești țesute la război ori felurite oale și ulcele din lut copt în cuptoare și pictat cu toate păsările și florile țării îi era cunoscut. Aflase cum aduna la porunca sa femeile de prin toate societățile din țară. Soseau zilele acestea în București femei din Orăștie, dar și din Blaj, ba chiar și talente pe care Doamna Țării le descoperise întâmplător, și care nu erau aparținătoare niciuneia dintre asociații, așa cum fusese copila cea cu statueta cioplită în lemn.

— Care va să zică nu vă este pe plac hanul? zâmbi în continuare Franz, stârnind cu bună știință pe clienta sa.

— Domnule Mayer dragă, să nu mi-o luați în nume de rău, dar la noi tot omul spune ce gândește. Eu așa gândesc, că pentru ochii unei femei nu sunt potrivite cele ce le-am văzut noi la han. Suntem cu toatele șase femei, trei din Grădiștea de Munte și trei din Orăștie. Cum s-ar spune, șase păreri diferite. Și toate ne-am cam rușinat de unele dintre cântecele ce răzbăteau din curțile de jos până la odăile noastre. Ba încă la sfârșitul zilei, când ne vom isprăvi treburile poruncite de Doamna noastră, Regina Elisabeta, iarăși vom străbate șirurile de prăvălioare de sub odăile hanului, prin fața cărora stau la vorbă precupeții de toate felurile, dar mai ales din felul acela ce aruncă ochiade nepotrivite către femei măritate prin alte părți. Am văzut eu că le place chiar și rușinarea ce ne urcă nouă în obraji, și vă spun domniei voastre pentru că văd că mă ascultați, dar așa ceva nu se cade și pace.

Și lelea Mândra își potrivi cu două gesturi repezite foile catrinței, ca și cum ar fi aruncat de fapt două palme strașnice unor precupeți pe care-i știa dumneaei.

— Obiceiuri de oraș, lele Mândră, încercă Franz să propună o scuză pentru precupeții cei necuviincioși. Sunt oameni adunați din patru zări, fiecare venit aici cu gând să agonisească repede ceva avere cu care apoi să se întoarcă prin părțile de baștină. Nu caută a păzi renumele pe care și-l fac între timp aici, pentru că au impresia că acesta nu-i va urma înapoi, acasă.

Lelea Mândra clătină din cap și-și păstră pentru ea restul gândurilor. Căsăndrița și Iliuță se opriseră, cu paharele de apă în mâini, în spatele vitrinei atelierului, cercetând fotografiile așezate acolo cu fața către drum. O doamnă elegantă la brațul unui domn cu joben se opriseră la rândul lor de cealaltă parte a vitrinei și își arătau unul altuia copiii îmbrăcați în cămeșile țesute la războaiele din Grădiștea.

— Să-mi termin povestea, domnule Mayer dragă, că lucrul neterminat te urmărește peste tot și nu mai scapi de el. În anul acela a fost aleasă Drăgaică muma copilei ăsteia. Bea încetuț, mamă. Era ca luna de frumoasă. Fetele îi împletiseră cunună de grâne și-i prinseseră flori de sânziene pe la toate căpețelele șnururilor cămeșii: la mâneci, la gât.

De bucuria cinstei pe care o petrecea, obrajii fetei erau roșii ca macul în buza verii, iar din colacii de păr împletiți pe spate îi scăpaseră inele de cârlionți care – bătuți din spate de soare – jurai că-s din aur. Pătruțu se uita la ea vrăjit. Tot alaiul râdea și se veselea în jurul lui, numai el rămăsese cu ochii așa, nu știu cum, nemișcați, ațintiți la fata lui. Nici nu mai clipea.

Alaiul a așezat lăutarii satului în fruntea lui și au pornit să împlinească datina. Le ieșeau gospodarii în cale să-și primească spicele. Drăgaica frumoasă le zâmbea fericită și împărțea din darul ei. Ultimii pe urmele lor veneau copiii satului, chiuind și alergând ca bezmeticii dintr-o parte în alta a ulițelor, stârnind câinii curților și speriind babele așezate cuminți pe la portițe.

Au însemnat cu joc și cântec toate răscrucile satului, de-a lungul. Departe în luncă, dincolo de hotarul satului, au făcut popas pentru hore. Toată lumea e a lor, domnule Mayer dragă, într-o zi ca aceasta. Copiii mai mărișori se scăldau într-un ochi de apă mai ferit privirilor, și chiotele lor răsunau până înapoi în sat, dând de știre tuturor unde se află.

Când soarele a început a amurgi se întorceau și ei, agale și obosiți de fericire, câte doi-trei laolaltă. Fetișcanele încă prea mici ca să fie primite în alaiul fetelor își răsuceau în mâini pletele șiroite de apă. Cei mai mari veneau câte doi, tot o fată și un fecior. Grădiștenilor din capul satului nu li s-a părut a mirare când au văzut că Pătru al lui Gurăspartă lasă pe Drăgaica acelei zile în poarta tătâne-su și își ia seara bună de la ea. Începea noaptea a doua după Sânziene, când fetele trebuie să stea în spatele ferestrelor închise și a perdelelor bine petrecute.

În noaptea aceasta, *alea frumoase* umblă pe pământurile oamenilor și împart rod holdelor, animalelor ori femeilor măritate al căror pântec nu a fost încă binecuvântat.

Rând pe rând, porțile s-au închis în spatele tinerilor ce-și încheiaseră petrecerea lor.

Ăți fi fost vreodată pe la munte în serile de vară, domnule Mayer dragă, când începe cerul a spuzi de stele. Doamne, aproape mai este Milostivul de pământ și de oameni în asemenea nopți! Parcă tot aerul ar fi parfumat. Bătrânele ies, în noaptea a doua după Sânziene, să adune ierburi și rădăcini de leac. Umblă încetuț, cu teamă, să simtă pe *alea frumoase* și să se ațină din calea lor atunci când le simt, fiindcă fiecare umblă cu rosturile lor.

Sânzienele le îngăduie, atâta vreme cât bătrânele nu le încurcă treburile. Acum, numai Bunul Dumnezeu Drăguțul știe care o fi adevărul de la vorba asta mai departe.

Vezi, domnia ta, domnule Mayer dragă, cea mai nebună bătrână de la noi din sat – pentru că avem și din soiul acesta, să nu crezi că nu – jură și astăzi că în crucea nopții ea a mai văzut o dată pe Drăgaica cea frumoasă pe afară, întorcându-se ferit, pe sub garduri, dinspre luncă. Ca și cum ar fi așteptat să se potolească tot freamătul zilei, apoi ar mai fi ieșit o dată, cu fereală, pentru o întâlnire mai de taină. *Alea frumoase* ar fi îndrăgit-o, că prea era frumoasă cu cununa ei de grâne și cu obrajii roșii pe sub cunună, și ar fi ademenit-o afară ca să mai petreacă la joc cu ele, sub spuza de stele.

Fata, ca toți cei vrăjiți, ar fi ieșit din casă fără să știe ce face și s-ar fi întors dincolo de miezul nopții. Ori că nu-și mai amintea nimic, ori că se speria singură de ce-și amintea, fata nu a spus nimic a doua zi mumă-sii. Și cum era să găsească tihna să mai spună ceva, domnule Mayer dragă, când a doua zi s-a petrecut nenorocirea care a făcut satul întreg să înghețe de spaimă? L-au găsit pe Pătruțu al lui Gurăspartă în văioagă la Albina, unde-și țin oamenii stupii, cu mințile rătăcite, cu părul alb în cap până la ultimul fir și cu cămeșa zdrențe pe dânsul.

Încălțările i le-au găsit tocmai hăt, în cealaltă parte a muntelui, înspre Costești, cale de patru ceasuri cu piciorul, iar între locul în care l-au găsit pe Pătru și locul în care au aflat încălțările era o cale pârjolită prin ierburi și peste miriști, ca și cum un car de foc ar fi trecut pe acolo.

Nimeni nu a spus nicio vorbă, nici atunci nici mai târziu, dar toată suflarea satului știa că asta este mâna ălora frumoase. Se vede treaba că feciorul le-a ieșit cumva în cale și le-a mâniat, iar ele au dat cu el de pământ numai o dată, pentru că dacă dădeau și a doua oară nu mai aflam noi nimica din el.

L-au jelit mamă-sa și bună-sa, l-a jelit cu lacrimi amare Drăgaica satului, bătrânele i-au spălat fața șapte zile la rând în apă neîncepută adusă de la fântâna din curtea bisericii, taica preotul al nostru i-a citit din Sfânta Scriptură deasupra capului și deasupra hainelor, pe care mai apoi le lua la purtat.

Nimic nu s-a mai îndreptat, domnule Mayer dragă. Pătruțu al nostru ca bradul a rămas rătăcit prin munții ălora frumoase, iar pe ulița din sat s-a mai plimbat câțiva ani, cu pas greu, un fel de moroi, Doamne, iartă-mă, că nici nu știu cum să-i zic!

Timpul însă nu se oprește în loc numai pentru atâta lucru, domnule Mayer dragă. Lunile treceau, iar frumoasa noastră Drăgaică de ce plângea mai amar, de atâta se făcea mai frumoasă. Pielea obrazului îi lucea ca porțelanul, iar părul parcă i se făcea din zi în zi mai auriu și mai mătăsos la fir. Parcă ar fi urmat-o o lumină peste tot pe unde umbla.

De la o vreme, bătrânele s-au luat de gânduri și au prins a-i purta sâmbetele bietei fete. Pe la mijlocul toamnei, cineva a văzut-o căutând îndelung în adâncul apei din fântâna bisericii. Plângea, și lacrimile cădeau în ochiul de apă ca și cum cerul ar fi plouat. Pântecele i s-a rotunjit abia o lună mai târziu. Catrința încă o mai cuprindea când a dat cea dintâi zăpadă, în a treia săptămână a Postului Crăciunului, la sfârșitul lui Brumar către începutul lui Undrea cel de iarnă.

Fată ieșită din greșeală în calea Sânzienelor în cea de-a doua noapte a sărbătorii lor, atunci când ele împart rod pământului și femeilor măritate, Drăgaica noastră își plângea acum, pe priciul fântânii, ceea ce ar fi putut fi fericirea și norocul ei.

Pântecele ei cel răsărit ca o pâinică dintre părțile petrecute ale bundiței a împărțit satul în două: unii îi arătau milă și își stăpâneau vorbele, ca să nu aducă durere și mai mare sufletului aflat și așa în mare cumpănă, alții se credeau fără de pată și aduceau judecată unor fapte asupra cărora încă nu se limpezise adevărul.

Întâlnirea aceasta cu Sânzienele a amândorura, și a lui Pătruțu și a Drăgaicei satului, tocmai în aceeași noapte, li se păruse unora cusută cu ață albă. Pe ea nu s-a ostenit nimeni să o întrebe cum a fost. Atât cei care ar fi sprijinit-o cât și cei care o arătau cu degetul credeau că știu ce s-a întâmplat.

Lucrurile au rămas încurcate, pentru că taica părintele al nostru nu s-a hotărât să vorbească satului despre asta, nici măcar duminica, în pilde. Fără să cunoască în ce parte înclină biserica balanța, oamenii au rămas cu părerile împărțite.

La sfârșitul lui Gerar, două săptămâni după Bobotează, așa cam pe la amiază, mă pomenesc, domnule Mayer dragă, cu fata pe prispa casei. Bătea în geamurile toate, alergând de la unul la altul și căutând, cu palmele făcute căuș în jurul ochilor, să zărească ceva înăuntru prin ele. Era plânsă proaspăt, ca de obicei. Omul meu m-a îndemnat pe mine către ușă când a văzut cine ne călca prispa înzăpezită. Îl aveam pe Iliuță de câteva luni de zile, și sărmana fată gândise că am să mă pricep ce este de făcut acum, că-i sosise sorocul să nască.

— Ajută-mă, dadă, că dumneata ai trecut prin asta și știi mersul lucrurilor. Ajută-mă să nu fac alt păcat, ajută-mă să aduc pe lume viața pe care o trimite Domnul Dumnezeu. Cu mine apoi întâmple-se orice, dadă, dar copilașul acesta nu poartă nimic necurat cu el și nu trebuie osândit înainte de a veni pe lume.

Domnule Mayer dragă, îți spun curat că mi s-a făcut tare frică, pentru că știam număra lunile dintre Sânziene și Gerar, și nu ajunsese încă la soroc. Am trimis iute omul după moașă, am pus apă pe foc, să fie pregătită, și am început a mă ruga. Fetei îi asuda fruntea de nu pridideam să i-o țin uscată cu un ștergărel. Când îi veneau durerile cele mari mușca din capătul lui și mi se uita rugător în ochi, ca și cum și-ar fi cerut iertare de la mine pentru că-mi năvălise așa în casă.

— N-o să dureze mult, dadă. Să mă ierți și să mă îngădui numai cât aduc pe lume, apoi n-am să te mai supăr cu nimic.

A avut dreptate, ca și cum ar fi știut.

Până să mi se întoarcă omul din sat cu moașa, copilul era născut. Dar ce zic eu copil, că era numai cât o lingură și în cea dintâi oră nu a dat glas. Moașa și-a suflecat mânecile de cum a intrat în casă, a luat-o și a început a lucra de ale ei, că nu știu astăzi a desluși cele ce se petreceau atunci. Numai o vedeam că este din ce în ce mai încruntată. Nici nu mai avea răbdare să ceară ce îi trebuia, doar mă ferea din calea ei cu o mână și își lua ce avea nevoie.

Și numai ce o văd, domnule Mayer dragă, că iese afară hotărâtă, o ia de-a dreptul prin zăpada afânată din curte, smucește portița într-o parte și oprește primul om ce trecea pe drum. A schimbat cu el două vorbe apoi s-a întors la fel de smucit înapoi.

Copil născut la nici șapte luni, fetița trebuia numită pentru ca mai apoi să poată fi chemată pe nume în biserică, de preot.

— Cum se cheamă copilul ce s-a născut? a întrebat atunci moașa pe trecătorul din drum.

— Casandra, a spus acela primul nume care i-a venit în minte, sau numele pe care i l-au strigat la ureche *alea frumoase*, cine să le mai știe că sunt atât de încurcate.

Moașa s-a întors în casă și a spus tare și răspicat: Casandra! Iar copilul a dat cel dintâi țipăt pe lumea aceasta, dintr-o guriță mică și atât de vânătă încât nimeni nu ar fi crezut că va mai prinde viață.

Iliuță veni în goană de la joaca lui și-și propti amândouă palmele mici de genunchii înveliți în catrință ai lelei Mândra.

— Mămucă, mămucă! încercă el să-i atragă atenția femeii.

Lelea Mândra însă privea pe Franz de deasupra creștetului copilului, povestind mai departe.

— Mămucă, auzi-mă și pe mine! și spunând acestea, Iliuță prinse obrajii mamă-sii în palme și îi întoarse fața către el, țintuind-o cu privirea.

— Băiatul mamei, obiceiul acesta ce ți-ai luat după soru-ta de lapte nu prea este pe placul meu, îl dojeni lelea Mândra.

— Mămucă, vin dada Ileana cu dada Anuța și cu fie-sa a mare, Doinița! Eu le-am văzut primul!

— Vai de mine și de mine, domnule Mayer dragă, am trecut de ora noastră! se sperie lelea Mândra. Căsăndriță, repede la poză! Iliuță, sus pe jilț și nu mișca! Zamfire, dragu' mamii, fii bun și ia matale paharele cele două din mâna copilei, uite-o cum a rămas nemișcată la vitrină, de-ai gândi că pentru asta a adus-o biata mumă-sa pe lume, cu atâta amar și chin. Domnule Mayer dragă, domnia ta să ne ierți că te-am ținut de vorbă și am rămas cu treaba nefăcută, dar împlinim numaidecât lucrul pentru care am venit și apoi nu te mai necăjim.

Preluând fără greutate frâiele situației, lelea Mândra așeză pe fiecare la locul său în atelier, o luă pe fetiță de lângă copăcelul de decor pe care își plecase capul și ridică ochii către fotograf.

Cu un zâmbet sincer amuzat, Franz își îndreptă imediat aparatul către locul indicat de ea și se aplecă deasupra burdufului negru. Căsăndrița fusese așezată într-o clipă pe brațul jilțului, lelea Mândra stătea în picioare de-a stânga ei, iar chipul lui Iliuță se ițea între ele două, ușor aplecat către mamă-sa. Mânuța stângă a Căsăndriței dispăruse toată în palma femeii. Întregul tablou era exact așa cum îl aranjase Franz, înainte de toată această întrerupere.

— Perfect! spuse el, privind prin aparat. Lelea Mândra și Iliuță, privirea către dreapta, vă rog. Pentru echilibrul fotografiei, Căsăndrița, privirea către stânga, te rog.

Căsăndrița i se uita lui Franz drept în adâncul ochilor, străbătând pătrunzătoare prin toate lentilele aparatului de fotografiat, ignorând indicațiile lui ca și cum nu ar fi auzit nimic. Părea hotărâtă să deslușească taina prin care chipul său, al fratelui de lapte și al mamei lor urma să se imprime pentru totdeauna pe o bucată de carton.

Franz îi înțelese dârzenia și, fără să mai insiste asupra echilibrului fotografiei, apăsă pe declanșator.

— Gata, așa-i? întrebă lelea Mândra. Să-ți dea Dumnezeu Drăguțul sănătate, domnule Mayer dragă! Dacă nu ți-ar fi cu supărare și nu te-am încurca pe la treburi, am mai sta până când faci și fotografia suratelor de dincolo, așa fel ca să ne întoarcem împreună la han. Altă inimă am să trec printre șirurile de precupeți petrecăreți împreună cu ele decât singură, numai cu copiii aceștia alături de mine.

Și spunând acestea, lelea Mândra își ocupă din nou locul său pe scaunul din spatele aparatului, așezându-și cu grijă foile catrinței și culegând cu două degete o scamă numai de ea văzută.

— Băiete, schimbă scaunele și aranjează studioul pentru o fotografie mai largă. Au venit femeile de la Orăștie pentru fotografia de grup, spuse Franz lui Zamfir care își aștepta poruncile în pragul dintre cele două încăperi. Poftiți, poftiți, invită el apoi noile cliente în atelier.

Cinci femei, toate mai tinere la ani decât lelea Mândra, umplură atelierul de ii înflorate și marame brodate. Purtau cu ele fuioare cu caierele de lână neîncepute, cum ceruse Doamna Țării pentru fotografie, iar una ducea pe umăr un țol țesut în casă, la război.

— Ziua bună, dadă Mândro, dădură ele binețe. Nu ne aștepți și pe noi să isprăvim, ca să ne întoarcem cu toatele apoi?

— Numai ce vorbeam cu domnul Mayer ca să mă îngăduie să mai rămân o bucată de timp. Vă aștept și termin și istoria ce am început cu dânsul. Nu știu de la ce ne-am luat că m-am pomenit depănând despre nașterea copilei acesteia, răspunse lelea Mândra, arătând către Căsăndrița cu bărbia.

Femeile amuţiră şi schimbară priviri între ele.

— Aibi de grijă, dadă, spuse cu fereală una dintre ele, privind în jos.

— Eu mă socot că atâta vreme cât ţinem neatins respectul pentru *ele* putem duce prin lume, pe unde ne poartă soarta, povestea aceasta pe care o trăim încă, răspunse lelea Mândra spaimei suratei sale. Nu mă gândesc decât la vremurile ce vor veni, în care oameni ca noi ar fi bine să ştie că au fost pe lume făpturi ca *ele*.

Apoi, întorcându-se către Franz, continuă:

— Aşa a primit copilul cel născut la sfârşitul lui Gerar numele de Casandra, domnule Mayer dragă. Când a dat cel dintâi ţipăt atunci am ştiut că va trăi. Era adusă pe lume de mai bine de un ceas deja, şi nu mai aveam nicio speranţă. Ba încă m-a încercat păcatul să gândesc că poate e mai bine aşa, Drăgaica noastră şi-ar fi revenit şi poate că şi-ar fi găsit norocul în ochii altui fecior de pe la noi, că doritori erau, slavă cerului. Bine zice bărbatu-meu când zice: minte de femeie, dă-i pace că n-ai ce-i face.

Ce gândeam eu atunci şi ce voia Dumnezeu Înaltul cu noi toţi nu erau deloc unul şi acelaşi lucru. Lăuza a rămas în casa noastră trei zile. Astăzi sunt încredinţată că numai gerul năprasnic al zilelor acelora a ţinut-o. Îşi privea prunca numai printre lacrimi şi nopţile vorbea la urechea ei, şoptit. Mie îmi părea că toată casa ne este înconjurată de îngeri, atâta linişte şi pace se coborâse dintr-odată.

La sfârşitul celor trei zile, biata noastră Drăgaică, cea mai frumoasă pe care satul a avut-o vreodată, a dispărut ca fumul. Au găsit-o după alte trei zile în fântâna din curtea bisericii.

Taica preotul al nostru nu a voit să-i facă slujbă creştinească şi nici să o primească în pământ sfinţit, în cimitirul de la marginea satului, pentru că păcatul pe care-l făcuse fata, luându-şi zilele, era prea mare şi de neiertat. Mateiaş cel mic al popii, de dragul vremurilor de demult în care fusese tovarăş de vânătoare şi de joc cu Pătruţu al lui Gurăspartă cel cu mințile acum rătăcite, îngropă fata în pădure, deasupra satului, unde începe drumul pieptiș către Sarmisegetuza cea veche.

Pentru crucea ce i-a pus la căpătâi a avut multă vreme necaz și ceartă cu tătâne-său.

În primăvară, fetele au început a lăsa pe brațele crucii coronițe de flori, iar de Sânziene au împodobit-o ca în anii trecuți, cu spice de grâu și cu flori galbene de sânziene. Poate că sunt numai vorbe, dar unii spun că fetele ce îi îngrijeau troița și-i împodobeau crucea cu flori se măritau din dragoste, iar bărbații ce și-i alegeau le pierdeau din ochi de dragi.

Bătrânele mai cu trecere pe lângă taica preotul al nostru au încercat, în vara aceea, să-l înduplece și să se învoiască a primi pe biata fată în curtea bisericii, în cimitirul satului. El însă nu a vrut să audă cu niciun chip așa vorbe, și maica pruncei acesteia este și în ziua de astăzi sus, deasupra satului.

Alături de troiță a început a ieși din pământ o altă cruce, din piatră. Creștea singură, de la an la an. Mai întâi nu ne-am dumirit ce putea să fie. Oamenii o vedeau ba acoperită de omăt, iarna, ba îngropată în ierburi, vara. O ridicătură de pământ pe care nu-ți dă inima ghes să o cercetezi mai îndeaproape pentru că pare lipsită de importanță.

Pe când făcea Căsăndrița trei anișori însă, am pierdut-o de acasă.

M-am speriat așa de tare, că au venit bătrânele să-mi stingă cărbuni și tot nu-mi veneam în fire. Eram încredințată că *alea frumoase* au venit să și-o ia înapoi. Era mijloc de toamnă, începea de acum să se întunece devreme, iar copila nu era de găsit nicăieri. Până în crucea nopții au umblat bărbații din sat cu torțe prin luncă, pe la poala pădurii, de-a lungul firului de apă ce mărginește satul. Nicio izbândă nu am avut.

Peste noapte, de plâns și de zbucium, am căzut într-un somn greu ca moartea și am visat-o la picioarele crucii mumă-sii. Își ținea genunchii în brațe și privea țintă, încruntată cum o vezi și acuma, o făptură ce-i stătea dinainte. În vis nu mi s-a arătat cine era făptura aceea. Dimineață, înainte de răsăritul soarelui, am trezit și pe bărbatu-meu și am pornit către munte.

Am aflat fata exact așa cum o visasem: între ierburile de-acum veștede ale toamnei, cu genunchii la gură și cu brațele roată în jurul lor, sprijinită de crucea de piatră crescută din pământ și privind fix în ochii lui Pătruțu cel cărunt la nici douăzecișitrei de ani câți avea. Nu a știut să-mi spună cum a ajuns acolo. Pătruțu a rupt-o la fugă când ne-a văzut, pierzându-și urma în adâncul pădurii, iar Căsăndrița mică ne-a spus atâta doar: că stătuse cu ea toată noaptea, păzind-o și cântându-i, așezat la rândul lui în ierburile de pe cealaltă margine a drumeagului, față în față cu ea.

Povestea se depăna încet, ca la clăcile de toamnă. În timpul acesta, femeile din Orăștie și Grădiștea fuseseră așezate roată, într-o șezătoare închipuită chiar acolo, în atelierul lui Franz. Fuioarele încărcate și le sprijiniseră de brâu și dăduseră drumul suveicilor jos, pe lângă ele. Țolul pe care îl aduseseră pentru fotografie fusese ridicat pe un decor din spatele lor.

Cu toate că Franz făcuse mai multe drumuri între aparat și scaunele lor, ridicându-le bărbiile astfel încât să li se vadă ochii, ele îi coborau imediat către lucrul din mâinile lor. Nu înțelegeau ce rost ar mai putea avea fuioarele și suveicile dacă se prefăceau doar a le mânui, așa că lucrau cu adevărat.

— Dă-le pace, domnule Mayer dragă, spuse lelea Mândra. Nu ți se vor uita în aparat nici dacă stăm aici până mâine.

Franz zâmbi și apăsă declanșatorul. Fotografia se așeză cuminte pe plăcuța închisă în aparat.

Femeile rămaseră descumpănite. Se așteptau ca fotografia să lase urmele vreunei tulburări pe trupurile lor: o furnicătură, o ințepătură ori cel puțin o răceală sau fierbințeală altcumva. Fără a face niciun schimb de impresii între ele, cu toatele gândiseră în sinea lor că nu este cu putință să prinzi chipul unui om pe hârtie fără ca el să simtă oarece. Iar acum domnul fotograf, care părea să fi isprăvit înainte ca ele să se lămurească bine ca a început, le descumpăni.

— Atât a fost, puse lelea Mândra punct întregii dimineți. Foarte tare îți mulțumim și te poftim să ne fii oaspete la noi, la Grădiștea, oricând vei voi. Mai cu seamă însă ar fi bine vara să veniți, dimpreună cu doamna, ca să vedeți toate minunățiile lăsate de Dumnezeu între munții aceia.

— Și povestea? vru Franz să știe. Cum se termină?

— Povestea? Povestea noastră nu se termină niciodată, domnule Mayer dragă. Crucea crește din pământ de la an la an. Nu știu cum se face, dar parcă mereu este de statura Căsăndriței. Iernile, piatra ei este caldă și topește zăpada din jur. Verile este umedă, trage apă de undeva din adâncuri și se îmbracă toată în mușchi verde, parcă-i vie.

Anul trecut a fost aleasă Drăgaică o codană care parcă întrecea pe sărmana maică a Căsăndriței în frumusețe, iar anul acesta a făcut nuntă mare cu un fecior de peste munte, de la Orăștie. Căsăndrița mai dispare și acum de acasă, dar totdeauna o găsim lângă cruce.

De acum ne ducem la ale noastre, domnule Mayer dragă, iar pe domnia ta te lăsăm cu ale dumitale. Astăzi după prânz suntem la palat, iar mâine pe înserat, cu ajutorul Lui Dumnezeu, suntem înapoi în bătăturile noastre. Rămâi sănătos și te așteptăm, cum ne-a fost vorba.

La o săptămână după ce aflase povestea Căsăndriței, Franz rânduia comenzile care ieșiseră. Pentru unele trebuia să trimită vorbă clienților, ca să vină să le ridice. Pe altele le trimitea prin Zamfir. Cele comandate de departe, așa cum erau fotografiile femeilor din Orăștie, erau frumos împachetate și trimise prin poștalion.

Franz alese dintre toate fotografia lelei Mândra, sprijinind pe Căsăndrița și pe Iliuță în jilțul cel mare din atelier. Privirile fetiței nu păreau a veni din fotografie, ci direct din pădurea Muncelului, dincolo de Parângul neclintit. Preț de o clipă, Franz se pierdu în luminile tainice ale ochilor ce puteau lua în stăpânire pe oricine. Apoi zâmbi cald unei aduceri aminte din ziua în care atelierul îi fusese ocupat de fuse și fuioare.

Luă fotografia și o așeză în vitrina atelierului, între aceea a doamnei sale și cea a domnișoarelor Budișteanu, modiste în strada Lipscanilor. Fotografiile cu copii atrăgeau întotdeauna atenția trecătorilor.

Mai presus însă de aceasta, și mai tainic, Franz nădăjduia ca vitrina plină de copii să atragă alte împliniri asupra casei sale.

16. Lăutarii

Fărâmiță scripcarul își trecu sacâzul peste cel dintâi arcuș cu drag. Alături, lângă picior, mai avea încă două. Când femeia lui, Garofița, îl îmbăia pe cel mai mic dintre pruncii de prin curte, îi trăgea la fel piciorușele și mânuțele cu ulei și le muncea bine, ca să doarmă copilul dus.

Tot ca pe un prunc își îngrijea Fărâmiță scripca în primăvară, când zaiafeturile, chefurile și petrecerile domnești de peste iarnă se mai potoleau de rușinea Postului Paștelui. Alături așezase cobza a cărei îngrijire tocmai o terminase. Întotdeauna păstra scripca la sfârșit și prelungea lucrarea până târziu în noapte, pentru că îi era mai dragă între toate strunele din care știa a zice.

Lucra încet, vorbind cu scripca lui și ascultându-i răspunsurile. Bucata mare de sacâz o păstra anume peste an pentru zilele acestea de primăvară, când petrecerile erau mai rare și mai puțin fastuoase decât cele din iernile încărcate de sărbători. Degetele lui, cu pielea bătătorită în timp pe arcușuri, începuseră a prinde miros plăcut de rășină chihlimbarie după o întreagă zi petrecută cu sacâzul strâns între ele. Unghiile retezate scurt, strâmb, cu carnea răbunită peste marginile lor adâncite, luceau unsuroase. Degetele lui Fărâmiță făceau parte mai mult din scripcă și din cobza de alături decât din el.

Garofița îl lua la rost uneori prin curte, atunci când lucrurile începeau a cere mână de bărbat: ori cuptorul se spărgea și trebuia lipit, ori gardul încropit din uluci dinspre viile domnești nu mai putea ține zăpezile din iarnă și se culca la pământ, ori alte multe rosturi ale unei gospodării cereau să fie drese.

Fărâmiță se apuca de treabă cu avânt, dar degetele lui mai mult împleticeau treburile decât să le netezească. Se oprea atunci descumpănit și își privea palmele, întorcându-le pe o parte și pe alta. Cum se putea ca pe strune să fie așa de măiestre, iar la lucruri de om cu casa lui să nu o scoată la niciun liman? Numai dacă erau doar ale scripcii care i le mai împrumuta și lui din când în când...

Fărâmiță iubea scripca.

Cobza, lăuta ori mai rar ocarina le purta după el numai pentru că boierii cei vechi, bătrâni, ai caselor în care era chemat îi cereau pe la sfârșitul petrecerilor să-i zică din glasul lor. Domnii cei tineri însă erau mai învățați cu noile cântece ivite prin mahalalele de pe malurile Dâmboviței, cântate la trei scripci și un țambal.

Tuturor, tineri și bătrâni, scripca lui Fărâmiță le rupea fără milă inimile în două atunci când începea a plânge de una singură pe dinaintea celor dintâi versuri. Așa cum femeile frământă aluatul și-l muncesc pe tăcute, scripcarul muncea sufletele celor ce-l ascultau, muindu-le și pregătindu-le pentru ceea ce avea să urmeze. Numai atunci când primele oftaturi le umflau piepturile, Fărâmiță se îndura și el să pună punct jelaniei strunelor cu un „Uof", apoi dădea drumul vorbelor:

Bate-un vânt rece din față
La Chilia-n port,
Să văz stuful cum se-nalță,
Să-l mai tai nu pot.

Țambalul îi venea repede pe urme, împreună desfăcând ușor băierile pungilor mesenilor la ceasurile dinspre zori ale zaiafeturilor. Fărâmiță știa că lacrimile domnilor sunt aducătoare de bani în buzunarele tarafului, și era meșter în a stoarce aceste lacrimi oricărui ascultător.

Foaie verde și-un măr dulce
M-aș duce, m-aș duce
Dar mi-e calea cruce,

cânta Fărâmiță, asudând pe la tâmple și încruntându-se pe deasupra strunelor sprijinite sub bărbie, lângă ureche. Fiecare mesean își avea crucile lui pe cale. Fiecare se gândea la alte răspântii. Cântate însă de glasul frânt al lui Fărâmiță dimpreună cu scripca lui, toate semănau pe loc ca una.

Numai zavaidoaca cea năbădăioasă o spunea întotdeauna din cobza cu glas vechi.

O încercase și din scripcă, dar cântecul nu părea să fie același și Fărâmiță înțelesese că fiecare instrument are melodiile lui. Uneori, măcar că cererile ce veneau de la aceia care plăteau erau altele la răsăritul soarelui, țiganul cu scripca își lua libertatea de a hotărî de capul lui o zavaidoacă ori o sârbă ca și capăt de petrecere, pentru că știa că în inimi trebuie să lase speranță, și nu lacrimi, dacă vrea să mai fie chemat și altă dată.

Oamenii mergeau la iatacuri surâzând peste lacrimile stoarse până atunci de strunele lăutarului și în minți li se strecura ideea că toată nădejdea lor este la taraful lui OchiAlbi, în care cânta Fărâmiță.

Singur taraful, și cu deosebire scripcarul lui, îi putea ostoi de amarul de pe căile lor în cruce.

Fărâmiță luă arcușul următor între degete și începu a trage sacâzul peste el.

Bătrânul cobzar OchiAlbi fusese staroste peste toată lăutărimea bucureșteană de când se știa pe lume Fărâmiță. O căută din priviri pe Garofița ca să se asigure că nu-i pe aproape ca să-i vadă ochii muiați în lacrimi muierești. Femeia întindea rufe la uscat pe ulucile gardului dinspre vii, cu doi prunci mai măricei pe lângă picioarele ei și cu ochii după cel de-al treilea, care încă nu se ridicase pe picioare și era așezat între cârpe, într-o covată mai veche, de tot crăpată, pe care nu o mai folosea.

Starostele Dumitrache OchiAlbi îl luase pe lângă el de pe vremea când era doar cu puțin mai răsărit decât pruncii aceștia ai lui care-o încurcau pe mumă-sa la treburi. Pentru că așa arăta pe vremea aceea, îi spusese Fărâmiță, și toată viața lui se îndreptase după asta, lăsându-l încredințat până în ziua de astăzi că schimbarea de nume îi adusese și schimbarea de soartă.

Din anii dintâi își amintea prea puțin.

Tată nu avusese niciodată. Doar frații lui – toți mai mari decât el – aveau. În mahalaua Aga Niță, unde se născuse și unde își ridicase mai apoi casa lui din banii scoși cu taraful, unii spuneau că ar fi copilul boierului Filipescu cel ce avea ultimele case domnești de la margine, acolo unde se isprăvea târgul și începea mahalaua cu noroaie. Dar boierul era prea bătrân ca să fie tatăl unui țânc ca el. Ar fi putut fi bunic și mumă-sii. De aceea, Fărâmiță nu credea vorbelor.

Într-o iarnă însă se auzise că boierul Filipescu cel bătrân ar trage să moară și nu poate, că se chinuie și că ar fi adus la căpătâiul lui șapte preoți ca să-l dezlege de păcate. Pe urmele preoților s-au dus la casele de la hotarul dintre târg și mahala și țigăncile vrăcițe, cu cărbuni pregătiți să-i stingă în apă și să alunge cu puterile lor vreo blestemăție legată de dușmani, nu i-ar mai răbda pământul.

Boierul Filipescu s-a ridicat în primăvară.

E drept că mergea cu greutate și abia mai vorbea, dar a scăpat cu zile, așa cum se rugase fierbinte. Ca recunoștință pentru că Domnul se îndurase să-l mai uite pe lume o vreme, boierul cel bătrân dăruise biserica Sfânta Vineri a mahalalei Aga Niță cu odoare prețioase, sfințite la Muntele Athos și aduse de călugări călători, reparase acoperișul cămăruței ce slujea de școală în mahala, botezase fără să mai caute la neam și stare pruncii tuturor vecinilor săi și trimisese pe vătaful curților sale la ușa bordeiului lui Țică și al Zambilei, cu o lăvicioară cu veșminte cusute anume pe potriva ultimului copil născut aici, cu doi saci de merinde și cu o scripcă mică în chip de jucărea pentru băiatul cu pielea albă.

Cu scripca lui mică într-o mână și cu un cozonăcel plin cu stafide, scos din sacii cu merinde, în mâna cealaltă, Fărâmiță începuse a se îndoi de vechile lui încredințări. Poate că totuși are și el tată.

Mumă-sa Zambila spăla la Dâmbovița albiturile doamnelor mai mărunte din mahalaua Popa Radu, în plasa Podului Mogoșoaiei, ori din Fântâna Boului din spatele Grădinii Cișmigiu. Toată viața visase să capete la spălat țoale de-ale domnilor din inima Bucureștilor, mai largi la pungă și cu vorba mai dulce decât ocările aspre ale negustoreselor și hangițelor. Dar pielea ei nu era destul de albă, iar doamnele dădeau vorbă slujnicelor să caute spălătoreasă „curată".

— Eu sunt curat, mamă? întreba copilul cu pielea albă a nimănui cunoscut și cu ochii negri sticloși ai tuturor fraților săi.

Cu poalele fustelor mai mereu prinse în brâu, ducând sau întorcând de la Dâmbovița albiturile altora, mamă-sa Zambila îi așeza pe creștet o mână roșie și umflată.

— Nu prea ești curat, mă copile, spunea ea gândind la venirea lui pe lume, dar nu-i treaba ta asta. Tu vezi de-ți cautä de joaca ta și nu ieși în calea lui tată-tu.

Lui Fărâmiță nu-i părea rău că el nu are tată. Frații lui erau bătuți de tatăl lor. Țică venea acasă tot la două-trei seri, băut și pus pe ceartă. Zambila ridica mahalaua toată în capul lui în astfel de împrejurări. Ca să fie și mai credibilă își arunca în sus primele două fuste, lăsând vederii pe cele mai simple ascunse pe dedesubt. Țică lua băieții la rând, începând de la cel mai mare.

El era ultimul născut, iar Țică rămânea o clipă descumpănit atunci când ajungea în fața lui. Își freca de durere latul palmei cu care lovise până atunci, stupea cu obidă într-o parte apoi își smulgea pălăria ruptă de pe cap și o arunca cu necaz după copilul alb ce se ținea drept și întrebător în fața lui.

— Tu-ți dumicatul cui te-a scos în calea mea, grijania mă-tii de pripășit! rostogolea el vorbele cu patimă.

— Eu nu sunt al tău, taicule? Pe mine de ce nu mă bați? îl întrebase țâncul odată, lăsând nedumerit și înfuriat pe țiganul pornit să pună ordine în curtea lui. Țică abătuse atunci ploaia de pumni destinată copilului asupra Zambilei, a furie neputincioasă.

— Ăsta ce caută aici, ai? întreba el ritmic, odată cu loviturile.

— Hopa, mă neisprăvitule! striga femeia ca din gură de șarpe. Bețivule! Puturosule!

În capul de curând ivit pe lume al lui Fărâmiță se înrădăcinase ideea că Țică nu-l lovește la rând cu frații săi mai mari pentru că pe el nu-l iubește, ca și cum palma lată a țiganului ar fi fost dăruită și nu repezită spre ei. Fiind singurul lucru primit de la taică-său și singurele clipe în care el le dădea atenție, copiii o primeau cu un soi ciudat de recunoștință că pe ei nu i-a uitat, cum făcea mereu cu Fărâmiță.

Potrivindu-se mai apoi lui tătâne-său, frații se ațineau din calea lui și-l dușmăneau.

De când îi dezrobise Cuza, țiganii nu o duceau cu nimic mai bine. Mințile cele mai luminate ale vremii ticluiseră pe hârtie un plan măreț, în care cel dintâi pas era dezrobirea, care ar fi trebuit urmat îndeaproape de împroprietărirea cu pământ de lucrat și sprijinirea țiganilor pentru ca în țară să crească numărul agricultorilor. Primul pas a fost făcut cu mare avânt.

După care – ori lupta s-a dovedit a fi mai îndelungă decât așteptările, ori feluritele interese au început a ieși la iveală așa cum se petrece mai mereu – fapt este că marginimile tuturor târgurilor mai răsărite din țară și împrejurimile mănăstirilor, ce avuseseră în stăpânire robi, fuseseră repede invadate de bordeie sărăcăcioase, sprijinite cu pericol unul de altul, trăgându-se unul pe altul în nenorocire la foc ori inundație.

Boierii nu se mai simțeau obligați să aibă grijă de foștii lor robi, iar ei răbdau mai abitir ca înainte, de frig iarna și de foame totdeauna.

Pacostele erau aceleași, pentru că de dragul unei pâini mai dulci țigăncușele ce începeau a se ridica mai măricele primeau ca și până atunci pe boierii de toate vârstele pe la bordeiele părinților pe ziuă, când toți ceilalți erau după treburi.

Încă între acestea toate Fărâmiță vedea un noroc faptul că locuiau într-o mahala lipsită de mirosuri grele cum era cea în care poposeau carele cu pește ori cea a tăbăcarilor de piei de oaie. Nu erau nici prea aproape de malul din jos al Dâmboviței, locuri inundate și năpăstuite an de an de apa furioasă din primăvară, și nici în coasta scaunelor măcelarilor, străbătută de vaiete de animale și cu văzduhul îmbibat de mirosul greu de sânge.

Aga Niță avusese bun cap atunci când își stabilise loc de moșie, se gândea Fărâmiță. Mahalaua Agăi Niță se întindea între viile domnești și cele ale Mănăstirii Stelea. Din curtea lui, Fărâmiță vedea verde cât cuprinzi cu ochii.

Cei doi prunci mai mari, care umblau desculți pe pământul în care începuse a înțepa iarba, se încăieraseră precum cățelandrii cei năbădăioși atunci când îi mănâncă gingiile din cauza colților de lapte.

Trezit de larma lor, pruncul cel neînțărcat dădu și el glas din covata cea crăpată.

Garofița se repezi mai întâi spre cei mai mari, cu gând să-i potolească împărțindu-le cu dreptate câte o palmă fiecăruia, dar în drum se împiedică de covățica celui mic, care se roti de câteva ori ca o moriscă, alunecând la vale pe colții ierbii abia răsărite și oprindu-se cu o hurducăială într-o piatră ce ținea hotar curții spre drum, unde lipseau ulucile.

Se vede că pruncului nu-i displăcu această aventură, pentru că tăcu pe loc și zâmbi pe sub lacrimi.

— Niculae, trăzni-te-ar Dumnezeu că ești mai mare și îmi lăsasem nădejdea în tine! prinse a ocărî țiganca, culegând în drumul ei către băieți o ulucă mai șubredă din gard, cu gând să o rupă probabil pe spinările lor. Șezi locului că dacă pun mâna pe tine te rup în două, să știi! Ce râzi, Fărâmiță? Nu mai isprăvești odată cu strunele alea, că o să-mi iau lumea în cap și vă las durerilor pe toți să vă descurcați, că mie mi-ați mâncat zilele!

— Niculae! Antime! Ascultați de mumă-ta că mă ridic la voi acum! se strădui scripcarul să-și ascundă zâmbetul de dragul băieților pe sub mustățile răsucite pe oală cu care știa că ține pe Garofița legată de el câte zile or mai avea pe lume.

— Aferim, Fărâmiță, că nu știu ce mă făceam fără tine prin curte astăzi, mai spuse Garofița, apoi se întoarse la ale ei, potrivi la locul ei covata cu copilul și întinse rufele pe gard.

— La noapte am cântare, vorbi încet Fărâmiță, mai mult pentru el, ca să nu lase cumva impresia că dă vreo socoteală țigăncii. Trebuie să pregătesc cobza și scripca. De pe strunele astea mâncați toți din curtea asta, și mâncați o pâine dulce, nu mânia pe Dumnezeu, femeie.

Ultimele vorbe Garofița nici nu le mai auzi, atât de încet le rosti țiganul lăutar. Răsucea instrumentul în mână, cercetându-l cu atenție. Toate cele patru strune ale scripcăi erau acum bine întinse. Fărâmiță o puse lângă ureche și își trecu arcușul tras cu sacâz peste ele. Căpătase scripca aceasta de la starostele OchiAlbi în urmă cu câțiva ani, când începuse a-i vorbi și despre vătăfia tarafului.

Feciorul cel mare al starostelui își aflase drumul său în Ploiești, unde deja avea propriul său taraf și ajunsese staroste la rândul său. Era singurul între feciorii cobzarului care îi luase pe urme într-ale harului lăutăresc, dar voia să iasă de sub umbra apăsătoare a tătâne-său, care era cunoscut, apreciat și chemat la petreceri de multe capete domnești ori chiar încoronate, pământene sau sosite de pe meleaguri străine în București.

Ca să-și poată face propriul nume după cum dorea, feciorul cel mare al starostelui OchiAlbi plecase din târg. Se întorsese numaidecât înapoi numele pe care și-l făcu repede în Ploiești, spre mândria lui Dumitrache, tătâne-su.

Cobzarul cel renumit al Bucureștilor însă îmbătrânea, și taraful nu avea vătaf. Atenția lui OchiAlbi se îndreptă către cel mai iscusit scripcar al lui, Fărâmiță, pe care îl creștea de mic, de când îl adunase pe lângă el ca să ducă țambalul pe ulițele Bucureștiului și să îngrijească de instrumente.

Îl aflase într-o primăvară în fața unui bordei amărât din mahalaua Aga Niță. Sub bărbia mică și murdară avea o scripcă la care încerca să zică după ureche un cântec auzit cine știe pe unde. Cobzarul OchiAlbi se oprise în loc în noroiul drumului, pusese o mână pe burta mare prinsă în chimir și prinsese a râde cu mare poftă, pentru că melodia nu era pe potriva așchiei de copil care o chinuia.

Foaie verde ca aluna
Ș-aseară am fost la una
Unde mă duc totdeauna...

spunea cântecul ales de copil. Dumitrache OchiAlbi râdea din tot sufletul. Îl ascultă până la capăt, măsură bordeiul și bălțile din fața intrării, chibzui puțin mângâindu-și mustățile groase și răsucite, apoi se hotărî. O luă pe de-a dreptul prin noroaie și bălți și intră în vorbă cu țiganca de la bordei.

— Al tău pruncul, fa?

— Al meu, boierule, răspunsese Zambila aruncând priviri cercetătoare țiganului îmbrăcat în straie domnești, cu anteriu și giubea tivită mândru cu blăniță scurtă de iepure.

— E cam alb la față, o încercă starostele lăutarilor bucureșteni.

— Și ce treabă ai matale, boierule? Numai matale mai lipseai să-mi ții socoteala la culoarea pielii copiilor, se oțărî țiganca spre amuzamentul lui OchiAlbi.

— Dă-mi-l mie, propusese cobzarul fără alte pregătiri.

Dumitrache OchiAlbi era țigan cu pielea albă. Ochii lui mărunți se rostogoleau în cap cu repeziciune, descoperind foarte adesea globii albi, spre intimidarea celor cu care vorbea și atrăgând porecla ce-i rămăsese ca nume bun.

Tranzacția s-a încheiat chiar acolo, în drum, în fața bordeiului.

Pentru un leu de argint pe săptămână, plătit Zambilei, copilul trebuia să stea la mâna cea dreaptă a starostelui, din zori și până când el îi dădea drumul acasă. Strângea instrumentele tarafului, căra țambalul, dregea arcușurile cu sacâz, aducea apă la scaunele lăutarilor, în mijlocul petrecerilor, făcea felurite comisioane pentru Dumitrache OchiAlbi, ajungând să fie bine cunoscut în casele boierești de la Grădina Icoanei și până în Piața Teatrului.

Începuse atunci o perioadă de care Fărâmiță își amintea acum cu mare drag. OchiAlbi îl îndrăgise pentru asemănarea pielii, ori poate auzise ceva numai de el cunoscut în chinuiala dintâi a micii lui scripci de jucărie.

Fărâmiță încetase a se mai întreba cui să-i spună *taică*: lui Țică cel cu palma lată sau boierului bătrân ca viața, Filipescu cel din marginea Bucureștilor? După capul lui și fără a întreba pe nimeni, chema pe stăpânul său cu numele *taică Dumitrache*. Intrând în jocul lui, cobzarul îi spunea:

— Ia la taica astea două părăluțe și aleargă de adu pâine proaspătă. Vezi să nu fii leneș și să te oprești la brutăria din colț! Învrednicește-te și mergi în Mahalaua Brutarilor, că e pâinea mai bună.

Între sarcinile lui Fărâmiță intra și aceea foarte plăcută de a asculta poveștile starostelui. Aflase astfel în zilele lungi de vară, când taraful era chemat la seceriș ca să dea oamenilor ritmul lucrului și să fie recolta bogată, cum se născuse OchiAlbi în robie pe vremea lui Vodă Știrbey.

— Eram atâtica cât ești tu acum, îi spunea cobzarul din vârful căruței în care era urcat taraful la seceriș. Ne bătea boierul nostru cu ce apuca, cu ce-i cădea în mână la mânie. Când mă ridicasem și eu mai măricel și începusem a zice din cobză, aveam de grijă să-mi feresc mâinile de lovituri, pentru că-mi zdrelea degetele și nu mai puteam cânta. Mult mi-a plăcut a cânta, Doamne.

Dumitrache rămânea cu privirea pierdută de-a lungul miriștei proaspăt secerate. N-ar fi băgat de seamă că povestea continuă numai în spatele frunții lui încăpățânate înainte de sub pletele haiducești pieptănate pe spate, dacă nu l-ar fi îndemnat copilul:

— Și?

— Apăi și! A fost greu, dar a trecut. Am adunat ban pe ban și m-am răscumpărat eu singur de la boier. Așa să ții minte de la mine, și să spui mai departe că doar nu degeaba te țin pe lângă mine: OchiAlbi starostele și cobzarul nu a fost dezrobit de alții, ci el singur s-a răscumpărat.

Și spunând acestea, ochii stranii ai cobzarului străluceau de mândrie.

— Drept e că nu am avut toată suma cerută de boier, dar a pus umărul un domn revoluționar de la 1848. Câmpineanu îl chema. Din toată suma de 1000 de galbeni, 700 de galbeni a dat domnul Câmpineanu pentru mine și nici până în ziua de astăzi nu mi i-a mai cerut înapoi. Mi l-au întemnițat după ce și-au făcut treaba cu el, nu i-ar mai răbda pământul de fățarnici! îndesa Dumitrache ultimele cuvinte printre dinți.

— Cine și-a făcut treaba cu el, taică Dumitrache? nu se dumirea Fărâmiță.

— Ăștia mari, taică. Îi putrezesc și în ziua de azi oasele în temniță la Mărgineni. Haida, nu sta că-ți stă norocul. Ia scripca și zi după mine, că mâine-poimâine mă prăpădesc și tu nu știi cântecele.

Bate-un vânt rece din față
La Chilia-n port,
Să văz stuful cum se-nalță,
Să-l mai tai nu pot.

— Taică Dumitrache, cântecul ăsta l-ai făcut matale? întreba Fărâmiță.

— L-au făcut sărmanii din temniță, copile, răspundea OchiAlbi.

Când Fărâmiță se ridică flăcăiandru și începură a-i da tuleiele, cobzarul îl înălță în rang și-l primi în taraf cu drepturi depline.

Ba încă se întâmpla ca starostele să trimită pe la cumetrii ori alte cântări numai pe Fărâmiță cu taraful, atunci când el avea alte treburi. Domni învățați îl căutau și umblau după el ca să-i pună cântecele pe hârtie, lucru ce îl umplea de mare mândrie pe Dumitrache. Se chema că nu-și trăise toată viața degeaba dacă muzica lui stârnea vâlvă în cercurile înalte ale oamenilor școliți.

De-o pildă, odată domnul Wachmann de la Timișoara, sosit de curând în București la chemarea Reginei Elisabeta ca să ridice o școală înaltă de muzică, poruncită de Măria Sa și numită Conservator, îl adusese la casele domniei sale săptămâni în șir. OchiAlbi cânta și domnul Wachmann scria notele pe hârtie. Se cinsteau apoi amândoi cu câte un păhărel de rachiu băut în picioare, în pragul ușii, la plecare, așa cum fac boierii cu colindătorii iarna, iar OchiAlbi înțelegea că așa se cuvine și i se părea drept.

Își primise toată cinstea de care sufletul lui avea nevoie. Din țigan rob, născut sclav, umbla acum în giubea cu blăniță și era staroste peste cel mai căutat tacâm de lăutari. Cântecele compuse de el erau scrise pe hârtie de domni cu școală și era primit pe ușile din față ale caselor domnești. Acesta era capătul cel mai de sus al cinstirii pe care lăutarul știa că o putea nădăjdui vreodată.

Domnul Wachmann puse pe scena Teatrului cel Mare *vaudeville*-ul „Tunsul-Haiducul“, adunând la premieră sala plină și culegând admirația bucureștenilor tot restul stagiunii. Pe afișul ce umplea orașul întreg stătea scris, cum avea să afle OchiAlbi de la cei cu știință de carte:

Muzica este culeasă de la Oki-Albi, aranjată și orchestrată de domnul Wachmann.

Au mai fost și alte asemenea întâmplări, dar în afara domnului Wachmann niciun compozitor nu a mai pus numele cobzarului pe afiș cu litere de-o șchioapă, măcar că petrecuse și cu dânșii zile nenumărate cântând pe bucăți, rar și cu opriri multe, pentru ca domnii să poată însemna notele pe hârtie. La momentul potrivit dăduse răspunsurile curate: care anume melodii sunt învățate de la bătrâni și care sunt făcute de el pe cobza lui.

Nu-i părea rău acum că își vedea cântecele născute de el sub numele domnilor compozitori. Sufletul i se umplea la gândul că muzica lui va rămâne după el și nu-și făcea sânge rău din cauza numelui. Durerile îngrămădite în inima de om răscumpărat din robie cu sudoarea frunții lui și cu degetele însângerate pe strune îl făceau să cumpănească altfel importanța lucrurilor. Mărirea îi părea lipsită de greutate.

Libertatea și faptul că oamenii vor plânge sau vor juca după cum le va susura la ureche vreun cântec de-al lui, chiar și atunci când el va fi oale și ulcele, aveau mai multă importanță pentru bătrânul lăutar.

Fărâmiță isprăvise treaba. Dinspre vii venea miros de pământ reavăn. Ziua se apropia de amiază, iar zgomotele care ajungeau până la urechea lui dădeau de știre în toată mahalaua că vine ceasul prânzului mare. Glasurile ascuțite ale copiilor ce bătuseră până atunci ulița se stingeau pe rând, potolite de mămăliguțele ce începeau să apară pe mese.

Stârniți de aromele fierturilor de prin tuciurile femeilor, câinii dădeau glas ca să nu fie uitați. Garofița lui trăgea și ea cu urechea la toate acestea, încercând să afle dacă este printre cele dintâi în întrecerea femeilor mahalalei.

— Haidați la masă, strigă ea cu glas poruncitor de femeie ocupată, cu linguroiul de lemn într-o mână și cu mâna cealaltă sprijinită în șold, răsucită pe jumătate către vecina din stânga care pusese astăzi masa înaintea ei și simțea nevoia să-i dea cumva de știre că nu i-a luat-o pe dinainte decât cu prea puțin.

Niculae, Antim și Fărâmiță, aduși la ascultare pe aceeași treaptă de hotărârea din glasul Garofiței, se așezară roată în jurul mesei cu blide încă goale. Alături, pe un butuc gros pe care băieții îl luau drept scenă în jocurile lor de-a taraful de lăutari, țiganca așezase cratița largă de alamă în care fierseseră toată dimineața cartofii și ceapa alături de potroacele unui pui alergat de ea în zori.

Flămânzi, copiii țineau mâinile în poală și ochii la mumă-sa, gata să sară imediat ca să-i îndeplinească vreo poruncă. Foamea îi ținea sub ascultarea ei și Garofița se știa puternică la ora mesei.

Umplu mai întâi blidul cel mare al lui Fărâmiță și îl așeză cu grijă în fața lui. Tăie mămăliguța și scoase cu mâna o bucată fierbinte căreia îi dădu drumul în ciorba din blid. Apoi se îndreptă de spate și așteptă până când Fărâmiță luă prima îmbucătură. Numai după ce el afundă lingura de lemn pentru a doua oară în fiertură, Garofița continuă să umple blidele copiilor, rostuindu-le bucățile de mămăliguță după puterile lor, mai mici decât cea dintâi a lui Fărâmiță.

Din covățica lui, dintre cârpe, pruncuțul cel mic gângurea. Alături de el, așezată cu deosebită grijă pe un scaun și rezemată de peretele prispei – scripca cu arcușul proaspăt tras cu sacâz. Garofița cerceta din când în când din priviri pruncul, iar Fărâmiță – scripca.

Era neprețuită scripca aceasta pentru el. O căpătase de la Dumitrache-lăutarul în anii de pe urmă, după ce mai întâi făcuse cu prisosință dovada măiestriei sale, pentru că altminteri starostele nu s-ar fi îndurat să îi încredințeze așa o comoară. Cunoștea povestea scripcii celei neprețuite de copil. OchiAlbi cobzarul o primise la rândul lui ca plată pentru serviciile unui an întreg – așa cum obișnuiau uneori boierii să-l plătească pe lăutar – de la unul dintre cei dintâi profesori de vioară al nou înființatului Conservator bucureștean.

— Vreau să fie a ta, pentru că știu că ai să o iubești și ai să prețuiești așa o comoară, îi spusese domnul profesor. Este ieșită din mâinile lui Stradivari din Cremona, cel ce a rămas până astăzi neîntrecut în meșteșugul creării viorilor. O meriți pentru măiestria ta și locul ei este în mâinile tale.

Starostele Dumitrache se uitase la ea ca la mândrul soare, îndurându-se numai arareori să o ia la câte o cântare mai simandicoasă. Fusese admirată atunci când, în casele domnului Wachmann, notau pe hârtia cu portativ cântecele care aveau să fie cântate mai apoi pe scena Teatrului Național. O mai scosese în lume la două mari evenimente, anume la Marea Sărbătoare a Unirii Principatelor de la anul 1859 și la Marea Sărbătoare a Independenței țării, când Armata Română își făcuse intrarea triumfală în București, condusă de Regele Carol I.

Cobzar neîntrecut, dar scripcar numai datorită urechii muzicale cu totul ieșite din comun, starostele Dumitrache OchiAlbi făcuse un gest demn de un suflet dăruit, care își cunoaște valoarea și nu se teme de cei tineri care-i calcă pe urme. Chemase la el pe cel mai bun scripcar al tarafului, ba încă al întregului târg la vremea aceea, pe Fărâmiță cel arvunit odată de la mamă-sa pentru un leu de argint pe săptămână, și îi trecuse scripca meșterită de Stradivari din Cremona ca pe un testament.

— Sună mai bine în mâinile tale, Fărâmiță, îi spusese starostele atunci. Nu te mări singur mai sus decât te vrea Dumnezeu, și ea te va asculta și te va mări numai atâta cât trebuie.

Starostele Dumitrache OchiAlbi nu renunțase până în clipa de apoi la portul în care se pomeniseră tacâmurile de lăutari încă de pe vremea lui Vodă Știrbey. Fărâmiță însă lăsase în anii din urmă anteriul și giubeaua pentru cămeșa cusută în pui românești și ițarii din postav alb cu brâu lat de piele tăbăcită și bătută în puncte. Portul românesc, ce începea a fi la mare căutare de când Măria Sa Regina se îmbrăca ori de câte ori avea ocazia cu ie și se acoperea cu maramă de borangic, devenise repede haina de petreceri și cântări a tarafului.

Pe ascuns, în inima lui, Fărâmiță se simțea îmbrăcat în haine de prinț, de vreme ce Regina lui dimpreună cu nou sosita prințesă Maria și cu întreaga suită de doamne de la Curte erau așijderea îmbrăcate cu ii înflorate în roșu și negru.

Bătrânul Dumitrache OchiAlbi însă nu vedea cu ochi buni schimbările, de orice fel vor fi fost acestea.

— Barbu Lăutarul a purtat cobza pe sub anteriu prin târgul Iașilor, la vremea domniei sale. Eu am purtat-o pe sub anteriu cât mi-a fost vremea mea. Văd ca anteriul nu mai este astăzi pe placul vostru, al ăstora mai tineri, și mă întreb dacă nu cumva veți lăsa curând și cobza uitării, după ce va voi Dumnezeu Drăguțul să mă adune la el, spunea starostele.

Ca să-l îmbuneze, Fărâmiță plănui cu întregul taraf și tocmiră la domnul Franz Mayer o fotografie pentru starostele lor.

Gândiseră să-i ceară să poarte giubeaua cea mai bună, anteriul și ișlicul din postav verde pe cap, așa fel ca fotografia să-l prindă pe Dumitrache în toată măreția sa. Bătrânul se împotrivi, de formă, când auzi așa o nebunească de idee. Tună cu voce de stăpân pe deasupra scripcarilor și a țambalagiului, dar puse pe ascuns să-i curețe cu oțet îndoit în apă ișlicul prăfuit. În ziua hotărâtă, taraful porni pe urmele starostelui său către Piața Teatrului, unde își avea domnul fotograf atelierul.

În lumina galbenă a zilei încă neîncepute, alaiul părea mai degrabă unul de nuntă, însoțind pe mire către casa miresei. Dintr-o dată, starostele se află temător și emoționat. Cerea în stânga și în dreapta păreri asupra înfățișării sale:

— Șade bine haina la spate, Fărâmiță taică? întreba el pentru a zecea oară, șoptit.

Pârdalnicii de țigani lăutari ar fi vrut să-i spună că spatele nu se va vedea în fotografie, așa că ar face mai bine să se intereseze dacă stă bine haina în față. Dar fruntea starostelui nu era prevestitoare a uneia dintre zilele în care ei să-și poată îngădui astfel de necuviințe. Nu schimbară nici măcar priviri între ei, ci doar așteptară în tăcere alături, în stradă, să se facă ceasurile la care urma să se deschidă atelierul.

Porniți ca la război cu vrednicie, adică înainte de răsărit, lăutarii ajunseseră în Piața Teatrului când umbrele erau încă prelungi, iar ușile prăvăliilor erau ferecate. O vreme urmăriră viața străzii: lăptăresele desculțe cu cobilițe pe umeri opreau din poartă în poartă și drămuiau slujnicelor care le așteptau lapte proaspăt, muls în dimineața aceea. Sacagiii treceau în sunet înfundat de copite acoperite cu cârpe, ca să nu necăjească somnul domnilor. Cel dintâi tramcar al zilei îndrăzni să dea clopoțel la pornirea dintr-o stație.

Unul câte unul, negustorii ieșeau din prăvălii, lăsând ușile larg deschise pentru clienții care încă nu-și făcuseră apariția. Chiron grecul, negustorul de măsline și delicatese, rămase în drum ceva mai mult, măsurând taraful cu atenție, din creștet până în tălpi, om cu om. Statura sa masivă arunca în lumina dimineții o umbră disproporționată, care ajungea până la picioarele lăutarilor.

Privirea directă, înfiptă drept în mijlocul tarafului, îi făcu pe țigani să se foiască neliniștiți. Se simțeau luați la întrebări, dar în lipsa vreunui cuvânt al domnului Chiron, nu îndrăzniră să dea nicio explicație.

Deschise apoi și Agopian armeanul, umplând strada de aroma amestecurilor de cafea, al căror meșteșug numai el singur îl cunoștea. Domnul Agopian simți cumva tensiunea ce plutise preț de o clipă între vecinul său grec și grupul de țigani din fața atelierului lui Franz.

Cu înțelepciunea pe care o adusese cu sine de pe alte meleaguri, dar și din alte vremuri, domnul Agopian îndulci iute lucrurile cu un salut scurt către taraf. Lăutarii răspunseră cu plecăciuni adânci salutului, așa fel ca domnul Agopian să înțeleagă că ei mulțumesc deopotrivă și pentru că i-a scos de sub privirile cercetătoare ale grecului cât muntele.

— Bună dimineața și domniei tale, chir Chiron, zâmbi domnul Agopian către vecinul său. Să poftești rogu-te la o ceașcă de cafea. Am să-ți fac amestecul care îți place atât de mult.

— Cu ce prilej mă răsfeți de la prima oră, domnule Agopian? dori să știe Chiron, bănuitor, aruncând o ultimă privire peste umărul armeanului către grupul de lăutari pe care Zamfir tocmai îi poftea în atelier.

— Niciun prilej deosebit, chir Chiron. Numai dimineața aceasta însorită.

Franz făcuse fotografia starostelui Dumitrache OchiAlbi, punând în lumină anteriul și ișlicul cu canaf, cum ceruse clientul. Ba mai mult decât atât, păstra de atunci în vitrina din față a atelierului o copie a acestei fotografii, între multe altele, stârnind semeția bătrânului lăutar ori de câte ori cântările de sâmbătă seara îl aduceau prin părțile locului.

Lăutarii plătiseră și plecaseră, în frunte cu starostele lor. Fărâmiță lămuri încă o dată toate acestea, pentru toți cei de față:

— Se cheamă, taică Dumitrache, că giubeaua nu o va da uitării nimeni, niciodată. Și dacă duminică vom ieși la cântare în altfel de straie, asta va fi numai pentru că așa cere cel ce plătește. Vremurile se schimbă, dar sunt puține la număr, așa că roata se va întoarce iară și toate se vor repeta. Antim al meu ăl mic, care pare să-mi calce pe urme cu înclinarea lui pentru cântec, va purta ișlic atunci când va merge pe la nunțile unde va fi chemat, la vremea lui.

— Mulțumim frumos pentru masă, spuse Fărâmiță, ridicându-se.

Soarele cădea între vii.

Își luă scripca meșterită de Stradivari, încredință dintr-o privire pe băieți Garofiței și porni cu pași înceți către poartă, chibzuit, fără grabă, așa cum pornești la drum lung și bine plănuit. Până la biserica Sfânta Vineri avea de bătut cale de un sfert de ceas. Nu se grăbea însă să ajungă, pentru că avea nevoie de acest răgaz ca să-și pună ordine în gânduri. Starostele lui plecase fără veste.

Unii spuneau că oamenii de vârsta starostelui nu se numește că pleacă fără veste, dar cei care se sprijineau pe el rămăseseră ai nimănui, indiferent de cuvintele sau încredințările oamenilor.

Fărâmiță mergea drept pe mijlocul uliței, simțind în spate privirile vecinilor din mahala și bănuindu-le vorbele stârnite de trecerea lui. Se gândea însă la ale lui, la vătăfia tarafului pe care OchiAlbi i-o mai propusese odată și de care el nu se simțise vrednic, la soarta de acum a țiganilor lăutari ce așteptau de la el o rezolvare, la feciorul pornit demult de acasă al starostelui și înălțat prin alte locuri în rangurile pe care le visase, le dorise și le merita.

El știa un lucru: staroste te naști. El nu se născuse staroste, ci scripcar. Trebuia dar găsită de îndată o ieșire la liman.

În curtea bisericii se adunase mulțime de lăutari din tot Bucureștiul. Restul oamenilor veniți din curiozitate așteptau cu respect în afara porților, recunoscând în tăcere dreptul la întâietate al țiganilor cu cobze și scripci. Ulița era plină. Fărâmiță trecu printre ei, desfăcând mulțimea fără greutate, intră în curtea bisericii și se opri pentru o clipă între ai lui.

Unul înfipsese un țambal în malul mai afânat de sub garduri și cânta, ținând isonul celor zece-douăsprezece scripci ce se îngemănaseră toate într-un cântec de mahala. În spatele lor își așteptau rândul alți lăutari, cu instrumentele pregătite, gata să preia cântarea atunci când primii osteneau.

Treptele de la intrarea în biserică erau acoperite cu un covor țesut la război care începea chiar de pe pământ, urca treptele și se continua înăuntru, în pridvor. Oamenii se fereau să calce covorul care, măcar că era țesut simplu, era încă nepurtat. Intrau în biserică pe un șir de câte un om pe partea dreaptă și ieșeau la fel, pe partea stângă. Covorul rămânea neatins între cele două șiruri.

Un țigan între două vârste, cu mustața la fel de groasă și răsucită ca și a lui Fărâmiță, se apropie de el și-i așeză o mână pe braț.

— Mergi la el, frati-mio, și apoi te așteptăm aici afară la cântare.

Fărâmiță i se uită în ochi și-l trecu pentru o clipă gândul că frate nu ți-e întotdeauna acela pe care ți-l naște mumă-ta, ci mai ales acela care-ți spune „frati-mio" și-ți pune o mână pe braț la nevoie. Încuviință din cap și urcă treptele care duceau în pridvor la fel ca toți ceilalți, pe o parte, atent să nu calce covorul. Păși în tinda bisericii închinându-se, plăti două lumânări la copilul de lângă soba de cărămidă și înaintă cu ele în mână până în mijlocul naosului sfânt, sub cupola de unde un Dumnezeu pictat privea la el.

În mijlocul bisericii, pe un catafalc scund de lemn, Dumitrache OchiAlbi se odihnea între lumânări aprinse. La picioare îl veghea cobza. La căpătâi plângea tăcut țiganca lui. Fărâmiță îi privi fruntea plină de riduri. Îl văzuse adeseori atunci când își compunea cântecele. Sprâncenele i se ridicau sus, împingând pielea de pe frunte până sub rădăcinile pletelor albe, aruncate haiducește pe spate, iar pleoapele îi erau întotdeauna plecate.

Dumitrache OchiAlbi privea numai înăuntru atunci când compunea. Chipul lui de acum semăna cu cel de atunci. Nu știuse niciodată citi literele, dar își cunoștea numele pe afișe. Nu știuse scrie notele, dar muzica lui era cântată pe note astăzi. Fărâmiță știa, la fel ca mulți alții, că buna lui credință fusese și păcălită de-a lungul vremii de unii care îi furaseră melodiile.

„Lasă-i, taică", le potolea starostele pornirile furioase lăutarilor mai tineri din taraf, „lasă-i că ei sunt cei păcăliți. Muzica știe a cui este și se întoarce ea singură la părintele ei. Stați cuminte și nu dați pacea pe gâlceavă".

Cele două lumânări se topiseră la mijlocul lor, în locul unde palma lui Fărâmiță le strânsese la căldură. Le aprinse și le sprijini la o margine a sfeșnicului, apoi ieși din biserică de-a-ndăratelea, puse scripca sub bărbie și se alătură lăutarilor din curte, slobozind arcușul pe strune în ritmul de jale și revoltă al cântecului ce răsuna peste mahala:

Bate-un vânt rece din față
La Chilia-n port,
Să văz stuful cum se-naltă,
Să-l mai tai nu pot.

Va stărui pe lângă OchiAlbi cel tânăr să se întoarcă și să ia stărostia lăutărimii bucureștene și vătăfia tarafului. Vor cânta toate cântecele lui Dumitrache cobzarul până când le vor învăța toate celelalte tarafuri, ca să știe de bună că nimeni nu le va uita vreodată. Vor ține ca și până acum nunțile, botezurile, zaiafeturile tinerilor și petrecerile. Vor avea grijă unii de alții și împreună de cântecele lor.

Lucrurile vor fi așa cum le-a menit starostele. Toate acestea și le promitea lui însuși Fărâmiță, cu ochii închiși peste scripca sprijinită sub bărbie, ascuțind urechea către arcușul ce zbura cum știa el peste strune.

După înmormântarea în cimitirul nou, poruncit în afara Bucureștilor de către domnul ministru Bellu și înființat pe un teren dăruit de domnia sa, tacâmurile de lăutari ai orașului poposiră rând pe rând la pomenirea creștinească rostuită în curtea răposatului. În tăcere, femeile așezau și strângeau mesele după fiecare rând.

Într-o margine a curții, taraful răposatului Dumitrache OchiAlbi aștepta, cu lăutele pe lângă picior ca niște arme întoarse din bătălie.

Mâncară ultimii, când soarele scăpăta spre asfințit. Apoi se închinară, rostiră un ultim „Dumnezeu să-l odihnească", își luară strunele și porniră către atelierul domnului Franz Mayer din Piața Teatrului.

Se rânduiră cerc în fața vitrinei de unde starostele îi privea dintr-o fotografie, pe sub un ișlic cu canaf, și porniră a zice încetișor unul dintre cântecele scornite de el și scrise de domnul Wachmann de la Timișoara pe note muzicale.

Strunele plângeau în șoaptă cântec după cântec. Țiganii priveau fotografia drept în ochi. În lumina lunii, câteva ferestre se deschiseră și scufii albe de noapte apărură în cadrele lor, cu mișcări domoale cât să nu strice cântarea care se închegase în stradă.

Nimeni nu-i certă. Nimeni nu-i alungă pe la casele lor.

Taraful cântă starostelui din vitrină până către miezul nopții, când isprăviră cântecele și, obosiți și plânși, își strânseră la fel de încet strunele și plecară înapoi, către mahalaua Aga Niță dintre viile domnești.

17. Expoziția Universală de la Paris

Despina

Despina se așeză descurajată pe unul dintre scaunele de grădină cu spătarul abia schițat din două ramuri metalice. Tocurile botinelor încheiate în bumbi pe o parte i se afundară în pietrișul aleii. Pielea de pe ele se zgâria, iar ea știa asta în timp ce înșuruba încet călcâiele, ca să audă foșnetul pietrei sparte în bucățele mici. Nimic însă nu mai părea acum important pe lângă nenorocirea din fața ei.

La picioarele uneia dintre coloanele impunătoare ale intrării în Pavilionul Artelor Frumoase, cinci cutii din scânduri cu numeroase ștampile ștanțate pe ele erau așezate unele deasupra celorlalte. Scândurile capacelor fuseseră scoase din cuie și conținutul celor cinci cutii fusese atent cercetat.

Lipsea a șasea cutie.

Expoziția Universală de la Paris urma să fie inaugurată peste două zile, iar ea rătăcise una dintre cutiile în care erau transportate exponatele.

Se apleca și urmă cu vârful degetelor marginile ștampilelor din vămile prin care trecuseră cutiile: Budapesta, Viena, München, Frankfurt, Paris. Inventarul vămilor de pe cutiile ce ajunseseră cu bine la destinație nu o ajuta cu nimic, dar mintea Despinei avea nevoie de lucruri sigure, pe care să se sprijine în timp ce subconștientul său alerga după soluții.

Germania are ștampile dreptunghiulare, înregistra cuminte mintea ei pe deasupra altor gânduri, mai năvalnice, ce luaseră urma tuturor imaginilor din Gara Saint-Lazare, unde văzuse pentru ultima oară șase cutii.

Plecase din București în urmă cu două zile – însoțitor de nădejde rostuit de Majestatea Sa Regală Elisabeta pentru colecția domniei sale de costume populare românești. De la ieșirea din țară și până la cea dintâi gară, în Budapesta, trăsura ei urmase poștalionul în care erau încărcate cele șase cutii din scânduri.

Una dintre cutii era umplută cu paie, pentru ca transportul ceramicii și a statuetelor din lut ori cioplite în lemn să se facă fără pericol. Aici, între paie, se afla statueta Rudăriței din Perișaniul Țării Loviștei. Celelalte cuprindeau ii muntenești ori moldovenești, oltenești, dobrogene, ba chiar și bănățene, marame bucovinene, catrințe și fote trimise de pe toată întinderea țării de asociațiile de femei cu care Majestatea Sa păstra legătura.

Între București și Budapesta, Despina petrecuse drumul mai mult cu capul ieșit afară, pe ferestruica mică a trăsurii, și cu ochii după poștalionul plin cu comori ce alerga dinaintea trăsurii. Perdeluțele sinilii se umpluseră repede de praful drumului și încheiaseră cu buclele ei castanii un fel de pace impusă.

Despina se împăcase cu gândul că părul ei, frumos aranjat și pomădat de doamna Agopian înaintea plecării, va ajunge la destinatie plin de praf. Nu se împăca însă și cu ideea prafului așezat pe obrazul său, motiv pentru care cuminţea cu încăpăţânare în spatele urechilor cea mai mică șuviţă de păr ce îndrăznea să scape din strânsoarea àcelor și să-i mângâie obrazul. Era o luptă nedreaptă aceasta.

Pentru cercetarea din ochi a poștalionului cu comori, Despina iţea capul dintre perdeluţe tot la un sfert de ceas. Cea dintâi suflare de vânt îi era de obicei pe plac, pentru că îi arunca zulufii pe spate și-i curăţa fruntea de firele rebele de păr. Imediat însă urmau răsuciri neașteptate ale direcţiei vântului, ce întorceau coada câte unei bucle peste ochii sprâncenaţi. Despina se încrunta și aducea înapoi după ureche bucla scăpată de sub ascultare, trecându-și mâna încă de două-trei ori peste frunte, ca să se asigure că a lasat-o curată de atingerea părului prăfuit.

La Budapesta asistase ca un străjer neînduplecat la încărcarea cutiilor în vagonul pentru mărfuri al trenului ce urma să o ducă până în München. La îndrumările ei, hamalii urcaseră mai întâi cutia cea mai grea, cea cu ceramica frumos așezată între paie. Urmaseră celelalte cinci cutii, cu straiele cusute de mâini din toate colţurile ţării celei mari, din istorie.

Așezarea printre exponate a straielor Ţării Făgărașului ori a Banatului iscase câteva întrebări la curtea din Sinaia, dar Măria Sa Doamna le potolise din numai câteva vorbe, sub pretextul că fiecare exponat va avea inscripţionat limpede dedesubt originea, astfel încât confuzia cu România să nu nască necazuri politice.

Despinei îi trecuse prin minte atunci că politica lumii ar trebui făcută de femei, cel puţin de femei cum era Majestatea Sa Doamna, ce știa întoarce vorbe, surâsuri și situaţii așa fel ca lucrurile să iasă pe placul domniei sale, fără să lase în urmă supărare. Gândul însă i se păru mult prea îndrăzneţ chiar și pentru ea, născută sub o stea rebelă și educată, în ultima vreme, la școala Doamnei Ţării.

Îl alungă deci dintre alte gânduri cu un zâmbet îmbujorat.

În München, Despina și cutiile ei din scânduri schimbară trenul. Garnitura cu care călătorise până acolo își continua drumul către Berlin, iar ea se urcă în trenul către Frankfurt și mai apoi Paris. Numără cutiile la coborâre și la urcare. Erau toate. Hamalii răbdători le lăsau jos, la picioarele ei, ori de câte ori dorea să le verifice. În Gara Saint-Lazare din Paris fuseseră descărcate șase cutii.

Șeful de gară, într-o uniformă ponosită și cu un chipiu ros de vreme, încercase să-și arate autoritatea în fața ei printr-o întrebare adresată puțin cam prea de sus pentru răbdarea mult încercată de drumul de două zile a Despinei.

— Cutia aceasta care lasă pe peron paie și rumeguș vă aparține, domnișoară? întrebă el, privind cu dispreț pe domnișoara evident străină și măsurându-i din ochi rochia plină de praf.

Despina îl privi cu demnitatea cu care probabil orice prințesă căzută vreodată prizonieră în mâini cotropitoare își privea călăii meschini. Mintea ei căută la repezeală o metodă prin care să uzurpe pe acest nepoftit care se imagina generalul forțelor ferate franceze.

Dintre toate variantele ce îi trecură prin minte o alese pe aceea care îi păru cea mai usturătoare. Își îndreptă umerii, își netezi fruntea care ar fi dorit să se încrunte, își lăsă preț de o clipă privirea să scape pe deasupra capului acoperit cu chipiul decolorat al șefului de gară, ca și cum vorbele lui ar fi fost rostite pe o tonalitate mult prea joasă pentru ca atenția ei, obișnuită cu sferele înalte, să o poată prinde.

Faptul că era cu numai un deget mai înaltă decât francezul mărunțel la stat și la purtări o ajuta.

Secunda ce se scurgea între întrebarea lui și răspunsul ei înclina întreaga situație în favoarea Despinei, ca și cum fata ar fi cântărit dacă se cade să coboare pe treapta de pe care ar fi putut intra în dialog cu el. Zâmbetul ei apăru pe neașteptate pentru angajatul Gării Saint-Lazare, ca o bunăvoință princiară acordată unui supus căzut în greșeală din nevinovată neștiință, făcându-l să se simtă cu adevărat iertat, deci un fost vinovat.

— Cutiile sunt ale Majestății Sale Regale Regina României, rosti Despina dulce și condescendent, cum vorbești unui copil căruia îi ierți jignirea pentru că este nevârstnic.

Apoi întoarse spatele bărbatului, concediindu-l. Plăti doi hamali din gară și urcă toate bagajele în două trăsuri. Rândui ca trăsurile să meargă direct la expoziția ce urma să fie inaugurată peste două zile, în Champ de Mars, pe malul Senei.

Peronul era plin de români. Delegația României la Expoziția Universală de la Paris era numeroasă și, cu toate că plecarea fusese organizată separat pentru fiecare dintre secțiunile la care se participa, se întâlniseră totuși pe peron, în după-amiaza aceea de mai, mulți dintre cei o sută șaizecișicinci de membri ce formau Comitetul Național delegat de guvern.

Prințul George Bibescu, președintele acestui comitet, coborâse dintr-un vagon al clasei I, atrăgând atenția mulțimii. Redingota și jobenul domniei sale nu păreau să fi traversat aceleași drumuri ca rochia prăfuită a Despinei, dar fetei domnului Agopian i se păru firesc ca praful să aibă atâta bun-simț încât să ocolească veșmintele unui bărbat atât de însemnat.

Prințul era înconjurat de domnul Grigore Capșa, care aducea la expoziția anului acestuia binecunoscutele și atât de premiatele dumisale cofeturi bucureștene, de domnii doctori Constantin Istrati și Carol Davila, care urmau să prezinte o descoperire a celui dintâi, un nou colorant ce vopsea de curând mătăsurile în nuanțe de roșu atât de căutate și apreciate, de domnul Nicolae Grigorescu, ale cărui tablouri călătoriseră în compartimentul de călători, pentru că domnul pictor nu dorise să le îndepărteze de dânsul nicio secundă.

La ieșirea de pe peron către străzile aglomerate și pestrițe ale Parisului se iscase, la un moment dat, zarvă mare. Doi membri rătăciți ai delegației ruse încercau să se înțeleagă cu angajații gării. Miezul întregii dispute părea a fi un cufăr de dimensiuni uriașe cu care rușii opriseră trecerea către sala de așteptare a clasei I.

Despina asistase la o scenă asemănătoare în dimineața aceleiași zile, în gara din München, unde rușii urcaseră cufărul lor uriaș în trenul spre Paris cu aceleași vociferări din partea germanilor. Cei doi membri ai delegației ruse păreau a fi tineri studenți, probabil cunoscători ai Parisului. Încercările lor de a ieși biruitori din lupta cu șeful gării Saint-Lazare o făcură pe Despina să se simtă solidară cu ei.

— Bună ziua, domnilor, spuse ea, într-o franceză de care știa că poate fi mândră. Dacă doriți, vă pot ajuta. Trăsurile mele merg în aceeași direcție, către Champ de Mars, la Expoziție. Puteți trimite cufărul domniilor voastre cu cea din urmă dintre trăsurile mele. Cred că ar avea suficient loc, noi nu avem decât două lăzi acolo.

Cei doi tineri își ridicară către ea jobenurile în același timp, ca la un semn. Cântăriră situația dintr-o privire, apoi spuseră:

— Vă mulțumim pentru ajutor, domnișoară. Suntem plecați cu două zile în urma întregii delegații ruse. Ai noștri sunt deja acolo, am înțeles că pavilioanele sunt ridicate și exponatele sunt așezate. Noi am rămas cu cufărul acesta. Dacă ați avea așa mare bunăvoință să ne îngăduiți în trăsură, alături de el, și restul bagajelor, v-am rămâne foarte îndatorați. Avem în grijă și un cufăr al delegației mongole de la Ulan Bator.

Bucuroasă de companie după cele două zile de călătorie de una singură, Despina făcu semn hamalilor să urce bagajele rușilor și cufărul mongol alături de cutiile din lemn încărcate cu scoarțe și marame românești.

— La Salonul Expoziției, pe Champ de Mars, spuse ea fiecărui birjar în parte. Descărcăm mai întâi la Pavilionul României, după care veți merge mai departe la Pavilionul Rusiei. Noi venim în spate, în cea de-a treia trăsură.

Convoiul se despărți repede în devălmășia circulației pariziene, îngrijorând pe Despina încă de la cea dintâi cotitură. Tinerii ruși încercară să o liniștească, lăudând pe birjarii fără cusur ai Parisului care vor duce bagajele exact la adresa rostuită de ea. Despina însă nu mai vedea trăsurile cu cutiile ce-i fuseseră încredințate, și cuvintele lor trecură pe lângă ea.

Tramvaiele electrice îi amestecau gândurile ori de câte ori se intersectau cu trăsura lor sau între ele, la vreo cruce de străzi. Clănțănitul lor cadențat nu i se mai părea romantic, ca al celor cu cai din Bucureștiul lăsat în urmă. Motoarele care le puneau în mișcare adăugau sunete alarmante celor cunoscute de ea. Până și clopoțeii lor aveau aici alte glasuri, mai stridente, parcă amenințătoare, neprietenoase.

După încă o cotitură, trăsurile cu bagajele prețioase apărură în fața lor, pentru o bucată scurtă de drum. Se pierdură însă din nou. Treceau cu toții pe sub șina suspendată a unuia dintre tramvaie, și Despina uită cu totul de cutii și de expoziție atunci când, pe deasupra capului ei, se auzi clopoțelul disperat, anunțând oprirea în următoarea stație.

Ridicată în picioare în trăsură, privi cu ochii măriți de uimire podul cu schelet de fier și drugii îmbinați cu meșteșug care ridicau șina tramvaiului de la pământ și o treceau pe deasupra unei răscruci aglomerate, pentru ca mai apoi să o coboare la loc câteva zeci de metri mai departe.

Imaginea o amuțise.

Trăsura străbătu repede porțiunea de drum de sub șina suspendată, iar Despina se răsuci și rămase cu privirea în spate, la minunea nemaivăzută.

Curând renunță la speranța de a străbate Parisul către Palatul Trocadéro, de la picioarele căruia se întindea Salonul din acest an, împreună cu cutiile ștanțate cu ștampilele tuturor vămilor prin care trecuseră în ultimele două zile. Se înnegurase la gândul că este singura vinovată de toată această lipsă de organizare, ea cu ideile ei pline de compasiune și cu mirările provinciale în fața tramvaielor pariziene, care o făcuseră să călătorească privind podurile suspendate, în loc să ia urma diligențelor cu mărfuri.

În lipsa altor vinovați, își depuse îmbufnările la picioarele celor doi tineri studenți cu care împărțea trăsura. Fruntea ei nu se mai întinse și răspunsurile ei dispărură complet. Ochii ei îi ocoliră pe ai lor până la destinație.

Numai apariția plină de grație a Turnului Eiffel deasupra unor hoteluri sordide, de mâna a doua, pe când străbăteau o străduță lăturalnică pentru a scurta drumul către intrarea principală a Expoziției, îi mai însenină dispoziția.

Citise în ziarele de acasă despre această controversată poartă a Expoziției. În marea lor majoritate, glasurile se ridicau împotriva acestui turn. Îl numeau *monstruozitate de fier* și se deziceau de arhitectul și constructorul său, depunând contestații publice împotriva prezenței Franței la Marele Salon cu un asemenea monument.

Ivit pe deasupra clădirilor cu intrări încărcate de reclame pictate în culori ce nu rezistaseră ploilor, Turnul Eiffel păru Despinei o amuletă dantelată. Gâtul subțire întins pe cerul senin de mai îi lăsa impresia că ar putea chiar văluri ușor în adierea vântului. Un gând mai rebel al Despinei propuse o idee: poate că îi plăcea numai din spirit de contradicție.

Pe măsură ce trăsura înainta pe străduța îngustă cu clădiri înalte, turnul dispărea de sub privirile ei.

Reapăru din nou atunci când ei mergeau pe cheiurile Senei, iar Despina îl putu studie în voie când trecură pe sub el, pe Pont d'Iéna. Își recunoscu sieși, cu sinceritate, că era cu totul altul văzut atât de aproape. Dimensiunile lui striveau. Despina uită să respire preț de câteva clipe, copleșită de împletitura de fier căreia i se pierdea capătul în înaltul cerului, chiar deasupra capului ei. Părea viu din cauza reacțiilor pe care le stârnea. Numai o ființă vie poate naște în suflete impresii atât de profunde.

Grația lui dispăruse, ori poate că nu putea fi vizibilă de aproape. Ca orice opera de artă așezată sub microscop, Turnul Eiffel își pierdea vraja și arăta ca albatrosul lui Baudelaire după ce este prins de marinari: stângaci, țeapăn, urât în enormitatea lui ce pare diformă unor bieți pigmei rătăciți la picioarele lui. Dacă însă te îndepărtai, ca să lași Turnul să respire, el te răsplătea arătându-ți adevărata lui măreție.

Era prea grandios ca să poată fi vizibil de la picioarele lui. Bietul om avea nevoie de distanță pentru ca ochiul lui să poată înțelege.

Ajunsă în fața Pavilionului României singură, pentru că rușii își luaseră rămas-bun și coborâseră ceva mai devreme, Despina primi vestea rătăcirii uneia dintre cutii de la slujnica savoiardă arvunită delegației române pe perioada expoziției.

— Nu-s toate cum ați trimis vorbă, domnișoară, spuse ea în dialect amestecat, jumătate francez și jumătate provensal, care dădu de furcă Despinei încă de la început.

Vestea mai întâi o îndârji împotriva acestei slujnicuțe ce nu era în stare nici să numere șase cufere. Fata lor în casă, venită numai în opincuțe tocmai de la Moldova și purtată de doamna Agopian într-o uniformă sobră și cuminte, o întrecea de departe pe aceasta dantelată toată, dar nepricepută.

— Când au sosit? o întrebă Despina. De ce ai dat drumul trăsurii? Trebuia să rămână să mă aștepte.

— Au sosit tare demultișor, domnișoară, pentru că diligențele cu mărfuri grele nu sunt lăsate să traverseze Podul Jena, ci intră toate prin Rue de la Motte Picquet, pe la Hala cea Mare a Mașinilor, unde expun domnii ingineri invențiile dumnealor. Anul acesta zice lumea că este plin pavilionul de drăcoveniile scornite de dânșii, care merg cu electricitatea aceasta nouă. Nu mai vezi nimic care să meargă cu aburi, ca în anii trecuți. Este sosit și domnul Bell cu telefonul dumnealui, măcar că lumea știe despre el demult și domnul Bell nu a putut participa la concursuri, adică așa cred, că nu va putea înscrie telefonul pe liste.

— Destul, opri Despina șirul neîntrerupt al informațiilor slujnicuței. Câte cufere ați coborât din diligență?

— Cinci, cum vă zic, domnișoară. M-am și mirat când le-am numărat, cu argatul și cu birjarul, căci știam de la domnul cu blocul mare de sare al dumneavoastră că trebuiau să fie șase, cum i-ați trimis carte. Eu n-am văzut cartea, dar și de o vedeam tot degeaba ar fi fost, căci mă gândesc că nu e scrisă franțuzește. Lumea zice că pe la domnia voastră slujnicele ori argații nu știu citi, dar nu te poți încrede întotdeauna celor spuse de gura lumii. De exemplu, chiar blocul acesta de sare ajuns astăzi împreună cu cutiile bătute în scânduri: ai fi zis că nu poate ajunge cale așa de lungă o așa mare minune. Ai fi crezut că se va topi pe drum ori se va rătăci, ori va fi furat. Și totuși iată-l ajuns cu bine, chiar acum îl scot la lumină și-i caută loc potrivit în pavilionul domniilor voastre. Mi-a spus mie un băiat, sosit cu domnii din România, că acolo de unde vine blocul cel mare este un munte întreg din acesta, de sare. Mie îmi vine greu să cred una ca asta, de aceea spun că nu te poți încrede întotdeauna celor ieșite din gura lumii.

Slujnica savoiardă nu putea fi oprită, înțelese Despina. Din dialectul ei amestecat culese vorbele pe care le pricepea. Blocul mare de sare era probabil exponatul Salinei de la Slănic Moldova, pregătit pentru secțiunea de geologie. Iar una dintre cutii se pierduse.

În fața Pavilionului Artelor Frumoase, organizatorii Expoziției așezaseră pietriș mărunt, ce foșnea precum o rochie de tafta atunci când călcai pe el. De-a lungul întregii clădiri – la fel ca pe întreg cuprinsul expoziției – scaune ușoare de grădină, purtând pe spătar emblema concesionarului, își așteptau cei dintâi oaspeți. Pe o rază de un kilometru, totul era pregătit pentru inaugurarea de peste două zile. Din loc în loc, trăsuri întârziate descărcau cutii cu exponate care erau preluate repede de delegațiile cărora le aparțineau. La Salon expuseseră în fiecare an Anglia, Germania, Rusia, Marocul, Grecia, Japonia, țările Americii, ale Orientului, Indiile exotice și țările îndepărtatei Asii, transformând pentru câteva luni Parisul într-un Babilon.

Despina străbătu cei câțiva pași ce o despărțeau de clădire și de primul rând de scaune metalice, ascultându-și cu atenție sunetul botinelor prin pietrișul mărunt. Tocurile mici, pătrate, i se afundau în piatra proaspăt tăiată. Atinse cutiile ca și cum ar fi vrut să înceapă de undeva, dintr-un punct solid, dintr-o certitudine. Scoase din săculețul de catifea ce atârnase tot drumul la încheietura mâinii ei stângi lista întocmită cu grijă acasă, înainte de plecare.

Lada I

Reuniunea Femeilor Române de la Iași

- *veșmânt complet femeiesc din satul Arbore*
- *veșmânt complet femeiesc din satul Adâncata*
- *veșminte bărbătești și femeiești din Rădăuți*

Societatea Doamnelor Române din Bucovina

- *scoarțe țesute la război, trei bucăți*
- *obiecte din ceramică înflorată, cinci bucăți*

Reuniunea Femeilor Române din Brașov

- *veșminte bărbătești și femeiești din Țara Făgărașului*
- *veșmânt complet femeiesc din Țara Lăpușului*
- *statuetă sculptată în lemn din Comitatul Sibiului*

Lada II

Comitetul de Femei din București

- *scoarțe oltenești din Măgura Slătioarei, trei bucăți*
- *ceramică de Horezu*

Lista Despinei avea, cu totul, patru foi scrise de mână.

Făcu un semn unuia dintre argați și scoase din cuie cel dintâi capac de scânduri. Potrivi paiele așezate deasupra într-un colț, așa fel ca să le poată mai apoi așeza la loc, și își începu inventarul comorilor. Pe măsură ce găsea în lăzi cele ce le avea în liste, le însemna pe foile din mâna ei cu un cărbune subțirel, scos și acela din săculețul de la încheietura mâinii.

Era o muncă migăloasă pe care însă o făcea cu seriozitate, pentru că îi dădea sentimentul că nu este totul pierdut, că lucrurile se vor îndrepta la sfârșitul acestei migale, iar cutia rătăcită va ieși cumva la lumină prin simpla inventariere a cuprinsului celorlalte cinci.

Lucrurile nu se aranjară însă. Despina isprăvise de însemnat listele. Lipsea una dintre cutii. Îi era foame, iar marginile cenușii, prăfuite, ale dantelelor odată albe ce ieșeau de sub poalele rochiei sale de călătorie o oboseau parcă mai tare decât drumul de două zile. Era sigură că, dacă s-ar fi putut primeni, pieptăna, pomăda și ar fi schimbat rochia murdară cu una proaspăt scoasă din bagajele trimise de unele singure la hotel, totul s-ar fi rezolvat mult mai repede. Còlțurii murdari ai dantelei o împiedicau să gândească limpede.

Trebuie să iau urma diligenței de mărfuri, își spuse ea.

Asfințea. Dincolo de apele cenușii ale Senei, tulburate de ploile primăverii, soarele scotea luciri portocalii nebănuite din coloanele aripii stângi ale Palatului Trocadéro.

Despina trecuse rând pe rând pe la Pavilionul Greciei, al Argentinei și al Tunisiei, străbătuse la pas întreaga Grădină Centrală a Expoziției, ca să ajungă la Pavilionul Rusiei. Mulțumise în gând organizatorilor care deciseseră să paveze aleile, pentru că mersul prin pietrișul moale în care i se afundau botinele ar fi obosit-o mai repede.

Căutările ei aveau și o parte bună, și Despina recunoscu în sinea ei că, în lipsa unui bun motiv, nu ar fi explorat Expoziția înaintea inaugurării ei, când toate sunt încă neatinse, standurile miros a ceară de sigiliu și a lemn proaspăt, iar aleile nu poartă încă urmele niciunor pași. În fața Turnului Eiffel, poarta neobișnuită a acestui eveniment ce avea să dureze șase luni încheiate, chiar în mijlocul Grădinilor Centrale ale Expoziției, Fântâna Vaisseau își păstra armatele de îngerași, sirene, nimfe, zei și semizei într-o așteptare încremenită, ca și cum și-ar fi ținut respirația până în ziua dintâi.

Dăduse de urma cutiei care îi lipsea la Pavilionul Rusiei, așa cum se așteptase. Cei doi membrii ai delegației ruse, cu care călătorise prin oraș, o văzuseră, dar ridicară din umeri când ea le ceru să i-o înapoieze.

— Cutia ce s-a dovedit a nu fi a noastră nu mai este la noi, spuseră ei. Am trimis-o mai departe, împreună cu lada delegației mongole. Am gândit că este a lor. Să ne iertați încurcătura. Dacă aveți nevoie de însoțitori, vă punem la dispoziție serviciile noastre, stimată domnișoară.

— Nu, nu, se grăbi Despina să își ușureze situația, refuzând compania lor. Mă descurc, vă mulțumesc frumos pentru ajutor. Fiți numai atât de buni să-mi spuneți încotro se află Pavilionul Mongol.

Din fericire, se afla nu departe de cel românesc, la celălalt capăt al Cartierului Marocan. Mergea acum cu soarele în spate, iar asfințitul lungea umbrele ca-n basmul cu Păsări-Lăți-Lungilă. Se gândi că, probabil, la ceasul acela de seară, Turnul Eiffel așternut de razele piezișe ale soarelui pe pământ era cu mult mai mare decât turnul însuși, așezat în picioare de domnul Eiffel.

Își zări cutia de departe.

Mongolii pesemne că observaseră că nu face parte din cele aduse de ei și o scoseseră în calea celor care o vor căuta. Avea scândurile capacului scoase din cuie și așezate cu neglijență deasupra hârtiei de împachetat răscolite.

Inima Despinei se revoltă.

În lipsa unui interpret, însă, nu putu decât să-și închipuie scuzele domnilor cu veșminte ciudate, multicolore. Dădu de înțeles mai mult prin semne că se va înapoia imediat cu un argat care să ia cutia și plecă.

Nu observă lipsa maramei până în ziua deschiderii. Era cunoscut de toate delegațiile că în cea dintâi zi vor fi cele mai multe vizite, și cele mai alese. Membrii Casei Regale a României urmau să calce pragul Salonului într-o primă vizită.

Copleșită de onoarea pe care Măria Sa Regina Elisabeta i-o acordase, aceea de a organiza după priceperea ei exponatele în secțiunea porturilor tradiționale și a artei populare, Despina uitase de ea muncind în cele două zile rămase până la deschidere. Aranjase încrețiturile mânecilor bogate ale iilor înflorate, una câte una, și potrivise în funde egale nojițele împletite cu iglița ale șnururilor de la gât și de la mâneci. Așezase fotele sub brâurile brodate bătut, în roșu și negru, apoi făcuse câțiva pași înapoi ca să le poată cântări din ochi, de la distanță.

Bătuse calea aceasta dintre vitrinele cu exponate și pragul pavilionului de zeci de ori, în încercările de a potrivi poalele cu colțișori, până când se declară mulțumită de rezultat.

Alături se rânduiau frumos tablourile domnului Nicolae Grigorescu și fotografiile domnului Franz Mayer, iar dincolo de ei, în secțiunea științifică, expunea domnul Constantin Istrati nou descoperiții coloranți roșii, pentru mătăsuri, ai domniei sale.

Președintele numeroasei delegații române, prințul George Bibescu, părea să fi găsit în ziua aceea secretul de a se afla în două locuri deodată. Despina nu-și putea explica altfel cum se poate să-i apară în fața ochilor între două vitrine ale sale și, câteva clipe mai târziu, tocmai vis-à-vis, în grădina restaurantului românesc al domnului Iordache. Prințul era peste tot, cercetând standurile și pe membrii delegației dacă sunt pregătiți pentru competițiile ce aveau să pornească.

În dimineața zilei de 6 mai 1889, Podul Jena și cheiurile dinspre Palatul Trocadéro ale Senei erau pline de curioși ce doreau să se poată mândri cu statutul de cei dintâi oaspeți ai Expoziției. La capul podului, precupeți gălăgioși își aranjau tarabele de pe care aveau să vândă, de-a lungul zilei, merinde pregătite anume pentru gustările de peste zi ale mulțimii. Marfa fusese adusă în coșuri de răchită și era păstrată încă la umbră, sub gardurile vii ce mărgineau Grădina Centrală a Expoziției.

— Bilete de tombolă! Luați bilete de tombolă! își aruncă în aerul neînceput al dimineții cel dintâi strigăt o femeie cu boneta așezată strâmb pe cap. Puteți câștiga 20 000 de franci!

Ca și când acesta ar fi fost semnalul pe care îl așteptau cu toții, precupeții ridicară păsările cuibărite în copacii de pe cheiul Senei cu un potop de strigăte amestecate:

— Gogoși! Gogoși calde! porni un brutar gras, înveșmântat într-un halat de un alb îndoielnic, să-și laude marfa.

— Binoclu! Luați binoclu pentru vizita în marele și nemaivăzutul Turn! oferea un băietan ce părea a nu fi terminat încă școala.

— Covrigi și colăcei! Avem covrigi cu mac, cu stafide, cu susan! Cu mac, cu stafide, cu susan!

Pe o margine a postamentului de ciment își aranja nimicurile o femeie măruntică și speriată. Așternuse o foaie de ziar pe care o cumințise la colțuri cu câte o piatră, pentru ca vântul de primăvară să nu-i strice treburile, și aranja acum meticuloasă cele câteva turnulețe în miniatură, còpii fidele ale Turnului ce se înălța deasupra capetelor tuturor.

Arunca în jur priviri dezorientate și ușor rușinate. Ținea, probabil, locul soțului încă doborât de somnul ultimei beții. Nu era obișnuită să poarte de grijă afacerii sau banilor. Geanta de poștaș care îi atârna de umăr rămăsese deschisă și din ea se vedeau ieșind câteva bancnote. Două pușlamale îi urmăreau cu priviri lacome fiecare mișcare, prefăcându-se că sunt așezați la rândul pentru gogoși.

— *Souvenirs! Tour Eiffel miniature!* îndrăzni femeia cel dintâi anunț, timid, cu ochii plecați. Bilete de tombolă! Avem bilete de tombolă!

Cuvintele rostite îi amintiră că nu scosese biletele, și prinse a scotoci cu mișcări agitate prin geanta cea mare. Scoase de acolo o mână de bilete aflate în neorânduială și le întinse către cei mai apropiați vizitatori, ca și cum ar fi spus „vedeți, nu mint: chiar am bilete de tombolă".

— Medalii! Cumpărați suveniruri de la Marele Salon! Medalii avem! izbucni alături de ea un glas gutural, puternic.

Un bărbat cu un ochi acoperit de albeață, care îi dădea un aer de pușcăriaș, se așezase pe postamentul de ciment. Sprijinea lângă picior, ca pe un sceptru, o prăjină înaltă la capătul căreia prinsese în cuie trei scândurele pline cu medalii din aramă. Aruncă o privire disprețuitoare foii de ziar a femeii ce vindea miniaturile apoi, sfredelind-o cu privirea drept în ochi, amenințător, dădu drumul cu putere unui nou strigăt:

— Medalii avem!

Mulțimea ce invadase aleile arunca în jur priviri pline de nesaț. Erau cu toții pregătiți să se bucure de orice avea de oferit acest eveniment: gogoși calde vândute de sub o umbrelă colorată, cu baloane atârnate la capătul fiecărei spițe, deopotrivă cu invențiile nemaipomenite ale domnilor ingineri ai lumii întregi și cu ultimele tablouri pictate de maeștrii italieni sau francezi.

Aleile pustii și liniștite cu numai o zi în urmă se umplură de viață. Copii cu pălărioare marinărești, stăpâniți cu greu de guvernante nemțoaice cu obrajii roșii, se întreceau să anunțe părinților care veneau din spate, cu pas domol, minunile descoperite:

— Uite Roata Mare! Uite alviță! Uite ricșa!

Despina fu lovită de atmosfera aceasta de iarmaroc românesc atunci când porni în căutarea maramei care îi lipsea. De data aceasta știa exact unde anume trebuie să caute: la Pavilionul Mongol, unde își găsise cutia desprinsă din cuie, deunăzi. Străbătu aleile gălăgioase ale Cartierului Marocan cu pasul apăsat. În ea creștea din nou aceeași indignare pe care o simțise cu o zi înainte, atunci când își găsise comorile răvășite de mâini străine.

— Cumpărați *Ghidul Expoziției*! strigau în fața ei băieții îmbrăcați în vestoanele albastru-marinar ale slujbașilor primăriei, confecționate special pentru această ocazie.

„Voi avea nevoie și eu de unul", își spuse Despina, dar nu se opri din drum.

Un pictor de reclame începuse să lucreze portretul unei fetițe, la comanda părinților ce așteptau pe scaunele de grădină, alături. Un polițist apăru lângă umărul lui:

— Ai autorizație pentru locul acesta? îl întrebă el pe un ton coborît, complice.

Pictorul nu se opri din lucru și nu ridică ochii la cel ce-i vorbea. După o clipă în care își cântări răspunsul, spuse:

— Am pentru locul de pe cheile Senei.

— Trebuie să te muți acolo, spuse polițistul, legănându-se de pe vârfuri pe călcâie și înapoi.

Pictorul mai trase două tușe cu cărbunele, în liniște. Părinții începură să se miște pe scaune, încurcați, întrebându-se din priviri dacă este cazul să ia vreo atitudine.

— Se vorbește că malurile Senei nu mai sunt un loc așa de sigur, după ce au construit monstruozitatea asta de Turn acolo, în solul moale, spuse într-un târziu pictorul.

Probabil polițistul îi împărtășea această îngrijorare, pentru că se răsuci pe călcâie și se îndepărtă în aceeași direcție ca și Despina. Spectacolul revărsat către ea din toate direcțiile o ameți pentru o clipă, sau poate era doar lipsa micului dejun din dimineața aceea. Trecu pe sub cerdacul înalt al restaurantului românesc, și aroma cunoscută a mititeilor sfârâind pe grătarele încinse ajunse până la ea.

— *Limonade avec de la glace!* Limonadă la gheață! strigă chiar în spatele ei un băiat trimis de la cofetăria Casei Capșa să acopere orele prea puțin rodnice ale dimineții.

Premiile pe care cu toții le sperau la sfârșit erau importante, dar asta nu însemna că afacerea trebuia să aștepte până când Comisia s-ar fi decis să acorde medalii. Afacerea nu are a face cu concursul. Oamenii trebuie plătiți, deci banii trebuie momiți să vină.

Pentru aceasta, domnul Grigore Capșa scosese dinaintea clienților împrăștiați prin toată grădina pe băiatul cu limonadă. Despina îl recunoștea după emblema Casei Capșa, brodată frumos pe vestonul alb și pe chipiu.

Pe măsură ce înainta către Pavilionul Mongol, aleile păreau tot mai aglomerate. Trupe de țigani ruși, sârbi sau francezi puseseră stăpânire pe fiecare colț la care se întretăiau două alei și cântau din scripci, într-un război al melodiilor de toate felurile, împletite în urechile oaspeților.

La marginea Fântânii Vaisseau, patru trubaduri spanioli cu mandoline plângeau o dragoste neîmplinită, iar la câțiva pași de ei trei africani înveșmântați în cele mai ciudate straie pe care le văzuse Despina vreodată asurzeau asistența cu două tobe colorate și o tamburină. Strigătele lor cu greu ar fi putut fi numite cântec, dar curioșii îi înconjuraseră, dându-le impresia de succes.

Nimic din toate acestea însă – africani cu pielea întunecată stârnind curiozități, chinezi în robe negre, drepte, ori dansatoare de polka în rochii învolburate de ritmul muzicii – nu-i stârniră Despinei atâta admirație ca dervișii rotitori.

Îi apărură brusc dinainte chiar când intră pe aleea ce trecea prin fața Pavilionului Mongol. Ca prin farmec, tumultul pe care-l traversase până aici ca pe o mare în furtună se liniști. Ca și cum aerul ce se rotea dimpreună cu dervișii ar fi făcut zid în fața muzicii amestecate a tuturor popoarelor participante la Salon, în jurul lor nu se mai auzea nimic. Doar un fir subțire de cântec, ieșit dintr-un fluier ascuns privirilor, dădea ritmul rotirilor.

Despina se opri. În jurul dervișilor se formase un grup de curioși tăcuți. Oamenii îi priveau fără să înțeleagă pe cei câțiva călugări care își lepădaseră la picioare robele negre și rămăseseră în rochiile lor largi, albe.

Cu brațele deschise larg către un cer ce părea a fi numai al lor, cu capetele lăsate ca într-o transă pe umărul drept, călugării se roteau nesfârșit, răspândid în jurul lor vrajă. Toate privirile urmăreau marginile vălurite ale robelor-flori. Cu toții erau încredințați că cerul avea să răspundă dintr-o clipă în alta.

Pe sub mânecile largi ce băteau în rotiri ritmice aerul sub privirile ei, Despina zări pe treptele Pavilionului Mongol doi bărbați în robe strident colorate care își treceau unul altuia marama ei din Muscelul Argeșului. Ochii lor și așa înguști se închideau de tot atunci când bărbații râdeau, cu capetele date pe spate, de imaginea celui îmbrobodit cu marama.

Despina se smulse într-o clipă de sub vraja dervișilor rotitori și porni cu pas avântat către mongoli. Înainta printre vizitatorii entuziasmați, privind țintă la cei doi nefericiți care îndrăzniseră să-i atingă comoara. Neștiutori încă de pericolul ce pornise către ei, mongolii prindeau ușor între degete marginea diafană a maramei și o apropiau de ochi în bătaia soarelui, pentru a-i verifica țesătura transparentă.

Ca o răzbunare târzie a întregului neam călcat, în trecut, de năvălirile migratoare, Despina se apropia de ei cu hotărârea unei săgeți trimise cu meșteșug către ținta sa.

Privirea cu care îi impunse pe cei doi nu avu nevoie de tălmaci. În orice limbă a lumii, două săbii oțelite scăpate dintr-o pereche de ochi căprui ce nu clipesc supun și ultimul barbar. Celor doi mongoli le îngheță ultimul hohot de râs în gât. Despina stătea în fața lor dreaptă, fără să schițeze niciun gest, umplând locul cu reproșuri numai prin atitudinea ei mândră.

Când întinse mâna către maramă, mongolii se precipitară să o servească, împăturind țesătura cât putură de frumos și înmânându-i-o cu plecăciuni repetate.

— *Merci, monsieur,* spuse ea cu glasul său cel de salon bucureștean, în care bunele maniere sunt la ele acasă.

Pe drumul de întoarcere aruncă o privire unuia dintre orologiile care împodobeau stâlpii de iluminat. Ceasurile erau deja unsprezece. Probabil că în lipsa ei, vitrinele începuseră să-și primească cei dintâi vizitatori. Căută din priviri vreo ricșă liberă cu care să scurteze drumul de înapoiere.

În urmă cu două zile, când le văzuse pentru întâia oară, îi păruseră mai asemănătoare cu cărucioarele bătrânelor doamne pline de dantele îngălbenite, plimbate prin Cișmigiu de slujnice plictisite. Acum însă ricșele parisiene închiriate anume pentru Salonul Universal își arătau adevărata valoare. Băieții care le împingeau aveau aceleași uniforme albastru-marin ale primăriei. În piept le sclipea un ecuson metalic ce purta același număr ca și ricșa de care se îngrijeau.

— *Garçon!* făcu Despina semn unuia dintre ei. *Au Pavillon de la Roumanie, vite!*

Roțile mari, cu spițe, ca ale bicicletelor ce începuseră să răsară pe aleile parcurilor de acasă, străbătură repede distanța până la Palatul Națiunilor. Cu marama pe genunchi, Despina plănuia restul zilei.

Un domn purta pe umeri un copil murdar de ciocolată în jurul gurii. Privirile lui topite de plăcere măsurau pe toate părțile bucățica învelită în hârtie cerată care-i mai rămăsese în mâini. Ricșa trecea pe lângă o ciocolaterie unde serveau două mexicance. Aveau bucăți de ciocolată gata pregătite pentru vânzare, învelite în hârtie cerată și stivuite pe masă, alături de ele, dar serveau și cremă întinsă repede pe câte un biscuit, pentru vreun pofticios ce își ițea nasul pe deasupra marginii mesei.

La biroul impunător din stejar sculptat, frumos lăcuit și împodobit cu două minunate statuete din opal, președintele comitetului - prințul Bibescu rânduia ghidul delegației românești, *Notice sur la Roumanie*, la vedere. Despina se opri în fața domniei sale numai cât să facă o reverență scurtă.

— Ați isprăvit, domnișoară? surâse prințul anilor puțini ai Despinei.

— Da, vă rog să mă iertați. Am isprăvit, nu se va mai repeta, spuse ea, roșind mai mult de mânie împotriva rușilor și mongolilor, singurii vinovați de toată încurcătura, decât de rușine.

— Mergeți atunci și prezentați-vă exponatele, mai spuse prințul. Către asfințit așteptăm și pe Majestatea Sa.

Peste ziua începută atât de tumultuos, asfințitul sosi iute pentru Despina. Își petrecuse timpul oferind explicații tuturor vizitatorilor. Abia se îndurase să se desprindă pentru o jumătate de ceas, pentru o gustare pe care domnul Iordache, de la restaurantul românesc din vecinătate, o poruncise pentru ea la bucătării.

Restaurantul avusese peste zi mare succes. Mititeii păreau să încânte gusturile doritoare de neobișnuit ale francezilor, spaniolilor, italicnilor ori englezilor ce dădeau tonul modelor expoziției.

Sunetele amețitoare ale scripcilor țigănești și ale trupelor de trubaduri costumați în studenți din secolele trecute amuțiseră acum. Dintr-un chioșc din vecinătate, fanfara militară le luase locul, inundând grădinile cu valsuri vieneze. Departe, dinspre Hala cea mare a Mașinilor, răzbăteau până aici sunetele grave ale unei orgi.

Începeau concertele de seară. Expoziția căpăta tonuri aristocratice pe măsură ce soarele cobora dincolo de orizont, lepădându-se discret de gusturile micii burghezimi pariziene care o ținuse sub ocupație întreaga dimineață.

Oaspeții Despinei erau tot mai selecți. Observația o făcu să se scuture brusc de oboseala de peste zi. Simpla trecere a doamnelor de la pălăriile multicolore, încărcate cu pene înalte și glăsuind fără sfială pe deasupra vorbelor bărbaților, la pălării discrete cu mici voalete negre ori cu câte o singură perlă plină de bun-gust, cu gesturi reținute și glasuri șoptite, dădu Despinei de veste că acest nou val de oaspeți este acela pentru care o pregătise Doamna sa, acasă.

— *Bonjour, soyez les bienvenus! Nous sommes la Roumanie*. Puteți admira aici un veșmânt din satul Adâncata. Femeile păstrează aici același port de multe sute de ani. Dacă doriți, doamnă, puteți încerca o maramă, am adus aici mai multe. Am și o oglindă ca să vă puteți admira.

De la biroul său, prințul Bibescu arunca priviri amuzate Despinei. Din când în când, ochii ei căutau pe deasupra oaspeților încuviințarea lui. Prințul înclina atunci capul, într-un gest greu de observat de cineva străin de toate acestea.

— *Oui, madame, la Roumanie*, continua Despina, încurajată.

Lumina grea, încărcată de toate emoțiile de peste zi, a asfințitului se revărsa în pavilion prin intrarea larg deschisă. În spate, ferestrele înalte cu vitralii aruncau pe iile albe ape colorate. Un murmur străbătu, la un moment dat, mulțimea de la un capăt la altul.

Despina ridică privirile și căută un răspuns la prințul Bibescu, dar înaltul comisar al delegației românești era întors cu spatele către ea. Îi urmă linia privirii și ajunse, pe firul ei, la intrarea în pavilion.

Dreaptă pe prag, luând în stăpânire prin tăcere tot ceea ce i se așternea în față, Regina Elisabeta a României se oprise, oprind pentru o clipă viața întregului pavilion.

Mulțimea amuți. Prințul își îndreptă umerii sub privirea întrebătoare a Reginei: „totul este cum ați poruncit". Majestatea Sa Elisabeta mai rămase preț de o clipă în parg, oprind lumina să intre. Apoi, odată cu cel dintâi pas al său, lumina năvăli din nou înăuntru.

Cele două prezențe, Regina și lumina, așternură liniștea printre standuri și vitrine.

Franz

Franz își petrecuse viața încercând să înțeleagă felul în care lumina schimbă lucrurile din jur.

Trecuse de patruzeci de ani și trăia sentimentul că nu învățase nimic. Își sprijinise coatele de balustrada celei dintâi platforme a Turnului Eiffel și privea în jos, către mulțimea ce invadase grădinile. Dimineața de mai avea o lumină tânără, cum numai diminețile de primăvară au. Cine spunea că lumina naturală nu are culoare. Ochii lui vedeau astăzi o lumină aparte decât aceea din amintirile lui, mai îndepărtate sau mai recente.

Aici, sus, aerul părea să fi rămas cel vechi, din aprilie, ori chiar mai îndepărtat, din martie. Bătea rece în obrazul lui Franz, înfiorându-i barba tunsă scurt. Vizitatorii curajoși ce se încumetau să urce cu ascensoarele sus, în Turn, erau sfătuiți să poarte haine groase și să nu se lase amăgiți de soarele încântător de mai. La ora aceea a amiezei începeau să fie din ce în ce mai mulți, în căutare pesemne de experiențe neobișnuite pe la terasele restaurantelor care înconjurau ca un brâu Turnul, la etajul întâi.

Franz privea cu îndărătnicie în jos, încercând să ignore mulțimea ce devenea tot mai numeroasă în spatele său și să se simtă aici la fel de singur ca în primele ore ale dimineții. Inginerul din el fusese entuziasmat încă de la lansarea celor dintâi schițe ale turnului ce avea să servească drept poartă expoziției din acest an. Imediat își înscrisese câteva lucrări la comisia de selecție ce urma să desemneze fotografiile cu care va participa România la expoziție.

Cu ani în urmă, se folosise de toate economiile tinerei lui familii ca să poată veni, ca simplu vizitator, la Expoziție. O adusese pe Anna în luna lor de miere la Paris pentru ca mai apoi să-și petreacă mare parte din zile colindând pavilioanele și standurile, în căutare de mașinării și invenții.

Anna îi ierta această erezie chiar în timp ce el o ducea la îndeplinire, și dragostea lui pentru ea căpătase, în săptămânile acelea petrecute în Paris, greutatea care altora le este dată după ani de viețuire împreună.

Anul acesta participa însă și ca artist. Expunea câteva fotografii, și pentru acest motiv găsise de cuviință să sosească în oraș cu mult timp înainte de inaugurare. Pregătise standul românesc de fotografie și sosirea Annei.

Din când în când, de jos ajungea până la el câte un chiot de copil entuziasmat, rătăcit pe curenții de aer, apoi se lăsa din nou liniștea. Pe peluzele verzi, umbra dantelată a turnului se întindea până departe, la cheiurile Senei. Farul de la cota de trei sute de metri își lăsase umbra pe ape, iar vaporașele de promenadă treceau alene pe deasupra lui. Era încă devreme. Mulțimea de vizitatori încă nu obosise, iar scaunele rânduite frumos de-a lungul peluzelor erau goale.

Umbrelutele doamnelor și domnișoarelor formau un pârâiaș vesel de culoare în râul cenușiu al aglomerației.

Totul ține de lumină, se învârtea un gând între toate celelalte ale lui Franz.

Și cum pot face să aduc lumina aceasta în studio? Ferestrele. Da, o fereastră într-o zi plină de lumină poate face minuni pentru o fotografie, mai ales la răsărit sau la asfințit, când soarele intră pe ea pieziș. Făcuse astfel de fotografii Reginei Elisabeta, atrăgând cu ele atenția Majestății Sale și câștigându-și un renume de artist între fotografii tot mai numeroși ai Bucureștiului.

Curenții de aer neîntrerupți de la această înălțime îl făcuseră să-și păstreze melonul în mână, rămânând în tot acest timp cu capul descoperit. Condițiile neobișnuite scuzau comportamentul care, altminteri, nu ar fi fost îngăduit. Își simțea una dintre tâmple caldă, iar cealaltă rece, după cum stătuse până atunci în bătaia soarelui.

Încercă să-și imagineze cum arată în momentul acela trupul său, pe jumătate luminat, pe jumătate rămas în umbră, și își făcu în gând o fotografie.

Să fotografiez lumina, își propuse Franz. Trebuie să găsesc o soluție să o pot fotografia. Cum fotografiezi lumina fără să ai niciun subiect în ea?

Franz își petrecuse dimineața celei dintâi zile a expoziției în Pavilionul Invențiilor, căruia unii îi spuneau Sala cea Mare a Mașinilor. Anna era la parfumeriile franțuzești, împreună cu câteva dintre doamnele sosite de la București pentru marea inaugurare. Domnul Bell făcea demonstrații ale uimitorului său aparat cu care transmitea vocea omenească dintr-o încăpere în alta, strârnind și aici – ca peste tot unde prezentase invenția – dispute aprinse legate de adevăratul său inventator.

Sala Mașinilor era plină de farmec pentru Franz. Nimic însă nu întrecea în ochii săi podul rulant care plimba oaspeții pe deasupra sălii, așternând liniștea printre domnii de jos atunci când își pornea motoarele. Electricitatea părea să pună lumea întreagă în mișcare, în ultimii ani. Tipografiile electrice care funcționau chiar sub ochii vizitatorilor, scoțând, spre încântarea lor, ediții demonstrative ale unui ziar cu textele culese chiar acolo de lucrătorii uzinelor Marinoni, lăsaseră o impresie puternică asupra lui Franz.

Le Petit Journal, foaia tipărită sub ochii vizitatorilor, devenise repede vedeta zilei, mai popular decât însuși *Ghidul Expoziției* pus la dispoziție de organizatori.

Franz plătise biletul pentru podul rulant de două ori, numai ca să mai treacă încă o dată pe deasupra rolelor mari acționate de un singur lucrător, printr-o apăsare de buton. Lumea supusă de un buton sau de o manetă aprindea imaginația lui Franz.

O pălărie bărbătească de pai, legată cu o panglică neagră, veni din spate, îl lovi în umăr și zbură peste marginea platformei pentru plimbare a etajului întâi al Turnului Eiffel. Un domn apăru alături de Franz și rămase o clipă dezorientat, cu privirea după pălăria care o luase, împotriva firii, în sus.

— Era nouă, spuse domnul încet, ca și cum încă nu ar fi decis care era cea mai bună reacție la o asemenea întâmplare.

— Păcat, răspunse Franz, pentru că domnul vorbise suficient de aproape de umărul său ca să poată considera că i s-a adresat.

Dar domnul nu vorbise cu el. Îl privea acum lung și nedumerit apoi, încurcat de lipsa pălăriei cu care ar fi schițat un gest de salut și s-ar fi retras, căută un gest înlocuitor. Franz zâmbi și arătă la rândul său melonul pe care îl ținea în mână. Domnul se destinse:

— Ar fi trebuit să ținem seama de sfaturile manipulanților de la baza turnului, atunci când am urcat în lift. Este cu adevărat o călătorie extraordinară, dar trebuie să vii pregătit pentru ea. Nu mă așteptam ca o singură sută de metri înălțime să pună probleme. Doamna, continuă el, arătând din priviri către soția sa ce rămăsese, prudentă, lângă pereții restaurantelor, departe de marginea amenințătoare, doamna nu poate urca mai sus. Are rău de înălțime, îi este și frig.

Franz urca pentru a doua oară.

Prima dată o făcuse la inaugurarea Turnului, în urmă cu două săptămâni, când primarul Parisului împreună cu domnul Gustave Eiffel și inginerii săi puseseră în funcțiune scripeții electrici și pistoanele cu apă. Făcuse parte dintre cei câtiva invitați ai celui dintâi urcuș, iar pentru aceasta trebuia să mulțumească vechiului său amic, domnul inginer Pănculescu.

Se cunoscuseră în urmă cu mai bine de douăzeci de ani, prin marile orașe europene în care îi purtaseră anii de studiu ai amândurora. Discuțiile înflăcărate ale acelor vremuri nu fuseseră date uitării de niciunul dintre ei. Ideile lor, uneori prea îndrăznețe pentru anii pe care îi trăiau, atrăgând prin aceasta, de multe ori, zâmbetele neîncrezătoare ale celor din jur, îi făceau să simtă că fac parte din aceeași tabără. Îi unea felul în care îi priveau cei din jur. Se înțelegeau unul pe celălalt și își luau, unul de la altul, puterea de a crede mai departe în visurile lor.

Se regăsiseră într-o vară la Castelul Peleș, invitați la una dintre serile de teatru din salonul Majestății Sale. Inginerul Pănculescu se pregătea de plecarea la Paris, unde domnul Gustave Eiffel îi oferise un post în compania domniei sale. Ideile nebunești cu care tulburase, în tinerețe, cafenelele din Zürich ori München, pline de tineri ca el și ca Franz, erau – la vremea regăsirii lor – puse în practică deja. Inginerul Pănculescu împlinise porunca Majestății Sale Carol I și construise, în numai un an, drumul de fier care lega Sinaia, cu castelul cel nou, de București.

Domnul Eiffel sosise la Vălenii de Munte, în casa părintească a inginerului român, pe urmele invențiilor folosite de acesta pentru drumurile lui de fier.

În ziua inaugurării Turnului luaseră loc cu toții în primul lift, care urma să-i ducă până la cea dintâi platformă. În cabina de sus se aflau oficialitățile Parisului, iar în cea de dedesubt - invitații speciali. Băncile așezate strâns unele în spatele celorlalte cereau ca îmbarcarea să se facă pe un singur rând, într-un ritm foarte lent.

Franz, împreună cu amicul Pănculescu, luaseră loc chiar în spatele mașinistului, a cărui ceafă o putuseră observa pe toată durata primei părți a drumului, printre gratiile ferestruicii din fața lor. Cele două cabine suprapuse urcaseră la pas în prima parte a drumului, care mergea pieziș, dintr-un colț în celălalt al unui pilon.

Domnul Pănculescu îi istorisise lui Franz aventura construirii pieselor metalice ale turnului-minune în atelierele de jos, din uzinele companiei Eiffel, și montarea lor pe verticală, pe măsură ce erau construite pe pământ.

— Am folosit pentru unele îmbinări nituri de la noi, din uzinele Reșița, se mândri inginerul Pănculescu către prietenul său.

— Sunt convins, zâmbi larg Franz. Numai nituri ai folosit de pe la noi?

— Și oțel, răspunse domnul Pănculescu.

Zâmbeau unor mai vechi discuții dintre dânșii. Cuvintele puține rostite uneori între ei lăsau să se întrevadă anii lungi de prietenie. Regăseau întreagă, neatinsă de anii scurși, complicitatea care îi unise odată, în fața unei lumi lipsite de încredere.

Urmase apoi drumul cu cel de-al doilea lift, ce mergea drept în sus, către următoarea platformă. O parte a invitaților rămăseseră pe prima platformă, acolo unde aveau să se deschidă curând restaurante și terase. Cel de-al doilea lift avea, în locul celor două cabine suprapuse, numai una singură, care nu-i putuse lua pe toți. Din pricina vitezei îndoite, ori poate din pricina drumului perfect vertical, lui Franz îi păru cea mai aventuroasă parte a urcușului.

Aflase de la domnul Pănculescu amănunte care mai mult îi stârneau setea de informații, în loc să i-o potolească. Întrebările lui curgeau fără oprire. Știa că lifturile vor putea duce cinci mii de oaspeți pe oră. Cunoștea amănunțit cum lucrează pistoanele lor cu apă și în cât timp fac un urcuș complet, până în vârf – magicele șapte minute. Știa și despre sistemul de frânare, care oprea căderea liberă a liftului după numai trei metri, în cazul în care vreo coardă s-ar fi rupt. Voia mai mult. Voia tot.

Următoarea platformă o aflară închisă cu ferestre. Se găseau la cel de-al treilea etaj. Oficialitățile se declaraseră mulțumite de experiență și nu doriseră continuarea drumului către ultimele etaje. Singurii care continuaseră urcarea fuseseră atunci domnul Eiffel, doi dintre inginerii domniei sale, un domn de la agenția de presă Havas, domnul Pănculescu și Franz.

Ajunseră la capătul cursei ascensorului, de unde drumul nu mai putea fi continuat decât pe scări. Sala mică, rotundă, în care se aflau, dădea în câteva încăperi așezate în cerc, pe marginile sale. Una dintre aceste încăperi se dovedise a fi, așa cum avea să afle curând Franz, un birou pe care domnul Eiffel dorise să și-l rostuiască chiar aici, în vârful visului său, deasupra orașului pe care se străduia de doi ani să-l convingă că lucrarea sa va aduce faimă, și nu rușine Parisului.

Odată delegația ajunsă în sala cea rotundă, închisă, de la de-al treilea nivel, domnul Eiffel respirase o dată adânc și se transformase pe loc din inginerul tăcut, timid, de până atunci, într-o gazdă perfectă. Ca și cum abia acum, aici, între nori, începea să simtă tihna locurilor cu care era deprins. Ca și cum abia aici își putea întinde, în sfârșit, aripile cu care incomoda jos, pe pământ.

Cu un zâmbet fericit coborât din ochi pe buzele umbrite de mustața înspicată în fire cărunte, domnul Gustave Eiffel deschisese larg ușile tuturor încăperilor ce mărgineau sala. Dincolo de ele, prin ferestrele camerelor, se vedea cerul.

— Vă rog să poftiți, îi invitase domnia sa pe toți cei prezenți, cu mândria unui îndrăgostit ce-și prezintă lumii întregi aleasa.

Oaspeții pășiseră prudenți în încăperi și se apropiaseră de ferestre. Domnul Eiffel intra și ieșea dintr-o cameră în alta, oferind răspunsuri la întrebări, chiar și atunci când ele nu erau rostite.

— Catedrala Chartres! izbucnise un strigăt dintr-una din încăperi.

Oaspeții se îngrămădiseră cu toții la ferestre, scrutând orizontul către asfințit, în direcția micului orășel Chartres.

— Vă spun că este Catedrala Chartres, susținuse domnul reporter de la agenția Havas, cel ce observase primul turlele ascuțite sclipind în soarele amiezei.

— Dar este imposibil, rostise în șoaptă Franz. Trebuie să fie vreo 70 de kilometri până acolo!

— 76,71, mai exact, îl corectase din spate domnul Pănculescu, zâmbind cu atâta mândrie ca și cum chiar domnia sa așezase catedrala tocmai la o așa distanță, de la bun început, anume ca să poată minuna astăzi pe cei dintâi vizitatori ai turnului.

— De necrezut, suspinase Franz, copleșit de descoperire.

În biroul domnului Eiffel, domnul ziarist îi pusese câteva întrebări al căror răspuns și-l notase conștiincios într-un carnețel. Franz îi observase creionul legat de carnet cu un căpețel de sfoară. Un briceag meșter săpase un șănțuleț împrejurul capătului creionului, în așa fel ca sfoara să nu alunece, iar domnul ziarist să se pomenească fără unealtă în vreun moment nepotrivit.

— Chiar va fi demontat peste doi ani? întrebase reporterul.

— Așa sună contractul încheiat cu Primăria Paris, zâmbise cu blândețe domnul Eiffel.

Zâmbetele domniei sale lăsau în urmă multe semne de întrebare. Colțurile ochilor coborâte și ridurile adânci însemnate dedesubt puneau tristețe pe chipul său. Pleoapele acoperind pe jumătate ochii dădeau impresia că domnul Eiffel și-i mijește la fiecare întrebare, cântărindu-i înțelesurile ascunse. Asta îl intimida pe tânărul trimis de Havas. Franz încercase să înțeleagă dacă o făcea voit sau nu.

— Nu v-ați simțit lipsit de motivație atunci când ați construit un turn care urmează să fie dărâmat? provocase tânărul, într-o încercare plină de curaj și disperare de a obține declarația vieții lui.

Domnul Eiffel ridică pentru prima oară pleoapele, descoperind complet ochii încărcați de experiențe, și privi în jur la fiecare în parte. Apoi pleoapele îi coborâră din nou și cel mai disputat inginer al Franței dădu drumul unor hohote sincere de râs.

— Tinere, vei scrie un articol bun? întrebase el, ștergându-și discret ochii înlăcrimați de hohotele de râs.

— Cu siguranță, răspunsese apăsat domnul ziarist, cu avântul celor douăzeci de ani.

— Îți vei folosi tot talentul și vei face tot ceea ce îți stă în puteri pentru ca vorbele domniei tale să impresioneze pe cititori?

— Da, domnule, fiți sigur de asta!

— Și nu te simți lipsit de motivație știind ce se va întâmpla, după doar o zi de la apariție, cu foaia pe care vor sta scrise cele mai bune cuvinte ale dumitale?

Întreaga asistență se destinsese în zâmbete. Tânărul ziarist roșise peste lecția proaspăt oferită și prinsese a cerceta cu mare atenție paginile din urmă ale carnețelului, ca și cum undeva pe acolo s-ar fi aflat ieșirea sa din situația ivită.

Franz fu smuls din aceste aduceri aminte de larma iscată în spatele său. Terasele de pe prima platformă, rămase nesupravegheate, fuseseră din nou spulberate de doi curenți de aer veniți din direcții diferite, care își găsiseră de joacă printre mesele pe care ospătarii așezaseră șervetele și tacâmurile, în așteptarea oaspeților. Un șervet își luase zborul drept în sus, după el pornise o altă pălărie de pai, iar două perechi de tacâmuri se rostogoliră, cu zgomote vesele, pe jos.

Un băiat din restaurant, scos în mare grabă de jupânul său afară, pe terasă, începu o cursă fără succes după tacâmurile pe care vântul le trimitea pe sub picioare de mese și scaune. Băiatul încerca să le prindă, pândind cu șiretenie momentul în care vântul își trăgea sufletul, între două răsuflări. Prinse cu clești de marginile meselor, fețele de masă își ridicau peste capul sărmanului ospătar poalele scrobite, aruncându-i șuvițele de păr în toate direcțiile.

Lupta lui copilăroasă cu natura îi înveseli chiar și pe cei care fuseseră, la rândul lor, păgubiți de pălării. Umbrela unei doamne fusese pentru totdeauna compromisă și zăcea acum, dezmembrată, într-un colț. Vântul o întorsese pe dos de îndată ce doamna găsise nimerit să încerce a o deschide. Strigătele, speriate la început, prinseră nuanțe vesele. Sala din interior a restaurantului deveni curând neîncăpătoare, pentru că mulți curajoși renunțară la luptă și se îndreptară, cu ospătarii pe urmele lor purtând ceștile de ceai pe jumătate începute, către locuri mai sigure.

— Îmbarcarea pentru platforma a treia. Cota 200 de metri, anunță mașinistul liftului ce făcea legătura dintre terasa întâi și a doua a turnului.

Fluierul lui cu tonuri coborâte, menite să nu sperie și mai tare oaspeții aflați și așa în emoții din cele mai felurite, se auzi de două ori scurt în spatele lui Franz. Se decise să urce cu această cursă. Întârziase deja mai bine de un ceas, singur cu gândurile lui, pe prima platformă. Anna îl aștepta după-amiază în fața Fântânii Vaisseau, pentru jocurile de lumini.

Oficialitățile promiseseră parizienilor și oaspeților din lumea întreagă un spectacol unic de apă și culoare, iar la sfârșitul serii urma să aibă loc concertul de inaugurare de la care nimeni nu lipsea, începând cu toate capetele încoronate de pe trei continente și sfârșind cu simplii vizitatori.

Se așeză la capătul șirului pentru îmbarcarea în cabina liftului. În fața lui, un copil căruia guvernanta îi legase bine sub bărbie panglicile pălăriuței marinărești își ferea mâna de mâna ei, cu mișcări dibace.

— Ține-l de mână, Inga! poruncea din față, unde se îmbarca împreună cu tatăl, mama copilului.

— *Ja, gut, Frau Dupont*, răspunse guvernanta nemțoaică, luptându-se să păstreze mânuța mică în palma ei.

— Poftiți, vă rog, spunea mașinistul pe măsură ce verifica biletele. În spate, pe dreapta, vă rog. Poftiți. În mijloc, pe stânga, domnule.

Profitând de o victorie de o clipă, copilul dădu să fugă din rând. Cu reflexele formate de-a lungul anilor în care fotografiase sute de copii ce nu-și găseau locul în studioul său din Piața Teatrului, Franz îi blocă trecerea cu un simplu pas lateral. Inga, nefericita guvernantă a acestei provocări cu pălăriuță marinărească, puse mâna pe umărul copilului și ridică spre Franz o privire plină de recunoștință.

Nimeni nu păru să bage de seamă gestul scurt și hotărât cu care micul parizian repezi un vârf de pantof în piciorul lui Franz.

Mașinistul verifică încă o dată numărul de persoane din cabina liftului, puse siguranțele, se urcă în cușeta sa din față și porniră, icnind într-o primă cutremurare ce smulse deja cele dintâi strigăte doamnelor de pe băncuțe. Franz era așezat între doi domni, iar în față și în spate avea câte o doamnă. Copilul cu guvernanta lui se vedeau la margine, lângă ferestrele de pe partea dreaptă. Câteva clipe călătoriră într-o liniște speriată, apoi un glas pierit se ridică din mijlocul cabinei:

— Mai încet.

Nimeni nu mișcă. Cu toții sperau că persoana care vorbise a făcut-o din greșeală, și că teama de a nu naște o scenă nepotrivită îl va face să-și țină firea până sus. Glasul lipsit de putere se mai auzi o dată:

— Vă rog, mai încet...

— Liftul face cursa dintre prima platformă și a doua în două-trei minute, găsi de cuviință mașinistul să spună ceva, pentru că situația nu mai putea fi ignorată. Mai avem cu totul încă un minut, cel mult, continuă el. Sus veți avea ocazia să vedeți pădurea din Chartres și catedrala. Este o zi senină și în astfel de zile, vizibilitatea este de mai bine de optzeci de kilometri.

Mașinistul se străduia să umple cu cuvinte timpul rămas până la capătul cursei. Cele spuse de el smulseră câteva exclamații de uimire doamnelor din fața și din spatele lui Franz.

— Capătul cursei, anunță mașinistul, și câteva aplauze pornite din recunoștință sinceră îi umplură ochii de mândrie. Poftiți, vă rog. Pe rând.

Cei cincizeci de vizitatori care împărțiseră cabina coborâră, supravegheați de mașinist. Numai guvernanta Inga și copilul cel năzdrăvan nu se mișcau de pe locurile lor de lângă fereastră.

— A leșinat! se auzi strigătul alarmat al unei doamne cu suficientă prezență de spirit cât să înțeleagă de ce rămâne guvernanta aplecată către băiețel, într-o cabină goală de lift.

Inga leșinase. După ce mai întâi trecuse cu mare greutate barierele educației și ceruse ca liftul să meargă mai încet, depusese armele în fața situației care o depășea și își pierduse cunoștința. Cea dintâi reacție o avu mama copilului, care trecu în grabă pe lângă mașinist, intră înapoi în lift și scoase băiețelul de sub umărul guvernantei leșinate. Următorul se dezmetici mașinistul, care îndepărtă curioșii asigurându-i că totul va fi bine:

— Faceți loc, vă rog! Aveți în partea stângă, spre apus, Catedrala Chartres. Priviți.

Supunându-se poruncii de a admira o catedrală aflată într-un alt oraș, vizitatorii se lăsară convinși să elibereze locul.

— Trebuie dusă jos, propuse Franz mașinistului. Are rău de înălțime ori s-a speriat. În amândouă cazurile i-ar face bine să se afle mai aproape de pământ.

— Ajutați-mă, vă rog, spuse mașinistul. Sprijiniți-o până când ajungem la prima platformă.

Franz se așeză pe băncuță alături de Inga și înconjură umerii guvernantei cu brațul. Făcu un semn de încuviințare din cap către mașinist, iar liftul porni.

Sus, pe platforma închisă cu ferestre, băiețelul rămas în grija mamei sale se îndepărta încet. Doamna Dupont îl privea ușor dezorientată, ca și cum ar fi cântărit neașteptata situație ca să-i afle rezolvarea. Ce era de făcut cu băiatul, la 200 de metri înălțime, în lipsa guvernantei? Franz mai prinse privirea pe care doamna o puse, plină de speranță, în ochii domnului Dupont, apoi nu-i mai văzu.

— Îmi cer scuze pentru situație, domnule, îi spuse mașinistul după ce aduseră în simțiri pe Inga, într-unul dintre restaurantele de la primul etaj. Vă asigur că aveți o călătorie gratuită până sus, din partea companiei.

— Mulțumesc, nu este nevoie, îi răspunse surâzând Franz. Am mai urcat.

Cel dintâi urcuș, pe care-l făcuse încă înainte ca Expoziția Universală din acel an să fie deschisă, îi crea acum impresia că toți acești vizitatori îi cotropesc un teritoriu numai al lui, îi privesc lăuntrurile cu palmele făcute căuș în jurul ochilor mijiți. În urmă cu numai două săptămâni, Turnul domnului Eiffel fusese al lui. Acum încăpuse pe mâinile nepăsătoare ale tinerilor dornici de afirmare, ca domnul de la Havas, ale guvernantelor cu vertij și ale cuplurilor de burghezi parizieni, bucuroși să împartă aceleași distracții cu regii lumii. Franz nu găsea în privirile lor înțelegerea lucrurilor pe care le trăiau.

La vizita dintâi, fusese introdus domnului Eiffel de către amicul Pănculescu. Domnul Gustave Eiffel tocmai se retrăsese în biroul domniei sale, de la ultimul etaj al turnului, după schimbul amuzant de replici avut cu tânărul ziarist.

— Gustave, îți prezint un prieten din țară, spusese domnul inginer Pănculescu.

— Franz Mayer, fotograf al Curții Regale a României, se recomandase Franz. Expun la secțiunea de fotografie, dar trebuie să recunosc că sunt venit în egală măsură pentru invențiile sosite în Sala Mașinilor.

— Un fotograf inginer? zâmbise domnul Eiffel.

— Cam așa ceva, răspunsese Franz. Odată, aproape pictor.

— Dați-mi voie, vă rog, să divulg tot ce știu, spusese domnul Pănculescu, privind pe rând când la unul, când la celălalt. Franz este mult mai mult decât un fotograf. Își păstrează ochiul sensibil de artist, în vreme ce mintea cotrobăitoare, de adevărat om de știință, caută mereu cele mai noi descoperiri în domeniu. Este, după cunoștințele mele, cel dintâi care a folosit în București platinotipia pentru fotografiile sale. Știm cu toții cât de dificil este să faci negoț astăzi cu Rusia, de unde vine platina. Cu toate acestea, Franz nu renunță la metoda sa și bună pace!

— Îmi sunt străine diferitele metode ale artei fotografice, domnule Mayer, spusese domnul Eiffel, dar aș putea avea răbdare să aflu câteva secrete. Ce vă face să folosiți o metodă care pune probleme?

— Nu sunt secrete, domnule Eiffel, răspunsese Franz, măgulit de atenția acordată de un om pe care îl găsea deasupra vremii sale. Pur și simplu îmi doresc nemurirea. Cu toții ne-o dorim, mai spusese el, aruncând o singură privire scurtă cât o părere domnului Eiffel.

Vorbeau în picioare în fața biroului acoperit în întregime cu planșele mari ale schițelor diferitelor etape ale turnului. Păreau desenele nereușite ale unor păianjeni de dimensiuni cu totul necuviincioase. Domnul Eiffel atinsese ca din întâmplare una dintre planșe, îi ridicase marginea și înclinase puțin capul, cât să poată citi planșa de dedesubt.

— Da, cu toții ne-o dorim. Drept, spusese, zâmbind unui alt gând decât acesta rostit.

— Fotografiile realizate prin platinotipie rezistă timpului, își terminase Franz explicația. Orice altceva pălește în fața acestui lucru: prețul platinei ori dificultatea metodei. Nimeni nu dorește să lase urme frumoase, dar vremelnice.

— Georges, mi-ai adus aici un adevărat inginer, spusese domnul Eiffel lui George Pănculescu. Sunteți un adevărat spirit ingineresc, domnule, se întorsese el apoi către Franz.

— Iar dumneavoastră, domnule, sunteți un adevărat suflet de artist, răspunsese cu un zâmbet galant Franz. Dacă vă veți afla vreodată în trecere prin București, vă rog să nu mă ocoliți. Mi-ar face mare plăcere să ne continuăm discuția.

— Trebuie să onorez mai întâi o mai veche invitație a prietenului nostru comun, Georges, spusese domnul Eiffel. Încă de acum trei ani, de la prima vizită pe care i-am făcut-o în casa din Vălenii Prahovei, pe vremea când încercam să-l conving să lucreze pentru mine, i-am promis că voi reveni, atunci când întreaga construcție va fi gata. Ei bine, este gata. Și mai mult decât atât, este gata mulțumită unor invenții ale domniei sale. Vedeți, deci, că sunt dator cu o vizită în Văleni. Poate reușim să ne întâlnim cu toții acolo.

Franz avusese nevoie de multe detalii în urma acestor destăinuiri ale domnului Eiffel. Voia să știe totul: care invenții ale prietenului său făcuseră posibilă construcția turnului ce adusese la Paris jumătate din Europa și un sfert din Asia?

Și când anume a avut loc această vizită a domnului Eiffel la casa din Văleni, pe care el o cunoștea atât de bine din verile petrecute împreună cu George Pănculescu?

Nu-și slăbise prietenul din întrebări, în vreme ce restul invitaților acelei zile se minunau de șina îngustă de fier pe care alunecau cei doi vagoneți în miniatură, cu proiectoarele electrice care urmau să lumineze serile expoziției de jos.

Nu aflase mare lucru de la domnul Pănculescu. Nu cât ar fi dorit de multe. Vizita lor în turn se terminase mai degrabă cu promisiuni din partea sa. Astăzi, în vreme ce mașinistul liftului îi oferea o călătorie gratuită, Franz își dorea să fi fost mai insistent atunci, să fi obținut cel puțin promisiunea unui prânz, împreună cu amândouă doamnele lor.

Acest ultim gând îi aduse în minte pe Anna.

Anna, care îl aștepta după-amiază în fața Fântânii Vaisseau, pentru spectacolul de lumini.

Își verifică ceasul cu lanț din buzunarul vestei. Nu mai era vreme. Lăsă guvernanta nemțoaică în grija ospătarilor din restaurant și se grăbi să ia următorul lift jos, către parter. În vreme ce coborau, soarele ce începuse deja a scăpa către asfințit arunca sticliri repezi de lumini și umbre în ochii vizitatorilor din lift, după cum răzbătea sau era ascuns de trecerea prin dreptul câte unui element metalic din structura turnului.

Cabina părea să fi rămas suspendată într-un punct, iar turnul trecea cu repeziciune prin fața ochilor lor, ca un pod de cale ferată într-o lume îndreptată, fără sens, în sus. Lumină, umbră, lumină, umbră. Franz privea cu atenție ochii celor de lângă el. Sclipeau, se întunecau, sclipeau iar, ritmic ca ticăitul ceasului său de buzunar. Și atunci, într-o clipă, chiar înainte ca mașinistul să-i abată șirul gândurilor cu smucitura frânei finale, Franz înțelese.

În priviri poate fi prinsă lumina. Privirile trebuie fotografiate.

De îndată ce Anna părăsi aleea, pașii i se afundară în pietrișul afânat cu care primăria găsise de cuviință să acopere părțile laterale. În jurul Fântânii Vaisseau, cu picioarele lor subțiri, metalice, care-i displăceau atât de mult Annei, înfipte în pietrișul alb, curat, sute de scaune de grădină fuseseră de curând aduse. Zecile de angajați în vestoane albastru-marin păreau să fi strâns scaunele din întreaga expoziție. La ora șase după-amiază începeau jocurile de ape luminoase.

Însăși alăturarea acestor termeni stârnea imaginația vizitatorilor ce se întreceau să propună felurite variante pentru dezlegarea acestui mister. Anna era nemulțumită din cauză că Franz se împotrivise dorinței ei de a se așeza pe scaunele din rândul întâi, chiar lângă marginea bazinului fântânii. Erau printre primii sosiți și, cu toate acestea, ocupaseră scaune în ultimul rând. Între ei și fântână se înșirau încă șase rânduri de scaune goale.

— Vântul va aduce stropii de apă până la cele dintâi rânduri, îi explicase Franz.

— Aș fi putut deschide umbrela, ca să mă apăr, răspunsese ușor îmbufnată Anna.

În jurul lor luau loc doamne cu rochiile de dimineață acoperite cu mantii ușoare de primăvară și domni în redingote mai elegante decât cele cu care se afișaseră la primele ore, când cercetaseră tipografia electrică a companiei Marinoni, din Pavilionul Industriilor. Vizitatorii trecuseră la ținuta de seară. Din cauză că anunțatul spectacol de lumini atrăgea aproape toată suflarea grădinilor, își făcură apariția imediat și negustătorii ambulanți.

— Bilete la tombolă, se auzi de undeva, din spate. Marele câștig de 20 000 de franci poate fi al dumneavoastră! Luați biletul norocos!

— *Souvenirs! Tour Eiffel miniature! Cartes postales! Médailles! Guide de l'Exposition Universelle!*

— *Limonade avec de la glace!*

Ultimul anunț atrase atenția Annei. Puse o mână pe spătarul scaunului și se întoarse în toate părțile, în căutarea băiatului cu limonadă la pahar.

— Vrei? întrebă Franz.

— Numai dacă este băiatul de la Capșa. Știi că este venit domnul Grigore de la Capșa? L-am văzut în timp ce-și aranja cofeturile pentru concurs, astăzi dimineață.

— Crezi că băiatul de la Capșa și-ar fi strigat marfa *limonade avec de la glace* ? surâse Franz.

— O, da! se amuză Anna. Dacă vorbim despre același domn Grigore Capșa, atunci cu siguranță și-a învățat băiatul de prăvălie să-și strige marfa pe limba cumpărătorilor.

Râsul ei încă aducea multă mulțumire lui Franz. Se simțea premiat ori de câte ori Anna râdea în prezența lui.

Băiatul cu limonadă la pahar se dovedi a fi într-adevăr de la Capșa, casă de cofeturi bucureșteană participantă cu numeroase produse la concursurile expoziției. Scaunele se ocupau rând pe rând în jurul lor. Pe la orele șase erau deja înconjurați de o mulțime nerăbdătoare și pestriță. Undeva în spate, într-un chioșc improvizat, o fanfară militară își acorda instrumentele pentru un concert ușor de promenadă.

Pentru ca efectul să fie cel așteptat, organizatorii păstraseră toată ziua fântâna închisă, astfel încât atunci când primele jeturi țâșniră, mulțimea se declară pe loc cucerită. Strigătele entuziaste și aplauzele răsunară până la Sena.

— Este doar apă, se arătă Franz nedumerit de toate aceste reacții.

Anna însă râdea, fericită ca un copil care este pe cale să-și primească jucăria promisă, și Franz renunță să mai ia aminte la reacțiile mulțimii și cauzele lor. Se lăsă pe spătarul inconfortabil al scaunului și înconjură cu brațul spătarul scaunului ei, bucurându-se de spectacolul lui personal: Anna încântată, scoțând exclamații de bucurie la fiecare schimbare de înălțime a jeturilor de apă.

Toată această parte pregătitoare dură încă un ceas. Preocupată să cumpere tot ceea ce vindeau în spate vânzătorii ambulanți, apoi să se bucure de sentimentul de proprietate asupra unor amulete, vederi, medalii sau bilete de loterie, mulțimea nu-și pierduse încă răbdarea. Părea chiar să fi uitat că ceea ce i se promisese era de fapt altceva.

Când umbrele înserării se întinseră peste grădinile din Champs de Mars, Fântâna Vaisseau se odihni preț de câteva minute, lăsându-și admiratorii să-și tragă la rândul lor sufletul.

Din vârful Turnului Eiffel, de la o înălțime de trei sute de metri, izbucni ca o lovitură cel dintâi fascicul puternic de lumină.

Totul încremeni preț de o clipă, precum tâlharul ce umbla nestingherit și căruia îi aprinzi dintr-odată o lampă în încăpere.

Grădina, atât cât se putea vedea din ea de aici, de la marginile fântânii, se lumină ca ziua. După cea dintâi clipă de dezorientare, mulțimea explodă în urale și aplauze. Copiii care până mai adineaori alergau nestăpâniți în jurul doicilor sau chinuiau vreo biată minge de gumă amuțiseră, ascunși în spatele fustelor mamelor și doicilor.

— Asta da, spuse Franz Annei, aplaudând cu toată sinceritatea jetul de lumină coborât din vârful turnului.

Fântâna așteptă până când admiratorii își întoarseră din nou atenția asupra ei. Își reluă apoi dansul jeturilor de apă și, în plin vals, fără nicio pregătire, apa deveni albastră, apoi roșie, apoi verde.

Trecerea de la o culoare la alta se făcea în exclamațiile mulțimii, aflate în culmea încântării. Ochii lui Franz căutară de îndată sursa de lumină, în vreme ce mintea lui încerca să afle cum se poate una ca aceasta. Anna îi strânse pentru o clipă mâna, fericită, apoi continuă să aplaude împreună cu sutele de spectatori. Săculețul de catifea neagră legat de încheietura ei cu panglica din satin sărea în toate părțile, încercând să urmeze cât mai fidel mișcările stăpânei lui, dar rămânând mai mereu în urmă.

Întunericul coborât asupra orașului punea toată feeria în evidență. Valuri înflăcărate de apă roșie încingeau atmosfera până când jerbe reci de apă albastră sau verde le stingeau focul, lăsând în urmă numai niște dâre galben-portocalii, pentru ca imediat totul să fie reluat în jeturi violacee, ridicate până în înaltul cerului ca smoala.

De sus, cele două proiectoare aflate pe șinele lor în vârful Turnului Eiffel se roteau agale, luminând în ritmul alunecării lor jocurile de apă de la picioarele turnului, pavilioanele, restaurantele aglomerate la orele serii, întregul Champs de Mars și Palatul Trocadéro, în depărtare, dincolo de Sena.

La un moment dat, jerbele colorate de apă, țâșnind dintre nimfele și semizeii Fântânii Vaisseau, începură a trimite către asistență stropi jucăuși. Purtați de vântul șturlubatic de primăvară, stropii ajungeau până la marginile metalice ale scaunelor, loveau cu putere și săreau apoi mai departe, sparți în alte două-trei direcții. Doamnele își amintiră de umbrelele lor de soare, de care nu se despărțiseră pentru că nu avuseseră vreme.

În amuzamentul general, umbrelele fură deschise și domnii se oferiră să le poarte deasupra genunchilor atacați ai doamnelor.

Annei îi veniră în minte într-o clipă toate discuțiile purtate la atelierul de croitorie al surorilor Budișteanu, despre moravurile pariziene. Apărase atunci ideea că, probabil, zvonurile se născuseră pe baza faptelor unor aventuriere, și nu a unor adevărate doamne. Cele ce vedea însă acum cu proprii ei ochi nu s-ar fi putut întâmpla cu siguranță în București sau în Mediașul comitatului Sibiu.

O mulțime de domni își concentrau atenția asupra genunchilor acestor doamne, cu bune intenții sau nu – Annei nu i se părea important, iar doamnele în cauză nu schițau niciun gest de a-i pune pe domni la punct. Furișă către Franz o privire cu care ar fi dorit să cerceteze fără a fi prinsă care este părerea soțului său despre acest moment stânjenitor. Capul său se aplecase în jos și se înclinase ușor într-o parte, ca să facă loc unei priviri.

Luîndu-i pe amândoi pe nepregătite, șase rânduri de scaune din fața lor săriră cu toatele în lături, ca la o comandă. Într-un vacarm stârnit brusc, ocupanții lor săriră în picioare și se risipiră care încotro. O pală de vânt mai puternică aruncase un întreg val de apă asupra celor din primele rânduri.

Doi stropi de apă ajunseră până în spate, la scaunul Annei, ricoșând de pe marginea lui pe pietrele albe și colțuroase de pe jos. Anna rămase nemișcată. Între ea și fântână nu se mai afla acum niciun alt scaun. Zăceau toate răsturnate în pietriș.

Fântâna își continuă spectacolul, ca și cum nimic nu s-ar fi întâmplat.

Rochiile șiroiau de apă. Coafurile zulufate dispăruseră, de sub pălării prelingându-se acum, spre rușinea domnișoarelor, șuvițe absolut drepte de păr muiat în apă. Redingotele domnilor rezistaseră ceva mai bine, dar borurile ridicate ale meloanelor lor reținuseră aici apa, lăsând-o să se scurgă în firicele subțiri pe la spate sau printr-o parte, în funcție de direcția în care discuția înclina capul domnului.

Franz cuprinse din nou spătarul scaunului doamnei sale cu brațul și, privind-o din spate, îi spuse:

— Doamnă, sunteți în primul rând. Spectacolul care urmează este numai pentru domnia voastră.

Anna îi lovi ușor genunchiul cu evantaiul închis ce atârna alături de săculețul din catifea, la încheietura mâinii ei. Cum atenționează probabil guvernantele vreun ștrengar ce nu acordă atenția cuvenită concertului la care au fost duși. Totuși, ca pe un premiu secret, îi arătă peste umăr capătul unui surâs, ca și cum ar fi spus: „numai pentru domnia voastră, domnule“.

Fărâmiță

În cerdacul înalt al restaurantului lui Iordache, Fărâmiță asuda peste strune.

Ceasul amiezii trecuse demult, locul se mai luminase și jupânul începuse a-și mai domoli vorba și poruncile repezite până atunci către fetele ce duceau la mese ori către bucătarii de pe la cuhnii. În capătul Cartierului Marocan, restaurantul românesc de la Expoziția din Paris se arăta a fi un succes, încă din prima zi.

Cei dintâi mititei prinseră a sfârâi pe grătarele încinse pe la ora prânzișorului, amestecându-și aromele cu cele ale sărmăluțelor așezate între foi de varză, în cuptoare, încă din zori. În vremea ce sărmăluțele încă mai bolboroseau vrăji de taină în oalele de pământ, jupânul Iordache scosese toate cele patru fete în calea primilor trecători, cu tingirile încărcate de mititei fierbinți, rupți cu furculița în bucăți potrivite pentru o îmbucătură.

Fetele în straie muscelene, cu obrajii aprinși de focurile din bucătărie și cu mânecile iilor suflecate până mai sus de cot, îmbiaseră deopotrivă la gustare pe parizienii locului și pe străinii cu pielea măslinie ori galbenă și cu straie necunoscute. Încântați de alaiul vesel al ospătărițelor lui Iordache, cei dintâi vizitatori ai Expoziției se opriseră să încerce bucatele de pe tingiri. Era încă răcoare, dimineața nu se isprăvise, iar terasa restaurantului era pustie.

Jupân Iordache făcuse atunci un semn cu mâna ridicată tarafului lui Fărâmiță și pe deasupra aleilor ce începeau a se umple se vărsă cea dintâi sârbă, spusă din trei scripci, un nai, un țambal și o cobză.

Primele îmbucături din mititeii oferiți spre gustare în mijlocul aleii, în fața restaurantului, se învălmășiră în mințile vizitatorilor cu muzica săltată care chema la veselie.

Glasurile pătimașe ale scripcilor pornite pe petrecere și zâmbetele largi, dezvelind dinții albi în mijlocul fețelor tuciurii, ale lăutarilor din cerdac, își împliniră imediat rostul. Oamenii își căutară locuri în jurul meselor dinăuntru și de afară, promițându-și numai un scurt popas, ca să înțeleagă mai bine, probabil din următorii doi-trei mititei, ce mănâncă.

Jupânul se retrăsese la bucătării după ce își văzuse toate scaunele ocupate.

Se apleca și cerceta focurile aprinse sub cratițe, repezea cu bătăi din palme ritmul vreunui băiat mai încet la treabă și se sfătuia cu bucătarul asupra merindelor ce urmau să fie servite. Din locul său de deasupra terasei, chiar în colțul cerdacului cu mușcate atârnate pe la grinzi și cu ștergare roșii potrivite deasupra ferestrelor, lui Fărâmiță i se rostuise înveselirea mesenilor. Sosise ceasul lui, și Fărâmiță se simțea acum stăpânul acelui colț de lume.

Vedea, printre frunzele colțate ale mușcatelor din ghivece, cum locul devine neîncăpător pentru toți doritorii aduși de muzica săltată și de aromele bucatelor. Fărâmiță poruncise tarafului numai sârbe și bătute moldovenești, toată dimineața, ca să se ducă faima locului. Cobzarul lăsa din când în când strunele și, ducând la buze două degete boante, slobozea pe deasupra simandicoasei adunări câteva fluierături ascuțite, ca la Teleorman, în ritmul scripcilor și al țambalului rămase în cântec.

Inimile mesenilor uitau hotarele sădite de părinți și tresăreau ca sub strigătul libertății însăși, ivite prin părțile locului dintr-un tacâm de lăutari bucureșteni.

La ceasurile prânzului, când aleile expoziției în cea dintâi zi a ei erau pline de curioși sosiți din toate colțurile lumii, restaurantul avea clienți care așteptau pe margine ca mesele să se elibereze.

Jupân Iordache luase în mâini una dintre tingirile cu mititeii rostuiți pentru gustări din partea casei și prinse a o plimba printre cei ce așteptau, ca să le îmbuneze răbdarea și să nu plece. Fetele nu pridideau să aducă la mese cele poruncite de meseni, băieților de la bucătării le mergeau mâinile ca melițele pe tocătoare, iar bucătarul împărțea porunci scurte deasupra fiecărei fierturi:

— Focul mai iute aici! Tu, ceapa mai măruntă! Acoperă ciorba acolo! Băiete, trage tigaia cu rântașul de pe foc!

Toate se învârteau după ritmul lăutarilor de afară.

Din depărtare, un taraf răspundea cântecului lor cu alt cântec, necunoscut. Fărâmiță ciulea urechea ca să prindă acordurile străine. Ajunsese să cunoască cântecele rusești și pe cele sârbești. Asculta preț de o clipă, apoi pornea cu mai mare avânt, ca și cum ar fi dorit ca scripca lui singură să se audă peste întreaga adunare.

Fruntea și tâmplele lăutarului asudau.

Cântecele de joc curgeau însă fără încetare, unele după altele, îngrijind de buna dispoziție a oaspeților ca de un foc pe care îl ațâți tot mereu, aruncând în el alte și alte lemne. Când arcușurile se încingeau, gura lui Fărâmiță se usca și ea de sete, și atunci lăutarul hotăra tarafului pauză pentru băut apă. Fata care era poruncită să-i aibă în grijă sosea îndată cu o farfurie cu de-ale gurii.

Fărâmiță se temuse la început, când domnul Grigore Capșa îi vorbise despre un drum lung, dincolo de hotarele țării. Pentru el, Parisul era la capătul lumii. Drumul până acolo îi părea fără întoarcere. Își pusese însă nădejdea în vorbele meșteșugite ale domnului Grigore Capșa, pe care-l știa de când erau amândoi copii.

Cel mai mic dintre cei doisprezece copii ai machedonului Copșaru din balta Comanei nu apucase defel vremurile grele ale familiei. Bătrânul Copșaru meșterea cele mai frumoase chingi, copșare și capetane pentru caii din șapte sate împrejur. Îi umbla numele pe dinainte pentru înfloriturile cu care mărginea orice curelușă de piele pe care o meșterea pentru vreun harnașament.

Măiestria a adus la poarta căsuței lui clienți înalți, din București. Boierii cei făloși se mândreau în oraș cu hamurile bătute cu roșu sângeriu și cu copșarele dantelate cu migală. Faima căpătată sau poate nevoia de a veni mai aproape de clienții săi l-au adus pe machedon, împreună cu numeroasa lui familie, în mahalalele Bucureștiului.

Și-a deschis o pielărie și a început a face mănuși tivite delicat pentru domnițe fine, apoi cojocele brodate pe la poale cu flori întortocheate. Curând, comenzile erau așa de multe încât Copșaru a început a alege dintre ele numai pe acelea mai simandicoase, pentru că nu era timp să le lucreze pe toate. Băieții mai mari și i-a dat pe la școli înalte. I-a înscris pe toți cu numele Capșa, nădăjduind să rupă astfel pentru ei frăția cu sărăcia pe care o cunoscuseră în balta Comanei.

Apoi a mai făcut încă unul, pe cel de-al doisprezecelea, domnișorul Grigore Capșa.

Sărăcia și neajunsurile fuseseră demult biruite când domnișorul venea pe lume. Nu cunoscuse cinele cu mămăliguță și fiertură de cartofi decât din poveștile fraților mai mari, cărora le spusese neică și le sărutase dreapta până în ziua plecării de acasă. Crescut mai mult în casele fraților mai mari, unii bancheri respectați în oraș, alții negustori de cofeturi de lux, decât în cele ale părinților săi, Grigore fusese răsfățat dintotdeauna.

Cea dintâi hăinuță de catifea o primise la nouă ani, când frații îl dăduseră la colegiul Sfântul Sava, treapta umanioare.

Pe vremea când starostele OchiAlbi îl lua pe Fărâmiță după el pe la zaiafeturile ce începuseră a se ține în casele machedonilor, copilul de atunci trăgea țambalul după el și ochii i se scurgeau după băiatul în hăinuțe de catifea verde, ascuns în spatele scărilor ce duceau la odăile de sus. Feciorul Zambilei cea care spăla albiturile bucureștencelor în apa Dâmboviței găsea costumașul de mic vânător al domnișorului cel mai minunat lucru pe care îl văzuse vreodată.

Ochii băieților se cercetau, unii din spatele stâlpilor scărilor și ceilalți de după poala giubelei starostelui.

La a doua întâlnire, curiozitatea sperioasă se schimbă în complicitate, apoi între ei luă naștere un soi ciudat de prietenie. Totul se petrecea numai din priviri. Vreme de câțiva ani nu schimbară nicio vorbă între ei. Negustoria cu cofeturi a fraților Capșa era în anii aceia cea mai cunoscută din București, și Fărâmiță gustase adeseori din bunătățile învelite în foiță strălucitoare și scoase la iveală de prin buzunarele de catifea verde ale domnișorului Grigore.

Ciocolata adusă de la Viena sau Paris se topea în gura lui Fărâmiță care, plin de recunoștință, ar fi sărit și în foc pentru domnișorul lui.

Când se ridicară mai mărișori, domnișorul Grigore fu trimis de frați să studieze la Paris. Cel mai mare maestru cofetar, domnul Boissier, îl primi ucenic. Nădejdile fraților Capșa stăteau în el. Negustoria trebuia completată cu producerea cofeturilor, afacerea trebuia sporită. Machedonii visau ca, în loc să importe cu mare chin și cheltuială bomboane și alte bunătăți, să învețe a le face ei înșiși. Domnișorul Grigore plecă pe urmele ciocolatei pe care o ascundea prin buzunare, pentru Fărâmiță.

Când se revăzură, după patru ani încheiați, lui Fărâmiță îi fu peste putință să-l privească altfel decât tot ca pe domnișorul în hăinuțe de catifea verde, ascuns în spatele scărilor.

— Bună ziua, Fărâmiță, îi spusese atunci Grigore Capșa cele dintâi cuvinte rostite între ei vreodată.

— Sărutăm dreapta, domnișorule, îi răspunsese Fărâmiță, stârnind bărbatului din fața sa un râs puternic, sănătos.

Fostul ucenic al ciocolatierului Boissier era acum un bărbat lat în umeri și înalt, cu barba deasă, neagră și creață la fir, repezită înainte de bărbia îndărătnică și mândră de sub ea. Nu mai era demult un domnișor. Fărâmiță surâse și el reținut, respectuos.

Grigore Capșa găsise negustoria cu cofeturi închisă și pe frați ocupându-se cu felurite alte afaceri ori doar retrași din tumultuoasa viață a orașului pe la conace mărginașe, pentru odihnele începuturilor de bătrânețe. Puse din nou totul pe picioare cu aceeași fală ca în anii trecuți, fără prea mare greutate, de vreme ce lipsa Capșei stârnea multe doruri în București. Deschise cofetăriei un salon de consumație spațios și îmbrăcat tot în brocarturi și mătăsuri, apoi trimise după Fărâmiță:

— Am auzit că ai o vioară Stradivarius, îi spuse el, când lăutarul sosi la poruncă.

— Starostele OchiAlbi mi-a dăruit-o, pe când încă mai trăia, așa este, răspunse cu mândrie Fărâmiță, pentru că i se îndulcea inima ori de câte ori se găsea câte un cunoscător care să-i aprecieze comoara.

— Fărâmiță, avem treabă, mai spuse domnul Grigore, punând un braț după umerii lăutarului și conducându-l în interiorul salonului de curând inaugurat.

Ca să împace și gusturile domnilor – pentru că doamnele erau demult cucerite de bomboanele învelite în foiță de aur și de caramelele legate cu panglică îngustă de satin – domnul Grigore arvuni pe Fărâmiță pentru un întreg an. Avea să cânte din vioara lui Stradivari din Cremona într-un colț al Capșei, în după-amiezele molcome de toamnă ori pline de zăduf de vară, cântecele vechi ale lui Dumitrache OchiAlbi.

Când Casa Capșa și restaurantul jupânului Iordache începură pregătirile din acel an pentru Expoziția de la Paris, domnul Grigore Capșa vorbi Majestății Sale Reginei despre lăutarul Bucureștilor, învățat de Dumitrache OchiAlbi. Pentru reușita restaurantului, jupân Iordache găsise cu folos să aducă și un tacâm de lăutari la expoziție. Așa că Fărâmiță se văzuse prins în vârtejul plecărilor, fără a mai apuca să țină seama de temeri și neliniști.

Acum, intrat în Expoziție pe la Podul de-i zicea Alma și așezat cu taraful lui în cerdacul înalt al restaurantului românesc, Fărâmiță cânta până îl treceau toate nădușelile, ca nu cumva să facă de rușine pe Măria Sa Regina țării cu neputințele lui.

Străbătând Podul Alma, inima lui intrase la locul ei, văzând mulțimea pestriță de la capul podului. Zgomotele și negustorii de toate neamurile nu-i erau străine lui Fărâmiță. Semănau cu lucrurile cunoscute de acasă, și el gândi pentru o clipă că nu este decât un iarmaroc la fel ca toate celelalte, numai de zece ori mai întins.

Gândurile acestea avură darul de a-l liniști și cântecele începură a curge cu nimic altfel decât pe malurile Dâmboviței, spre încântarea totală a oaspeților. Când însă îi ajungea la ureche vestea că la masa cea din margine se afla un ministru, iar în colțul celălalt mănâncă un președinte, scripca lui suna fals preț de două-trei note, coborând din nou inima lăutarului în cele mai amare frământări.

Cântarea cea mare însă urma să o aibă abia pe seară, când fusese invitat de domnii organizatori ai expoziției la marele concert de inaugurare.

Domnișorul Grigore făcuse toate aranjamentele. Adusese încă de la primele ore ale dimineții trei domni care ascultară încruntați cântecele tarafului, apoi cerură să audă numai pe Fărâmiță singur. Unul dintre ei, cu monoclu și un registru mare în mâini, își notă ceva, sfredeli pe Fărâmiță cu o privire, se sfătui cu ceilalți, mai notă două rânduri în registru și plecară. Din urma lor, domnișorul Grigore trimise vorbă lui Fărâmiță să poftească la Pavilionul Central, la ceasurile trei ale după-amiezii, pentru repetiții.

Ziua inaugurării Epoziției trebuia să se încheie cu mare falâ, printr-un concert în Holul de Onoare al Pavilionului Central, susținut de Orchestra Franceză, căreia i se alăturaseră toate celelalte orchestre străine, prezente la Salon. Toate capetele încoronate ale Europei fuseseră invitate.

Pentru că timpul era scurt, repetițiile se ținură aproape fără întrerupere, până seara.

Fărâmiță cunoștea istorii despre orchestre de sute de instrumente numai din poveștile vechi ale starostelui OchiAlbi, care le văzuse și le auzise cântându-i cântecele pe scena proaspătului Conservator bucureștean. Bătrânul țigan cu pielea albă îi zugrăvise ucenicului său, cum se pricepuse mai bine, muzica dumnezeiască ieșită din treizeci de viori ce cântă ca una. Ceea ce vedea însă Fărâmiță acum întrecea istorisirile starostelui.

Cu totul, orchestrele adunate în Holul de Onoare al Pavilionului Central treceau de trei sute de instrumente. Picioarele lui Fărâmiță se retraseră sub scaun, ascunzând vederii încălțările pe care lustrul nu le putuse întineri. Primiră cu toții partiturile de pe care trebuia repetat Imnul Expoziției și Imnul Franței. Lăutarul din mahalaua Aga Niță, dintre viile domnești, trase cu ochiul la hârtiile celor de lângă el și le potrivi apoi pe ale lui cu titlul în sus, așa cum vedea la ei.

Fărâmiță nu știa slovele, nici notele muzicale.

Asta însă nu-l împiedicase cu nimic până acum, și trăgea nădejde că nu-l va împiedica nici de acum înainte. Mulțumea Domnului pentru straiele cele noi trimise întregului taraf de la Curtea Regală și purta acum, pe umerii îndreptați cu mândrie, cămașa albă ca spuma laptelui, cusută cu pui pe la mâneci, și bunda tivită cu blăniță de miel bârsan. Straiele lui albe în mijlocul fracurilor negre atraseră la început privirile domnului dirijor de câteva ori.

Locul lui în orchestră fusese hotărât între viorile întâi.

Cele două melodii nu-i părură grele lui Fărâmiță. Mai întâi urmă după ureche viorile din stânga și din dreapta. Apoi pricepu melodia și ea începu a curge singură. Întorcea cel din urmă pagina partiturii și strecura câte o privire către vreunul dintre megieșii săi, ca să se încredințeze că se află la aceleași semne. După câteva ore de repetiție, toate cele trei sute de instrumente reușiseră să se armonizeze într-un singur sunet, preț de două imnuri.

Instrumentiștii căpătară o învoire de un sfert de ceas, ca să-și dezmorțească picioarele și mai ales degetele ce munciseră până atunci corzi și clape. În liniștea ce se așternu pătrunseră zgomotele serbării de afară. La toate cele patru niveluri ale Turnului Eiffel se aprinseseră focuri bengale care smulgeau strigăte de surpriză mulțimii.

Aleile erau luminate ca ziua. Dinspre Fântâna Vaisseau, care își începuse jocurile de ape luminate în culori felurite, izbucneau din când în când aplauze entuziasmate. Noaptea se oprise undeva la înălțime, neîndrăznind să coboare în mijlocul feeriei de lumini ce scăldau grădinile din Champs de Mars.

În foșnet discret de taftale scumpe, oaspeții marelui concert de inaugurare începură să-și facă apariția. Alămurile își dregeau glasul în surdină, undeva în stânga lui Fărâmiță. Chiar în fața lui, un violoncel încercă un fragment scurt. Deasupra fiecărei familii de instrumente coborau, din tavanul înalt, câte trei candelabre.

De curând apăruse și în București această nouă invenție adusă de prin străini, electricitatea cu care domnul primar hotărâse să fie luminate străzile orașului. Fărâmiță văzuse felinarele în care nu ardea nicio feștilă și se minunase de ele, dar niciodată nu își imaginase că ar fi posibil să fie adunate atât de multe laolaltă. Holul de Onoare al Pavilionului Central avea dimensiunile unei săli de palat, și cu toate acestea nu rămăsese niciun ungher ascuns vederii de umbrele nopții.

Un orologiu de la cel dintâi rând de balcoane prinse a bate rar ora. Sala plină se liniștea cu fiecare nouă bătaie. Vocile coborau una câte una în șoapte ce se stingeau apoi ușor. Domnul dirijor trecu câte o privire prin ochii fiecărui instrumentist în parte, aducându-i sub ascultare. O ultimă violă își acordă o strună, apoi totul se cufundă în liniște.

Domnul dirijor lovi de trei ori scurt pupitrul din fața sa cu bagheta, apoi cele dintâi acorduri invadară holul boltit. Orchestrele intonau Imnul Expoziției.

De la cel dintâi rând de balcoane, sub orologiul care tocmai anunțase orele nouă, Președintele Franței asculta din mijlocul suitei de miniștri a domniei sale. Adunase Europa, Asia și țările Lumii Noi la un spectacol ce avea să dureze șase luni și pe care îl dorea cel mai însemnat de până atunci.

Din locul său menit în mijlocul viorilor întâi ale orchestrei, Fărâmiță cânta, cu ochii închiși și urechea plecată pe vioară. Când luminile se stinseră ca la un semn și sala întreagă rămase în întuneric, nu pricepu în prima clipă ce se întâmplase.

Mai sensibile, doamnele din sală scăpară un suspin de surpriză din decolteurile împodobite cu coliere care nu vedeau lumina zilei decât o dată într-un an. Domnii își ridicară toți ca la un semn privirile către zecile de candelabre, căutând obârșia problemei.

Apoi se așternu liniștea.

Se lăsase noaptea: în sala de concert și în grădinile de afară deopotrivă. Lipsiți de notele din partituri, instrumentiștii tăcură ca la comanda unui alt dirijor, mai înalt.

Fărâmiță, născut în greutăți și crescut de ele, arvunit muncii de mamă-sa Zambila pe când era numai de-o șchioapă, nici nu tresări. Cântă mai departe cum învățase cu câteva ore înainte. Glasul limpede al viorii domnului Stradivari din Cremona răsuna până sus, în bolta pavilionului, de unde se întorcea înapoi la domnii lumii ridicați întrebător în picioare și la doamnele împodobite cu aur și diamante.

Freamătul de întrebări ce pornise dintr-un colț al sălii se potoli ca prin farmec, sub sunetul tot mai hotărât al imnului ieșit dintr-o singură vioară. Nevăzut de nimeni în sala cuprinsă de întuneric, Fărâmiță se ridicase în picioare și cânta.

Urechea lui nu avea nevoie de note muzicale. Ochii lui nu se sprijiniseră niciodată pe partituri. Când isprăvi cel dintâi cântec își îndreptă capul, își potrivi scripca sub bărbie, cercetă scurt cu arcușul strunele și-l porni pe cel de-al doilea. Sala încremenise într-o respirație reținută la jumătate, pendulând între întrebări mute „ce s-a întâmplat? s-a stricat electricitatea? asta a fost tot?" și vraja din glasul unei viori singuratice.

Cele dintâi lămpi cu gaz apărură sus, în balconul domnului Președinte al Franței. Doi aghiotanți tineri ca primăvara de afară le purtau cu mândrie în mâini, ridicate deasupra capului, pentru ca lumina să se răspândească.

În vreme ce ultimele acorduri ale viorii lui Fărâmiță înălțau inimile francezilor din sală pe aripile libertății slăvite de imnul lor, printre scaunele oaspeților începură a înainta către scena improvizată slujbași cu lămpi aprinse în mâini. Veneau ca pârâiașele către râul aflat în vale. Se apropiau de sursa cântecelor fără partitură, făcând ochii tuturor să aștepte cu nerăbdare lămurirea misterului.

Cel de-al doilea cântec se isprăvi înainte ca vreo lampă să ajungă la ținta sa. Sala se cufundă pentru încă o clipă în tăcere. Apoi, slujbașii cu lămpi înconjurară orchestrele, ridicând lumina deasupra capetelor. În mijlocul viorilor întâi, ridicat în picioare și asudat pe la tâmple, în cămașa lui albă de in țesut în casă, Fărâmiță arătă sălii doi ochi aprinși.

Aflându-și în sfârșit eroul și încântată de apariția stranie a bărbatului îmbrăcat în alb în mijlocul orchestrei în fracuri, sala izbucni în aplauze.

Peste tot în jurul său, instrumentiștii își loveau cutiile viorilor și violoncelelor cu arcușurile. Sfiindu-se de atenția căpătată dintr-odată, Fărâmiță ridică scripca și o întinse către sală, măturând scaunele cu privirea în căutarea reginei sale, ca să-i închine omagiul pe care tocmai îl primea.

O descoperi pe Majestatea Sa Elisabeta într-unul din balcoane, și privirea lui căzu ca secerată sub a domniei sale. Își plecă fruntea peste scripca ridicată a închinare și nu cuteză să o mai înalțe. Înțelegea doar, repezind priviri cercetătoare pe sub sprâncenele stufoase, că sala își mutase acum aplauzele către Majestatea Sa, și inima i se umplea de păcătoasă mulțumire de sine.

Când candelabrele își reveniră și sala se află din nou scăldată în lumină, la fel de brusc ca și atunci când se scufundase în întuneric, aplauzele se însuflețiră iarăși.

Cea dintâi pană de curent l-a scos în lumină pe lăutarul Fărâmiță din mahalaua Aga Niță, între viile domnești, separând harul dăruit de harul școlit.

În 1889, România *a participat la Salonul de la Paris cu 736 de concurenți, care au obținut 271 de premii: 2 Mari Premii, 26 de Medalii de Aur, 63 de Medalii de Argint, 73 de Medalii de Bronz și 107 Mențiuni de Onoare.*

Delegația română a fost condusă de prințul George Bibescu, Comisarul General al Principatelor Române pentru această expoziție. Guvernul a alocat un buget de 200 000 lei și dreptul de a organiza o loterie cu un capital de 300 000 lei.

Organizatorii Expoziției de la Paris au pus la dispoziția României un spațiu de 1146 m^2.

Beneficiul net adus de România a fost de 62 000 lei.

Printre premiile obținute se numără:

MARELE PREMIU: Podgoria Cotnari, pentru calitatea vinurilor prezentate;

Iosif Ivanovici, compozitor, pentru Marșul care a reprezentat Expoziția.

MEDALII DE AUR: Casa Capșa, pentru calitatea produselor de cofetărie;

Constantin Istrati, pentru descoperirea franceinelor, coloranți organici;

Restaurantul Iordache, al cărui patron a inventat micii tradiționali, pentru produse;

Ia cusută de doamna Paraschiva Topârceanu, mama poetului;

Apele minerale de la Slănic Moldova, comparate cu cele de la Karlovy Vary sau Vichy;

Societatea Morilor cu Aburi Botoșani;

Gavriil Musicescu, compozitor, pentru Culegerea 12 Melodii Naționale.

MEDALII DE ARGINT: Fabrica de Var Hidraulic Azuga, pentru calitatea produselor;

Ștefan Ionescu Vaibudea, *pentru sculptura „Învingătorul"*

18. Ultima fotografie

— Ce film vedem? întrebă domnișoara care își smulsese pălărioara-clopot de pe cap, într-o declarație de libertate care o făcea acum să-și scuture pletele tunse scurt.

— *Orhidee sălbatice*, cu Greta Garbo, la Cinema Corso, îi răspunse prietena ei, săltând alături de ea în același pas peste câte un ochi de apă uitat de ploaia de peste noapte în mijlocul trotuarului.

— L-am văzut. Altul n-ai?

— *Îngerul albastru*, cu Marlene Dietrich, la Capitol.

Fustele lor plisate din jerse moale și taioarele drepte, impuse lumii de Coco Chanel în urmă cu doi-trei ani, atrăgeau privirile bărbaților care se întâmplau pe stradă, la ora aceea de sfârșit de dimineață. Pline de îndrăzneală, fetele făceau piruete scurte după ce treceau de câte un astfel de admirator, ca să-i poată arunca o privire și din spate. Pălărioarele-clopot cu borul îngust ridicat, într-o cochetărie șmecherească, numai puțin deasupra ochilor, dădeau privirilor lor înțelesuri ascunse.

— Marlene Dietrich? Nu-mi place Marlene deloc, dar deloc! Altul! porunci cu glas răsfățat domnișoara care încă nu-și așezase pălărioara la locul ei, pe cap.

— Alexandra, dar tu chiar mă aduci la disperare. Dragă, cât de alintată te-ai făcut! Numai Mircea este de vină, pentru că îți cauță în coarne și tu ai impresia acum că îți merge și cu mine, se arătă supărată prietena ei.

— Nu mai sunt cu Mircea. Am cunoscut ieri, la Marcela, pe cineva, mărturisi Alexandra, admirându-se într-o vitrină. Știi, Marcelei i-au sosit plăcile noi de patefon și ne-am strâns mai mulți la ea acasă, ca să ascultăm *charleston*.

— Charleston! tresări domnișoara, și bătu de două ori scurt din palme, ca un copil care se bucură. Vreau și eu! Ia-mă și pe mine când te mai duci!

— O să te iau. Dragă, îți poți închipui că nu am *ascultat*, dar deloc. Marcela a propus să-i învățăm pe băieți să danseze, așa că – imaginează-ți – în mijlocul zilei am *dansat* charleston cu toții, o nebunie a ieșit! Era și Irina Scărlătescu, și Miruna Moxa, era Lavinia, cam toți.

Un taxi negru încetini în dreptul lor și șoferul, cu chipiu nou și mănuși scurte din piele, le aruncă o privire întrebătoare. Alexandra scutură arătătorul către el:

— Nu, nu, mulțumim.

— Dragă, dar tu chiar ai de gând să mergem pe jos până la cinematografe? Sunt tocmai pe Bulevardul Regina Elisabeta, vrei să ocolim toate bălțile până acolo? se împotrivi prietena fetei. Pe următorul îl opresc, mai spuse ea, și făcu un pas lateral așa fel încât să ajungă la bordura trotuarului, de unde cercetă strada în sus și în jos, în căutarea unui taxi.

Alexandra o prinse de mână și se rugă alintat, în vreme ce o trăgea după ea, înapoi de-a lungul vitrinelor de pe Ion Câmpineanu:

— Dar vreau să-ți arăt ceva. Te rog! Te rog! Vreau să mă sune, și tu trebuie să mă ajuți! Trebuie, mă înțelegi?

— Cine să te sune, dragă? se lăsă purtată fata, amuzată.

— Nu ești atentă: am cunoscut pe cineva ieri, la Marcela. Îmi trebuie un plan, și m-am gândit să facem așa: o să fac o fotografie, o să o semnez și tu ai să mă ajuți să i-o trimitem. Sunt sigură că mă va suna. Uite!

Și Alexandra își opri prietena în fața vitrinei pline de fotografii. Rămaseră o vreme umăr lângă umăr, studiindu-și în geamul întunecat șiragurile de perle și poșetele micuțe ale căror barete și le înfășuraseră de câteva ori după degete.

Din spatele geamului și a unei jumătăți de veac, doamne în rochii cu corset aflate la brațul unor domni cu joben le întorceau privirile cu seriozitate. Reproșurile lor mute pentru fustele ce descopereau vederii gambele rămâneau aici, în spatele sticlei, fără să ajungă la fetele de pe trotuar, două păsări libere să-și poarte tinerețea cum doresc.

Două secole diferite se priveau ochi în ochi, de o parte și de cealaltă a vitrinei atelierului de fotografie.

— Ce nebună ești, vorbi în sfârșit prietena Alexandrei. Eu n-aș avea curaj să fac așa ceva. Chiar ai să trimiți o fotografie unui necunoscut?

— Care necunoscut, dragă? Se numește Octav, este vărul Irinei Scărlătescu, fiul mai mic al doctorului Scărlătescu. Vezi că îl cunosc? Hai!

Clopoțelul așezat deasupra ușii de la intrare dădu de veste fotografului că are clienți. Soarele puternic de afară nu pătrundea în atelier, oprit de draperiile grele, albastru închis, anume potrivite astfel la culoare pentru ca lumina să poată fi controlată dinăuntru. Un bărbat între două vârste apăru din spate, privindu-le cu sprâncenele ridicate pe deasupra unei perechi de ochelari cu rame cam vechi, aurii.

— Bună ziua, zâmbi el fetelor. Pot să vă ajut?

— Da, bună ziua, preluă conducerea discuției Alexandra, cu un ton hotărât de om care știe exact ce vrea. N-ar trebui să dureze prea mult, pentru că suntem foarte grăbite. Aș dori o fotografie gen Greta Garbo. Cu o lumină puternică de undeva de jos și cu decorul din spate cețos, așa. Doar bust. Când este gata?

Păstrându-și zâmbetul care prinsese a-i gâdila colțurile ochilor încă de la furtunoasa intrare a fetelor în atelier, fotograful le conduse, numai din gesturi, către studioul din spate. Toți copiii aceștia care, astăzi, se mișcau și vorbeau cu iuțeala automobilelor ce invadaseră străzile, surghiunind trăsurile de odinioară numai pe aleile din jurul vechilor parcuri, stârneau totdeauna fotografului porniri protectoare. Îi vedea lipsiți de apărare în fața unui foc ce părea să-i mistuie. Ardeau cu candoare, fără să vadă că își ard propriul timp.

— Uitați, spuse Alexandra, învârtindu-se fără oprire prin studio și descriind prin aer gesturi largi cu mâinile, ca și cum ar fi dorit să ia în stăpânire tot ceea ce ochii ei vedeau, aici aș vrea să-mi faceți fotografia. Eu o să stau pe canapea și o să mă joc cu perlele, dar aș vrea să nu se vadă brațul canapelei. O să mă uit așa, undeva în sus. Se poate?

În timp ce fata își regiza în detaliu momentul, fotograful așeza reflectoarele după vorbele ei. Aprinse două dintre ele, coborând pentru o clipă liniștea între fete, cu lumina puternică ce le luă prin surprindere. Așeză apoi umbrela cea mare de deasupra unuia dintre reflectoare astfel încât să creeze lumina difuză dorită de clientă. După fiecare mișcare privea peste umăr chipul Alexandrei, care își ocupase locul pe canapea și își scosese din poșetă o oglinjoară mică în care se studia acum, absorbită.

Mulțumit de rezultat, fotograful se apropie de aparatul așezat pe trepied. Pașii lui erau nefirești din pricina cablurilor încurcate care acopereau podeaua. Era nevoit să ridice piciorul caraghios de sus ori să scuture pantoful de vârful căruia se prinsese bucla câte unui fir care pornea dintr-un reflector și-și pierdea capătul în încolăciri nesfârșite.

— O să fac tot ce pot, domnișoară, promise el. Cred că am înțeles ce doriți.

— Vă mulțumesc, domnule Mayer. Vă rog să vă grăbiți, spuse Alexandra, străduindu-se să dea tonului său inflexiuni de adult aflat cu treabă.

Fotograful tresări de două ori scurt, o dată la auzul numelui și a doua oară la îndemnul de a face lucrurile în mare grabă.

Cumpăni preț de o clipă care dintre cele două vorbe ale fetei s-ar cere mai curând corectată. Pe de o parte, confuzia de nume îl măgulea. Pe de altă parte, zorul cu care domnișoarele doreau să obțină fotografia îl jignea, transformându-i munca din artă, în îndeletnicire. Decise să pună rânduială mai întâi în această diferență:

— De m-aș grăbi, domnișoară dragă, nu ar mai fi o fotografie gen Greta Garbo, ci una numai bună pentru lipit pe Biletul de Identitate, așa cum se cere de la o vreme.

Alexandra îi aruncă o privire pe deasupra oglinjoarei.

— Și apoi, Franz Mayer este atelierul, nu eu. Vă rog să lasați amândouă mâinile în poală și să aplecați ușor capul. Numai atât, mulțumesc. Tatăl meu, vorbi mai departe fotograful, privind fata prin obiectiv, a lucrat pentru primul proprietar al atelierului. Eu însumi am crescut aici, printre ei, încurcând din când în când pe domnul Franz, atunci când avea clienți. Atunci când domnia sa s-a prăpădit, tata a ținut atelierul în viață atâta vreme cât a mai fost sănătos, respectând toate cele deprinse de-a lungul anilor de la domnul Franz. Acum atelierul este în grija mea, și nădăjduiesc să mă arăt demn de toate acele fotografii aflate în vitrină. Gata, puteți să vă ridicați. Poftiți mâine după-amiază să luați fotografia.

— Nu sunteți dumneavoastră domnul Franz Mayer, cum scrie afară, deasupra ușii? întrebă cu ochii mari domnișoara care aștepta alături, pe un scaun. Noi întotdeauna am crezut că dumneavoastră sunteți. Aici mi-a făcut mama prima mea fotografie. Aveam un an, eram îmbrăcată cu hăinuțele de la nașa. Iar în vitrină aveți fotografia de nuntă a părinților mei. Întotdeauna ați avut-o acolo.

— Franz Mayer este atelierul, repetă fotograful, gândind la fotografiile de nuntă ale tuturor părinților și bunicilor acestui București nou, care îi devenea din ce în ce mai străin, îngrămădite toate într-o vitrină devenită demult neîncăpătoare.

Baluri cu etichetă, crinoline avântate în cadriluri ordonate, bătăile cu flori de la Șosea în zi de 10 Mai, trăsuri ai căror muscali răbdători opreau pentru trecerea tramvaiului cu cai, băieți ce vindeau ziare și prizau pe ascuns tutun, jobene și meloane, pălăriuțe cochete de damă și umbreluțe mărginite cu dantelă, sacagii și chivuțe, modiste și negustori evrei ori armeni, poiana Stânii Regale în zi de vară, scăldată în lumina altui veac, eleve de pension căutând cuminți către catedră, tacâmuri de lăutari muncindu-și strunele în pragul restaurantului lui jupân Iordache, terasa Casei Capșa și coloanele de la intrare ale Teatrului Național – toate fuseseră îngrămădite în spatele vitrinei de către cinematografe, rochii din jerse până la genunchi, automobile, patefoane și becuri electrice.

Două veacuri se studiau cu curiozitate, de o parte și de alta a sticlei unei vitrine, și pufneau disprețuitor.

Alte ierni așezară aceleași zăpezi peste străzile Bucureștiului.

Alt soare, întotdeauna nou în fiecare primăvară, le topea, oglindind apoi cerul senin în băltoace. În Piața Teatrului Național, strada plină de fotografi primi alt nume: îi spuseră Ion Câmpineanu. Oamenii rămăseseră, ca și zăpezile, aceiași. Se așezaseră straturi-straturi prin timp, topindu-se în fotografii așezate mai apoi în vitrină. Singurii copii pe care îi avusese vreodată Franz erau aceștia – nemuritori și tăcuți – din spatele geamului ce dădea în strada veche cu nume nou.

Mulțumiri

Le mulțumesc tuturor celor care mi-au pus la dispoziție arhivele personale și și-au dat acordul pentru ilustrarea cărții.

1. Fotograful Curții Regale – Passe-partout Franz Mandy, Wikimedia Commons. Piața Teatrului, www.rezistenta.net

2. Arcul de Triumf – Franz Mandy, „Întoarcerea victorioasă în București a armatei române", Wikimedia Commons, domeniu public (http://commons.wikimedia.org/wiki/File:Franz_Mandy_-_Intoarcerea_victorioasa_in_Bucuresti_a_armatei_romane_de_pe_frontul_din_Bulgaria.jpg)

3. Chiron Grecul – arhiva *muzeuldefotografie.ro* (http://blog.alexgalmeanu.com/blog/2007/12/13/primii-fotografi-din-romania/)

4. Roș Hașana – Wikimedia Commons (http://commons.wikimedia.org/wiki/File:Chisinau_jew.jpg?uselang=ro)

5. Sabia tatii – *Arhiva de Istorie orală a Fundației A treia Europa (AIOFTE) Timișoara* (http://www.memoria.ro/multimedia/galerie_de_imagini/colectia_fundatia quote a treia_europa_quote_/6191/)

6. Casele Domnești ale Cotrocenilor – Franz Mandy, „Regina Elisabeta", Wikimedia Commons (http://commons.wikimedia.org/wiki/Category:Queen_Elisabeth_of_Romania?uselang=ro#mediavie-wer/File:Franz_Mandy_-_Regina_Elisabeta05.jpg)

7. Școala Centrală de Fete – Muzeul Național de Istorie a României (http://www.imagoromaniae.ro/imagini/bucureti-coala-central-de-fete-en-2-3-4-5-6-7-8-9-10-11-12-13.html)

8. Primul copil – Wikimedia Commons (http://commons.wikimedia.org/wiki/File:Fred_T_Palmer_005.jpg?uselang=ro)

9. Carmen Sylva. Stâna Regală – Muzeul Peleș (http://peles.ro/regina-elisabeta/elisabeta-0012/)

10. Al doilea copil – Asociația Muzeul Jucăriilor (http://www.romaniatv.net/copilaria-ultimului-secol-surprinsa-in-fotografii-alb-negru-galerie-foto_51461.html)

11. Croitoresele – Wikimedia Commons (http://commons.wikimedia.org/wiki/Helen_Keller#-mediaviewer/File:Helen_Keller12.jpg)

12. Sacagiul – Deraiere în Gara Montparnasse (http://en.wikipedia.org/wiki/Montparnasse_derailment)

13. Duelul – Wikimedia Commons (http://commons.wikimedia.org/wiki/File:Paul_Nadar,_Portrait_of_a_woman.jpg)

14. Rudărița – Wikipedia (http://ro.wikipedia.org/wiki/Portul_popular_din_comuna_Racovi%C8%9Ba)

15. Căsăndrița Sânzienelor – Wikimedia Commons (http://ro.wiki-pedia.org/wiki/:457px-Leondegreiffo-neyearoldMelitonRodriguez1896.jpg)

16. Lăutarii – Wikimedia Commons (http://ro.wiki-pedia.org/wiki/Anghelu%C8%99_Dinicu)

17. Expoziția Universală de la Paris – Despina – Wikimedia (http://commons.wikimedia.org/wiki/File:Flickr_-_%E2%80%A6trialsanderrors_-_Paris_Exposition,_view_from_ground_level_of_the_Eiffel_tower_with_Parisians_promenading,_1889.jpg)

— Expoziția Universală de la Paris – Franz – Wikipedia (http://en.wikipedia.org/wiki/Eiffel_Tower)

— Expoziția Universală de la Paris – Fărâmiță – Wikipedia (http://ro.wikipedia.org/wiki/Casa_Cap%C8%99a)

18. Ultima fotografie – Wikimedia Commons (http://commons.wikimedia.org/wiki/File:Bundesarchiv_Bild_102-08182,_Elisabeth_Strickroth.jpg?uselang=ro)

Cuprins

În colecția TOP 10+

au apărut:

200. Gellu Naum, *Zenobia*
201. Jeffrey Eugenides, *Middlesex*
202. Vasili Grossman, *Panta rhei*
203. Matei Vișniec, *Cafeneaua Pas-Parol*
204. Harper Lee, *...Să ucizi o pasăre cântătoare*
205. Anna Gavalda, *Împreună*
206. Marcel Proust, *Sfârșitul geloziei și alte povestiri*
207. Haruki Murakami, *Iubita mea, Sputnik*
208. Chuck Palahniuk, *Bântuiții*
209. Kenzaburō Ōe, *17*
210. Alexandru Ecovoiu, *Saludos*
211. Haruki Murakami, *La sud de graniță, la vest de soare*
212. Irvine Welsh, *Porno*
213. Joseph Heller, *Catch-22*
214. Bernhard Schlink, *Evadări din iubire*
215. Margaret Atwood, *Asasinul orb*
216. Amin Maalouf, *Scările Levantului*
217. Yann Martel, *Viața lui Pi*
218. Octavian Paler, *Viața pe un peron*
219. Bret Easton Ellis, *American Psycho*
220. Kenzaburō Ōe, *J. Ființa sexuală*
221. Willa Cather, *Ántonia mea*
222. Anna Galvada, *O iubeam*
223. F. Scott Fitzgerald, *Strania poveste a lui Benjamin Button și alte întâmplări din epoca jazzului*
224. Irvine Welsh, *Trainspotting*
225. Cătălin Dorian Florescu, *Maseurul orb*
226. Sādegh Hedāyat, *Îngropat de viu*
227. Adrian Schiop, *Soldații. Poveste din Ferentari*
228. Philip Ó Ceallaigh, *Însemnări dintr-un bordel turcesc*
229. Ian McEwan, *Mângâieri străine*
230. Eowyn Ivey, *Copila de zăpadă*
231. José Saramago, *Cain*
232. Roger Vercel, *Căpitanul Conan*
233. Chuck Palahniuk, *Jurnal*
234. Guy de Maupassant, *Văduvioarele și alte proze poznașe*
235. Ștefan Agopian, *Tobit*
236. Alberto Vázquez-Figueroa, *Tuareg*

237. Philippa Gregory, *Moștenirea Boleyn*
238. Daniel Pennac, *Dictatorul și hamacul*
239. A.P. Cehov, *Stepa și alte povestiri*
240. David Grossman, *Până la capătul pământului*
241. Matei Vișniec, *Negustorul de începuturi de roman*
242. Amin Maalouf, *Samarkand*
243. Shan Sa, *Împărăteasa*
244. Sam Savage, *Firmin. Aventurile unei vieți subterane*
245. Haruki Murakami, *Salcia oarbă, fata adormită*
246. Irvine Welsh, *Jeg*
247. Andreï Makine, *Pământul și cerul lui Jacques Dorme*
248. Orhan Pamuk, *Mă numesc Roșu*
249. Ian McEwan, *Sâmbătă*
250. F.M. Dostoievski, *Nopți albe • Soțul etern*
251. Graham Greene, *Omul nostru din Havana*
252. Ilf și Petrov, *Vițelul de aur*
253. Radu Mareș, *Când ne vom întoarce*
254. Orhan Pamuk, *Muzeul inocenței*
255. Leonard Cohen, *Frumoșii învinși*
256. Elif Shafak, *Lapte negru*
257. Ruxandra Cesereanu, *Un singur cer deasupra lor*
258. Ian McEwan, *Câinii negri*
259. Octavian Paler, *Un om norocos*
260. Truman Capote, *Alte glasuri, alte încăperi*
261. Norman Manea, *Fericirea obligatorie*
262. Florin Iaru, *Fraier de București*
263. Mika Waltari, *Egipteanul*
264. Andreï Makine, *Recviem pentru Est*
265. Lev Tolstoi, *Povestiri din Sevastopol*
266. Anchee Min, *Ultima împărăteasă*
267. Charles Bukowski, *Șuncă pe pâine*
268. Radu Aldulescu, *Cronicile genocidului*
269. F. Scott Fitzgerald, *Dragostea ultimului magnat*
270. Raymond Carver, *Despre ce vorbim când vorbim despre iubire*
271. Saul Bellow, *Ravelstein*
272. Parinoush Saniee, *Cel care mă așteaptă*
273. F.M. Dostoievski, *Adolescentul*
274. Norman Manea, *Octombrie, ora opt*
275. Jack London, *Dragoste de viață și alte povestiri*
276. W. Somerset Maugham, *Plăcerile vieții*
277. Emir Kusturica, *Unde sunt eu în toată povestea asta?*

278. Elias Canetti, *Orbirea*
279. Philippa Gregory, *Doamna apelor*
280. Liliana Corobca, *Kinderland*
281. Johann Wolfgang von Goethe, *Suferințele tânărului Werther*
282. Ian McEwan, *Pe plaja Chesil*
283. José Saramago, *Pluta de piatră*
284. P.G. Wodehouse, *S-a făcut, Jeeves!*
285. Saul Bellow, *Herzog*
286. Nora Iuga, *Hai să furăm pepeni*
287. Luis Sepúlveda, *Bătrânul care citea romane de dragoste*
288. Sādegh Hedāyat, *Bufnița oarbă*
289. Ioana Nicolaie, *O pasăre pe sârmă*
290. Andreï Makine, *Crima Olgăi Arbelina*
291. Matei Vișniec, *Domnul K. eliberat*
292. Haruki Murakami, *Elefantul a dispărut*
293. Jonathan Coe, *Casa somnului*
294. Aldous Huxley, *Orb prin Gaza*
295. Anna Gavalda, *Cea care alină*
296. John Steinbeck, *La răsărit de Eden*
297. Honoré de Balzac, *Colonelul Chabert*
298. Ivan Sergheevici Turgheniev, *Prima iubire*
299. Friedrich Dürrenmatt, *Vizita bătrânei doamne*
300. O. Nimigean, *Rădăcina de bucsau*
301. Shusaku Endo, *Scandalul*
302. Graham Greene, *Puterea și gloria*
303. Radu Pavel Gheo, *Fairia – o lume îndepărtată*
304. F.M. Dostoievski, *Crimă și pedeapsă*
305. Heinrich Böll, *Opiniile unui clovn*
306. A.P. Cehov, *Livada de vișini • Trei surori*
307. Orhan Pamuk, *Viața cea nouă*
308. A.P. Cehov, *Pescărușul • Unchiul Vanea*
309. Andreï Makine, *Cartea scurtelor iubiri eterne*
310. Dan Coman, *Căsnicie*
311. F.M. Dostoievski, *Oameni sărmani*
312. Norman Manea, *Ceaiul lui Proust și alte povestiri*
313. Irving Stone, *Agonie și extaz (vol. 1)*
314. Irving Stone, *Agonie și extaz (vol. 2)*
315. Mika Waltari, *Secretul împărăției*
316. Aglaja Veteranyi, *De ce fierbe copilul în mămăligă*
317. Lev Tolstoi, *Război și pace* (vol. 1)

318. Lev Tolstoi, *Război și pace* (vol. 2)
319. Michel Houellebecq, *Extinderea domeniului luptei*
320. John Steinbeck, *Strada Sardinelor*
321. Doina Ruști, *Manuscrisul fanariot*
322. Arturo Pérez-Reverte, *Clubul Dumas*
323. John Steinbeck, *Iarna vrajbei noastre*
324. José Saramago, *Omul duplicat*
325. D.H. Lawrence, *Amantul doamnei Chatterley*
326. Daniel Pennac, *Necazuri cu școala*
327. Andrei Ruse, *Zaraza*
328. John Williams, *Stoner*
329. Ilf și Petrov, *Douăsprezece scaune*
330. Miguel de Cervantes, *Don Quijote de la Mancha* (vol. 1)
331. Miguel de Cervantes, *Don Quijote de la Mancha* (vol. 2)
332. Simona Antonescu, *Fotograful Curții Regale*

în pregătire:

F. Scott Fitzgerald, *Blândețea nopții*
Helen Fielding, *Bridget Jones la limita rațiunii*

www.polirom.ro

Coperta: Carmen Parii
Tehnoredactor: Gabriela Ghețău

Bun de tipar: august 2016. Apărut: 2016
Editura Polirom, B-dul Carol I nr. 4 • P.O. BOX 266
700506, Iași, Tel. & Fax: (0232) 21.41.00; (0232) 21.41.11;
(0232) 21.74.40 (difuzare); E-mail: office@polirom.ro
București, Splaiul Unirii nr. 6, bl. B3A,
sc. 1, et. 1, sector 4, 040031, O.P. 53
Tel.: (021) 313.89.78; E-mail: office.bucuresti@polirom.ro

Tiparul executat la S.C. LUMINA TIPO s.r.l.
str. Luigi Galvani nr. 20 bis, sect. 2, București
Tel./Fax: 211.32.60, 212.29.27, E-mail:office@luminatipo.com

Contravaloarea timbrului literar se depune în contul
Uniunii Scriitorilor din România
Nr. RO44RNCB5101000001710001 BCR UNIREA